AURORA ARDE

AURORA ARDE

CICLO AURORA_02

AMIE KAUFMAN
&
JAY KRISTOFF

TRADUÇÃO DE LAURA POHL

ROCCO

Título Original
AURORA BURNING
Aurora Cycle 02

Este livro é uma obra de ficção. Nomes, personagens, lugares e incidentes são produtos da imaginação dos autores, foram usados de forma fictícia. Qualquer semelhança com pessoas reais, vivas ou não, acontecimentos, eventos ou localidades é mera coincidência.

Copyright © 2020 *by* LaRoux Industries Pty Ltd e Neverafter Ltd
Arte de capa: © 2020 *by* Charlie Bowater

Todos os direitos reservados, incluindo o de reprodução no todo ou em parte sob qualquer forma sem a prévia autorização do editor.

Edição brasileira publicada mediante acordo com Sandra Bruna Agencia Literaria, SL, em parceria com Adams Literary.

Direitos para a língua portuguesa reservados com exclusividade para o Brasil à
EDITORA ROCCO LTDA.
Rua Evaristo da Veiga, 65 – 11º andar
Passeio Corporate – Torre 1
20031-040 – Rio de Janeiro – RJ
Tel.: (21) 3525-2000 – Fax: (21) 3525-2001
rocco@rocco.com.br
www.rocco.com.br

Printed in Brazil/Impresso no Brasil

preparação de originais
GISELLE BRITO

CIP-Brasil. Catalogação na publicação.
Sindicato Nacional dos Editores de Livros, RJ.

K32a

Kaufman, Amie
    Aurora arde / Amie Kaufman, Jay Kristoff ; tradução Laura Pohl. – 1ª ed. – Rio de Janeiro : Rocco, 2022.
    21 cm.   (Ciclo Aurora ; 2)

    Tradução de: Aurora burning
    ISBN 978-65-5532-218-7
    ISBN 978-65-5595-107-3 (e-book)

    1. Ficção. 2. Ficção científica – Literatura infantojuvenil. 3. Literatura infantojuvenil australiana. I. Kristoff, Jay. II. Pohl, Laura. III. Título. IV. Série.

22-75533	CDD: 808.899282
	CDU: 82-93(94)

Camila Donis Hartmann – Bibliotecária – CRB-7/6472

O texto deste livro obedece às normas do Acordo Ortográfico da Língua Portuguesa.

Este é para o Esquadrão 312.
Cada um de vocês.

COISAS QUE VOCÊ DEVERIA SABER
▶ LIVRO 1: AURORA ASCENDE
  ▼ ELENCO

Aurora Jie-Lin O'Malley: a garota fora do tempo. Aurora partiu da Terra com dez mil outros colonos há mais de duzentos anos, com destino a Octavia III. A sua nave, a *Hadfield*, se perdeu em uma região do espaço interdimensional conhecida como Dobra, e foi encontrada centenas de anos depois pelo cadete Tyler Jones, da Legião Aurora.

Aurora foi a única sobrevivente.

Depois do seu resgate, Auri começou a ter sonhos proféticos e a exibir poderes telecinéticos. Em fuga com os desajustados do Esquadrão 312, ela finalmente chegou em Octavia III. Lá, descobriu que o planeta que deveria ser seu lar tinha se tornado um mundo que servia de berçário para Ra'haam — uma entidade Gestalt antiga, composta por milhões de formas de vida assimiladas, adormecida sob a superfície do planeta.

Aurora também descobriu que seus poderes lhe foram dados pelos Eshvaren, uma espécie misteriosa que derrotou Ra'haam eras atrás. Sabendo que seu inimigo ancestral um dia tentaria devorar a galáxia novamente, os Eshvaren esconderam uma arma na Dobra para lutar contra Ra'haam e criaram um "gatilho" para acioná-la.

Aurora descobriu que *ela* é o Gatilho.

Auri pode ser baixinha, mas é mandona. Ainda está tentando entender o seu lugar neste novo tempo e galáxia, mas nutre uma lealdade intensa pelos legionários da Aurora que a acolheram.

Ela tem cabelo curto escuro, com uma mecha branca na franja, e ascendência chinesa e irlandesa. Sua íris direita ficou branca, e brilha quando ela usa seus poderes.

Tyler Jones: o Garoto de Ouro. Tyler se alistou na Legião Aurora aos treze anos, após a morte do pai, Jericho. Ele escolheu a corrente Alfa na Academia, dedicando sua vida à busca da ordem e da paz intergaláctica. Logo depois do resgate de Aurora na

Dobra, Ty se viu líder de um grupo de desajustados, perdedores, e com casos disciplinares: o Esquadrão 312 da Legião Aurora.

Depois de serem capturados pela Agência de Inteligência Global a bordo da estação mineradora Sagan, Tyler e seu esquadrão foram obrigados a fugir do governo Terráqueo. Ao visitar o mundo interditado de Octavia III, eles descobriram uma conspiração antiga que ameaça todas as espécies sencientes na galáxia. E os desajustados do Esquadrão 312 parecem ser os únicos capazes de impedi-la.

Ty é um líder nato e um estrategista brilhante, mas, de acordo com sua irmã, ele "não saberia o que é diversão nem se invadisse seu planeta". É tão autoconfiante que beira a arrogância, mas geralmente cumpre o que promete.

Ele tem olhos azuis, cabelo loiro curto e bagunçado, e covinhas que podem explodir ovários a uma distância de trinta metros.

Kaliis Idraban Gilwraeth: o forasteiro. Kaliis é um dos poucos Syldrathi que se juntaram à Legião Aurora desde que a guerra entre a Terra e Syldra acabou. Ele é membro do Clã Guerreiro — a casta de guerreiros Syldrathi — e sua intimidante destreza em combate o tornou naturalmente apto para a corrente Tanque dentro da Academia. No entanto, por ser um forasteiro, ele acabou no Esquadrão 312.

Ao encontrar Aurora, Kal ficou imediatamente sob a influência do "Chamado" — um imenso instinto de união dos Syldrathi. Por não querer forçar Aurora a uma situação ou um relacionamento que ela não poderia compreender, Kal decidiu abandonar o esquadrão. No entanto, após Aurora confessar nutrir sentimentos por ele, decidiu ficar e se dedicar a proteger sua be'shmai (amada).

Kal luta contra seu instinto guerreiro constantemente, e suas batalhas com o que ele chama de Inimigo Oculto dão indícios de uma escuridão em seu passado que ele ainda não compartilhou.

Kal é excelente em fazer cara de malvado. Sinceramente, ele poderia fazer cara de malvado como se fosse profissional nisso.

Ele tem belos olhos violeta, pele marrom-clara e cabelo longo prateado. Não vou nem mencionar as maçãs do rosto incríveis.

Scarlett Jones: a que parte corações. Irmã gêmea de Tyler (mais velha por três minutos e 37.4 segundos), Scarlett se alistou na Legião Aurora junto ao irmão — não por sentir algum dever à lei e à ordem, mas para tentar manter Tyler longe de problemas. Ela seguiu a corrente diplomática e estudou menos que qualquer outro cadete na história da academia, mas seu quase sexto sentido para saber o que os outros estão pensando a ajudaram a se tornar uma Frente brilhante.

Scar é faixa preta em sarcasmo. Apesar de não ter muito foco, ela é muito inteligente e consegue aprender rapidamente sobre qualquer situação/cultura/ambiente o suficiente para se adequar à maioria dos cenários de modo homogêneo. A propósito, isso a torna a rainha nas noites de jogos de perguntas.

Scar é muito branca, tem porte escultural e o cabelo ruivo flamejante em um corte assimétrico na altura dos ombros. Ela nunca teve um relacionamento que durou mais do que sete semanas, e a pilha de corações partidos que deixou para trás seria tão grande quanto a minha altura.

Quer dizer, se eu tivesse uma altura...

Finian de Karran de Seel: o espertinho. Finian é um Betraskano e um gênio da mecânica de personalidade marcante e com habilidades de interação social menos marcantes que contribuíram para que fosse o último Mecanismo a ser escolhido em seu ano na Academia Aurora.

Finian pegou Lysergia quando era pequeno, e mesmo que a doença não o tenha matado, ela afetou drasticamente sua habilidade de locomoção. Levado embora de Trask para viver em uma estação espacial em gravidade zero, com seus avós terceiros, Finian usou suas habilidades técnicas para construir um exotraje, que ele precisa usar constantemente. O traje permite que ele se locomova sem assistência e contém uma variedade de ferramentas e dispositivos úteis.

Finian esconde suas inseguranças atrás de uma muralha de cinismo. Como todo o seu povo, ele tem pele e cabelos brancos, e usa lentes de contato pretas para proteger os olhos da radiação UV.

Ele NÃO TEM um crush não correspondido em Scarlett Jones, obrigado por perguntar. Qualquer boato de que o irmão dela seria um excelente prêmio de consolação também não é da sua conta.

Zila Madran: a assustadoramente inteligente. Ou só assustadora. Zila é a cientista do Esquadrão 312. Apesar de falar raramente, sua perspicácia é impecável, e ela vê a vida sob uma lente de racionalidade fria como gelo.

Zila tem pouca ou nenhuma habilidade social. Ela é brusca e distante e tem dificuldade em demonstrar empatia pelos outros. Houve indícios de traumas passados como razão para esse comportamento, mas ela ainda não os revelou. Zila é baixinha, com pele marrom-escura e cabelo longo cacheado que parece ter vida própria (o que explicaria muita coisa, na verdade). Ela usa uma variedade de brincos dourados, que estranhamente parecem combinar com o que quer que esteja fazendo no momento. Com voz suave, ela é assustadoramente esperta e gosta demaaaaaais de atirar em coisas com sua pistola disruptiva.

Catherine Brannock: a estrela. Cat "Zero" Brannock foi uma brilhante pilota e membro da Legião Aurora. Melhor amiga de Ty e Scar Jones desde a infância, Cat foi a responsável pela cicatriz na sobrancelha direita de Tyler (ela quebrou uma cadeira na cabeça dele no primeiro dia do jardim de infância).

Cat e Ty dormiram juntos na noite em que se graduaram para seguir no último ano como cadetes. Apesar de Tyler ter convencido Cat de que um relacionamento sério não era uma boa ideia, Cat continuou a nutrir uma paixão por Ty e permaneceu do seu lado quando ele foi jogado com o restante dos desajustados no Esquadrão 312.

Cínica e agressiva, ela muitas vezes ficou contra Aurora, e tentou manter o Esquadrão no caminho certo. Infelizmente, foi infectada pela consciência coletiva de Ra'haam quando o Esquadrão foi para Octavia III. Apesar de ter corajosamente lutado contra a Gestalt, permitindo que seus colegas tivessem tempo para escapar do planeta, ela foi absorvida pelo coletivo.

Eu sei. Fiquei triste também :(

Eshvaren: dependendo de quem perguntar, os Eshvaren ou são uma antiga espécie de seres misteriosos que morreram há um milhão de anos, ou um golpe perpetuado por camelôs trambiqueiros e fornecedores de artefatos falsificados.

Na verdade, não só os Eshvaren existiram, como também lutaram uma guerra contra Ra'haam pelo destino de toda a galáxia. Por fim, os Eshvaren ganharam.

Sabendo que seu inimigo milenar poderia um dia retornar, mas que provavelmente não estariam vivos nesse dia, os Eshvaren esconderam artefatos na Dobra que levariam à criação do Gatilho — um ser de poder psíquico imenso. Também supostamente esconderam por aí uma arma capaz de derrotar Ra'haam.

Se souber onde encontrá-la, sério mesmo, ia ajudar bastante a gente…

Ra'haam: um único ser que abrange milhões de mentes. Esperando incorporar a galáxia dentro de sua "união", Ra'haam um dia buscou devorar cada ser com uma mente senciente na galáxia.

Derrotado pelos Eshvaren, Ra'haam permaneceu adormecido em vinte e dois mundos-berçário escondidos, espalhados pela Via Láctea. Aninhado embaixo da superfície desses planetas — todos localizados perto de portões naturais da Dobra — Ra'haam esteve cuidando de suas feridas por um milhão de anos.

Infelizmente, um desses mundos é Octavia III, um planeta escolhido para colonização Terráquea. Após descobrirem Ra'haam incipiente sob a superfície, os colonos foram consumidos e acrescentados à sua totalidade, incluindo o pai de Aurora, Zhang Ji.

O que aconteceu depois disso é um pouco nebuloso, mas Ra'haam aparentemente enviou esses colonos corrompidos de volta à Terra, infiltrando-os na Agência de Inteligência Global, para prosseguir com seus planos. Agora, aguarda embaixo de seus vinte e dois mundos, juntando suas forças para o momento em que poderá lançar seus esporos novamente através da Dobra para infectar toda a galáxia.

Magalhães: sou eu! Oi! Senti falta dessas suas carinhas humanas fofas!

Ok, lembrou de tudo? Bem, aperte os cintos, pessoal. Nós não estamos mais no Kansas…

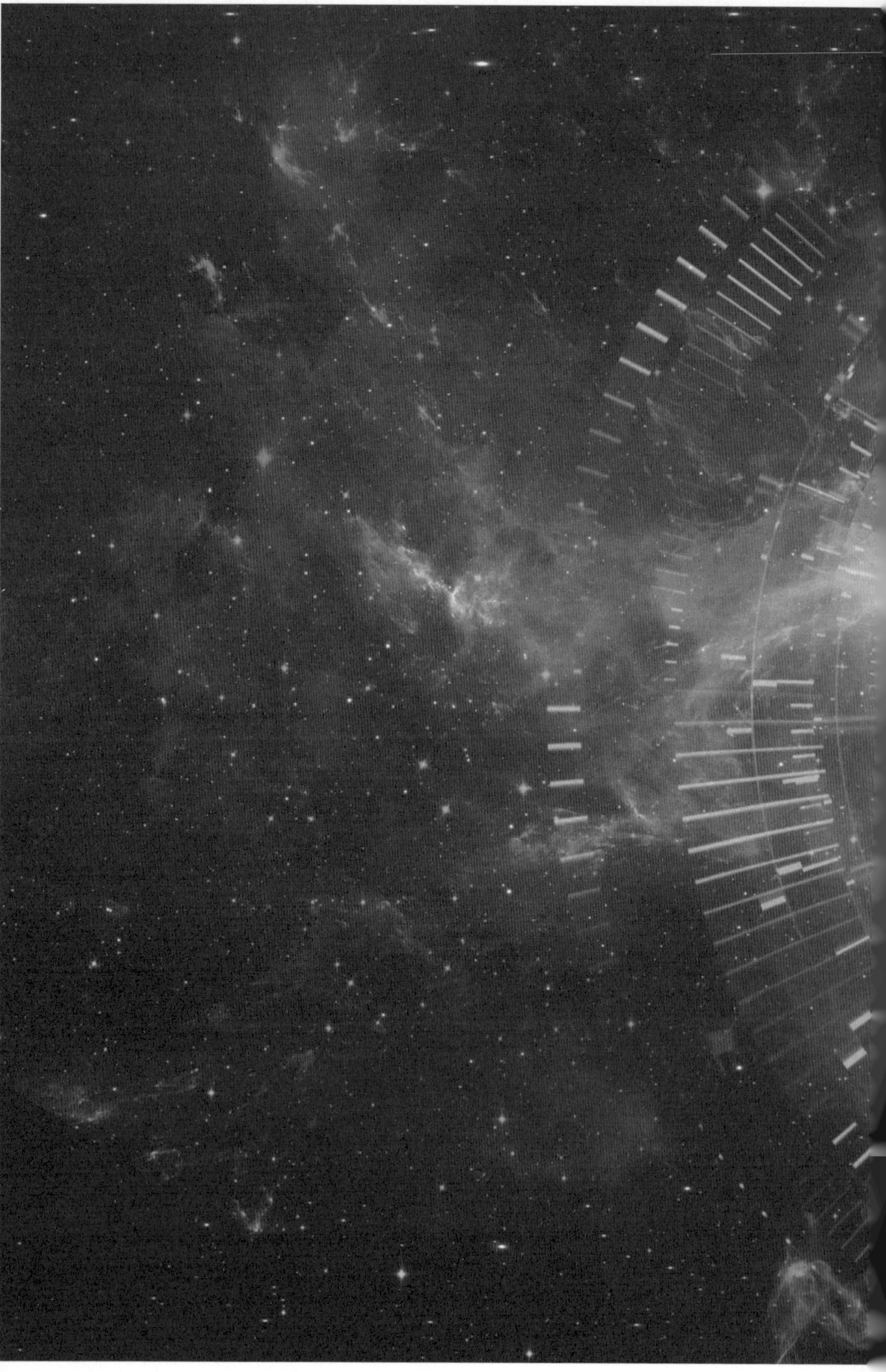

PARTE 1

NA PIOR NA CIDADE ESMERALDA

1

TYLER

A explosão da pistola atinge a Betraskana bem no peito.

Ela grita, e a pilha de e-tec que carrega no braço sai voando conforme ela se esborracha no chão, babando. Eu pulo por cima dela, abaixando quando outro tiro da pistola disruptiva passa zunindo pela minha orelha. O bazar ao nosso redor está lotado, a multidão se abrindo diante de mim em pânico conforme mais tiros ecoam atrás de nós. Scarlett está correndo perto de mim, os cabelos vermelhos flamejantes colados na bochecha suada. Ela também pula por cima da Betraskana inconsciente e sua pilha de produtos esparramados, oferecendo um grito de desculpas:

— Foi maaaaaal!

Outro tiro ecoa. Os gângsteres que nos perseguem rugem para a multidão sair da frente. Nós pulamos por cima de um balcão que vende semptar, passando pelo dono aturdido, e saímos pela porta dos fundos, nos deparando com outra rua lotada e úmida. Naves e robôs automatizados. Paredes verde-claras ao nosso redor, céu vermelho acima, plascreto amarelo embaixo dos nossos pés, todo um arco-íris de tons de pele e roupas adiante.

— *Esquerda!* — Finian grita no comunicador. — *Pra esquerda!*

Nós seguimos pra esquerda, tropeçando para entrar em uma viela encardida paralela ao local principal. Camelôs e vendedores nos encaram enquanto corremos, com as botas batendo no chão, lixo voando. Os minúsculos gângsteres que nos perseguem chegam à abertura da viela, preenchendo o ar com os *BAM! BAM!* dos tiros da pistola disruptiva. O sibilar das partículas carregadas zune perto da minha orelha. Nós nos jogamos atrás de uma caçamba cheia de partes descartadas de maquinário, procurando algum tipo de cobertura.

— Eu *falei* que isso era uma péssima ideia! — Scarlett arfa.

— E eu falei pra você que não *tenho* péssimas ideias! — grito, chutando uma porta.

—Ah, não? — ela pergunta, conseguindo dar um tiro nos nossos perseguidores.

— Não! — Eu a arrasto para dentro. — Só algumas menos incríveis!

· · · · · · · · · · · · ·

É, vamos voltar um pouquinho.

Uns quarenta minutos, talvez, antes de os tiros saírem pela culatra. Eu sei que já fiz isso antes, mas é mais empolgante dessa forma. Confia em mim. Lembra das covinhas, tá?

Enfim, quarenta minutos antes, estou sentado em uma cabine lotada em um bar lotado, com a música ecoando nos ouvidos. Estou vestido com uma túnica preta justa e calças mais justas ainda, algo que presumo ser estiloso — foi Scarlett quem escolheu, afinal. Minha irmã está apertada na cabine ao meu lado, também vestida à paisana, com um vestido vermelho-sangue que acompanha suas curvas e com um decote profundo, do jeito que ela gosta.

Sentados do outro lado da mesa está uma dúzia de gremps.

O lugar onde estamos sentados é uma boate, cheia de luz pulsante e ar esfumaçado, abarrotado até o teto. Tem um poço largo no centro do local, que deve ser usado para algum tipo de esporte violento, mas felizmente ninguém está matando ninguém aqui nesse instante. O tráfico de drogas e peles está acontecendo ao nosso redor, os trambiqueiros de pequeno porte da estação, em sua labuta diária. E além do cheiro de cigarrocha e os alto-falantes reverberando, uma única pergunta está zumbindo na minha cabeça.

Como, em nome do Criador, eu cheguei aqui?

Os gremps estão sentados na nossa frente — uma dúzia de seres pequenos e peludos, abarrotados no outro lado da cabine. Seus olhos como fendas estão fixados no unividro que Scarlett colocou na mesa diante de nós. O aparelho é um painel achatado, do tamanho da mão, em silicone transparente, iluminado com displays holográficos. Rodando alguns centímetros acima, está a imagem brilhante de nossa Longbow. A nave tem o formato de ponta de flecha, de titânio brilhante e carbonato de cálcio. O emblema da Legião Aurora e a designação do esquadrão, 312, estão marcados nas laterais.

É tecnologia de ponta. Linda. Nós passamos por tanta coisa juntos.
E agora precisamos nos desfazer dela.

Os gremps murmuram algo entre si no seu idioma de sibilos e ronronados, os bigodes tremulando. A líder tem pouco mais de um metro de altura, o que é grande pra espécie dela. O pelo marrom mesclado que cobre seu corpo está perfeitamente penteado, e o traje madrepérola avisa em letras garrafais que ela é uma "gângster chique". Seus olhos verde-claros estão pintados com um pó escuro e têm o brilho de alguém que alimenta seus bichos de estimação com carne humana só por diversão.

— Arriscado, garota da Terra. — A voz da gremp é um ronronado suave. — Arrrrrriscado.

— Nós fomos informados de que Skeff Tannigut era uma mulher que lidaria com riscos. — Scarlett sorri. — Você tem uma reputação e tanto por aqui.

A Sra. Tannigut bate com as garras no topo da mesa, desviando o olhar do holograma da Longbow e olhando diretamente para minha irmã.

— Existem riscos normais, garota da Terra, e existe o risco de acabar pegando vinte anos na Colônia Penal Lunar. Traficar equipamento roubado da Legião Aurora não é brincadeira.

— O equipamento também não — digo.

Doze pares de olhos como fendas se viram para mim. Doze queixos que possuem caninos caem. Skeff Tannigut olha para minha irmã espantada, as orelhas tremulando no topo da cabeça.

— Você deixa seu macho falar em público?

— Ele... é arisco. — Scarlett sorri, me olhando de soslaio com uma expressão de "cale a bocaaaa".

— Eu posso te vender uma coleira de choque — a gângster oferece. — Pra ajudar na domesticação.

Eu ergo uma sobrancelha.

— Obrigado, mas, *argh!*

Aperto minha canela dolorida debaixo da mesa e faço cara feia quando Scarlett se inclina na mesa para olhar a líder do sindicato nos olhos.

— Se está sendo tão generosa, vamos pular as preliminares, que tal? — Ela gesticula para a imagem holográfica da nossa Longbow. — Cem mil e a nave é sua. Com todos os códigos de segurança das armas.

Tannigut consulta brevemente suas colegas. Sem querer levar outro chute nas canelas, eu fico sem dar um pio e examino a boate ao nosso redor.

O bar tem uma fileira de garrafas coloridas cheias de arco-íris, e as paredes são iluminadas por visões holográficas — jogos de jetbol e as últimas notícias econômicas da Central, e canais de notícias falando de naves Imaculadas passando por zonas neutras. Essa estação espacial fica bem longe do Miolo, mas ainda fico surpreso com a quantidade de espécies diferentes aqui. Desde que atracamos, há duas horas, encontrei ao menos vinte — Betraskanos pálidos, gremps peludos, Chellerianos azuis enormes. Esse lugar é como um pedaço desprestigiado de toda a Via Láctea, preso a uma perigosa mistura multicultural.

O planeta acima do qual estamos flutuando é um gigante gasoso, um pouco menor do que Júpiter. Essa estação paira na estratosfera, suspensa sobre uma tempestade que tem quatrocentos anos e percorre vinte mil quilômetros. O ar é filtrado, a cidade flutuante selada em um domo transparente de partículas ionizadas que estalam levemente nos céus acima de nossas cabeças. Ainda assim, consigo sentir o gosto do gás clórico que dá a cor da tempestade e que inspirou o nome da estação.

Eu tomo um gole de água. Olho para o porta-copo embaixo dele.

BEM-VINDOS À CIDADE ESMERALDA!, diz o aviso. NÃO OLHE PARA BAIXO!

Os gremps pararam de conversar, e os olhos brilhantes de Tannigut voltam para Scar. A gângster alisa o bigode com uma pata enquanto fala.

— Te dou trinta mil — diz ela. — É pegar ou largar.

Scar ergue uma sobrancelha perfeitamente desenhada.

— Desde quando gremps são comediantes?

— Desde quando legionários da Aurora vendem suas naves? — a gremp pergunta.

— Poderíamos ter roubado essa aqui. Por que acha que somos da Legião?

Tannigut aponta para mim.

— O cabelo dele.

— O que tem meu… *argh!*

— Com todo respeito, os motivos não são da sua conta — Scarlett diz tranquilamente. — Não existe tecnologia em mais nenhum lugar da galáxia como a dos laboratórios Aurora. Cem mil é uma pechincha, e você sabe disso. — Scar joga o cabelo flamejante para trás, e consegue parecer bem menos desesperada do que estamos de verdade. — E, portanto, senhora, vou dizer adeus.

Scar está se levantando para ir embora e Tannigut está esticando a mão para impedi-la quando a comoção começa no bar. Olho na direção do barulho para decifrar o motivo da confusão e noto que os vários jogos de jetbol e notícias da bolsa nas telas foram interrompidos por uma transmissão especial de noticiário.

Meu estômago revira conforme leio a mensagem na parte inferior das telas.

Ataque Terrorista na Legião Aurora

Um Terráqueo grandalhão pede para o barman aumentar o som. Um Chelleriano maior ainda grita para colocar de volta no jogo. E uma pequena briga de socos começa, o barman para a música, e as notícias estalam através do alto-falante do bar.

— *... mais de sete mil refugiados Syldrathi foram mortos no ataque, e os governos Terráqueo e Betraskano expressaram seu repúdio ao massacre...*

Meu coração acelera e pula no peito enquanto assisto às filmagens que acompanham a notícia. Mostram as bolhas cinzentas de uma sonda de processamento de metal aninhada ao lado de um asteroide gigante, flutuando em um mar de estrelas.

Reconheço a estrutura imediatamente. É Sagan — a estação de mineração para onde nosso esquadrão foi enviado em sua primeira missão longe da Academia Aurora. Lá, fomos capturados por um exterminador Terráqueo, aprisionados pela AIG. Eles obliteraram a estação Sagan para silenciar as testemunhas que poderiam tê-los visto levarem Auri sob custódia. Não tem nada além de destruição no lugar agora.

Difícil acreditar que só faz alguns dias...

Enquanto observo, uma nave voa para perto e atira uma série de mísseis, destruindo a estação. Só que, conforme as imagens congelam na nave do atacante, eu percebo que não é a frente arredondada e sisuda do exterminador Terráqueo que lança o tiro fatal. A nave atacante tem o formato de uma flecha, de titânio brilhante e carbonato de cálcio, o emblema da Legião Aurora e a designação do esquadrão marcados nas laterais.

312.

— Santo Criador...

Olho para Scarlett. O anúncio fica mais alto do que a briga de bar, que piora cada vez mais.

— *Os transgressores responsáveis pelo massacre em Sagan também são procurados pela conexão com a quebra de Interdição Galáctica enquanto eram perseguidos por forças Terráqueas. O comandante supremo da Legião Aurora, Almirante Seph Adams, divulgou o seguinte depoimento alguns instantes atrás...*

A filmagem muda para a figura familiar do Almirante Adams, o comandante da Legião Aurora, vestido em uniforme completo. Dezenas de medalhas brilham no seu peito largo. Seus braços cibernéticos estão cruzados, sua expressão séria. Ele bate um dedo prostético no antebraço conforme fala, o metal ecoando levemente.

— Nós condenamos — começa ele —, *nos termos mais rígidos possíveis, as ações do Esquadrão 312 da Legião Aurora na Estação Sagan. Não podemos explicar suas motivações, apenas dizer que esse esquadrão claramente age por conta própria. Eles violaram nossa confiança. Quebraram nosso código. O comando da Legião Aurora oferecerá toda a ajuda possível ao governo Terráqueo para perseguir esses assassinos, e nossas preces estão com as famílias das vítimas refugiadas.*

Fotografias aparecem na tela. Os rostos e nomes do meu esquadrão.
Finian de Karran de Seel.
Zila Madran.
Catherine Brannock.
Kaliis Idraban Gilwraeth.
Scarlett Jones.
Tyler Jones.
Embaixo de nossos nomes há mais palavras.
Procurados. Recompensa oferecida: 100,000 CR

E é nesse instante que meu estômago está pronto para sair pela boca.

Olho para minha irmã, sem conseguir formar palavras. Precisamos ir. Scar já está pegando o seu unividro da mesa quando as garras de Tannigut se afundam no seu pulso.

— Pensando bem — a gremp sorri, os dentes pontudos —, cem mil em crédito parece *mesmo* uma pechincha.

Scarlett olha para mim. Costumo dizer que é engraçado ser um gêmeo. Às vezes eu sinto que sei tudo que minha irmã vai falar antes que ela abra a boca. Às vezes posso jurar que ela sabe o que estou pensando só de olhar pra mim. E nesse instante, estou pensando que a gente precisa dar o fora desse bar fedido e dessa estação fedorenta.

Tipo, pra ontem.

Scarlett bate a base da palma da mão bem no nariz de Tannigut. Ela é recompensada com um *craque* alto e um grito de dor, uma mancha de roxo profundo. Pego a mão ensanguentada da minha irmã e a arrasto para longe da cabine conforme os outros gremps uivam e pulam na gente.

A briga por causa do controle remoto do outro lado do bar agora está fervendo, e, pelas minhas contas, um pouco mais de caos não vai prejudicar ninguém. Então eu dou um tiro em um gremp com minha pistola disruptiva, chuto os caninos para fora da cabeça de outro com minha bota e dou um empurrão em Scar porta afora.

— Vai! Vai!

Alguém grita. Um freguês sai voando por cima da minha cabeça direto na parede. Três gremps pulam em mim, arranhando e mordendo. Eu chuto e dou tiros até me livrar deles, rolo no chão e me levanto, saindo pela porta da frente no rastro da minha irmã e adentrando o labirinto de ruas em que consiste a Cidade Esmeralda.

A estação cobre oitenta níveis, com uma extensão de cem quilômetros. Os níveis mais baixos estão ocupados por uma floresta invertida de turbinas de vento, que cultivam o enorme poder das correntes de tempestade embaixo e o transformam em energia. A cidade é interconectada por uma malha enorme de tubos de circulação transparentes, movidos por essas mesmas correntes. É em um desses tubos que minha irmã e eu pulamos imediatamente.

— Ao Grã-Bazar! — Scarlett grita.

— Cumprindo — o computador apita e, antes que eu possa piscar, nós estamos sendo açoitados na rota do túnel em cima de uma almofada de oxigênio ionizado.

— Fin? Está me ouvindo? — Eu grito por cima da corrente inundante.

— *Hum, sim* — vem a resposta. — *Viu as notícias, Garoto de Ouro? Aquela não é a minha melhor foto.*

— É, a gente viu. E chuto que metade das pessoas aqui na cidade viram também. Incluindo o sindicato para o qual estávamos tentando vender a Longbow.

— *Não fecharam o negócio, imagino?*

Olho para trás, vejo uma matilha de gremps sendo impulsionada bem atrás de nós, as pistolas prontas para atirar assim que sairmos do tubo altamente pressurizado.

— Dá pra dizer isso — respondo. — Estamos voltando pelo bazar, preciso que você me fale a rota. Avise Kal e Zila para prepararem a partida. Cada caçador de recompensa, detentor da lei e mequetrefe de coração bonzinho nesse buraco vai estar atrás da gente agora.

— *Eu disse que era uma péssima ideia.*

— E eu disse que não *tenho* péssimas ideias.

— *Só ideias menos incríveis?*

A Cidade Esmeralda aparece ao nosso redor no tubo de circulação lá fora, dezenas de níveis, milhares de segredos, milhões de pessoas. As nuvens em nosso entorno se entrelaçam e formam lindos desenhos, como se fossem aquarela numa tela molhada. As paredes, arcos e espirais brilhantes sob o domo ionizado são tingidas de um verde-claro pela tempestade clórica lá embaixo, os céus acima como sangue esguichado.

Eu sabia que estávamos testando a sorte simplesmente por virmos a uma estação tão remota quanto essa. Era só uma questão de tempo até que as notícias de que tínhamos dado as costas ao nosso comando se espalhassem, e eu sabia que a Agência de Inteligência Global estaria nos perseguindo depois de Octavia III. Só que eu deveria saber que eles tentariam chegar a nós por todos os lados. Forjar que fomos nós os agressores no massacre que *eles* cometeram foi esperto. Algo que eu poderia ter feito se tivesse jogado meu compasso moral no lixo reciclável. Ao nos apresentar como assassinos de refugiados inocentes e também como pessoas que quebraram a Interdição, eles nos tiraram da Academia Aurora e afastaram de nós qualquer um que poderia nos ajudar.

Não posso culpar Adams por ter nos abandonado, mas foi ele que protegeu Scar e a mim depois que papai morreu. Preciso admitir que dói ouvi-lo nos chamar de assassinos. E apesar de fazer sentido ele nos deixar para trás depois de termos sido acusados de terrorismo galáctico, uma parte de mim fica arrasada por ele acreditar nisso.

— Presta atenção, bebezinho — Scar avisa.

— Próxima parada, Grã-Bazar — diz o computador.

— Está pronta?

Minha irmã olha para mim e dá uma piscadela.

— Eu *sou* uma Jones.

Uma lufada de ar da outra direção nos desacelera até ficarmos perfeitamente parados diante das portas dos tubos. Nós damos no pé, correndo pelo mar de barracas e barulho que é o Grã-Bazar da Cidade Esmeralda. Se eu tivesse um tempo, pararia para admirar a paisagem.

Mas do jeito que estamos agora, acho que só temos um instante antes de nós dois morrermos.

• • • • • • • • • • • •

Nós irrompemos por uma porta da viela para a cozinha de um boteco Betraskano, o ar preenchido pelo cheiro doce de óleo de luka e javi fritando. O chef está prestes a gritar com a gente quando vê as pistolas disruptivas nas nossas mãos. Então ele e os outros cozinheiros sabiamente decidem tirar o horário de almoço.

Os gremps aparecem atrás de nós, e Scarlett e eu descarregamos nossas pistolas. Consigo apagar quatro (tirei 98% no exame de tiro), e os outros voltam correndo para a viela. Antes de conseguirem se reagrupar, corremos de novo, saindo pela porta da frente do restaurante cheio e de volta às ruas.

Um humano adolescente para em um esquife flutuante do lado de fora do restaurante e sai do assento. Conforme os pés dele tocam a calçada, eu lhe dou uma rasteira, pego a chave e subo no veículo dele. Scar pula na garupa e oferece um grito de desculpas para o dono quando saímos.

— Foi maaaal!

Nós passamos para o trânsito, com drones e veículos dirigíveis flutuando e desviando acima e ao redor de nós. O trânsito aqui é puro caos — uma hora do rush de velocidade máxima perpétua, com três camadas, e estou com esperança de despistarmos nossos perseguidores. Um tiro de pistola às nossas costas avisa que...

— Ainda estão atrás da gente! — Scar grita.

— Então atire neles!

— Você *sabe* que eu atiro mal! — Ela afasta os cabelos do olho. — Passei as aulas de tiro do último ano flertando com meu parceiro de alvo!

Eu sacudo a cabeça.

— Por que mesmo você está no meu esquadrão?

— Porque eu disse sim, espertinho!

A voz de Finian aparece no comunicador.

— *Você vai pegar a próxima saída, Garoto de Ouro. Dá direto no cais.*

— Oiiii, Finian.

— *Hum... oi, Scarlett.*

— Tá fazendo o quê?

— *Ah...* — Meu Mecanismo pigarreia. — *Bom, quer dizer...*

— Scar, pode parar! — grito, acelerando na saída com mais tiros de pistola ecoando atrás de nós. — Fin, a estação de segurança sabe que a gente está aqui?

— *Não tem nada nos informativos até agora.*

— Os motores estão prontos?

— *Prontos para decolagem assim que vocês dois chegarem.* — Fin pigarreia de novo. — *Apesar de que, sem... bom, a gente não tem um piloto...*

E naquele instante, o mundo que voa ao meu redor a cento e vinte quilômetros por hora fica tão lento como se estivesse se arrastando.

O braço de Scar se aperta ao redor da minha cintura. Minha respiração fica presa na garganta. Tento não pensar nela. Tento não me lembrar do nome dela. Tento não dar vazão à dor no meu peito e continuar seguindo, porque do jeito que estamos, não temos tempo para o luto. Só que...

Cat.

— Chegamos em sessenta — digo. — Deixe as portas abertas, vamos entrar com tudo.

— *Entendido.*

Alcançamos a rampa de saída tão rápido que quase passamos reto por ela, o tráfego zunindo por nós em um borrão. Arrisco dar uma olhada por cima do ombro, vejo um cruzeiro se esforçando para ultrapassar os outros veículos atrás de nós. Mais de uma dúzia de gremps está agarrada nas laterais. Eu não sei como ela conseguiu tão rápido, mas Tannigut chamou reforços, e parece ser sério.

A rampa está lotada com esquifes pesados e cargueiros, e Scar consegue dar uma dúzia de tiros perdidos, deixando a bateria da pistola vazia e atingindo alguns alvos aleatórios, mas ela grita triunfante quando o seu tiro final bate no ombro de um gremp, lançando o gângster para a estrada.

— Eu consegui *um*!

Scar aperta ainda mais minha cintura, me sacudindo freneticamente.

— Você! Viu! *Isso?* Eu...

Coloco minha pistola na configuração Matar e a descarrego em cheio no compartimento de um pesado cargueiro de lixo que voa na pista diretamente acima de nós. O tiro explode os estabilizadores, e ele cai soltando uma nuvem de fumaça. Desvio para o lado conforme o drone cai direto na nossa pista, dando voltas no ar e jogando algumas toneladas de recicláveis na pista atrás de nós. Buzinas ecoam, freios gritam, e o cruzeiro dos gremps bate com tudo diretamente no drone arrebentado, fazendo com que seus passageiros saiam voando em uma névoa de pelo queimando e palavrões.

A gangue toda, com um único tiro.

Eu dou um sopro no cano da pistola. Sorrio por cima do ombro quando a coloco de volta no coldre.

— Sabe — Scarlett diz, fazendo biquinho —, ninguém gosta de exibidos, bebezinho.

— Eu odeio quando você me chama assim. — Eu dou um sorriso.

Nós chegamos ao cais, passando por cima do tráfego de pedestres, empacotadores e outras naves de carga. O porto espacial da Cidade Esmeralda está diante de nós, com luzes brilhantes, céus zunindo e naves sofisticadas ao longe. Consigo ver nossa Longbow logo adiante, parada entre um transportador Betraskano e um cruzeiro de férias Rigelliano novinho dos estaleiros Talmarr.

Fin está parado no fim da rampa de carga, inspecionando o cais com uma expressão preocupada. Sua pele branca como osso fica mais clara sob as luzes da Longbow, o cabelo pálido está espetado para cima. Suas roupas civis elegantes são escuras em contraste com o exotraje prateado brilhante, escondendo seus membros e suas costas.

Ele nos vê e acena, frenético.

— *Estou te vendo, Garoto de Ouro. Tira essa bunda boa de bater daí, a gente precisa...*

— Isso é um alerta de segurança — anunciam os alto-falantes do cais. — Todas as naves atracadas na Cidade Esmeralda estão confinadas até ordem contrária. Repetindo: isso é um alerta de segurança...

— Acha que isso é pra gente? — Scarlett grita no meu ouvido.

Eu olho para o céu, vejo um drone de segurança em meio à multidão de carregadores e elevadores.

— É. — Eu suspiro. — É pra gente.

O chão abaixo de nós estremece, e braçadeiras enormes de atracagem começam a se erguer nos deques do porto espacial na nossa frente. Começam a se fechar ao redor das naves pousadas, provocando um jorro de profanidades dos membros de tripulação e trabalhadores a nossa volta. Eu piso no acelerador, tentando desesperadamente chegar em casa, mas deslizamos até parar perto de Fin logo que o maquinário do cais prende nossa Longbow no lugar.

Scar salta do esquife. Conforme os alertas continuam a ressoar ao nosso redor, eu afasto meu cabelo loiro molhado dos olhos, examinando as braçadeiras com as mãos nos quadris. São de titânio reforçado, escorregadias devido à graxa, eletromagnéticas, e gigantes.

— Nossos propulsores não vão conseguir sair dessa de jeito nenhum — digo.

Fin sacode a cabeça.

— Vão despedaçar o casco.

— Dá pra hackear o sistema? — pergunto. — Destravar a gente?

Meu Mecanismo já está com o unividro na mão, o aparelho acendendo com uma dúzia de pequenas telas holográficas conforme ele começa a digitar.

— Me dá cinco minutos.

— Não quero assustar ninguém — diz Scar —, mas a gente *não tem* cinco minutos.

Eu olho pra onde minha gêmea está apontando, com o coração pesando ao ver dois esquifes reforçados acelerando através do cais. As luzes piscando e alarmes ressoantes fazem com que a multidão pule pra fora do caminho, enquanto formam uma linha reta na nossa direção.

Nas bandejas de reboque atrás das cabines de controle, consigo ver uma dúzia de Robôs de Segurança pesados armados com canhões disruptivos. Marcados nos capôs, na carcaça dos RobôSecs, estão as palavras Segurança da Cidade Esmeralda.

— E aí — diz Scarlett, olhando para mim. — Alguma outra ideia incrível?

ASSUNTO: ORGANIZAÇÕES GALÁCTICAS

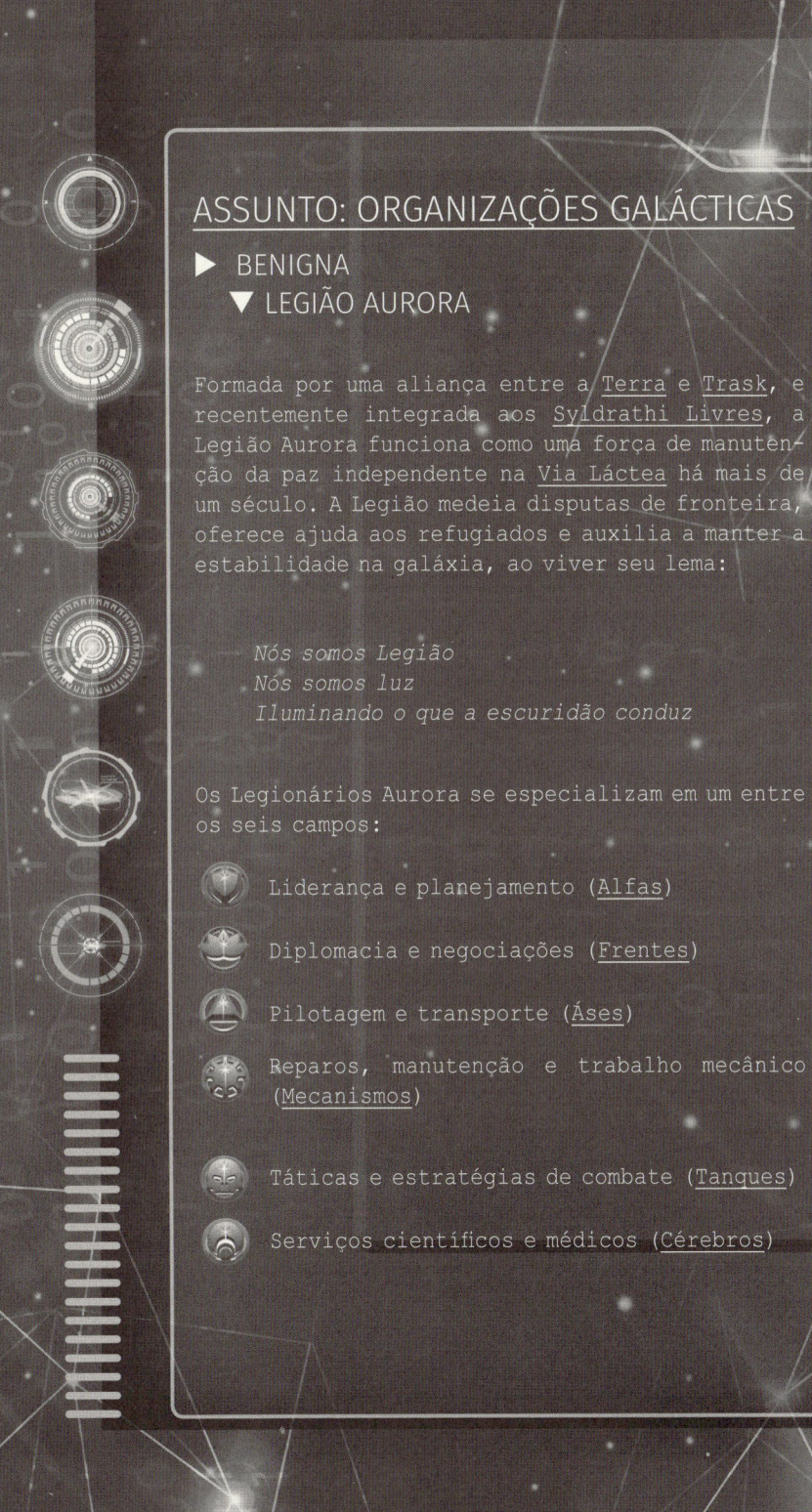

▶ BENIGNA
  ▼ LEGIÃO AURORA

Formada por uma aliança entre a Terra e Trask, e recentemente integrada aos Syldrathi Livres, a Legião Aurora funciona como uma força de manutenção da paz independente na Via Láctea há mais de um século. A Legião media disputas de fronteira, oferece ajuda aos refugiados e auxilia a manter a estabilidade na galáxia, ao viver seu lema:

Nós somos Legião
Nós somos luz
Iluminando o que a escuridão conduz

Os Legionários Aurora se especializam em um entre os seis campos:

- Liderança e planejamento (Alfas)
- Diplomacia e negociações (Frentes)
- Pilotagem e transporte (Ases)
- Reparos, manutenção e trabalho mecânico (Mecanismos)
- Táticas e estratégias de combate (Tanques)
- Serviços científicos e médicos (Cérebros)

2

AURI

Nós já estamos de pé quando Fin entra correndo pela rampa, mancando pesadamente.

— Peguem seus equipamentos — ele grita. — Estamos dando no pé.

Tyler e Scarlett seguem logo atrás, correndo na direção das suas respectivas camas e armários.

— Vinte segundos! — berra o líder do esquadrão ao passar por mim e Kal. — Vinte segundos, lá fora!

Eu não possuo nada a não ser meu univídro, Magalhães — que está dentro do meu bolso, como sempre — e as roupas que estou vestindo. Então corro para onde Fin está empacotando rapidamente a caixa de ferramentas que ele e Zila estavam usando para consertar seu traje.

— Pode ir — falo para ele. — Pegue suas coisas. Eu posso guardar isso aqui.

Ele me lança um olhar de gratidão e vira para os fundos da nave. Não tenho tempo de colocar todas as pequenas ferramentas ou o maquinário dentro dos encaixes macios de isopor, então só pego tudo e enfio na mala.

— Dez segundos! — Ty grita de algum lugar lá no fundo.

— Coisas portáteis e valiosas — Scarlett responde gritando. — Sem carregar peso!

Ergo a mala com mãos trêmulas, olhando para a cabine à procura de qualquer outra coisa que eu deveria pegar.

Kal e eu passamos as últimas horas sentados no fundo da nave enquanto ele tentava me ensinar alguns exercícios Syldrathi que tinha esperança de que pudessem ajudar a focar minha mente. O poder selvagem que eu controlei brevemente em Octavia III ainda está à espreita dentro de mim — consigo senti-lo ali, circulando e rodopiando atrás das minhas costelas — mas meu controle sobre ele é no mínimo duvidoso. Se eu abrir a válvula que o mantém escondido ali, não faço ideia do que vai sair, mas sei que não vai ser bonito. Kal tem esperança de que, com treino e disciplina, eu consiga controlá-lo.

Só que, conforme tentava visualizar lentamente uma chama roxa bruxuleante, afastando a realidade para focar no meu sa-mei — um conceito Syldrathi que ainda não entendo —, era difícil não olhar disfarçadamente para ele. Kal fica com essa pequena ruga na testa quando está concentrado, e em nome *disso* eu poderia alegremente afastar a realidade para focar nesse assunto. Mas imagino que ele pode achar isso uma versão pouco digna de treinamento.

Passo os últimos cinco segundos pegando pacotes de ração esparramados pela mesa e os enfiando por cima das ferramentas de Fin, e jogo a mala por cima do ombro conforme os outros vêm dos fundos.

— Vamos — Tyler ordena. — Kal, você vai primeiro. Nós temos dois esquifes armados se aproximando, talvez a uns trinta segundos de distância. Vamos sair antes deles chegarem.

— Sim, senhor — diz Kal simplesmente, olhando às pressas para checar minha posição e depois liderando o caminho pela rampa. Tyler vai logo atrás dele e eu vou depois, o que significa que bato a cara com tudo nas costas do nosso Alfa quando ele para de repente.

— Ei, olha onde…

Eu me inclino para olhar o que está adiante dele e percebo que ele parou porque Kal parou. E Kal parou porque…

— Eu creio — diz nosso Tanque baixinho —, que sua estimativa de trinta segundos estava incorreta.

Nós três somos alvos fáceis na rampa de carga da Longbow, o que é uma má notícia, porque não estamos sozinhos. Dois caminhões flutuantes abertos pararam na frente da nossa nave, as luzes piscando num tom azul de urgência. E robôs policiais enormes e assustadores que parecem baratas de metal em pé estão pulando dos caminhões, os joelhos dobrados para trás para amenizar o impacto conforme atingem o chão. Estão armados com pistolas do tamanho do meu torso, a armadura polida refletindo as luzes estroboscópicas.

— Atenção, suspeitos — um deles avisa, apesar de eu não enxergar a boca dele se mexer. — Vocês estão sendo detidos para interrogação. Se resistirem, seremos obrigados a usar a força. Ergam as mãos para indicar concordância.

Por um longo momento, tudo está em silêncio. Até mesmo o rugido da cidade ao nosso redor diminui; é como se eu estivesse embaixo d'água, e tudo que consigo ver é a luz azul piscante dançando sobre a armadura dos soldados robôs-barata. Kal muda sua posição quase que imperceptivelmente, usando o corpo dele para proteger o meu. Sinto um formigar no meu pescoço, a adrenalina pulsando em minhas veias. Eu sinto o mundo... mudar, sem aviso, e minha mente é inundada com imagens.

Outra visão.

É como se eu conseguisse ver os próximos instantes decorrerem dentro da minha cabeça, como se estivesse vendo por uma tela. Consigo ver os caminhos que podemos tomar, cada um se ramificando na minha frente, claros como vidro.

Eu os vejo nos colocando em algemas, nos levando em um dos caminhões, fixando as algemas na barra comprida do caminhão para assegurar nossa prisão. Vejo as mãos de Zila se contorcerem atrás dela, a mandíbula de Ty cerrar em frustração e derrota.

Ou, por outro caminho, vejo Kal começar a caminhada adiante e Ty pular para seu lado, me vejo paralisada por indecisão conforme os soldados abrem fogo, a munição cortando nossos corpos.

Ou eu vejo...

— Be'shmai — diz Kal, baixinho.

— Sim — murmuro, pausando para inspirar uma lufada longa e lenta. Sinto meus pulmões expandirem, minhas costelas incharem com a pressão interna, a coisa que eu acordei contraindo e de prontidão querendo e *exigindo* ficar livre. Ergo minha voz para que todo o Esquadrão 312 me ouça. — Pessoal, pra baixo em três...

Eu ouço uma pergunta atrás de mim, o uivo já começando a erguer até meus ouvidos.

— Dois...

Espero que a confusão do esquadrão não os deixe lentos. Que eles confiem em mim, apesar de que essa nova confiança é uma coisa frágil, construída a partir de corações partidos.

— Um.

Tyler e Kal caem no chão, e eu ergo minhas mãos, deixando cada pedaço de mim se esvair. Meu corpo se foi, deixado para trás onde está, em pé na porta da Longbow, oscilando no lugar. E sou um tumulto de energia mental azul-escura, permeada por fios prateados ferozes, explodindo em todas as direções.

Para o resto do mundo eu sou invisível, ou estou de volta aonde meu corpo está, ou talvez alguma coisa no meio dessas duas. Só que no plano onde eu existo, sou uma esfera inquieta, expandindo na velocidade da luz para abraçar os RobôSec na minha frente.

É uma onda que eu mal sustento, não de todo controlada, e não consigo escolher a direção — consigo manter o tsunami longe de mim, poupando os corpos fracos e frágeis de Kal e Tyler, do esquadrão atrás de mim, mas ela explode para a frente e para cima e além em um milissegundo.

A oscilação de força explode em trezentos e sessenta graus, e eu levemente tomo consciência da Longbow sendo comprimida no mesmo instante que os robôs. Meus fios prateados se enrolam neles, pressionando-os mortalmente, e a alegria me percorre quando eu os aperto, conforme amasso, conforme o metal se rompe e os circuitos piscam e morrem.

Tudo está em silêncio e o rugido é ensurdecedor, e eu sou parte dessa nuvem azul-escura, estou segurando com meus fios prateados, e então bato de volta no meu corpo como um elástico que foi esticado demais, e de repente...

... acabou.

E mais uma vez eu sou uma coisa infinitamente frágil, em pé sobre duas pernas que estremecem, e ao meu redor ressoam gritos e alarmes, e na minha frente está a destruição de esquifes e RobôSecs, à minha volta está a ruína da nossa Longbow, e estou oscilando de novo, e meus joelhos se dobram da mesma forma que os dos robôs quando eles pularam dos caminhões, e tem sangue no meu lábio, e estou me mexendo, e caindo, e o chão vem ao meu encontro.

• • • • • • • • • • • • •

Quando eu acordo, Kal está inclinado sobre mim, a mão gentil na minha bochecha. Seus olhos violeta são grandes e lindos, seu longo cabelo prateado emoldurado por uma auréola difusa de luz.

— Você parece um anjo — murmuro.

— O que é um anjo? — pergunta ele, sua mão envolvendo a minha. A expressão dele é séria como sempre, mas consigo ver preocupação nos seus olhos. Consigo sentir o esforço que ele está fazendo para não esmagar minha mão.

— É uma criança de barro com asas — Finian diz de algum lugar de trás dele.

As sobrancelhas de Kal se erguem.

— Humanos não têm asas.

— Como é que você sabe? — Fin pergunta. — Já viu algum pelado?

As sobrancelhas de Kal se levantam ainda mais e as orelhas dele começam a corar quando Scarlett aparece para salvá-lo.

— Seja legal, Finian. Você está viva aí, Auri? Foi uma explosão e tanto.

Ela e Tyler aparecem na minha visão, pairando acima do ombro de Kal, e percebo que ninguém está usando auréolas — nós só estamos em um ambiente fechado, e a luz das lâmpadas está atrás deles. Eu me sinto como se minha forma humana fosse feita de macarrão, meus membros sem forças e sem cooperar, mas aos poucos, minha visão está desembaçando. Zila gentilmente afasta Kal para um lado e começa a passar um scanner medicinal em mim.

— Onde estamos? — tento falar.

— Um hotel no submundo da Cidade Esmeralda — diz Tyler. — Do tipo que cobra diária baixa e não faz perguntas. Eu reservei como plano B antes do acordo com os gremps, só para o caso de as coisas ficarem *bem* ruins.

— O que é estranho — diz a irmã dele, empurrando o ombro de Ty —, porque achei que todas as suas ideias fossem incríveis. Que sorte que você sabia que precisaríamos de uma alternativa.

— É quase como se eu tivesse estudado estratégia — diz ele, devolvendo o empurrão.

— Você está bem — Zila anuncia, olhando para mim. — As atividades cerebrais estão um pouco elevadas, mas as leituras bioquímicas estão normalizando.

— O que aconteceu? — pergunto.

— Você perdeu a consciência — Kal responde.

— Depois de destroçar uma pilha de RobôSecs até virarem ferro-velho e mandar os esquifes pra longe do céu — Fin responde. — Foi bem sexy. Talvez a gente devesse tentar fazer com que você aprendesse a mirar essa coisa? Se a gente não tivesse abaixado…

— Nós *abaixamos* — diz Scarlett. — E a esfera de força de Auri acabou de salvar nossas lindas bundas, então, obrigada, Auri.

A Frente do nosso esquadrão me ajuda a sentar e encostar nos travesseiros finos como panquecas, e fico com uma visão melhor do quarto fuleiro do hotel. Tem o mesmo tipo de decoração de chão grudento que acho que nunca sai de moda quando se está com um orçamento limitado. Tem um display holográfico ocupando uma parede e duas camas — eu estou ocupando uma, com o esquadrão à minha volta. Fin está na outra, trabalhando no exotraje novamente, sua caixa de ferramentas esparramada no colchão. Tem uma única janela encardida, e nossas coisas estão empilhadas embaixo dela.

Tyler responde sem precisar perguntar.

— Eu entrei sozinho depois que corremos para longe do cais — explica ele. — Puxei o resto de vocês pela janela. Menos chance de alguém se lembrar de nós assim. Devemos estar seguros por um tempo. Paguei com créditos sem marcação.

— Então temos um pouco de tempo. — Scarlett se deixa afundar na ponta da minha cama. — Dá pra gente respirar fundo.

Ela olha ao redor do quarto, estudando cada um de nós, e eu percebo que o tipo de superproteção de irmã mais velha que ela costumava guardar para Tyler cresceu para abranger todos nós. Zila voltou a ajudar Fin com o traje, e ele geme cada vez que ela move o joelho dele. Kal é como uma estátua ao meu lado, e Tyler está perdido em pensamentos. Ou em memórias.

Eu sei que ele está pensando em Cat a cada segundo. Todos nós estamos.

Essa derrota é uma vitória, foi o que ela me disse antes de desaparecer para sempre na consciência coletiva de Ra'haam.

Só que não parece uma vitória agora. Nós estamos fugidos dos governos Terráqueo e Betraskano — até mesmo a legião que tem meu nome está contra a gente. Perdemos nossos bens mais preciosos com a Longbow, estamos quase sem armas e com menos dinheiro ainda, e não temos ideia para onde devemos seguir.

— Então o que a gente faz agora? — pergunto, baixinho.

Tyler encara o chão, a sobrancelha com a cicatriz com um vinco profundo. Eu posso ver que ele está tentando muito ser nosso líder, e sinto a dor dele a cada segundo, mas tem horas que parece que a única razão por ainda estarmos nos mexendo é porque nenhum de nós percebeu que já fomos mortalmente feridos. Nós ainda não percebemos que estamos prestes a tombar.

— Comida — diz Scarlett, batendo as duas mãos durante o silêncio desconfortável. — Quando se está com dúvidas, é melhor comer até encontrar uma solução.

— Gosto do seu jeito de pensar — suspiro.

Scar descobre as refeições que eu coloquei na mala e, com um ato teatral bem convincente de falsa alegria, ela lê os nomes impressos nos sachês e os distribui com um floreio. Consigo um pacote de Bife "Ensopado"-e-Purê™ que não contém nenhuma explicação na embalagem de por que tem aspas na palavra *ensopado*.

— Gostaria de uma análise nutritiva disso? — a voz de Magalhães vem do meu bolso. — Porque em algumas culturas, uma refeição desse tipo seria considerada um ato de guerra, especialmente...

— Modo silencioso — falamos em uníssono, e é o suficiente para surgir um fantasma de sorriso em todos.

Fin sacode a cabeça.

— Eu sei que esses modelos velhos de unividro eram cheios de bugs, mas essa coisa aí leva *mesmo* o prêmio.

— É — Tyler suspira. — Nunca mais foi o mesmo depois que Scar instalou esse programa beta de personalidade do PoliNet.

Kal pisca na direção de Scarlett.

— Você baixou upgrades para o seu unividro em um canal de compras?

— Não — Tyler diz. — Ela baixou upgrades para o *meu* unividro num canal de compras.

— Vinha com uma bolsa grátis. — Scar dá de ombros. — E era seu aparelho velho, seu chorão.

Tyler revira os olhos e muda de assunto.

— Como está o exotraje, Fin?

— Bem — diz ele.

— Esse diagnóstico está incorreto — diz Zila quase que imediatamente. — O traje de Fin sofreu danos significativos em Octavia III e ainda necessita de reparos sérios. Ademais, o próprio Finian requer um tempo em gravidade baixa ou gravidade zero para descansar e se recuperar. Ele esforçou o corpo além do seu limite normal durante esses últimos dias.

Fin está de boca aberta quando ela está na metade do discurso, mas nada sai. Por fim, ele consegue falar, com os dentes cerrados.

— Eu estou *bem*. Dá pra aguentar. E talvez *você* devesse cuidar da sua própria vida.

Apesar de às vezes ser um pouco difícil decifrar a expressão dele através das lentes de contato pretas, não tem como confundir o olhar mortal que Fin está lançando para Zila agora. A Cérebro do nosso esquadrão estuda nosso Mecanismo por um longo instante, e depois se vira para Tyler, seu rosto inexpressivo como sempre. Só que tem alguma coisa no jeito que ela pisca e puxa aquele brinco dourado pendente — os de hoje têm formato de gremps — que é um pouco menos à prova de balas do que costumava ser.

Quer dizer, todos nós estamos um pouco menos à prova de balas do que costumávamos ser, mas para Zila, esse indício de suavização é preocupante.

— Eu sou a oficial de ciências e médica do esquadrão — diz ela, falando diretamente com Tyler. — É apropriado que eu reporte ao meu Alfa a condição dos membros do time.

— Está tudo bem — diz Ty, gentil. — Obrigado, Zila.

No entanto, Finian parece ignorar completamente o conselho de repouso de Zila. Ele arranca uma ferramenta da mão dela, toma um gole grande da sua refeição pré-cozida e volta a trabalhar no traje sem dizer mais nenhuma palavra. Depois de lançar um olhar para Ty, Scarlett se ergue do meu lado, e se acomoda ao lado de Fin.

— Se você derrubar Igualzinho A Tacos De Verdade™ nos circuitos, nunca mais vai sair — ela o informa, suave.

— Preciso consertar isso — insiste ele, de boca cheia.

— Faz uma pausa, Fin. — Scarlett coloca a mão sobre a dele. — Coma. Respire.

Ele encontra os olhos dela por um segundo, de alguma forma mastigando e fazendo bico ao mesmo tempo, mas um indício de tensão desaparece dos ombros dele quando ele engole, como se estivesse reconhecendo algo além da possibilidade de dar pane no seu traje.

— Tá, ok — suspira ele.

Nós todos ficamos em silêncio um pouco, terminando nossa refeição. Eu estou concentrada levando comida à boca, e encostada no ombro de Kal, que está sentado contra a cabeceira comigo. Dolorida como estou, tenho consciência de cada pequena mudança, cada uma das inspirações dele. Ele passou tanto tempo evitando me tocar depois que nos conhecemos, restringindo qualquer indício do Chamado que sente, que agora, quando se permite esse luxo, faíscas percorrerem meu corpo. Ele causa isso em mim, mesmo que ainda tome todo o cuidado enquanto os outros estão presentes... eu sei que não é o lugar para isso.

Ainda assim, eu me pego querendo mais.

— Bom, a gente precisa fazer um balanço — diz Tyler assim que o jantar acaba. — Kal, veja se você consegue encontrar qualquer menção a nós nos noticiários locais. Precisamos descobrir o tamanho dessa encrenca. Zila, Scar, inventário. Fin, descubra o que aconteceu com a Longbow.

— Não parece estar em seu melhor — diz Kal, olhando de relance para mim com uma expressão que lembra fascínio. — Depois que Aurora acabou com ela.

— Eu sei. — Ty assente. — Mas se não tiver como recuperá-la, a gente vai precisar de outro jeito de sair desse buraco.

Fin limpa as mãos, tira o univridro do bolso e começa a hackear a rede da estação. Kal liga a tela holográfica, passando pelos canais de notícias para ver se estamos fazendo alguma aparição especial. Zila e Scarlett começam a vasculhar nossas malas metodicamente, categorizando tudo que tiramos da

Longbow em pilhas de propriedade pessoal, propriedade do grupo e coisas que podemos vender. Vi que Zila resgatou os dois uniformes da AIG que roubamos em Sempiternidade, e vejo de relance meu reflexo em um daqueles capacetes vazios e espelhados. O branco atravessa minha franja e a íris do olho direito. A garota que me olha de volta no espelho às vezes ainda parece uma estranha.

Vejo o exato momento em que Scarlett tira o dragão de pelúcia de Cat, Trevo, da mala de Fin. Ela olha por cima do ombro para Tyler, os olhos brilhando com lágrimas, e então se estica para entregar o brinquedo para ele. Ele o pega com gentileza, como se fosse algo infinitamente precioso, apertando-o contra o peito. Então ele olha para Fin, que o está observando. Fin deve ter corrido para o assento de piloto para pegar esse último pedaço de Cat quando ele estava deixando a Longbow.

O Betraskano só assente e se volta para o unividro.

Apesar de esse esquadrão ser a coisa mais próxima de uma família que eu tenho agora, ainda me sinto um peixe fora d'água perto deles. É em momentos como esse que eu lembro o quão longe estou de casa, quão distante estou do meu tempo. Duzentos anos se passaram num piscar de olhos enquanto eu estava perdida em sono criogênico. Para mim, só faz algumas semanas desde que embarquei na *Hadfield*, em busca de uma nova vida em Octavia. Só que agora tudo que eu conheço se foi, e todo mundo que amo também.

Eu não sei como deveria me sentir, mas olhando para o velho brinquedo de Cat, para os uniformes cinzentos sem rosto, não consigo evitar pensar em nosso confronto com Ra'haam em Octavia III. Os colonos que absorveu em sua consciência coletiva. O rosto de meu pai embaixo da máscara do agente da AIG, flores prateadas em seus olhos.

Jie-Lin, preciso de você.

E apesar de parte de mim querer se aninhar e gritar com a memória, uma parte maior só está enraivecida. Sabendo como ele foi consumido, como foi usado, como foi vestido como um traje. Sinto o azul profundo tremulando na ponta dos dedos. Os presentes que os Eshvaren me deram relampejando embaixo da minha pele. Os inimigos ancestrais de Ra'haam, de alguma forma, vivos dentro de mim.

Consigo aprender a controlar isso. Sei disso. Posso ser o Gatilho que eles me moldaram para ser.

Mas como Tyler disse quando estávamos sobre Octavia, ainda precisávamos encontrar a Arma.

— Ok, Garoto de Ouro — Finian suspira, a cabeça encurvada sobre seu unividro. — Você quer a notícia boa ou a ruim primeiro?

— A que for menos dramática — responde Tyler.

— Então, a boa notícia é que a Longbow está despedaçada em um ferro-velho na Cidade Esmeralda. Em peças bem pequenas, bem achatadas e bem caras.

Tyler fecha os olhos. Apesar de nós todos sabermos que a chance de recuperar a nave era baixa, ainda assim é um golpe perder qualquer chance de vendê-la.

— Como é que isso é uma boa notícia? — pergunta ele.

— Acho que é uma boa notícia em comparação com a ruim?

Tyler suspira.

— Vai em frente.

Fin continua:

— A má notícia é que a única nave pela qual podemos pagar com o dinheiro que temos é um cargueiro Chelleriano de cento e setenta anos, sem sistema de navegação ou suporte de vida, cujo último emprego era de carregar lixo sólido de Arcturus IV.

— Parece maravilhoso — Scarlett ironiza.

— Parece cheiroso — murmuro.

— Parece inútil — Tyler resmunga. — Não tem mais nada?

Finian dá de ombros e, com um mexer dos dedos, projeta a tela do seu univridro no display da parede. Consigo ver uma rede complicada com milhares de naves diferentes sendo ofertadas, desde cruzeiros gigantescos até fragatas pequenas. Cada uma delas é tão mais cara do que podemos pagar que eu até fico com náuseas. Olho para o nome da corporação no cabeçalho, um emblema brilhante de uma engrenagem envolta em chamas.

— Incorporação Hefesto — murmuro.

— São a maior firma de ferro-velho na Cidade Esmeralda — explica Fin. — Membros do Criador, se a gente tivesse créditos, poderíamos pegar uma carruagem digna do nosso status de criminosos interestelares famosos, mas...

— Nós não temos créditos — Tyler diz, funesto.

— Por favor, me falem que não estamos considerando comprar a nave do lixão? — diz Scarlett. — Porque acho que não tenho roupa pra isso.

Kal olha para Scar, uma sobrancelha prateada se erguendo.

— *Como* você se vestiria para a ocasião?

— Espera, espera aí... — sussurro, minha respiração grudando na garganta. — Fin, pare de passar a página, volta pro...

Meu tom paralisa todo mundo na sala. Fin ergue a mão, passando da direita para a esquerda como um condutor de orquestra, indo lentamente pelas naves disponíveis no ferro-velho.

— Ali, pare ali!

Todos os olhos voltam para mim e eu fico de pé lentamente, apontando para uma das naves na parede.

— Auri? — Tyler pergunta.

— Essa é a *Hadfield* — digo.

Tyler se aproxima e estreita os olhos na direção da tela. Fin aperta o link e abre o anúncio, expandindo, e lá está. Diretamente das minhas memórias para o mundo dos vivos.

Parece um pouco com uma velha nave de guerra da Terra, alongada e no formato de charuto. O casco está manchado, arranhões grandes foram feitos nas laterais, e o metal parece que foi liquefeito em alguns lugares, mas eu a reconheceria em qualquer lugar. A nave na qual embarquei duas semanas e duzentos e vinte anos atrás, partindo para uma nova vida em Octavia III. Uma vida que já se foi, assim como tudo e todos que já conheci.

— Sopro do Criador, você está certa, Auri. — Ty sacode a cabeça, encarando a *Hadfield* com fascínio. — Da última vez em que vi a nave, estava sendo destruída pela Dobrastade. Como é que conseguiram tirá-la de lá?

Fin dá de ombros.

— Boa pergunta. Acho que o time de sucateamento da Hefesto deve tê-la encontrado na Dobra depois que você resgatou a Passageira Clandestina aqui? As especificações dizem que está num megacomboio que vai num bloco de leilão em Picard VI.

— Por que alguém ia querer esse monte de sucata? — Scarlett olha para mim. — Quer dizer, sem ofensas...

— Não me ofendi — murmuro.

— Diz bem aqui. — Fin assente. — O naufrágio mais famoso na era de exploração estelar Terráquea! Seja dono de um pedaço genuíno da história!

— Nós temos que pegá-la. — As palavras saem antes de perceber que estou falando.

Tyler se afasta da tela para me encarar.

— Pra quê?

— Não sei. É só... uma sensação.

— É seu dom, be'shmai? — Kal pergunta.

— Talvez. — Eu olho para o mar de rostos incertos, percebendo que, mesmo tendo começado a confiar em mim, os legionários do Esquadrão 312 precisam de mais do que uma intuição. — Olha, a gente sabe que eu preciso impedir Ra'haam de florescer, certo? De outra forma, aquilo vai se espalhar através da Dobra e consumir a galáxia. Só que a gente não *sabe nada* sobre os

Eshvaren. E foram eles que planejaram tudo isso, que de alguma forma me transformaram em… sei lá o que eu sou.

Lentamente, Kal se põe de pé ao meu lado, encarando os destroços da *Hadfield*. De todas as espécies na galáxia, Syldrathi são os únicos que acreditam de verdade que os Eshvaren existiram. A luz do projetor sombreia seus olhos violeta conforme ele fala:

— E você acredita que podemos aprender mais coisas sobre os Antigos a bordo?

— Não sei — confesso. — Mas sei que alguma coisa aconteceu comigo naquela nave. Eu era só uma pessoa normal quando entrei naquele casulo criogênico, e quando Tyler me tirou de lá, eu era…

Olho para o reflexo no capacete novamente. A estranha olha para mim.

— … isso.

— Podem ter conseguido recuperar a caixa-preta — diz Fin. — O gravador do voo poderia nos dizer se a *Hadfield* acabou em algum lugar que não devia, se alguma coisa esquisita aconteceu que os instrumentos poderiam ter captado. Quando. Como. Onde.

— Nós estaremos melhor equipados para apoiar a missão de Aurora se pudermos compreender sua natureza — Zila concorda. — E também aqueles que a orquestraram.

Kal assente.

— Conheça o passado, ou sofra com o futuro.

Tyler olha para Scarlett por um longo momento. Ela inclina a cabeça, e dá de ombros elegantemente.

— Tá bom — diz ele então, os dedos apertando ao redor de Trevo. — É um lugar pra começar. E não temos mais nenhuma outra pista. Sun Tzu disse "se você conhece o inimigo e a si mesmo, não precisa temer cem batalhas".

— Quem é Sun Tzu? — Fin pergunta.

— Um velho que morreu — Scarlett responde.

— E a gente está seguindo o conselho dele porque…?

Os olhos de Tyler estão grudados na *Hadfield*, e consigo ver o brilho deles conforme ele fala.

— Conhecemos um pouco do nosso inimigo. Vamos aprender um pouco sobre nossos amigos.

— Ok — Scar responde. — Dá pra gente começar aprendendo em como sair desse muquifo?

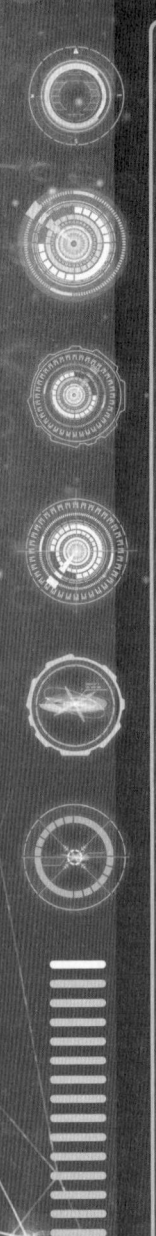

ASSUNTO: ESPÉCIES GALÁCTICAS
▶ ALIADAS
▼ SYLDRATHI

Os Syldrathi são a espécie mais antiga da galáxia. São altos e elegantes, com orelhas alongadas, olhos violeta e cabelos prateados, tradicionalmente presos em tranças. São tipicamente mais fortes e mais rápidos do que humanos, e frequentemente considerados arrogantes e indiferentes por outras espécies. Sinceridade, chefia, isso não é muito longe da verdade.

A sociedade deles é dividida em cinco castas, chamadas de Clãs:

Guerreiros: lutadores e guardiões

Andarilhos: místicos telepatas e estudantes devotos da Dobra

Tecelões: cientistas, engenheiros e artesãos.

Vigilantes: políticos e outros administradores

Trabalhadores: porque alguém tem que de fato fazer o trabalho difícil

Os Syldrathi ficaram em guerra com a Terra até dois anos atrás, mas a paz foi acordada sob o Tratado Jericho de 2378. No momento, toda a espécie está envolvida em uma guerra civil brutal (Ver Syldrathi Livres e Imaculados).

Pra resumir, eles não têm se divertido muito nesses tempos, é isso que estou dizendo.

3

SCARLETT

As minhas meninas são grandes demais pra esse uniforme.

Não me leve a mal — eu gosto muito delas. O para-choque. Tetas. Qualquer outro eufemismo que você queira usar. Aqueles dias em que dá pra esculpir o decote perfeito e dá pra ouvir o pescoço das pessoas estalando ao se virarem quando você passa por elas? Isso aí. São um detector *fantástico* de idiotas. (Dica: eu não culpo ninguém por olhar, mas se estiver falando com os peitos em vez de com o meu rosto, falhou no Teste). São no geral muito divertidos durante a noite.

Só que em alguns dias é uma merda ter peitos.

Eu preciso ficar segurando essas porcarias quando vou correr, pra começo de conversa. Não estou fazendo isso para exibi-los por aí — só machucam se eu não fazer isso. Bons sutiãs são caros, e tem que ter cuidado extra ao lavar, ou logo você vai precisar comprar outro sutiã caro. Não vou nem falar sobre a coisa toda do aro de metal. A humanidade é uma espécie capaz de viagens interestelares, e ninguém ainda inventou um sutiã para quem tem peitos do meu tamanho que não pareça uma prisão. Aqui vai uma verdade universalmente conhecida: tirar essa coisa no fim do dia é a melhor sensação do mundo.

Foi mal, garotos.

E então tem momentos como esse. Tentando desafiar as leis da física ao comprimir uma matéria em um espaço definitivamente pequeno demais para ela. Tenho certeza de que Zila tem uma equação pra isso naquele cérebro enorme dela: área x ñ-[Peitudas + æ{onde æ=densidade do sutiã}] = DOOOOOOOOR.

— Eu sempre odiei física — murmuro, me aprumando pela décima sétima vez.

— *Você o quê?* — Tyler pergunta no comunicador.

— Nada. — Suspiro.

Zila e eu estamos marchando pela Seção 12, Alameda Ceta do cais da Cidade Esmeralda, vestindo os uniformes de dois agentes da Agência de Inteligência Global da Terra. Nós roubamos os uniformes durante nosso último assalto à Nave do Mundo, direto dos corpos de dois capangas da AIG que tentaram nos prender. *Tentar* sendo a palavra-chave — o legionário Kaliis Idraban Gilwraeth, adepto do Clã Guerreiro, destroçou os agentes da AIG com as próprias mãos como se fossem quebra-cabeças.

Eu admito que costumava sentir um pouco de tesão ao ver Kal trabalhar. O Tanque do nosso esquadrão não é ruim de se admirar, mas notei os olhares não-tão-secretos que Auri e ele estão constantemente trocando e dá para saber que tem alguma Coisa acontecendo. Então, pela sororidade entre amigas, não fico olhando (muito). Ai, ai.

Uma pena, eu nunca namorei um Syldrathi antes…

ENFIM, uniformes roubados significam em geral uniformes que não cabem. Apesar de eu *jurar* que essa coisa não vestia tão mal da última vez que a coloquei. Mas ninguém no esquadrão consegue mentir tão bem quanto eu, e fingir ser uma agente da AIG é um golpe que já administrei antes. Então estou vestida da cabeça aos pés em um tecido nanosintético cinza-grafite, fazendo meu melhor para andar por aí como se fosse meu. Zila marcha ao meu lado, dedicadamente ignorando minha décima oitava tentativa de ajustar o decote ao observar a rejeição pública de Adams no univídro dela novamente.

— *… que esse esquadrão claramente age por conta própria. Eles violaram nossa confiança. Quebraram nosso código. O comando da Legião Aurora oferecerá toda a ajuda possível…*

— Você costuma ter esse problema? — pergunto a ela.

Zila coloca o univídro no mudo, olhando para mim.

— Problema?

— Sabe — digo, gesticulando para o meu peito com a mão. — Diferença de… tamanho.

Zila inclina a cabeça, a voz dela ficando ainda mais monótona do que o normal por causa do capacete espelhado da AIG.

— Mudanças de hormônio durante ovulação levam ao inchaço. A produção de estrogênio chega a seu pico antes do meio-ciclo, e isso causa o aumento de…

— *Hum, Scarlett?*

— Que foi, Finian?
— *Você e Zila ainda estão no transmissor.*
— ... e daí?
— *Hum... deixa pra lá.*
— Excelente resposta.

Tyler interrompe antes que alguém cave um buraco do qual vai ser difícil sair.

— *Ok, Scar, estamos atrás de vocês, a uns trezentos metros. Está nos vendo?*

Eu olho para trás, vejo Tyler e o resto do esquadrão se escondendo sob a sombra de uma estação de abastecimento. Estão vestidos com macacões roubados para se misturar com o restante da multidão no cais, com capuzes e bonés de jetbol para cobrirem seus rostos. A Cidade Esmeralda é um lugar bem civilizado, e as patrulhas de drones de segurança passam regularmente acima — é um risco estar em um lugar aberto como esse, é isso que estou dizendo, especialmente pelo preço nas nossas cabeças. Só que se quisermos chegar à *Hadfield* antes que ela acabe em um leilão, precisamos dar um jeito de sair da estação. E com a Longbow fora da jogada, isso significa arrumar outra nave.

— Nós o vemos, Tyler — reporta Zila.

— *Vamos ficar observando pelo univídro, então mantenham-no por perto. Se encontrarem algum problema, deem o fora e sigam na direção da estação.*

— Relaxa, irmãozinho — falo. — Eu estou no comando.

— *Não tinha nenhuma dúvida sobre isso.*

— Exceleeeente resposta.

— *A nave que estamos procurando deve estar próxima à sua direita.*

Observo a multidão ao meu redor, grata uma vez na vida por ser alta o suficiente para ver tudo de cima. E se você acha que ser uma garota de mais de um metro e oitenta é divertido, eu te convido a tentar encontrar calças que caibam em você. Ou encontrar um cara que não ache estranho ser menor do que você.

O porto espacial da Cidade Esmeralda fica no nível superior, mais próximo do domo de partículas carregadas que mantém a atmosfera venenosa longe. Esse cais é tão colorido e frenético quanto o bazar da cidade, apesar de ter um tipo diferente de urgência por aqui. O *lockdown* de segurança causado pela nossa fuga dos gremps durou as últimas vinte e quatro horas antes das autoridades serem obrigadas a declarar abertura, o que significa que cada nave no cais agora está com uma órbita inteira de atraso na agenda. Os capitães gritam com suas tripulações, cargueiros-automáticos e reabastecedores estão trabalhando a todo vapor, e o ar está zumbindo com drones de carga.

À nossa esquerda, fica a estação de circulação, um emaranhado vertiginoso de tubos transparentes que levam as pessoas aos outros níveis. E à nossa direita, em um dos blocos de aterrissagem de porte médio, vejo um cruzeiro elegante, com uma aparência quase retrô.

É cinza-escuro, com formato de coração, destacado apenas por longas listras brancas de corrida pelas laterais. O nome *Opha May* está escrito perto da proa. Proa? Ah, sei lá a diferença. Para falar a verdade, nunca tive interesse em espaçonaves. Dormi na maior parte das minhas aulas de engenharia mecânica, fora uma temporada de quatro semanas no terceiro ano quando eu estava prestando atenção para causar uma boa impressão num garoto.

(Liam Chu. Ex-namorado #32. Prós: me escreveu músicas. Contras: não *sabe* mesmo cantar.)

Só que Tyler me diz que *Opha May* é uma boa nave. Pequena o suficiente para uma tripulação de seis. Rápida o suficiente para fugir da maior parte dos problemas, e com armas o suficiente para brigar com o que sobrar. E se meu irmãozinho entende de alguma coisa, fora como me enfurecer, ser um sabe-tudo e ter cabelo perfeito, essa coisa é naves. É uma das razões pela qual ele e Cat se dão tão bem.

Quer dizer, se *davam* tão bem.

Ah, inferno...

E assim, meus olhos ficam ardendo novamente. Meu coração dói ao ter outro lembrete de que ela se foi. Eu conheço Cat desde o jardim de infância. Fomos colegas de quarto na Academia por cinco anos. É idiota, mas é das pequenas coisas que eu mais sinto falta, porque eram constantes na minha vida, e fica cada vez mais óbvio que se foram.

Sinto falta do jeito que ela falava enquanto sonâmbula. Como escondia minhas meias em uma tentativa amigável de me deixar enlouquecida. Pegava emprestado minhas coisas sem pedir. Aqueles pequenos toques de Cat todo dia, o dia todo, eram como eu sabia que ela estava por perto. Eram a reafirmação da presença dela. E a presença dela significava que eu sempre tinha minha melhor amiga comigo, sempre tinha minha parceira de crime. Tinha todas essas coisas grandes e mais difíceis de explicar que significavam ter Cat na minha vida.

Ontem encontrei um delineador dela na minha mochila e fiquei chorando por uma hora.

Então eu me deixo sentir essa perda. Deixo que me inunde por um momento que parece durar para sempre. Não quero negar o quanto dói, porque de algum jeito, eu estaria negando tudo que ela significou para mim. Então respiro fundo e afasto todos os pensamentos de Catherine "Zero" Brannock da minha mente, focando no que preciso fazer.

Porque é isso que Cat *gostaria* que eu fizesse.

Zila e eu andamos na direção da *Opha May*, e a multidão se abre para nos deixar passar. Aposto que não é sempre que agentes da Agência de Inteligência Global viajam para tão longe do Miolo, mas a reputação deles como Pessoas A Quem Não Se Deve Contrariar certifica que até mesmo nessa horda de aliens do outro lado da 'Via, ninguém mexe com a gente. Trabalhadores Chellerianos corpulentos dão uma única olhada para nosso uniforme e dão um passo para o lado. Matilhas de mal-encarados amargos vestindo as cores da união se desfazem como fumaça. Posso jurar que até mesmo um dos drones foge para longe do nosso caminho conforme avançamos para a área de aterrissagem. Penso no rosto das pessoas que encontramos dentro desses uniformes, o pai de Auri e o resto, todos completamente corrompidos por Ra'haam. E uma parte de mim se pergunta o quão longe essa corrupção se espalha.

Guardo o pensamento para outra hora e olho para o pequeno grupo de homens e robôs que está trabalhando na nave na nossa frente. A tripulação é uma mistura de tons de pele, mas todos são Terráqueos. O que explica por que, de todos os outros veículos no registro do cais da Cidade Esmeralda, Ty escolheu esse.

— *Aquele é o capitão na rampa de carga* — diz Finian pelo link do univídro. — *O macho com a coisa peluda na cara gritando.*

— *Aquilo é um bigode* — informa Tyler.

— *Aquilo é nojento, Garoto de Ouro.*

— *É como se um skenk tivesse subido no lábio superior dele e morrido* — diz Kal.

— *Né?* — Finian concorda. — *Cabelo humano, eca.*

— *Espera* — ouço Aurora falar. — *Quer dizer que Syldrathi não têm pelos no rosto?*

— *Não, be'shmai.*

— *... Vocês têm pelos em outros lugares?*

— *Dá pra gente, POR FAVOR* — diz Tyler lentamente —, *manter o foco. Nesse trabalho?*

Ouço um coro de pedidos de desculpa pelo comunicador e não consigo evitar sorrir. Por mais disfuncional que seja nossa pequena família, ao menos está começando a *parecer* uma família. Olho para a plataforma de aterrissagem cheia de atividade e, de fato, vejo um pequeno homem gritando, com o que parece uma centopeia morta colada acima da boca. Está vestido com um traje de voo e botas magnéticas. Ele está fatigado, o rosto vermelho de tanto rugir com a tripulação, os robôs ajudando com a carga e outros passantes. Parece velho o bastante pra ser meu pai.

Quer dizer, papai morreu quando a gente tinha onze anos, mas dá pra entender o que eu digo...

— Está bem. — Aceno para Zila. — Vamos lá fazer nossa mágica.

— Mágica não existe, Scarlett — diz Zila.

— Observe e aprenda, minha amiga.

Nós damos passos largos até o capitão da *Opha May*, nossas botas brilhantes ecoando no deque. Ele sequer desvia o olhar do unividro.

— Josef Gruber — digo, usando o nome que Fin conseguiu hackear dos servidores do porto.

— Quem quer saber? — o baixinho responde, ainda sem olhar para mim.

— Por autoridade do Ato de Registro Terráqueo, Artigo 12, Seção B, estamos tomando posse do seu veículo.

Agora eu chamei a atenção dele. E quando ele finalmente olha para o meu rosto, uso os anos de treinamento na única aula na qual eu *não* dormi para conseguir lê-lo. Posso não ter tido as melhores notas. Posso não ter boa mira ou ser a melhor estrategista ou pilotar. No entanto, Scarlett Isobel Jones ainda assim é boa pra cacete no que ela faz. E o que ela faz é Pessoas.

Ele está funcionando com mais ou menos quatro horas de sono. Faz uns seis meses desde que esteve em casa e sente falta disso. Consigo notar que um de seus olhos é cibernético, e pelo jeito que as veias do seu nariz estão inchadas, ele gosta de beber. Observando bem seu rosto enrugado, a postura conforme se apruma para falar comigo, consigo sentir hostilidade. Incredulidade. E um pouco de medo.

— Tá tirando uma comigo, né? — ele grunhe.

— Eu reasseguro, capitão Gruber, nós estamos falando muito sério.

Ele olha em volta do cais, a incredulidade em luta com a raiva.

— Estamos a sessenta milhões de anos luz da Terra — cospe ele, a centopeia do lábio estremecendo em fúria. — O que, em nome do Criador, a AIG está fazendo aqui?

Eu me apego ao medo dele.

— Conforme explicamos, capitão, estamos tomando posse da sua nave. Você é um cidadão Terráqueo, sua nave está submetida as leis Terráqueas. Acredite em mim quando digo que não quer que eu registre um relatório de não cumprimento a ordens na minha ata da missão.

Eu estico uma das mãos enluvadas. Não treme. Nem um pouquinho.

— As chaves, por favor.

A tripulação de Gruber parou de trabalhar a essa altura, se juntando ao nosso redor em um semicírculo pequeno e hostil. O capitão está me encarando. Uso o mesmo tom de voz que todos os instrutores da Academia que já me repreenderam por atraso ou comeram meu couro por entregar tarefas atrasadas ou me deram memorandos por falar/dormir/beijar na aula. Todos os professores que me avisaram que meu futuro nunca daria em lugar nenhum.

E com uma série de xingamentos que sou educada demais para repetir, Capitão Gruber põe a mão na jaqueta e me entrega um set de chaves brilhantes.

Dá pra ver quanto meus professores eram entendidos.

— *Bom trabalho, mana* — diz a voz de Tyler no meu ouvido.

— Eu *sou* uma Jones.

— Quê? — o pequeno e irritado capitão diz.

— Você e seus homens tem cinco minutos para retirarem seus pertences pessoais — eu o aviso. — Certifiquem-se de que a nave está abastecida para a partida.

— Cinco minutos? — ele reclama. — E a minha carga?

— Você pode preencher formulários de compensação através do nódulo na rede da AIG.

Eu me viro, procurando por Ty na multidão.

— Agradecemos sua cooperação — Zila fala para ele.

Consigo sentir o olhar do capitão entre as minhas omoplatas. A vergonha e a raiva em ter sido rebaixado na frente dos seus homens. Posso dizer uma coisa a favor da burocracia Terráquea — o último lugar na 'Via que você vai querer estar é do lado ruim dela. É preciso ser um idiota como a gente para sequer considerar isso. E com mais um palavrão, Gruber dá um grito para seus homens para recolherem seus pertences.

Vejo Ty e o esquadrão atravessando a multidão rumo a nós, e a adrenalina do meu pequeno triunfo aquece meu peito. Isso foi bem melhor do que o esperado. Enquanto sorrio atrás do capacete espelhado, Zila se aproxima de mim e sussurra:

— Isso foi...

— Mágica? — sugiro.

— Impressionante.

— Aham. Só não se apaixone por mim, Zila. Eu vou partir seu coração.

— Isso parece mesmo condizente com seu modus operandi romântico. — Ela pausa um instante antes de acrescentar: — E você também é alta demais para mim.

Eu pisco ao receber essa informação.

— Espera... você gosta de meninas?

Zila dá de ombros, observando a multidão.

— Não das altas.

Eu fico um pouco surpresa com isso. Pra falar a verdade, não achei que Zila gostasse de ninguém, mas antes de poder refletir sobre essa nova revelação, Ty e os outros nos alcançam na orla da *Opha May*.

O sorriso largo no rosto do meu bebezinho me faz sorrir de volta, apesar do fato de ninguém conseguir vê-lo debaixo do capacete. Assim que Gruber e o pessoal dele coletarem suas coisas, nós estaremos a caminho.

— *É uma bela nave* — suspira Auri no nosso canal de comunicação, dando uma examinada.

Mesmo não entendendo quase nada de naves, preciso concordar — é bonita mesmo. Todos nós passamos por maus bocados nas últimas semanas, mas parece que finalmente a sorte está a nosso favor. Nossa garota Gatilho parece cansada, mas inteiramente acordada. Pela primeira vez em sua vida, Fin parece ter esgotado seu sarcasmo, me lançando um sorriso bobalhão em vez disso. Só Kal parece levemente abalado.

Syldrathi são um pouco difíceis para eu ler além da arrogância geneticamente enraizada. Acho que se eu fosse viver uns trezentos anos e todo mundo ao meu redor fosse morrer em metade disso, também ficaria um pouco distante. Só que não é a atitude típica do nosso Tanque de "vocês são todos poeirinhas" de sempre. Olhando para o franzido no seu lindo rosto, a dilatação das suas pupilas, eu diria que ele quase parece... nervoso.

— Está tudo bem? — murmuro.

— ... Kal? — Auri pergunta, esticando a mão para a dele com a ponta dos dedos.

Ele esfrega a sobrancelha, dando uma olhada no cais.

— Eu sinto...

— Olá, Kaliis.

A voz vem de algum lugar atrás dele. É cortante o suficiente para atravessar o burburinho. Alguma coisa sobre o tom da voz preenche meu estômago de borboletas gélidas. E passando pelo cais lotado, vejo uma jovem mulher fuzilando a parte de trás da cabeça de Kal com o olhar.

Quer dizer, ela *parece* ser uma jovem mulher. Talvez dezenove ou vinte anos, mas é difícil determinar com os Syldrathi. É ainda mais alta que eu. Tem a pele negra clara, maçãs do rosto salientes e a elegância linda e etérea de seu povo. Os olhos dela são estreitos, brilhantes, de um violeta viçoso. O cabelo é longo, puxado para trás das orelhas pontudas em uma série de tranças complexas em um negro nanquim — ela é a única Syldrathi que já vi com cabelo daquela cor. Tem o tipo de beleza que arranca seu coração direto das costelas.

Só que está usando uma armadura preta, pintada com escrita branca em Syldrathi. O glifo do Clã Guerreiro está marcado na sua tez — três lâminas cruzadas, assim como o de Kal. Tem uma listra de tinta preta que vai de têmpora a têmpora, bem acima dos olhos. Os lábios também estão pintados de preto, e tem um cordão pendurado no pescoço com o que acho que são *dedões* decepados. E conforme ela sorri, noto que lixou os caninos até ficarem pontudos.

Já vi armaduras como a dela antes. Nos noticiários na Incursão Orion. O ataque-surpresa onde papai morreu. Ela é do Clã renegado de guerrilheiros que começou a guerra civil Syldrathi.

Imaculados.

— Espíritos do Vazio... — Kal inspira, olhando para ela.

Ty olha para ele de soslaio.

— Kal?

Consigo sentir a tensão repentina irradiando do nosso Tanque em ondas. Todos os músculos estão flexionados, as mãos apertadas em punho. A voz dele fica fria como zero absoluto.

— Todos vocês, me ouçam cuidadosamente — diz ele. — *Não* deixem que ela chegue perto de vocês.

A jovem mulher ainda está se aproximando, atravessando a multidão como uma faca. Kal estica a mão para Auri, ao lado dele, empurrando-a para trás.

— Fique atrás de mim, Aurora.

Ela pisca.

— Kal, o quê...

— Be'shmai. — Ele encontra os olhos díspares dela. — *Por favor*.

— Então é verdade.

Eu me viro para a mulher Imaculada. Ela parou a uns dez metros de distância, olhando para Kal com o lábio curvado em desdém. Está falando em Syldrathi, mas o estudo de idiomas é uma das poucas matérias na Academia na qual eu sou boa, então, surpresa, queridos, eu também falo. Uma das mãos está apoiada no quadril, desprezo retorcendo o lindo rosto em algo feio e terrível.

— Quando os adeptos em quem você bateu naquela briga de bar na Nave do Mundo me contaram essa história, mal pude acreditar — diz ela para Kal. — Cortei suas gargantas para silenciar suas mentiras. Mas eu deveria saber que você é capaz de se afundar ainda mais, a qualquer profundidade. A qualquer vergonha. — Os olhos violeta pairam sobre Aurora. — Até mesmo para nomear uma humana de sua amada.

A mão de Kal passa para a pistola disruptiva embaixo da jaqueta.

— O que você quer, Saedii? — pergunta ele.

Humm. Então se tratam pelo primeiro nome. Interessante...

Madame Valentona abaixa o queixo e sorri com dentes pontudos.

— Você sabe o que eu quero, Kaliis — responde ela.

A tripulação da *Opha May* está emergindo da nave atrás de nós agora, os braços carregados de malas, franzindo o cenho para a confusão da cena diante deles. Tyler sussurra um aviso, e consigo ver seis outros Imaculados se espalhando na multidão. Avisto mais dois no telhado do galpão do outro lado da nossa plataforma de aterrissagem. Todos usam a armadura preta e têm longos cabelos prateados, os rostos cobertos por cicatrizes. O glifo guerreiro brilha em suas testas, e exibem sorrisos nos lábios e ódio naqueles grandes e lindos olhos.

Por mais que esse pessoal pareça perigoso, o cais está com atividade demais para qualquer um deles começar um problema de verdade. Não sei quem são essas fadinhas, mas seja lá o que está acontecendo aqui, por mim já deu. Hora de colocar o uniforme pra trabalhar e dar o fora dessa estação antes do problema começar pra valer.

— Não se aproximem mais — digo em Syldrathi, me tornando a Voz da Autoridade novamente. — Esses indivíduos estão sob custódia da AIG, e...

— Você é uma agente da Agência de Inteligência Global tanto quanto eu, humana — a mulher desdenha, sem tirar os olhos de Kal. — Agora segure sua língua antes que eu a arranque da sua cabeça.

— Precisamos ir — murmura Kal, olhando para Tyler. — *Agora*.

Ty concorda, os olhos ainda na Madame Valentona.

Começamos a dar passos na direção da rampa da *Opha May*. A mulher Imaculada inclina a cabeça. E sem nem dar tempo de preliminares, nem mesmo assoprando um beijinho de tchau, um dos capangas dela no telhado do galpão atira um *foguete de pulsação* na nossa direção.

Parece um raio verde fluorescente, com um rabo de fumaça fina. Emite um zumbido conforme voa. Auri grita um aviso e ergue as mãos, e vejo um relampejo de luz branca breve em seu olho direito. Por um instante, o ar ao nosso redor estala com tensão, pegajosa e quente. Só que, conforme o foguete passa por cima das nossas cabeças, eu vejo que não o atiraram na nossa direção.

Gruber e a tripulação dele correm enquanto Tyler ruge com a maior capacidade dos pulmões:

— *Todo mundo no chão!*

Kal se atira em cima de Aurora; o restante do Esquadrão se joga no chão conforme o foguete passa diretamente pelas portas abertas do meu recém-adquirido plano de fuga. A explosão destroça a *Opha May* e se espalha pelas portas de exaustão. Estilhaços voam por cima da minha cabeça, riscando a armadura de nanotecido nas minhas costas. Ouço Aurora gritar, Zila arfar, Fin soltar um palavrão. Alarmes começam a ecoar pelas docas; a multidão ruge em pânico. Alertas brilham na tela dentro do meu capacete conforme o aviso aparece na rede de comunicação pública.

Fogo na Seção 12, Ceta. Por favor, prossigam para a saída mais próxima.

Caos irrompe pelo cais. A fumaça preta sobe pelo ar. Fogo e explosões dentro de uma estação suborbital raramente são boa coisa, e ao nosso redor as pessoas começam a se espalhar na direção dos tubos de circulação, falando, atropelando, desesperadas. Pulverizadores aparecem no cais, jorrando substâncias químicas em cima do chassi incendiado da *Opha May*.

Estreito os meus olhos para enxergar pela fumaça e vejo os Imaculados andando na nossa direção através da multidão em pânico. A jovem mulher está na frente, o olhar violeta ainda fixo em Kal. Nosso Tanque está com os braços ao redor de Auri, e vejo sangue escorrer de um corte de estilhaço na testa dela. A mandíbula dela está frouxa, os cílios tremendo.

— Aurora? — chama ele, tocando o rosto dela. — *Aurora!*

— C-carácoles... — ela grunhe.

Eu me ponho de pé, cambaleando, sacudindo a cabeça para desanuviar, mas a armadura da AIG me protegeu do pior da explosão, e eu arranco a minha pistola disruptiva do coldre e miro a mulher Syldrathi.

— Parada aí — digo a ela.

Ela para por um instante. Perfeitamente imóvel. E então ela se mexe.

Bem, eu já vi Kal derrubar um cômodo cheio de soldados da Força de Defesa Terráquea em segundos. Ele acabou com dois agentes da AIG sem suar. Ainda assim, a Madame Valentona dá um novo significado à palavra *rápido*. Em um instante, estou com a mira na cabeça dela, no segundo seguinte, ela está na minha frente, o punho colidindo com meu peito. Minha respiração se esvai dos meus lábios; me sinto ser erguida do plastil. Ouço algo se romper, vejo estrelas escuras, sinto gosto de sangue. E então estou de costas no chão, arfando, me apertando toda.

— Scar! — Tyler ruge.

— Aiiiiiiiii — gemo.

— Sopro do Criador, você está bem? — Finian pergunta, se ajoelhando ao meu lado.

— Não. — Um gemido baixo escapa dos meus lábios. — Ela me deu um s-soco... bem nas tetas...

Está vendo o que falei sobre ser uma merda ter peitos?

Só estou vagamente consciente de meu irmão se colocando de pé, mirando a pistola disruptiva na mulher que acabou de dar uma surra nas minhas meninas. Em um segundo equivalente a uma batida do coração, ela se desvia dos tiros dele, aproximando-se como um vulto preto. Vejo as mãos dela baterem nos ombros de Ty. Ouço um som triturado feio, um guincho de dor agudo quando o joelho dela colide com o instrumento de trabalho do meu irmão gêmeo com tanta força que quase consigo sentir através do nosso DNA compartilhado.

Coitado do bebezinho...

Ela pega o braço de Ty e o vira por cima do ombro, arrebentando-o no chão com tanta força que sacode o plastil. O pulso dele ainda está preso na mão dela quando ela se abaixa, a mão aberta repuxada para trás para pegar impulso para bater na cabeça do meu irmão.

— *PARE!* — vem um grito.

Eu pisco com força, observo Kal se erguer ao lado de uma Aurora semiconsciente. Tem um rasgo feito por estilhaço na bochecha dele, uma linha fina de sangue roxo saindo da ferida.

Uma longa madeixa de cabelo prateado escapou de uma das tranças, esvoaçando nos olhos dele com a brisa que incendeia o ar.

As pontas dos dedos dele estão molhadas com o sangue de Auri. O rosto lindo dele está corroído por uma fúria que é aterrorizante.

— Saedii, pare com isso — cospe ele.

— Só você tem o poder de impedir isso, Kaliis. Seu lugar é conosco.

— Não — diz ele. — Eu não sou como você.

Olho do glifo da testa dela para o glifo idêntico na dele. O ódio nos olhos dele, refletido nos dela. Os outros Imaculados se aproximaram de nós, a armadura preta cintilando sob a luz dos escombros da *Opha May*. Os dois no telhado desceram, se aproximando de nós com os foguetes a postos. Fin está ajoelhado ao meu lado, mão no meu ombro; Zila ao lado de Auri, verificando a garota gemendo com um scanner médico. Estou me perguntando quão fundo é o buraco no qual nos encontramos quando um dos Syldrathi dá um passo na direção de Kal com a mão estendida.

— Venha conosco, camarada.

Em um relâmpejo rápido demais para acompanhar, Kal pega o pulso do homem e o dobra para trás com um estampido ecoante. O homem grita e Kal *gira*; ouço outro estalo conforme o cotovelo se dobra inteiramente na direção errada. Os outros Imaculados dão um passo à frente, mas, com um sibilo, a jovem mulher chamada Saedii os deixa imóveis. E eu observo, horrorizada, como Kal dá uma rasteira no guerreiro e começa a acertar o punho no rosto do homem. O rosto dele está retorcido. As tranças prateadas caem sobre o rosto dele. Os lábios arreganhados, mostrando os dentes. Olhos queimando.

Craque.

— Grande Criador — Fin arfa.

Craque.

— Kal, pare — sussurro.

Craque.

Kal se põe de pé quando acaba. Sangue roxo está pingando dos nós de seus dedos. Borrifado em suas lindas bochechas. A mulher olha para ele, triunfante.

— Olha só — suspira ela. — *Aí* está o Kaliis que eu conheço.

Ele dá um passo na direção dela. Em um piscar de olhos, ela tira uma pistola disruptiva do cinto, apontando-a diretamente para o peito dele. Não precisa ser um Tanque para saber pelo zumbido que a arma está configurada para Matar.

— Não — avisa ela.

— Você não vai me matar, Saedii — diz Kal.

— Verdade. — Ela vira a arma para Fin e eu. — Mas quanto a eles?

— Eu não vou com você — diz Kal. — Eu *não* vou voltar.

— Ah, Kaliis. — A jovem mulher suspira, olhando para as mãos dele, que pingam sangue roxo no chão a seus pés. — Você nunca nem foi embo...

O impacto a joga para trás, os braços rodopiando, o cabelo preto jogado na cara. O seu bando também é jogado para trás, cuspindo e sangrando, rodopiando no ar. Eu observo conforme a esfera de força translúcida expande para fora, amassando as naves ao nosso redor como papel, arrancando o plastil do chão, estourando os drones acima de nós como insetos em um para-brisa. O chão estremece sob nossos pés; o ar ao redor sofre estalos de estática, pesado e quente. Cada fio de cabelo no meu corpo fica em pé, atento.

Eu me viro para ver Aurora cambaleando para ficar de pé, a mão esticada. O olho direito está piscando com uma luz pálida como a lua. O cabelo dela esvoaça como se houvesse vento, a franja branca curvando, quase brilhante. O sangue escorre pelo arranhão na testa.

— Auri? — consigo dizer.

Como se alguém tivesse desligado um interruptor, o brilho no olhar dela morre e ela cai de joelhos novamente, o sangue saindo pelas narinas. Kal a pega quando ela perde a força, puxando-a pelos braços, impossivelmente gentil, sendo que um instante antes ele não era nada daquilo.

— Nós... — Auri engole duro, limpando a boca.

— Be'shmai? — diz Kal.

— Nós precisamos... s-sair daqui — diz ela.

— Aurora está certa — concorda Zila, tirando o capacete. — A segurança vai chegar logo.

Eu olho à nossa volta, o peito ainda doendo e tendo dificuldade para respirar enquanto me arrasto para ao lado do meu irmão. Ele está apenas semiconsciente, gemendo baixinho.

Os Imaculados estão espalhados como brinquedos de criança, em estado de coma, empurrados para o lado com um gesto da mão de Aurora. O cais e as naves ao nosso redor também estão completamente destruídos. A *Opha May* é só um peso de papel fumegante, e não temos as chaves para nenhuma outra nave que está nas docas.

O nosso plano de sair da Cidade Esmeralda foi pro espaço.

— Precisamos nos e-esconder — diz Aurora. — Num lugar e-escuro…e p-profundo.

Consigo ouvir as sirenes se aproximando.

— Ok — respondo. — Precisamos nos mexer.

— Aqui, se apoie em mim — diz Fin, me ajudando a ficar de pé.

— Kal, v-você consegue pegar o Ty? — Auri pergunta.

Nosso Tanque obedece, erguendo Tyler.

— De pé, Irmão.

Kal dá apoio a Ty; Fin e eu nos apoiamos um no outro. Zila abre o caminho com a pistola disruptiva a postos. E o mais rápido que conseguimos, vamos mancando pelas docas arruinadas, as plataformas dobradas, a fumaça ainda soprando ao nosso redor, os alarmes ecoando, Imaculados grunhindo espalhados como dominós.

Chegamos à estação de circulação, e Fin está consultando o unividro, colocando nosso destino com as mãos tremendo enquanto esperamos pela pressão da cabine se igualar. Felizmente, a onda de choque de Aurora destruiu qualquer RobôSec, então as autoridades da estação podem não conseguir rastrear aonde estamos indo. Se chegarmos aos subterrâneos da Cidade Esmeralda, talvez consigamos achar um lugar profundo o bastante para nos esconder.

Aurora está olhando para trás, nas docas, para os Syldrathi apagados, ela tem sangue nos olhos e na boca. Meu estômago se revira quando vejo Madame Valentona tentando se reerguer.

— Vocês dois se conhecem — diz Auri, apertando o nariz que sangra.

— Sim — responde Kal.

— Deixa eu adivinhar — replica Finian, olhando por cima do ombro e apertando os controles dos tubos com força renovada. — Ex-namorada do mal?

— Não.

Olho para Auri.

— Namorada *atual* do mal?

— Pior.

— O que pode ser pior do que isso? — pergunta Zila.

Kal suspira à medida que as portas do tubo se abrem. Ele olha para trás enquanto dá um passo em direção à corrente.

— É minha irmã.

4

ZILA

Aurora confirma que nosso esconderijo é escuro e profundo o bastante para obedecer à sua visão.

O esquadrão está todo junto, apertado, nós seis abarrotados em uma interseção de onze tubos de transporte diversos. É uma posição precária, cada parede em um ângulo diferente, nos obrigando a tensionar os músculos apenas para permanecer na posição. Um momento de desatenção significaria uma considerável queda por um buraco.

Finian conseguiu parar nosso progresso por tempo suficiente para abrir uma escotilha de acesso emergencial no túnel que estávamos usando, e saímos do sistema de tubulação para os espaços escuros dentro da rede de circulação. Nosso refúgio atual é um lugar pequeno e apertado que constantemente vibra e estremece conforme os habitantes passam por nós, um atrás do outro, todos movendo-se rápido demais para registrar nosso abrigo improvisado. Somos um emaranhado de membros e mochilas, mas estamos seguros, por enquanto.

Estou pensando, acompanhada pela sinfonia de zumbidos e sopros ao nosso redor, minha mente tão veloz quanto o tubo de transporte. Me vejo dando batidas com um dedo no joelho, o tempo variando, e então repetindo. Eu desconheço a origem desse ritmo, mas sinto que flutua até a superfície da minha mente.

Tap.
Tap, tap.
Tap.

Tyler é quem quebra o silêncio. Ele está encolhido no canto com a irmã apertada ao seu lado, os joelhos levantados para proteger a virilha. Eu deveria me oferecer para examinar sua lesão mais recente, mas calculo que a probabilidade da recusa, seguida de uma resposta sarcástica de Finian, é quase de 100%.

Tyler ainda parece um pouco atordoado quando fala.

— Kal — diz ele. — Já temos um monte de problemas sem esse tipo de surpresa.

— Minha irmã se orgulha de aparecer em lugares onde menos se necessita dela — diz nosso Tanque. O rosto dele ainda está manchado com seu próprio sangue, e também com o que pertence ao Imaculado.

— Bom, de onde ela veio? — pergunta Scarlett.

— Não sei — responde Kal. — Não vejo Saedii desde antes de partir para a Academia. Ela não tinha conhecimento de que eu havia me alistado na Legião Aurora.

— Ela mencionou aqueles Imaculados com quem lutamos no bar da Nave do Mundo — comenta Tyler. — Acha que foram eles que repassaram a informação sobre você?

Kal inclina a cabeça.

— Eu *de fato* avisei que comecei aquela briga como distração.

— Porque eu usei seu nome — diz ele.

Kal assente, inquieto.

— Talvez eu devesse tê-los silenciado permanentemente...

Meu dedo dá uma batida no joelho novamente, o movimento involuntário. Minhas mãos se movem por vontade própria, e começam a batucar o ritmo contra o meu antebraço esquerdo.

Ah.

Percebo que estou imitando o ritmo do dedo do Almirante Adams durante a transmissão na qual ele nos condenou. Eu já assisti à transmissão catorze vezes. Não tentei afastar o ato compulsivo de fazer isso. Na minha experiência, quando minha mente busca se agarrar a algo aparentemente insignificante, em geral está resolvendo um problema que ainda não identifiquei.

É um padrão daqueles altamente inteligentes.

Tap, tap, tap.

Tap, tap.

Tap.

Nós condenamos nos termos mais fortes possíveis, as ações do Esquadrão 312 da Legião Aurora na Estação Sagan...

Aurora coloca a mão gentilmente no braço de Kal.

— Nos fale sobre sua irmã — sugere ela, alheia a minha interna resolução de problemas.

Kal engole em seco, o olhar baixando para os dedos de Aurora. Estão manchados com o sangue dela, vermelho ao lado do roxo, seco e esfarelando ao redor das unhas.

— Nosso pai era um soldado do Clã Guerreiro — diz ele. — Mas nossa mãe era uma Andarilha, que são os mais espirituais dentro do meu povo. Eles estudam os mistérios da Dobra e do ser. Meu pai nos ensinou a matar, mas minha mãe tentou nos mostrar o desperdício encontrado na morte. — Ele fica em silêncio por um momento, e vejo a mão de Aurora apertar a dele. — Eu absorvi os ensinamentos de minha mãe. Saedii, não.

Considero a diferença entre meus próprios pais. Minha mãe era mais prática. Meu pai era mais caloroso. Me pergunto o que ele pensaria da pessoa que me tornei. Sou muito diferente da garotinha que costumava ser.

É uma pergunta desconfortável, uma que não pondero há anos.

Eu a afasto.

Tap.

Tap, tap, tap.

Kal continua.

— Saedii e eu crescemos juntos, mas nos distanciamos. Depois que nosso pai morreu durante a batalha de Orion, eu me alistei na Academia Aurora para ajudar a diminuir a distância entre nossos dois povos. Minha irmã se juntou ao Destruidor de Estrelas para aumentar mais essa distância. Nessas escolhas, vocês encontram tudo que precisam saber para nos entender.

— Você... — Scarlett começa. — Você... você também perdeu seu pai em Orion?

Kal assente devagar. Percebo os gêmeos Jones trocarem olhares — obviamente lembrando seu próprio pai, que morreu na mesma batalha infame. O olhar de Scarlett suaviza quando ela olha para o garoto Syldrathi.

— Sinto muito, Kal — murmura ela. — Você nunca disse...

A postura em geral impecável de Kal se desfaz quase que imperceptivelmente. A mão de Aurora aperta a dele de novo. Por um momento, os olhos do nosso Tanque ficam enevoados, a expressão dolorida. No entanto, apesar dessa revelação — que três dos membros do nosso esquadrão perderam seus pais no mesmo conflito amargo —, Tyler segue determinado na tarefa atual.

— E agora sua irmã quer o quê? Te matar?

Kal ouve o tom na voz do nosso Alfa e endireita a postura novamente.

— Ela deseja que eu reconheça a guerra no meu sangue. O fato de que não me juntei aos Imaculados é uma vergonha para ela. E não vai parar de me perseguir até conseguir o que quer.

— Nós somos bem bons em despistar perseguidores, Kal — diz Scarlett. — Temos praticado bastante ultimamente.

O Syldrathi sacode a cabeça.

— Os Andarilhos são um povo sensível. Empatas. E apesar de ela ter crescido Guerreira, Saedii herdou um pouco do dom da minha mãe. Minha irmã consegue… sentir minha presença. Ela consegue fazer isso desde nossa infância. Não de uma distância infinita, mas certamente enquanto estivermos presos na Cidade Esmeralda. — Ele faz uma pausa, erguendo o queixo de uma maneira que aprendi que antecede uma de suas declarações que tem mais a ver com nobreza do que bom senso. — Eu sou um perigo para todos vocês. É melhor eu ir embora e afastar o risco de vocês.

Aurora começa a protestar, mas é interrompida por Ty, que ergue uma das mãos — até mesmo esse movimento é doloroso — para falar:

— Ninguém vai a lugar nenhum.

Não estou prestando muita atenção. Minha mente está zunindo tão alto quanto os tubos ao nosso redor, e conforme observo outro par de corpos ser levado para longe, fico me lembrando do rosto de Adams em sua mensagem. O ritmo e a inflexão usados em suas palavras.

Eles violaram nossa confiança.

Tap.

Tap, tap, tap.

Eles quebraram nosso código.

Tap, tap, tap.

Minhas bochechas se esquentam momentaneamente com a vergonha de quanto demorei para compreender, mas não há tempo para tais indulgências. Tiro meu univídro do bolso e começo meus cálculos.

— Você também consegue sentir a presença da sua irmã, Kal? — pergunta Aurora. — Porque quando eu… quando eu uso meus poderes… consigo ver algo em você. *Sentir* algo na sua mente. Talvez o dom da sua mãe também exista dentro de você?

— É possível, be'shmai — responde ele. — O dom *é* transmitido pelo sangue.

Eu repasso outra rodada de cálculos e — registrando com interesse o fato de que me sinto impelida a fazer tal coisa — me permito um pequeno sorriso de satisfação.

— Zila? — Scarlett nota a mudança na minha atitude, olhando para o meu unividro. — Tem alguma coisa aí que você quer compartilhar com o grupo?

— Sim — digo, os olhos ainda nos meus cálculos.

— ... e então? — Scarlett pergunta.

— Almirante Adams não nos abandonou — declaro. — Sua transmissão continha uma mensagem codificada.

Viro meus olhos para Tyler.

— E eu acabei de decifrar o código.

ASSUNTO: COMÉRCIO GALÁCTICO
▶ ORGANIZAÇÕES
  ▼ O DOMÍNIO

Quem disse que <u>dinheiro</u> é a raiz de todo mal provavelmente nunca teve nenhum, mas de fato torna a vida na galáxia um pouco complicada. A <u>Via Láctea</u> não tem uma moeda oficial, e por razões que podem não ser claras para o seu pequeno cérebro humano, as chances de isso acontecer são pequenas.

É aí que entra o Domínio.

O Domínio é um grupo de especuladores de trocas e o maior operador de câmbio na galáxia. Ao notar que havia grande lucro a ser obtido pela falta de uma unidade padrão de troca, o <u>Domínio</u> criou a sua própria, oferecendo-se para comprar a moeda de qualquer espécie registrada (por uma pequena taxa, é claro) e convertê-la em <u>créditos</u> permutáveis do Domínio, que agora são aceitos na maioria dos centros de trocas.

É claro que esse esquema rapidamente fez com que o Domínio se tornasse mais rico do que a <u>Professora Lisa McCarthy IV</u>, a inventora das <u>fraldas autolimpáveis</u>, o que, por consequência, deu a eles enorme influência sobre políticos na <u>Cúpula Galáctica</u>, o que explica a razão pela qual ninguém vai ver nenhuma moeda oficial sendo adotada na galáxia assim tão cedo.

A <u>democracia</u>, né?

5

KAL

Nós ainda nem nos beijamos.

Os membros do meu esquadrão diriam que isso é um pensamento estranho para se ter no meio de uma crise. Eu sei que a própria Aurora o veria como tolice. E isso, na verdade, é a essência do problema, porque não estou sentindo o que os humanos sentem. Não sinto uma atração, ou paixão, nem mesmo amor.

Eu sinto o Chamado.

Poetas Syldrathi passaram milênios tentando descrevê-lo. Estudei os trabalhos dos nossos mestres mais renomados ainda em Syldrathi. Às vezes, colocava seus versos em música, tocando meu siff embaixo das árvores do lado de fora de nossa casa. Bilhões de palavras, por mais de milhares de anos. Músicas e sonetos, versos e hinos. Todos tentando evocar somente uma parte dessa sensação.

Tendo vivido a experiência, agora sei que nenhum deles sequer chegou perto.

O Chamado é maior do que palavras.

O amor é uma gota no oceano do que eu sinto por ela.

O amor é um único sol em um céu cheio de estrelas.

E eu sei que Aurora não pode entender isso. Sei que os humanos não sentem isso como os Syldrathi. E por mais que eu a queira, não quero apressá-la ou — espíritos o proíbam — assustá-la. Então mantenho tudo isso dentro de mim, o máximo que consigo.

Mas nós ainda nem nos beijamos.

Espíritos do Vazio, isso é tortura...

— Supera, Garoto-fada — murmura Finian.

— ... Quê?

O Betraskano pisca seus grandes olhos pretos.

— Eu disse espera, Garoto-fada — repete ele. — A gente precisa repassar o plano.

Eu respiro fundo, passando a mão na testa. Meu esquadrão está aglomerado no espaço de convivência lotado de nosso suposto apartamento. Esse cômodo é menor do que a toca de um Enlei, e o cheiro é duas vezes pior. No entanto, temos poucas escolhas com nossas finanças atuais, e, com a minha irmã caçando pela Cidade Esmeralda, precisamos nos esconder à margem da sociedade, onde não nos fazem perguntas. Pelo menos, com os poderes de dedução de Zila — nada menos do que brilhantes, preciso admitir —, agora temos uma chance de sair dessa maldita estação de uma vez por todas.

O display no nosso novo casebre é imprestável. Fin conectou seu univídro no exotraje, projetando um esquema do Repositório do Domínio na parede oposta, em uma luz brilhante. Eu me sento em um sofá pequeno ao lado de Aurora, encarando a imagem. O corte na sobrancelha já se fechou com uma sutura pequena da cor da pele; o hematoma embaixo do seu olho direito é uma constelação escura. Os lábios dela são suaves, arqueados, hipnotizantes. Ela se estica e toca na minha mão, gentilmente, as pontas dos dedos provocando incêndios pela minha pele.

— Tá tudo bem? — ela pergunta baixinho.

Faço a minha melhor tentativa de um sorriso tranquilizante.

— Estou bem.

— A saída é vocês dois se pegarem — diz Tyler.

— ... Quê? — Faço uma carranca.

— Eu falei que tem dois lados para escaparem — diz Tyler, apontando para a maquete. — A entrada principal ao sul, e a menor a oeste. As duas são vigiadas, mas a oeste tem menos seguranças. Se estiverem encrencados, é por lá que dá para sair.

— Só que não vamos estar encrencados, né? — diz Scarlett. — Porque todas as suas ideias são incríveis?

— Exatamente — responde Tyler, ignorando o comentário da irmã. — Enfim, de acordo com a mensagem codificada do almirante...

Aqui Tyler pausa para oferecer a Zila uma pequena rodada de aplausos, à qual eu e o restante do esquadrão nos juntamos. Zila abaixa a cabeça, os cachos escuros caindo em cima dos olhos, mas vejo a sombra de um sorriso em seus lábios quando Tyler continua.

— ... tem algum tipo de pacote esperando por nós na sala do cofre, depois do saguão principal. Está aparentemente codificado para aceitar a identificação do DNA da Scar. Não sei por que Adams achou melhor configurar desse jeito.

Scarlett ergue uma sobrancelha.

— Porque eu sou maravilhosa?

— É, com certeza — murmura Tyler, revirando os olhos. — Enfim, isso significa que Scar vai na frente nessa. Nós não temos nenhuma ideia do que estará lá nos fundos em termos de perigo, então Kal, você vai com ela caso seja alguma coisa séria.

Scarlett olha para mim.

— Eu e você, músculos. Melhor vestir uma roupa sexy.

Ela dá uma piscadela para Aurora, que sorri de volta, apertando minha mão. A maioria de nós se acostumou à insistência de Scarlett em flertar com qualquer coisa viva, mas eu noto Finian encarando o chão, parecendo bastante chateado.

— Fin, quer repassar o nosso plano? — pergunta Tyler.

Nosso Mecanismo pisca, confuso.

— Hum... sim, se você quiser?

— Desculpa. — O nosso Alfa marcha até uma cadeira. — Só preciso me sentar um instante.

Scarlett observa enquanto o irmão se abaixa para sentar na almofada cheia de bolor ao lado dela, a mão na virilha. Ela estremece, entendendo a agonia.

— Pobre bebezinho — diz ela. — Madame Valentona acabou mesmo com você aí embaixo, né?

— Bom, eu sempre posso adotar — ele se lamenta.

— Se ajuda você a se sentir melhor, o olho roxo te cai bem. A coisa toda das veias estouradas faz um ótimo contraste com o azul.

Tyler fuzila Scarlett com o olhar, ela abre um sorrisão e bagunça aquela massa de cabelo loiro. Ele grunhe protestando e alisa o cabelo de volta no lugar, apenas pelo instante que demora para a irmã bagunçar tudo de novo.

Os dois são tão diferentes — ele é o epítome da ordem, ela a personificação do caos — que às vezes sinto dificuldade em considerá-los irmãos. Mas, ao olhar para eles, eu consigo ver o quanto os gêmeos Jones amam um ao outro. São unidos pelo luto que sentem com a morte de Zero. Unidos pela incerteza na qual nos encontramos. Ligados pelo sangue. Uma família de verdade. Inseparável e invencível.

Minha própria irmã e eu somos uma comparação vergonhosa.

— Tenho duas faixas pretas — suspira Tyler. — Dez anos em Systema e Krav Maga. E ela me jogou como se eu fosse uma bola numa partida de jetbol.

— Não se sinta envergonhado — eu digo a ele. — Saedii é mestre em Aen Suun.

Scarlett franze o cenho quando traduz.

— A... Via das Ondas?

Eu assinto.

— A mais mortal das artes marciais do Clã Guerreiro. Antes de morrer, meu pai nos treinou pessoalmente. Desde que éramos crianças. — A mágoa preenche meu coração com a memória de nós três treinando sob as árvores lias. Ofereço um sorriso triste para Tyler. — Saedii já me chutou abaixo da cintura em mais de uma ocasião. Você tem meus sentimentos.

— Mais de uma vez? — Tyler estremece e se revira de novo. — Sopro do Criador, como é que você ainda está vivo?

— Eu *avisei* para não permitir que ela se aproximasse.

— Não foi por escolha, acredite — grunhe ele. — Se a coisa sair como eu quero, essa jovem em questão vai ser mantida a uma distância mínima de segurança a partir de agora. Alguns sistemas solares devem resolver.

— Talvez isso não caiba a nós. Saedii e seus adeptos vão continuar me caçando. Não é possível se tornar um Templário do Destruidor de Estrelas desistindo facilmente de sua presa.

— Um motivo melhor ainda para sairmos rapidamente do Repositório — diz Aurora.

— Boa deixa, Clandestina. — Finian sorri, virando-se para a maquete e respirando fundo. — Ok, o plano é simples. Entrar, obter acesso a seja lá o que Adams deixou para nós no cofre e depois sair. Nosso grande problema é que, claro, há um preço pelas nossas cabeças por acusação de terrorismo galáctico.

— Suposto terrorismo — Zila corrige.

— Tá. Suposto. Enfim, a boa notícia é que a Cidade Esmeralda tem uma população de mais de um milhão de pessoas, e não é fácil ver a gente. A má notícia é que o Repositório do Domínio tem um sistema de segurança que fornece imagens através das redes da maioria dos grandes governos galácticos, e as câmeras deles são equipadas com software de primeira linha de reconhecimento facial. Estou falando do tipo que é capaz de reconhecer você por suas sobrancelhas.

Scarlett joga o cabelo cor de fogo para trás.

— Bom, elas são *mesmo* incríveis.

— Hum, é. — Finian dá um tapinha nos dados que estão passando ao lado da maquete. — O que estou dizendo é que só um chapéu de jetbol e óculos escuros não vão resolver. Esses sistemas vão nos reconhecer como procurados *bem* rápido.

— Podemos usar os uniformes da AIG de novo? — sugere Aurora.

Tyler sacode a cabeça.

— Arriscado demais depois do que aconteceu na plataforma. A AIG é bem rara assim tão longe do Miolo, e esses uniformes vão chamar atenção agora.

— Presumo que você tenha uma solução? — pergunto.

— Pra falar a verdade, temos, sim, Garoto-fada. — Finian sorri. — As câmeras do Repositório vão nos pegar assim que nós entrarmos. Isso não dá pra evitar. Mas vai ter um atraso enquanto os sistemas deles transmitem para os afiliados. A velocidade da luz tem um limite, mesmo na Dobra. Quando as informações estiverem no seu caminho de *volta*, eu consigo passar uma tela falsa na rede. Bloquear o sinal que está retornando por tempo o bastante para conseguirmos entrar e sair.

— Impressionante.

Scarlett sorri.

— "Impressionante" é o segundo nome do Fin.

Uma mancha suspeita que parece bastante com um rubor se espalha pelas bochechas de Finian depois do elogio de Scarlett, mas Tyler intercede.

— Não taaaaanto assim — diz ele.

— Uau, valeu, Garoto de Ouro — Finian murmura. — Deixou o moral lá em cima.

— Desculpa. — Nosso Alfa se ajeita no sofá novamente. — São as joias da coroa, sabe, estão me matando. Mas você entende o que eu quis dizer, Fin, conte a eles a parte difícil.

Fin aceita seu status de não-tão-impressionante com um aceno relutante.

— A parte difícil é que eu preciso estar *dentro* do Repositório enquanto hackeio o sistema.

Uma pequena ruga aparece na testa de Zila.

— Acho que é altamente improvável que a segurança do Domínio permita que você simplesmente se sente no saguão enquanto faz uma espionagem computacional.

— Sim — diz Tyler. — É aí que nós entramos, Zil.

A garota pisca.

— Você e... eu?

— Aham. — Ele sorri, com a covinha marcante aparecendo na bochecha. — Então, Zila, quer ir a um encontro comigo?

● ● ● ● ● ● ● ● ● ● ● ● ●

Eu não sei onde Scarlett continua adquirindo essas roupas.

A habilidade dela de materializar novas roupas quase que por pura força de vontade é sobrenatural. Ela saiu por um total de oitenta e sete minutos com apenas um punhado de créditos no bolso e voltou com um guarda-roupa inteiro para cada um de nós, adequado para a missão. Ela não roubou — sacudiu os recibos nos rostos de Zila e Aurora e as presenteou com histórias de seu poder de barganha, usando palavras arcanas como *promoção* e *desconto de decote*. Aurora demonstrou uma alegria excessiva ao ver os sapatos que Scarlett conseguiu para ela. Fiquei preocupado que seus guinchos pudessem atrair seguranças na vizinhança.

Fiz uma nota mental disso.

Ela gosta de sapatos.

Scarlett arremessou uma sacola de compras contra o meu peito, e examinei o conteúdo, desconfiado, uma sobrancelha se erguendo quase até o couro cabeludo.

— É sério?

A gêmea Jones só sorriu.

— Confia em mim.

Agora a missão nos aguarda, e então nos retiramos para vários cômodos diferentes em nosso apartamento maltrapilho para nos trocarmos. Aurora, Scarlett e Zila ficam com o quarto; Finian vai ao banheiro para ter um pouco de privacidade. Noto que o exotraje range conforme ele anda, e que está colocando o peso em sua perna esquerda. Suspeito que ele precisa de ajuda para trocar suas roupas, mas recusa em uma tentativa de mostrar independência. Não conheço o suficiente sobre sua condição para me preocupar, mas me preocupo mesmo assim.

Sem nenhum outro lugar aonde ir, Tyler e eu nos trocamos juntos no pequeno cômodo. É a primeira vez que ficamos sozinhos desde um certo beijo em uma certa sala de manutenção de computadores na Nave do Mundo. Retiro meu uniforme de manutenção e me debato para entrar nas calças que Scarlett me deu. Tyler tira seu macacão, arranca a camiseta por cima da cabeça, ficando apenas de shorts, com a longa corrente prata pendurada no pescoço, o anel de seu pai preso nos aros. Conforme ele se estica para pegar as calças que a irmã comprou para ele, eu me encontro estudando-o pelo canto dos olhos.

Nosso Alfa parece cansado. Ombros caídos, hematomas da surra que levou da minha irmã alinhados nos músculos das costas, marcados no torso. Ele coloca uma túnica por cima da lesão, arrasta a mão pelo cabelo loiro bagunçado, e suspira.

Consigo sentir sua cabeça trabalhando. A incerteza que ele mantém escondida atrás de uma parede de otimismo. O unividro emite um som baixinho na mesa — um lembrete do calendário interno. Vejo as palavras MEU ANIVERSÁRIOOOOO – 2 DIAS! brilhando na tela.

— Não sabia que seu aniversário e de Scarlett estava tão perto — comento.

Tristeza preenche os olhos de Tyler, transformando o azul-claro em um cinza metálico.

— Não é — diz ele baixinho, gesticulando para o unividro. — Eu joguei meu unividro no ultrassauro, na Nave do Mundo. Esse aí pertencia a...

Eu sei de quem ele está falando sem que precise pronunciar seu nome. Deve ter pego o aparelho dela em Octavia III. Consigo ver a dor claramente nos olhos de Tyler quando ele olha para a mensagem — mais um lembrete de tudo que ela não terá, de tudo que ela nunca será.

— Eu me entristeço por Zero — digo a ele baixinho. — Sei o que ela significava para você.

Ele olha para cima ao ouvir. Vejo o rosto dela refletido nos olhos dele — a tinta na pele, a ardência do seu olhar. Então ele olha para o teto, piscando rápido.

— É.

— Está fazendo a coisa certa, Tyler Jones.

Ele olha na direção da risada abafada dentro do quarto. As vozes daqueles com quem nos importamos. Há uma teia frágil entre todos nós; tanto ele quanto eu sabemos disso. Talvez mais do que qualquer um dos outros. Vejo um lampejo atrás daquelas paredes por um momento. Apenas um feixe de incerteza aparecendo pelas rachaduras.

— Espero que sim — suspira ele.

— Temos toda a galáxia contra nós — digo a ele —, mas é aqui que devemos estar. Somos parte de algo maior agora, sinto isso aqui dentro. Você nos liderará. E eu te seguirei, Irmão.

Syldrathi não se tocam, a não ser em momentos de intimidade ou rituais. Só que Tyler Jones e eu lutamos nas entranhas de exterminadores Terráqueos, entramos em quedas de braço pela Dobra, olhamos nos olhos da morte lado a lado. Ele pode ser humano. Cansado e machucado e cheio de falhas como todos eles. No entanto, nas batalhas, todos sangramos igualmente.

Eu ofereço a ele minha mão.

— Conheço meus amigos, e são poucos. Mas por esses poucos, eu morreria.

Ele me olha nos olhos de novo. Músculos flexionados ao longo de sua mandíbula quando ele bate a mão na minha.

— Obrigado, Kal. Significa muito pra mim saber que você está do meu lado.

— Del'nai — respondo.

Um franzir de cenho confuso aparece no rosto dele ao me ouvir falar meu próprio idioma.

— Acho que Scar me explicou o que significa, mas eu não...

— Para sempre — digo. — Para toda a eternidade.

Ele olha de cima a baixo para a roupa que estou vestindo com um sorriso esperto.

— Roupa interessante que ela escolheu pra você.

Olho desanimado para as minhas novas roupas. As calças são feitas de um plástico escuro lustroso, uma fileira de fivelas prateadas subindo dos meus calcanhares até os quadris. Minha camisa é de tecido quase transparente, também preto, esticada e colada no torso e deixando muito pouco para a imaginação. Normalmente, só usaria botas desse tipo se estivesse planejando participar de uma investida de guerra na superfície de um planeta hostil.

— Uau — ouço uma voz dizer.

Olho para cima e vejo Aurora na porta do quarto. Está usando um conjunto branco de blazer e saia que, pelos outros, seria considerado apenas chique, mas, para mim, parece que ela está vestida com luz, radiante como o sol.

Os olhos dela percorrem das minhas botas ao meu rosto.

— Você está...

— Eu tenho bom gosto? — Scarlett pergunta atrás dela. — Ou será que tenho bom gosto?

Aurora olha para a menina mais alta.

— Você tem *bom* gosto.

Scarlett está vestida de uma forma parecida com a minha. Polímero vermelho grudado na pele. Um corpete que seria considerado instrumento de tortura sob a maioria das convenções galácticas. Uma centena de fivelas que não parecem servir a um propósito estrutural. Uma peruca loira platinada que chega até a cintura.

Olho para mim mesmo, ergo uma sobrancelha como pergunta.

— Falho em entender o motivo dessas calças serem tão apertadas.

Scarlett rodopia nos dedos o que parece ser uma coleira e sorri.

— Kal, querido, se você quer interpretar o papel, precisa se vestir de acordo.

· · · · · · · · · · · · ·

Entramos por portas separadas para não levantar suspeitas.

O saguão do Repositório do Domínio é vasto, o plastil finalizado para parecer mármore escuro com retoques em dourado. As paredes e o chão estão cobertos por dados que piscam no ar com informações de vários câmbios galácticos. Apesar do tamanho, o espaço está lotado, com uma dúzia de espécies diferentes nos balcões e no saguão — Tyler escolheu a hora de maior atividade no ciclo para nosso plano.

Ele e Zila entram primeiro. Nossa Cérebro parece ter perdido suas palavras, mas Tyler a mantém por perto, inclinando-se de vez em quando para sussurrar no ouvido dela. Eles andam de braços dados, parecendo jovens amantes a passeio no meio do dia.

Finian chega logo atrás, vestido com simplicidade, cores escuras sob o brilho prateado do seu exotraje. Ele finge receber uma ligação no univridro assim que entra, andando até encontrar um canto quieto do Repositório com um dedo no ouvido como se para ouvir a conversa melhor.

Scarlett e eu entramos por último, e, como era a intenção dela, nossa chegada é percebida por quase todo mundo no saguão — suponho que não seja sempre que veem uma loira de porte esculturinal vestindo polivinil colado, puxando um Syldrathi por uma coleira. Autoconfiança exalando por todos os poros, Scarlett desliza até um gerente Terráqueo de meia-idade vestindo um terno de negócios.

O homem olha para ela da cabeça aos pés.

— Posso ajudar?

— É claro que pode, querido — diz Scarlett, colocando vogais abertas em uma palavra que não parece ter nenhuma. — Meu nome é Madame Belle, sou a terceira esposa de Rielle Von Lumiere e imperatrix da Corte Crepuscular de Elberia IV. Meu marido deixou algo para mim no seu cofre.

O gerente olha para mim.

— Seu... marido?

— Ah, não, ele não. — Scarlett ri alegre, tocando o braço do Terráqueo. — Não. Germaen aqui é o meu... personal trainer. Sabe como é. — Ela dá um puxão na coleira ao redor do meu pescoço e rosna: — Postura correta, Germaen!

Eu a encaro com um olhar mais furioso do que o de doze estrelas anãs antes de me lembrar do papel que devo interpretar.

— Minhas desculpas, Imperatrix — murmuro, endireitando-me para ficar mais alto.

Scarlett revira os olhos para o gerente.

— É *tão* difícil achar bons animais de estimação hoje em dia.

— Eu... entendo.

Ela oferece ao homem um sorriso que só posso descrever como malicioso, e dá a ele uma nova carícia prolongada.

— Sei que entende, querido.

Queriiiiiiiiido.

— Bem — diz o gerente, parecendo bastante alvoroçado com a atenção dela. — Por favor, siga-me, Imperatrix. Nossos cofres ficam por aqui.

Scarlett dá ao homem um lindo sorriso e vai atrás dele, me arrastando com um puxão.

— Vamos, Germaen, não enrole!

Conforme percorremos nosso caminho pelo saguão ocupado, vejo Finian trabalhando quietinho no canto com seu unividro. Enquanto a maioria do pessoal de segurança está ocupada olhando o espetáculo que Scarlett está criando, eu consigo ver que um dos atendentes mais meticulosos do Repositório está prestes a perguntar se nosso Mecanismo precisa de alguma ajuda.

E é aí que o segundo estágio da nossa distração começa.

— Seu CAFAJESTE!

Scarlett para imediatamente, assim como todo mundo no Repositório. Eu me viro para ver Aurora, o rosto vermelho, bem na frente de Tyler e Zila. Ela está apontando um dedo acusador para o nariz do nosso Alfa enquanto grita com o maior volume que consegue.

— Você disse que ia na sua mãe! — Ela fulmina Zila com o olhar. — Isso? *De novo?*

Tyler olha em volta da sala, notando que todo mundo está encarando-o.

— Hum, oi, docinho...

Aurora ergue a mão e, com um som que me faz estremecer, estala a palma com tudo no rosto já machucado de Tyler.

— Não se atreva a me chamar de *docinho*! — grita Aurora.

— Ah, nossa. — Scarlett pressiona uma das mãos no corpete e olha para o gerente. — Não achei que aqui fosse *esse* tipo de estabelecimento.

— Os seguranças vão cuidar disso — o gerente lhe garante, estalando os dedos e apontando para o drama que está se desdobrando à frente. — Por favor siga por aqui, Imperatrix.

A segurança aparece de todos os cantos enquanto Aurora continua gritando e xingando. Um guarda toca o braço dela, explica que ela está "armando um barraco". Ela coloca um dedo embaixo do queixo dele e grita:

— Não ouse me tocar, eu sei lutar kung fu!

Tyler tenta se explicar, e Aurora grita por cima dele, e no meio de tudo isso, Zila parece horrorizada, o que eu suspeito não ser muito distante da realidade.

Conforme o gerente nos leva na direção de uma porta pesada ao final do saguão, vejo Finian, ainda no seu canto, trabalhando silenciosamente no univridro.

As portas pesadas se abrem com um escaneamento da retina do gerente, e depois de passarmos por uma revista magnética por armas e implantes subdermais, seguimos para a sala de depósito, os gritos de Aurora ainda ecoando atrás de nós. Em contraste à extravagância do saguão, esta sala tem um design sem graça. Uma longa mesa de plastene no meio, as paredes brancas têm milhares de pequenas portinholas feitas de estelita endurecida.

— Se me permite, Imperatrix? — o gerente diz, erguendo um pequeno palito de amostra.

— É claro. — Ela sorri, esticando o queixo e formando um bico perfeito. O gerente toca o palito nos lábios dela.

— Sete um oito quatro alfa — ronrona ela.

O gerente assente, e se vira para a portinhola apropriada. Conforme ele pressiona a amostra de DNA no receptor, eu me vejo segurando minha respiração. Se isso for algum tipo de golpe, se formos forçados a atravessar o caminho de volta lutando...

O visor na porta muda de vermelho para azul. Ouço um guincho eletrônico conforme o compartimento se destranca. O gerente sorri, e eu abro a portinhola, tirando uma longa caixa de metal lá de dentro.

— Meu marido é terrível com datas — diz Scarlett, dedilhando seus lábios. — Você pode ser um querido e me dizer há quanto tempo esse depósito foi feito para mim?

— É claro. — O gerente consulta o unividro. — Essa caixa foi adquirida em... 17/09/2372.

— Setenta e dois? — Franzo o cenho. — Mas faz oito anos.

Scarlett dá um puxão dolorido na coleira.

— Obrigada, Germaen, nós sabemos contar. Agora fique quietinho, ou você vai ficar sem punição hoje à noite.

Eu engulo meu protesto enquanto ela se vira para o gerente, sorrindo docemente.

— Um pouco de privacidade, por favor?

Com uma reverência e um pequeno sorriso, o homem sai da sala, nos deixando a sós. Eu olho para as lentes de segurança em cada canto, rezando para o Vazio para que Finian seja tão bom quanto nós esperamos que seja. Faço uma carranca de soslaio para Scarlett.

— Você está gostando muito disso — murmuro.

— Você não faz *ideiaaaa* — Scarlett sussurra.

Eu abro a caixa, checando o conteúdo antes de irmos. Consigo ver meia dúzia de pacotes, cada um marcado com uma pequena etiqueta. Tyler. Scarlett. Kaliis. Finian. Zila. Outro pacote, marcado Esquadrão 312.

— Faz quase uma década que essa caixa está esperando por nós — digo.

— Eu sei — responde Scarlett, o espanto refletido nos olhos. — Isso foi antes de a gente se conhecer. Antes de qualquer um de nós se alistar na academia.

— Como? — eu exijo. — Como é possível o Almirante Adams ter obtido sua sequência de DNA antes de te conhecer? Como é que poderia saber nossa designação de esquadrão? Nossos nomes? O fato de que nós *estaríamos* aqui?

— Se você quiser mesmo deixar seu cérebro tonto — murmura Scarlett, a voz estremecendo —, se pergunte como ele sabia que Cat *não* estaria?

Olho para o conteúdo da caixa do cofre novamente e percebo que ela está correta — não há nenhum pacote para Zero. No entanto, embaixo dos pacotes, *há* um conjunto de chaves e uma etiqueta com o número de uma plataforma nas docas da Cidade Esmeralda.

Seção 6, Calçada Gamma, Plataforma 9[a].

Entrego a chave para Scarlett, minha mente está um turbilhão.

— Seja lá o que estiver acontecendo aqui, ao menos Adams considerou justo nos fornecer uma nave. Isso é um começo.

Scarlett olha para as câmeras.

— É melhor a gente ir embora.

Eu assinto, fecho a tampa da caixa e a coloco embaixo do braço. Nós percorremos o caminho da sala do cofre, Scarlett na frente, eu andando obedientemente atrás. Conforme voltamos ao saguão, Finian olha para nós, o alívio claro no seu rosto. Zila não está em nenhum lugar à vista, mas Aurora e Tyler estão na calçada do lado de fora. Aurora ainda está gesticulando loucamente, um tanto ofuscada pelo vidro.

— Ela está se divertindo mais do que eu. — Scarlett sorri.

Nós dois andamos com calma cruzando o saguão enorme, cada passo na direção da porta parecendo um quilômetro. Finian se coloca de pé lentamente, mancando até a outra saída. A multidão a nosso redor muda e se esvai; o gerente sorri um adeus. E parece, por um instante, que talvez nós tenhamos obtido sucesso em nossa artimanha. Talvez consigamos chegar livres em casa.

— Posso fazer uma pergunta? — digo baixinho.

— Você não vai me pedir em casamento, vai? — murmura Scarlett.

— Não. E eu sei que é tolice perguntar isso agora, mas raramente nós ficamos sozinhos, e talvez haja poucas oportunidades para perguntar depois.

— Isso parece sério.

Engulo em seco, de repente me sentindo profundamente desconfortável.

— Eu fiz muitas leituras sobre... o cortejo humano, mas há um abismo vasto entre a palavra escrita e a realidade. E você parece... muito familiarizada com envolvimentos românticos.

— Isso é um jeito educado de falar. — Consigo ver um sorriso torto na boca de Scarlett. — É sobre a Aurora, né?

Eu suspiro. Até mesmo o som do nome dela faz meu coração disparar.

— Sim.

— Está com um caso sério de paixonite.

— Eu... gosto muito dela, sim.

Nós estamos quase na porta agora, e Scarlett está falando muito baixo.

— Eu provavelmente não sou a melhor pessoa para se pedir conselhos, Músculos. Nunca tive um relacionamento que durou mais do que sete semanas.

— Você é uma garota humana — digo, desesperado. — Você sabe do que garotas humanas *gostam*.

As portas deslizam e se abrem diante de nós, e Scarlett olha por cima do ombro, as sobrancelhas erguidas.

— Nós não somos um monólito, Kal, nós...

Suas palavras são interrompidas quando ela tromba com uma pequena figura entrando no repositório. Ouço um rugido de indignação, olho para baixo e vejo uma gremp fêmea pequena, rodeada por uma dúzia de amiguinhos.

— Ah, perdão, querida — diz Scarlett.

A gremp líder tem talvez um metro de altura, o que é bastante para a espécie dela. O pelo mesclado marrom que cobre seu corpo está perfeitamente penteado por baixo do terno madrepérola. Seus olhos verde-claros estão pintados com um pó escuro e têm o brilho de alguém que alimenta seus bichos de estimação com carne humana só por diversão.

Ela olha para Scarlett, os lábios arregaçados para mostrar os caninos.

— *Você* — rosna Skeff Tannigut.

— Ah, merda — diz Scarlett.

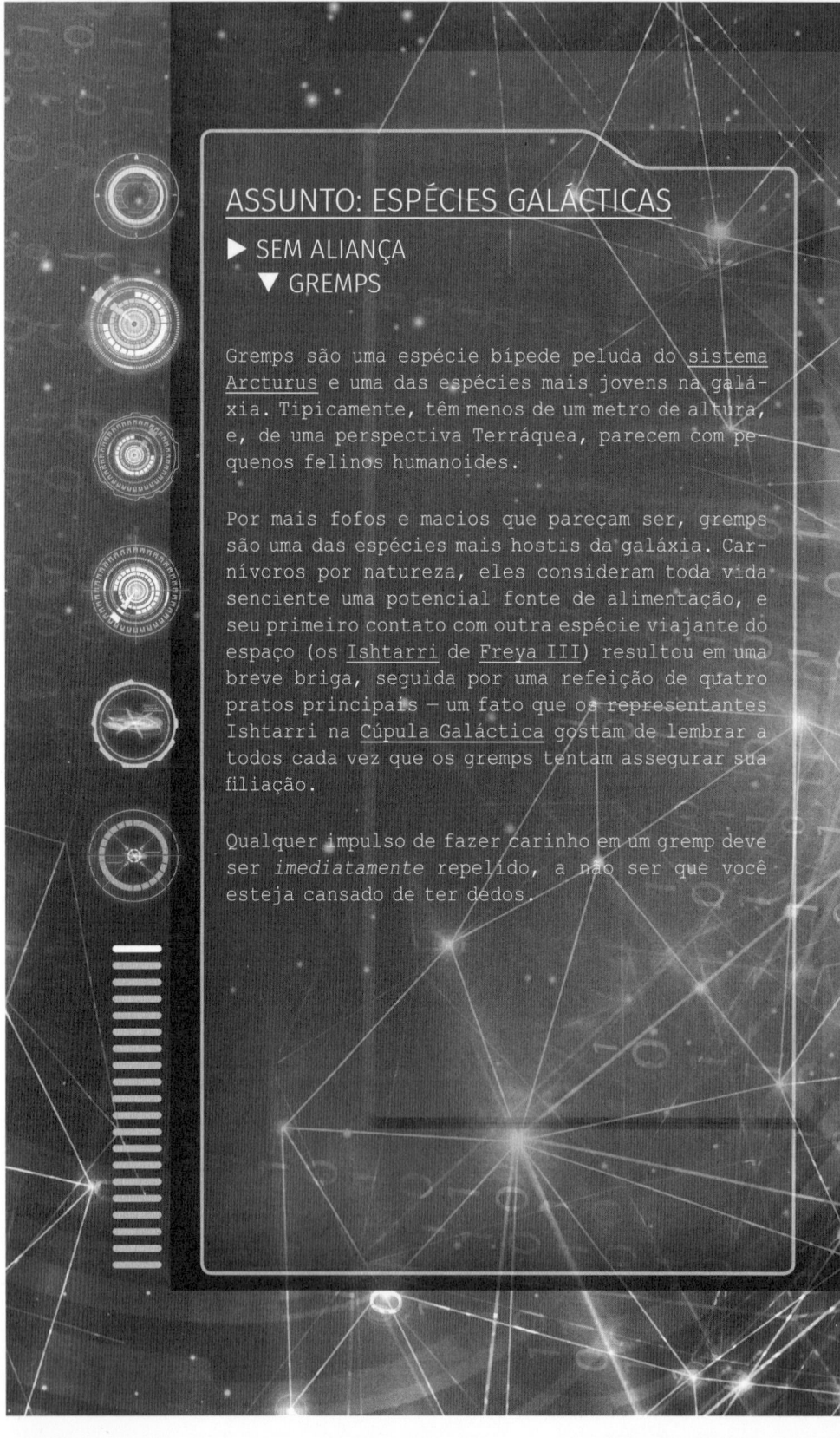

ASSUNTO: ESPÉCIES GALÁCTICAS
▶ SEM ALIANÇA
  ▼ GREMPS

Gremps são uma espécie bípede peluda do sistema Arcturus e uma das espécies mais jovens na galáxia. Tipicamente, têm menos de um metro de altura, e, de uma perspectiva Terráquea, parecem com pequenos felinos humanoides.

Por mais fofos e macios que pareçam ser, gremps são uma das espécies mais hostis da galáxia. Carnívoros por natureza, eles consideram toda vida senciente uma potencial fonte de alimentação, e seu primeiro contato com outra espécie viajante do espaço (os Ishtarri de Freya III) resultou em uma breve briga, seguida por uma refeição de quatro pratos principais — um fato que os representantes Ishtarri na Cúpula Galáctica gostam de lembrar a todos cada vez que os gremps tentam assegurar sua filiação.

Qualquer impulso de fazer carinho em um gremp deve ser *imediatamente* repelido, a não ser que você esteja cansado de ter dedos.

6

FINIAN

Eu consigo sair pela porta lateral, tão dolorido como se tivesse sido atropelado por um ultrassauro. Meu traje está perto de se desfazer completamente, mas estamos tão perto de conseguir — a última coisa que quero é ter a atenção de alguém. As portas atrás de mim fecham com um zunido satisfeito, e eu viro à direita, no entroncamento de quatro caminhos do lado de fora do Repositório do Domínio. Por enquanto, Scar e Kal devem estar desfilando seus corpos gostosos pela porta da frente, onde vamos nos encontrar com os outros.

Finalmente, *finalmente*, alguma coisa está dando certo pra gente. Kal estava com uma caixa debaixo do braço quando eles saíram do cofre, então eu sei que temos um novo destino. Estou me sentindo satisfeito comigo mesmo enquanto tento dar passos mais apressados quando viro a esquina, bem a tempo de ver Scarlett dar de cara — ou melhor, dar de cintura — com um gremp de cara nada amigável.

Literalmente tenho tempo de pensar "uau, imagina que louco seria se fosse a mesma gremp que..." antes de a calçada estar lotada de armas e de todo mundo ficar bem tenso.

Eu congelo no lugar. Scar já está falando em velocidade máxima, as mãos erguidas em pedido de calma, sob a mira de uma dúzia de pistolas disruptivas. Atrás dela, os seguranças do Domínio respondem à ameaça sacando as armas *deles*, que são bem mais pesadas do que o normal. Isso significa que, pelo lado bom, Skeff Tannigut não pode arrastar Scarlett e Kal para longe e cortá-los em pedacinhos. Pelo lado ruim, meus companheiros de esquadrão estão ameaçados por todos os lados.

— Esses dois são fugitivos procurados! — a gremp cospe, os olhos delineados de preto estreitando. — Eles agrediram a mim e ao meu bando, quase mataram meu companheiro de ninhada!

— Bobagem, querida — diz Scarlett. — Eu nunca te vi antes na minha vida.

— Eu sabia que não poderíamos confiar em gente da sua laia — rosna Tannigut.

— Minha *laia*? — Scarlett consegue reunir uma indignação convincente. — Suponho que todos os humanos pareçam iguais para você, então?

Os guardas do Domínio, mais de um punhado deles sendo Terráqueos, não parecem nada impressionados com a acusação da gângster. Eu continuo mancando para longe do Repositório, tentando me manter fora de vista. Não faço ideia de onde Zila está, mas um pouco adiante da discussão crescente, Tyler e Auri estão mergulhando na interseção lotada, tentando seguir meu exemplo e fazer com que ninguém os note.

— *Finian?* — Ty murmura no comunicador. — *Consegue arrumar alguma distração?*

Estou digitando algo no meu unividro quando respondo.

— É para já, Garoto de Ouro. Arrumo uma distração em trinta segundos. Vamos nos certificar de que todos corram na mesma direção, que tal?

Tyler dá mais um passo para trás, lentamente, observando o tráfego para cima e para baixo.

— *Vire na direção do centro, e nós...*

Um grito interrompe a comunicação, seguido de um som de chiado violento. Desvio o olhar do meu uni e vejo que Aurora está no chão feito uma marionete que teve as cordas cortadas. Ela está embrulhada em aros do que parece energia vermelha crepitante, fumaça subindo de sua pele, a boca aberta em um grito silencioso. E é nesse instante que tudo vai pras cucuias. Kal pula na direção dela com um grito de fúria perfeito, esquecendo completamente que Scarlett ainda está com a coleira dele amarrada no pulso dela.

Tipo, sério, uma *coleira*?

Enfim, Scarlett é arrastada atrás dele como se não pesasse nada, sendo arremessada contra Skeff Tannigut e caindo em um emaranhado de membros se debatendo e corpetes. Todo mundo começa a atirar. Os gremps soltam a mão no gatilho das pistolas conforme a líder deles cai; os guardas do Domínio abrem fogo em resposta. Alguns caem de cada lado, e os tiros irrompem no ar, gremps e seguranças se abaixando para ganhar cobertura, ou desabando com gritos de dor.

Um tiro perdido atinge um esquife que passava, deslizando para o lado e batendo em outro veículo estacionado, capotando completamente e colidindo com a fachada de uma loja. A multidão começa a gritar e se espalhar. Outro tiro passa por cima da minha cabeça e eu abaixo atrás de um esquife estacionado, o meu exotraje reclamando, uma pontada de dor passando por ambos os joelhos.

Estreito os olhos através do tiroteio e da fumaça, e vejo que Ty e Scar conseguiram buscar abrigo atrás de um transportador. Kal conseguiu arrastar Aurora para trás de uma fileira de carros automáticos. Nossa clandestina ainda está envolta pela energia vermelha crepitante, convulsionando no lugar. Kal está agachado sobre o corpo dela, os dentes arreganhados, encarando por cima do ombro dele. Eu percebo que alguns dos tiros nesse tiroteio estão vindo de *trás* de mim.

Com uma sensação horrível de premonição — e eu realmente tive uma chance de aperfeiçoar essa sensação ultimamente, então sinto que adivinhei certinho —, eu me viro.

Membros do Criador.

Os Imaculados estão marchando pela rua na nossa direção. A irmã de Kal está carregando uma arma que parece o cruzamento de um rifle disruptivo e uma antiga besta Terráquea — percebo que é a arma que derrubou Auri. Seus capangas estão espalhados atrás dela, a armadura negra pintada com glifos brancos, os lábios arreganhados em rosnados. Nenhum deles é tão assustador quanto Saedii, os caninos afiados em pontas perfeitas, a faixa de tinta preta em cima dos olhos fazendo com que o violeta apareça e brilhe. Os Syldrathi estão atirando nos guardas do Domínio, os tiros das pistolas disruptivas fazendo *BAM!* pelos ares. Eles buscam cobertura em meio ao tráfego conforme outro esquife entra em colisão na rua em uma explosão de faíscas e metal contorcido.

Eu me abaixo ainda mais, fazendo os cálculos. Por enquanto, ninguém me viu, ao menos, mas meu esquadrão está preso em um tiroteio com três forças opostas.

O fluxo do chão está quase parado; o tráfego no ar é puro caos. Uma breve trégua parece acontecer na cena conforme todo mundo para um instante para recarregar. Civis estão fugindo em pânico, alarmes estão ressoando e já tem um drone de segurança acima das nossas cabeças. Eu consigo ver Scarlett abaixada ao lado de Kal, sussurrando algo no ouvido dele, enquanto Ty olha a rua de um lado para o outro, procurando uma rota de fuga. O segurança-chefe do Repositório do Domínio, um Rikerita alto com dois chifres curvados para trás saindo da testa, ergue a voz.

— A segurança da Cidade Esmeralda já está a caminho! Abaixem suas armas!

Nossa Senhora de Beleza e Terror o ignora completamente, apontando para Kal e uma Aurora ainda convulsionando, e se dirigindo à Skeff Tannigut com ao menos um toque de civilidade:

— Eu só estou aqui por esses dois, pequena.

Espera... agora querem Auri também?

Nosso Tanque se põe de pé em um movimento fluido, o rosto contorcido pela ferocidade.

— Você a está machucando! Pare com isso, Saedii!

Mesmo em um momento como esse, preciso admitir que todas aquelas fivelas e o tecido transparente são uma vista e tanto. O queixo da irmã dele cai quando o vê.

— O que você está *vestindo*, Kaliis? — sibila ela, abertamente horrorizada.

— Solte-a imediatamente!

— Armas no chão! — o segurança grita novamente. — Isso é um aviso pra todo mundo!

Consegui me aproximar um pouco mais do meu esquadrão, espreitando perto do prédio oposto à entrada principal do Domínio, ainda batendo no unividro com a mão. Por causa de toda a tensão desse impasse de três forças e da multidão em pânico, ninguém me notou ainda. Só que olhando através da fumaça e dos destroços, vejo Tyler me lançar o menor dos acenos. Ele é esperto, meu Alfa.

— Se quer esses dois — diz a líder gremp, acenando para Kal —, então podemos ficar com o resto, e cada um segue seu caminho antes disso ficar mais complicado. Concordam?

— Prestem atenção — começa o chefe do segurança. — *Nós* temos a autoridade aqui. Parem todos imediatamente!

— Nós somos fiéis a Caersan, Destruidor de Estrelas — diz Saedii. — Isso é assunto dos Imaculados. Tire seus chifres daqui antes que eu os corte.

Isso faz com que o chefe de segurança recue um pouco. O Destruidor de Estrelas aterroriza metade dos governos da galáxia, e *ninguém* quer pisar no calo dele — ainda mais um segurança qualquer que só está trabalhando por um salário.

Todos os guardas do domínio se entreolham, inquietos, e largam suas armas. Com o rosto cheio de desdém, Saedii sai do seu esconderijo, acompanhada por sua irmandade Imaculada, e começa a andar na direção do Repositório do Domínio. Kal e os outros ainda estão cercados pelos gremps — não têm para onde correr. E minha mente está disparando anos-luz por segundo, me perguntando como vamos conseguir sair dessa bagunça, quando a voz de Zila surge no meu comunicador.

— Finian, a distração que mencionou ainda está disponível?

— Zila? — Eu quase tinha esquecido que ela não estava aqui. — Cadê você?

— A distração ainda está disponível?

— Definitivamente.

— Por favor, ative-a em exatamente doze segundos do meu sinal — responde Zila, calma como sempre. — Estou a caminho com transporte. Sinal, já.

Consigo ouvir as sirenes se aproximando — a Segurança da Cidade Esmeralda está a caminho. Deslizo os dedos sobre o univridro, forçando meu caminho de volta para o sistema do Repositório do Domínio com a delicadeza daquele ultrassauro metafórico que me atropelou mais cedo. Consigo chamar a atenção de Tyler — ele também ouviu a mensagem de Zila. E conforme Saedii e seu grupo se aproximam, eu ativo os extintores de incêndio na calçada na frente do Repositório, e o mundo todo desaparece em uma nuvem de neblina branca cegante.

Por cima dos gritos e xingamentos de ao menos cinco espécies, consigo ouvir as sirenes que se aproximam, o sibilar de freios atrás de mim. Meu estômago se revira conforme uma van-aérea pesada irrompe pela interseção, as luzes brilhando, as palavras PATRULHA DE SEGURANÇA DA CIDADE ESMERALDA pintadas na lateral. Só que meu coração dá um pulo quando a porta se abre e vejo uma figura familiar sentada nos controles.

— Zila?

Ela gesticula para mim, rosto calmo, olhos inescrutáveis. Saio da cobertura, tentando correr, mas meu traje finalmente trava com o movimento repentino; meu joelho estremece e eu tropeço, o movimento me leva para a frente, as mãos abanando no ar enquanto caio. Aí alguém me pega, uma dor cortando meu ombro quando me seguram pelo cotovelo e me põem de pé.

É Tyler, e atrás dele, Kal carregando uma Aurora inerte nos braços, Scarlett trazendo consigo a caixa que resgataram do cofre. Uma dúzia de tiros de pistola voa pela espuma do extintor atrás de nós, atingindo a parede ao lado da minha cabeça e me banhando com uma chuva de faíscas. Minha respiração está curta e endurecida, e Tyler está meio que me carregando conforme nos atiramos para dentro da van. Eu quase deslizo para fora quando Zila manobra e o veículo inteiro vira. Os gêmeos Jones me agarram ao mesmo tempo, e Scarlett me puxa de volta enquanto Tyler estica a mão para fechar a porta, uma sequência de tiros de pistola disruptiva e mais uma daquelas espirais vermelhas de energia colidem contra o chassi.

— Acelera, Zila! — grita Tyler.

Nós cinco somos esmagados contra a parede dos fundos quando Zila pisa no acelerador, vira uma esquina como se não tivesse medo de morrer e rodopia para dentro do tráfego. Tyler se apressa por cima de mim para sentar no assento de copiloto.

— Você roubou um veículo da *polícia*? — pergunta ele.

— Você me pediu para conseguir um transporte — responde Zila serenamente, esticando a mão para aumentar o volume das nossas sirenes. Os veículos à nossa frente se afastam conforme o autopiloto das naves liga, e então se fecham atrás de nós de novo, ajudando a bloquear a perseguição. Percebo que ela está usando brincos dourados com pequenas máscaras de assaltante.

Espera, ela não estava usando gremps hoje de manhã?

Passamos correndo por edifícios altos conforme aceleramos para o lado mais rico da cidade, com fachadas douradas e brancas, entremeadas por jardins verdes e vermelhos, e arcos decorados, para a rede dos tubos de circulação.

No fundo da van, Scarlett e Kal conseguiram retirar os aros crepitantes do corpo de Aurora. Quando Kal os chuta para um canto, a energia neles estremece e morre. Auri está arfando para respirar, as bochechas manchadas de lágrimas. Tecnicamente, sou o membro do esquadrão que deve ajudar Zila com as funções médicas; então, cerrando os dentes, meu traje rangendo, eu engatinho até lá e abro a função de scanner médico no meu unividro. Scarlett me dá uma visão inesquecível pelo maldito corpete quando se inclina em cima de Auri, mas, pontos para mim, eu me esforço *muito* para não notar.

— Que arma usaram para atirar nela? — exige Scarlett, encarando os aros sem vida.

— A arma preferida de Saedii — diz Kal. O rosto dele está sério, os olhos cheios de fúria enquanto segura a cabeça de Auri. — Um agonizador.

— O quê?

— Uma arma Syldrathi — ofereço, lembrando-me das aulas de engenharia mecânica na Academia. — Os aros se engancham na rede neural, sobrecarregam o sistema nervoso. É tipo uma pistola disruptiva na configuração de Tranquilizar, mas beeeeem mais dolorida.

— Ela vai ficar bem? — Scarlett pergunta.

— Ela só desmaiou — digo um momento depois, segurando o scanner médico. — Sem danos permanentes. Acho que os Imaculados não queriam que ela os atingisse com a mágica de novo. Aprendem rápido.

— Aurora? — Kal chama, gentilmente acariciando a bochecha dela. — Consegue me ouvir?

— K-Kal? — sussurra ela.

O Garoto-fada suspira em alívio, os músculos na mandíbula relaxando.

— Sim, be'shmai?

— Sua i-irmã é uma cuzona...

O xingamento faz com que todos riam, apesar da encrenca em que nos encontramos. Porém, a voz de Zila do assento do motorista acaba com nossos sorrisos bem rápido.

— Não quero interromper — diz ela —, mas estamos sendo perseguidos.

— Por quem? — Kal pergunta, erguendo a cabeça.

— Skeff Tannigut e seus associados, os Imaculados, a segurança do Repositório do Domínio, as agências de cumprimento da lei da Cidade Esmeralda, e os oficiais que estavam responsáveis por essa van-aérea.

— Uhul? — sugiro.

— Nós temos um destino? — Zila pergunta.

Scarlett pesca algo dentro do corpete (olhos em outro lugar, de Seel, olhos em *outro lugar*) e balança uma chave.

— Tem uma nave esperando por nós na Calçada Gamma.

O irmão dela se vira no assento para encará-la.

— *Quê?*

— Você não vai acreditar o que encontramos no Repositório — Scarlett diz a ele. — Mas por enquanto tem uma nave esperando por nós e precisamos de uma carona pra dar o fora daqui.

— Então vamos pra Calçada Gamma — diz Tyler, se virando para a rua à nossa frente. — Mas não podemos levá-los todos pra lá. Precisamos despistar nossos perseguidores.

Eu sei que nesse instante eu não sou o único que pensa em Zero. Aquela garota poderia dirigir qualquer coisa imaginável, manobrar pelo buraco de uma agulha com a mão nas costas. A pontada me atinge como se fosse um soco.

Eu fui tão cuzão com ela. Será que ela levou tudo a sério? Será que entendeu que eu sou só horrível em ser sincero?

Em vez de Zero, temos o Garoto de Ouro e Zila na frente da van-aérea. Ty é um piloto razoável, mas até hoje, eu nem sabia que Zila dirigia. E estou me perguntando se Ty deveria ser a pessoa no câmbio quando ela estreita o olhar, olhando diretamente para a frente.

— Despistar nossos perseguidores. — Ela assente. — Entendido.

Ty ergue a sobrancelha com cicatriz.

— Zila?

— Esquadrão — diz ela calmamente —, por favor, apertem seus cintos de segurança.

. . . .

A van-aérea canta quando chegamos à Calçada Gama em um jato de faíscas, as turbinas gritando como cantores de ópera Rigellianos. Túneis de fumaça preta saem do motor, vários cones de trânsito estão enfiados nos tubos de ventilação, e estamos hasteando um banner fumegante em que se lê FELIZ 50º DIA DE VIDA, FRUMPLE, em Chelleriano. Tyler se vira no assento para ver se estamos todos intactos, e eu acho que nunca vi nosso líder destemido com os olhos tão arregalados.

— Sopro do Criador, Zila — murmura ele.

— Um desempenho formidável — concorda Kal, profundamente respeitoso.

Auri grunhe da cadeira, revirando-se com os cintos.

— Você deveria projetar montanhas-russas.

O motor dá sua última tossida desesperada, engasga e morre. Zila estica a mão para destrancar a porta, que cai inteira com um barulhão. Todo mundo fica sentado por um longo momento, aproveitando a sensação de estar vivo. Ou no meu caso, revisando algumas promessas impetuosas que fiz para meu Criador na última meia hora, em troca de eu sobreviver.

— Deveríamos proceder com a devida pressa — diz Zila, nos encarando na expectativa. — Eles podem seguir nosso rastro com facilidade.

— Nós *realmente* deixamos alguns destroços — concorda Scarlett.

Um por um, nós voltamos à vida, saindo do nosso veículo de fuga, cambaleando para encontrar equilíbrio. Tento não estremecer com a dor quando coloco os pés no chão. Parece que o cais Gamma é a área das docas de longa estadia na Cidade Esmeralda — muitas das naves ao nosso redor estão acomodadas para uma permanência prolongada. Nossa própria plataforma fica mais adiante, mas a van-área não vai se mexer mais nenhum metro, então vamos a pé.

Estou quase tão cambaleante ao andar quanto Auri, mas tropeço atrás dos outros na direção da Plataforma 9, contando as naves e mentalmente considerando cada uma. *Essa aí seria ok, essa outra seria boa, aquela ali seria incrível...*

Eu vejo algumas naves adiante e, involuntariamente, desacelero o passo, meus olhos grudados na... *coisa* que espera por nós. Conto de novo, só para o caso de estar errado. Conforme finalmente paramos na frente dela, eu olho para o número pintado no chão na frente dos nossos pés.

9[A].

— Você só pode estar brincando — sussurra Tyler.

— Era melhor a gente ter pego o transportador de esgoto — Scarlett responde baixinho. — Pelo menos não parecia que *era* feito de lixo.

A lata-velha na nossa frente é um pouco maior do que nossa antiga Longbow e traz um novo significado à expressão "feio que dói". Parece que alguém arrancou pedaços de seis ou sete outras naves, atravessou destroços para pegar todas as partes mais feias e então as soldou todas juntas. Outrora, tinha sido pintada de vermelho, mas agora está completamente coberta por ferrugem, a janela da cabine do piloto bulbosa quase opaca por causa da sujeira, faixas pretas nas laterais marcadas por cada parafuso e rebite. É como se alguém que *odiasse* velocidade, eficiência e estilo tivesse sentado um dia para projetar a nave dos sonhos e então teve um *excelente* dia de trabalho.

— Nós temos mesmo certeza de que o almirante está do nosso lado? — pergunto.

Não dá pra *isso* ser a coisa que estamos procurando — de jeito nenhum Adams promete nos ajudar e então deixa pra gente uma coisa desse tipo.

— Talvez a-alguém tenha trocado as naves? — Aurora pergunta.

— Não... — A voz de Tyler é baixa. — É essa aqui.

Ele anda para a frente para afastar a ferrugem e a sujeira que cobrem a placa com o nome da nave ao lado da escotilha. Quando ele tira a mão, agora imunda, todos nós conseguimos ver o nome da nave entalhada no metal.

ZERO

Como é possível que essa nave tenha o nome dela?

Tyler espalma a mão na placa do sensor ao lado da escotilha. Estou prestes a avisar a ele que essa coisa tem menos força de vontade pra viver do que meu quarto tataravô — e ele morreu antes de eu nascer — quando as portas se abrem silenciosamente.

Nosso Alfa olha para nós, e então para o cais. Ele sabe que não despistamos nossos perseguidores por muito tempo e que não podemos perdê-lo com gracinhas. Por mais terrível que seja, tentar fazer essa coisa entrar em órbita não é a pior escolha que vamos fazer hoje. Consigo ver um drone de segurança pairando acima, e várias outras escolhas horríveis sem dúvida estão se aproximando de nossa posição enquanto estamos aqui.

Então, quando o Garoto de Ouro passa pela escotilha e entra na nave, o resto de nós segue. Fico segurando a respiração, mas é mais por medo de ter uma intoxicação por mofo do que por suspense. Com um zumbido tranquilo, as luzes internas acendem.

Aí é como se estivéssemos em outro mundo.

Um mundo brilhante, impecável, de alta tecnologia, que chama minha atenção quase tanto quanto Scarlett Jones.

— Uau — Auri murmura.

— Disse tudo, Clandestina — sussurro.

Grande Criador, isso é... *incrível*.

Tudo é lindamente projetado, desde a cabine até os controles que passam pela cabine principal. Uma série de telas se liga enquanto eu observo, repassando cada visão de segurança do exterior da nave, desde o controle de tráfego da Cidade Esmeralda até os noticiários ao redor da galáxia. Se o exterior dessa nave foi projetado para ser o mais feio possível, o interior foi projetado com a filosofia oposta. É elegante, claro, de última geração. É o sonho pornográfico de qualquer Mecanismo.

Tyler já está sentado no assento do piloto, começando a verificação pré-voo.

— Sentem-se — diz ele simplesmente. — Vamos embora antes que eles cheguem.

Há um console longo e elegante que ocupa metade do comprimento da cabine principal, alinhado com três cadeiras de cada lado. A parte de trás tem mais consoles importantes e com telas maiores, sofás e portas que devem levar ao depósito, às acomodações e à cozinha.

Scarlett toca no meu braço e gesticula para a cadeira mais longe do console. Percebo que foi projetada para mim. Tem cabos onde me conectar, e o assento foi moldado para o meu traje. Conforme olho para os lados, percebo que todos os assentos foram personalizados — o de Kal é maior, o de Auri e Zila, menores.

Troco um olhar longo e perplexo com Scarlett, e então deslizamos para sentar nos nossos locais designados. Os cintos passam por nossos ombros automaticamente, nossas cadeiras se virando para a posição de frente para a decolagem.

— Inimigos se aproximando — reporta Kal.

Os dedos dele dançam sobre o console de sua cadeira, projetando uma das câmeras externas no ar acima de nós. Vejo que ele está correto — os Imaculados chegaram primeiro e estão correndo pelas docas na nossa direção, empurrando das plataformas qualquer um em seu caminho. Consigo ver a segurança da Cidade Esmeralda logo atrás.

Tyler ainda está fazendo a verificação, trabalhando em velocidade máxima, murmurando para si conforme aperta os controles. Com um baque, a *Zero* desacopla da plataforma, erguendo-se suavemente no ar com um ronco leve dos nossos sistemas de direção.

Porém, Saedii só está a poucos passos de distância, cada vez mais rápida.

Cabelo preto chicoteia ao redor do rosto dela com a lufada dos motores, a expressão fria, linda, assustadora. Eu a vejo chegar à beirada da plataforma dois segundos depois que nós decolamos, e sem mesmo olhar para baixo, para o vazio abaixo, ela simplesmente se atira na nossa direção atravessando o vão.

Nós assistimos pelas câmeras, absortos quando ela se agarra a nossa escotilha fechada com a ponta das botas e as unhas, batendo no metal, a ferrugem se desfazendo sob seus punhos. Estou enfeitiçado, encarando a porta, quase esperando que ela consiga atravessar o caminho pelo metal.

A boca de Kal se abre e, apesar de ele não falar, consigo ver o que ele está pensando. É uma loooooonga queda até a tempestade clórica rugindo embaixo da cidade, e a pressão e a temperatura vão matá-la rapidamente. Apesar de tudo, tenho certeza de que ele não quer que a irmã morra.

Felizmente, Tyler não está com uma intenção assassina tanto quanto ela. Com cuidado, ele inclina o controle, circulando em cima das docas como se fosse para tirá-la de lá. Saedii fica pendurada pelas pontas dos dedos por um longo e agonizante instante, e então, com um xingamento que quase abre um buraco no casco, ela é forçada a desistir, caindo na plataforma abaixo e aterrissando junto com os outros Syldrathi, que se espalham como pássaros kazar.

— A segurança se aproxima — reporta Zila.

Sem mais uma palavra, Tyler endireita a *Zero*, passando pelo domo ionizado e de volta à atmosfera tempestuosa além. Nossa nova nave mal registra a turbulência produzida pela mudança, voando mais suavemente do que eu achava ser possível.

— Esse bebê é uma *fera* — suspiro.

— Tchauzinho, Cidade Esmeralda — Scarlett murmura. — Nós *não* vamos sentir sua falta.

Auri olha em volta com um sorriso.

— Nós *conseguimos*.

— Sim. — Tyler assente. — Mas ainda temos um longo caminho a percorrer.

Nosso Alfa vira a cadeira, a voz focada nos negócios conforme ele me olha.

— Legionário de Seel?

— Sim, senhor?

— Pegue as coordenadas. Vamos achar a *Hadfield*.

PARTE 2

O SANGUE ENTRE NÓS

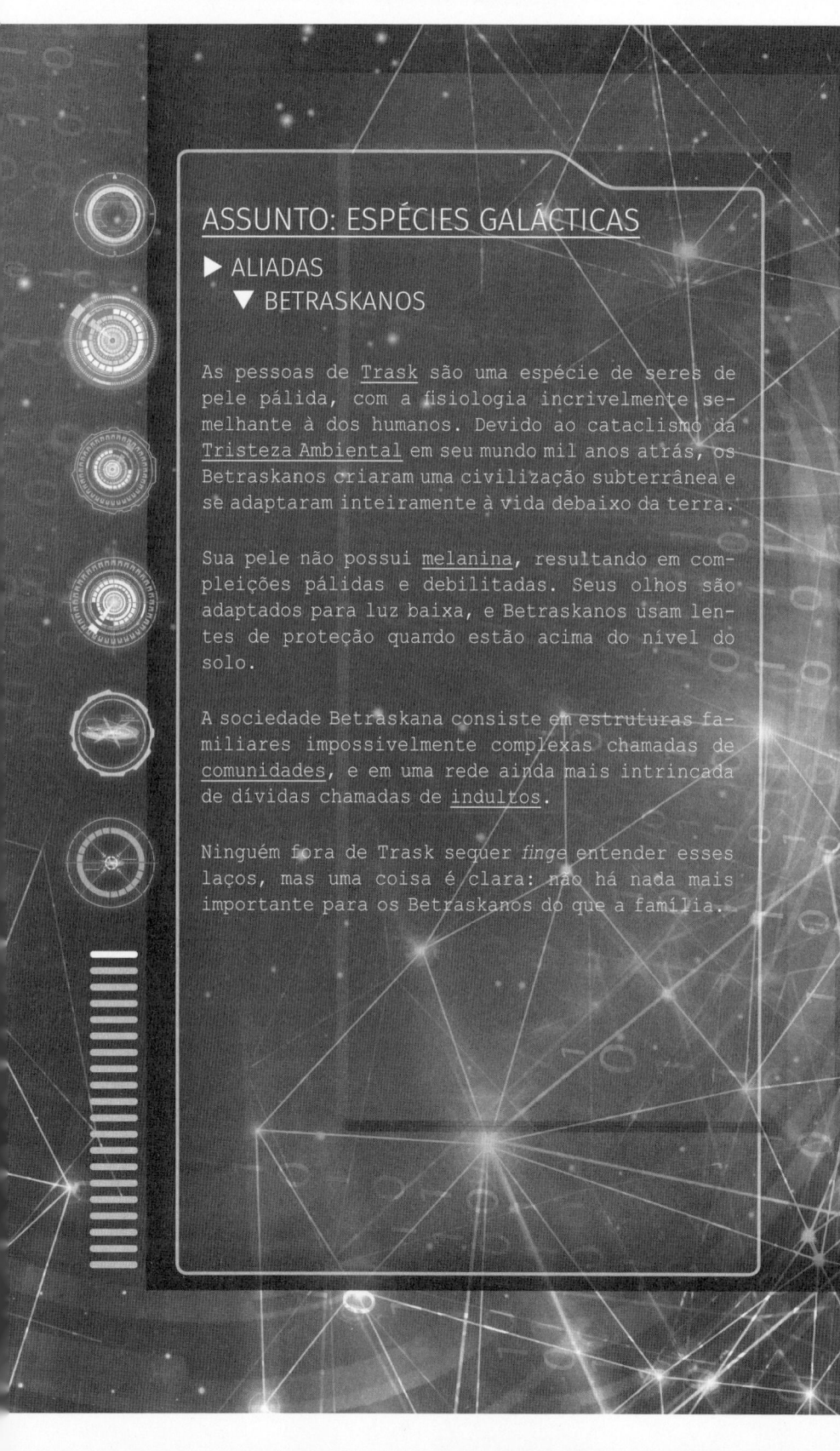

ASSUNTO: ESPÉCIES GALÁCTICAS
▶ ALIADAS
▼ BETRASKANOS

As pessoas de Trask são uma espécie de seres de pele pálida, com a fisiologia incrivelmente semelhante à dos humanos. Devido ao cataclismo da Tristeza Ambiental em seu mundo mil anos atrás, os Betraskanos criaram uma civilização subterrânea e se adaptaram inteiramente à vida debaixo da terra.

Sua pele não possui melanina, resultando em compleições pálidas e debilitadas. Seus olhos são adaptados para luz baixa, e Betraskanos usam lentes de proteção quando estão acima do nível do solo.

A sociedade Betraskana consiste em estruturas familiares impossivelmente complexas chamadas de comunidades, e em uma rede ainda mais intrincada de dívidas chamadas de indultos.

Ninguém fora de Trask sequer *finge* entender esses laços, mas uma coisa é clara: não há nada mais importante para os Betraskanos do que a família.

7

FINIAN

As portas dos nossos aposentos levam a um corredor branco brilhante, as luzes automáticas lentamente se acendendo na minha frente. Algumas das portas estão sem marcação, mas a segunda à esquerda tem o desenho de um besouro khyshakk — o símbolo indômito do meu povo e a espécie mais antiga ainda vivendo no planeta — em tinta azul.

Passo os dedos no painel de acesso e, à medida que as portas emitem um zumbido leve, vejo o porquê desse quarto ser o meu. Em vez das cores claras e límpidas que adornam o resto da *Zero*, as paredes são de um cinza-escuro que dão a impressão de que estou no subterrâneo. Tem até uma trepadeira cinti descendo pela parede à minha direita, me levando de volta por um instante para a toca do meu primo Dariel na Nave do Mundo, e ainda antes, para casa dos meus pais em Trask. Conforme as portas se fecham atrás de mim, as folhas da trepadeira cinti ganham vida, com um brilho gentil o bastante para que eu consiga tirar minhas lentes de contato se quiser.

Estou tão ocupado relaxando no escuro, respirando no ar frio, que demora para perceber que não tenho cama. Meu coração bate em um ritmo acelerado — *porfavorporfavorporfavorporfavor* — enquanto me viro na direção da porta.

E lá está. Eu aperto o botão, e uma voz suave fala em Terráqueo:

— Redução de gravidade em trinta segundos. Guarde todos os líquidos.

Faço a contagem regressiva, minha respiração tremulando de expectativa, e então os pesos que têm me arrastado por semanas lentamente se abrandam, até que, com o mais leve empurrão de um pé, consigo me erguer do chão.

É como entrar na água gelada depois de um dia escaldante. Como se toda a tensão tivesse se esvaído do meu corpo, e, pela primeira vez em muito tempo, não sinto mais dor, nenhuma ardência, e eu não estou me esforçando só para ficar em pé.

Eu tinha aposentos como este quando estava com meus avós e na Academia Aurora. Era para terem sido adaptados na nossa Longbow, mas é claro que a gente nunca voltou da nossa primeira missão. A gravidade baixa significa que vou conseguir tirar meu traje para consertá-lo, deixando tudo mais fácil. Sem carregar todo esse peso, consigo manobrá-lo quase sem esforço. E, agora que olho mais de perto, vejo que a parede esquerda está coberta de ferramentas — um conjunto de tudo que eu poderia querer ou precisar.

Quase começo a chorar de alívio. Essa é minha saída. Eu estava blefando que estava bem desde a Nave do Mundo, enquanto meu corpo e meu traje pioravam progressivamente, temendo o momento que meu Alfa não poderia mais ignorar minha condição. Só que agora eu vou poder *fazer* alguma coisa em relação a isso.

O alto-falante no teto emite um apito suave de novo e, dessa vez, a voz que sai dele pertence a Tyler.

— *Assim que estiverem todos situados, vamos nos encontrar na cabine principal. Hora de abrir a caixa de Pandora, esquadrão.*

Conforme percorro o caminho de volta pelo corredor, todas as minhas dores e ardências se reafirmando no corpo, me pergunto quem é Pandora — e por que estamos com a caixa dela. Tyler e Zila estão com a *Zero* no piloto automático, agora que nos afastamos da Cidade Esmeralda. Estamos a caminho do Portão da Dobra, e a contagem regressiva em cima do console principal diz que passaremos por ele daqui a uma hora. Trevo está em posição acima da cadeira do piloto, e meus olhos seguem o dragão de pelúcia quando sento na minha cadeira. Há seis assentos aqui, seis cabines na popa. Considerando isso e o nome da nave, fica bastante evidente que quem quer que tenha feito tudo isso por nós sabia que Cat não estaria aqui precisando de nada.

Um por um, os outros aparecem. Kal e Auri encontraram a enfermaria, porque ela está parecendo um pouco menos ferrada depois do encontro com o agonizador, e Scar está mastigando biscoitos, o que sugere que ela encontrou a cozinha.

Zila olha para o pacote na mão de Scar.

— Esse pacote representa uma quantia significativamente maior do que a sua dose diária necessária de calorias, Scarlett.

A ruiva dá um tapa na própria bunda.

— Só um pouco a mais de mim para amar.

Eu não consigo evitar sorrir. Zila aperta os lábios, pensativa, e finalmente estica a mão para pegar um biscoito.

Rapidamente, estamos todos nos postos, nos inclinando para a frente em antecipação. Todo mundo quer saber o que tem na caixa. Tyler dá uma volta na cadeira do piloto para se afastar das telas e nos encara em volta do console.

— Certo — diz ele. — Scar, Kal, vamos ver o que vocês pegaram no banco.

Scarlett limpa as migalhas, se põe de pé e tira a tampa da caixa.

— Ok, pra começar, tem um monte de pacotes aqui que a gente não teve tempo de desembrulhar. Mas todos têm nossos nomes.

Ela entrega um pequeno pacote para Zila. Nossa Cérebro abre o embrulho azul e estica a mão. Aninhado no tecido está um par de brincos de argola dourados como os que ela costuma usar. Os penduricalhos são pássaros.

— São gaviões — diz Auri, olhando mais de perto.

— Muito lindos — murmura Zila. — Me pergunto como sabiam que eu gostaria deles.

Depois, tem um pacote para nosso líder destemido. O Garoto de Ouro deixa o embrulho de lado, pragmático, aquelas sobrancelhas elegantes se franzindo quando ele encontra um par de botas. Parecem totalmente normais: pretas, brilhantes, com as solas grossas.

— Tem alguma coisa errada com as suas? — a irmã dele pergunta.

— Não — diz ele, confuso, olhando para baixo. — Quer dizer, faz uns dias que não tenho tempo de polir...

— Ah, grande *Criador*. — Scar estica a mão e pega a dele, preocupação evidente no rosto. — Como você está se sentindo?

— Tem sido difícil.

Zila estuda o presente dele por um momento antes de falar.

— Eu sugiro usá-las, senhor. Quem quer que tenha nos deixado esses presentes me conhece bem. Devemos presumir que também conhecem vocês e acreditam que esses itens sejam necessários, como Scarlett observou. Até agora, nossos benfeitores demonstraram que têm nossos melhores interesses em mente.

Tyler pensa nisso, dá de ombros, e então se inclina para trocar as botas velhas pelas novas.

Scarlett abre o próprio pacote em seguida. Tem mais ou menos o mesmo tamanho do de Zila, e, embrulhado no papel azul, está um medalhão prateado circular em uma corrente. De um lado, as palavras *Siga o plano B* estão gravadas em uma fonte cursiva.

— Siga o plano B? — pergunta Tyler.

— Geralmente, é uma ótima ideia quando se trata dos seus planos, irmão querido.

— Nossa, Scar. Essa foi pesada.

Scarlett deixa o medalhão girar na corrente entre os dedos, olhando para ele com curiosidade. Do outro lado, consigo ver que tem um pedaço de diamante bruto incrustado. As luzes da cabine refratam na superfície, pequenos arco-íris dançando nos olhos dela.

— É bonito — digo.

Scarlett dá de ombros.

— Acho que diamantes são *mesmo* o melhor amigo das mulheres.

— … São? — Kal pergunta, olhando para Aurora.

Como ninguém tem nenhuma ideia melhor, depois de um momento Scar coloca a corrente no pescoço e enfia o medalhão dentro do uniforme.

O pacote de Kal também é pequeno e, quando é aberto, vejo uma caixa prateada fina e retangular. Tem dobradiças e parece que deveria abrir, mas quando Kal tenta levantar o que parece ser a tampa, a caixa nem se mexe.

— O que é? — pergunto, esticando o pescoço.

Imaginei que fosse uma ferramenta Terráquea ou Syldrathi, mas minha indagação é respondida com um balançar de cabeça confuso. Auri finalmente põe a mão no bolso e pega Magalhães, que coloca em cima da pequena caixa metálica na palma de Kal. Nem posso acreditar que também estou chamando essa coisa por um nome, mas acho que o programa de personalidade com certeza faz com que se destaque dos univrisdos comuns.

— Magalhães? — diz Auri.

— Olá! Senti falta do seu rostinho!

— É, eu também. Você pode me falar o que é isso?

— Eu. Adoraria. Fazer. Isso! — O univridro percorre uma luz verde pelo comprimento da caixa e apita. — Isso é um artefato Terráqueo, datado de antes das viagens interestelares, chefia! Foi projetado para guardar cartões de visita ou cigarrilhas!

A maioria de nós ainda parece perplexa.

— Bom, eu sei o que é um cartão de visita — diz Auri. — É um pedaço de papel com seus dados pessoais. Você entrega para as pessoas para que elas possam te contatar.

Meu cenho se franze.

— Vocês só não encostam os univridros?

— Não havia univridros no meu tempo — diz ela.

— Tempos sombrios mesmo! — apita Magalhães.

Kal faz uma carranca.

— Eu não tenho nenhum cartão de visitas — informa ele gravemente, como se isso fosse um problema.

Auri olha para Magalhães.

— Magalhães, defina *cigarrilha*.

— Nada me faria mais feliz, chefia! Cigarrilha é um cigarro pequeno! — O univridro pausa, absorvendo o silêncio perplexo, e tenta novamente. — Uma planta conhecida como tabaco era enrolada dentro de uma folha fina de papel e então acesa com fogo, e os Terráqueos inalavam a fumaça como estimulante.

— Isso parece nocivo para a saúde — opina Zila.

— Correto! — diz Magalhães. — A prática caiu em desuso no século XXII, depois que os Terráqueos descobriram no século XX que isso poderia de matar.

— Demorou duzentos anos para eles pararem de fazer isso? — pergunto, espantado.

— Não é absurdo? — diz Magalhães. — Sinceramente, não parece uma espécie que se beneficiaria de ter algum tipo de inteligência artificial benevolente como soberana?

— Modo silencioso — diz Tyler.

— Ah.

Nós compartilhamos olhares vazios, pensando na caixa na mão de Kal. Nosso Tanque estuda a caixinha de metal mais uma vez, e então a coloca no bolso frontal do uniforme, com uma pequena mudança em sua postura, que é o mais próximo de um dar de ombros que o nosso membro mais digno do esquadrão já chegou.

Agora é a hora do meu presente. Não vou mentir: estou animado pra ver o que é. Só que minha empolgação desaparece quando desembrulho o papel e descubro um cilindro pequeno e simples de metal. Parece um pouco uma ponteira, mas não tem nada de eletrônico nela.

— Pra que serve? — pergunto. — É algum tipo de ferramenta?

Auri estica a mão para pegar e pressiona um dos lados com o dedão, produzindo um pequeno clique metálico. Uma pontinha aparece do outro lado do cilindro.

— É uma caneta esferográfica — diz ela, me entregando de volta.

— Uma o quê?

— É um instrumento de escrita do meu tempo — diz ela.

— Eu acabei de ser assaltado — eu informo. — Eu *não* preciso de um instrumento de escrita antiquado.

— Eu troco pelas minhas botas — oferece Tyler.

— Ou minha caixa de fumantes que não abre? — diz Kal.

Aperto a extremidade superior como Auri fez e a ponta se retrai. Admito que o clique é *bem* satisfatório. Scarlett estica a mão para a caixa novamente e pega o pacote com a designação do nosso esquadrão, 312, que no fim contém uma pilha de fichas de créditos vermelhos e dourados do Domínio.

— Não tem nada para a Auri, sinto dizer — fala ela.

— Eu já ganhei meu presente — responde Auri simplesmente.

— ... Ganhou? — Tyler pergunta.

— Sim. Vocês.

Ela olha ao redor para o Esquadrão 312 e faz uma careta.

— Carácoles, isso foi brega demais, não foi?

— Imperdoavelmente — Scar abre um sorriso, deixando as fichas de crédito no console. — Mas exceto pelos papéis nos direcionando para a nave e as chaves, isso é tudo.

— Ao menos, não ficaremos mais sem verba. — Kal assente.

— Isso não é uma ficha de crédito — diz Zila, pegando uma com uma faixa turquesa embaixo das fichas vermelhas e douradas. Ela a passa para mim, já que estou sentado na frente de um compartimento para dados.

Eu hesito um instante, porque tenho uma política pessoal de nunca inserir um chip estranho no meu equipamento, a não ser que, sabe, essa frase inteira seja uma metáfora. Mas se nossos benfeitores quisessem nos colocar em uma encrenca, já poderiam ter feito isso e mais um pouco. Então, estremecendo, eu o encaixo no lugar.

A tela principal acima de nós cria vida, e somos saudados pelo Almirante Adams e a Líder de Batalha de Stoy. Estão vestidos com o uniforme formal, o emblema da Legião Aurora nos ombros. Adams ergue uma das mãos cibernéticas em saudação, e de Stoy oferece à câmera um pequeno aceno de cabeça, os olhos pretos indecifráveis até mesmo para outro Betraskano.

— Saudações, legionários — diz Adams gravemente. — *Em primeiro lugar, parabéns por decifrarem nosso código. A líder de Batalha de Stoy e eu sentimos muito por não podermos dar as ordens pessoalmente, mas se estão assistindo a essa mensagem, é nossa esperança de que estejam a bordo da Zero e a caminho do comboio Hefesto.*

Ele pausa, o que ajuda muito, porque deixa espaço para um "mas o quêêêêê?" coletivo.

Antes da incredulidade perplexa e assustadora ao redor da mesa escapar completamente do controle, é de Stoy que dá continuidade a história.

— *Isso será indubitavelmente estranho para todos vocês, legionários. Sabemos que têm muitas perguntas. Temo dizer que, por razões que um dia se tornarão claras, ainda há muito sobre a sua situação que não podemos revelar. Nós sentimos muito pelas provações que terão que passar como resultado disso, mas vocês devem saber ao menos de uma coisa.* — Ela olha ao redor da ponte, como se de fato conseguisse nos ver. — *Todos os esforços estão sendo feitos para apoiar sua missão. Nós sabemos que retomaram a causa dos Eshvaren. E sabemos que são a nossa última esperança contra Ra'haam.*

— *Nós não podemos declarar nosso apoio em público* — continua Adams. — *Na verdade, a Legião Aurora deve ser vista atuando ativamente contra vocês. Ra'haam tem agentes dentro da Agência de Inteligência Global e é provável que em outros governos estelares.*

Meu olhar vai para Auri, cuja expressão está paralisada. Sei que, como eu, ela está vendo o pai no uniforme branco como Princeps, da AIG, chamando-a, pedindo para que se junte a Ra'haam.

— *Aceitem esses presentes* — continua Adams. — *Mantenham-nos junto de si o tempo todo. E saibam que estão percorrendo o caminho certo.*

— *Saibam que acreditamos em vocês* — diz de Stoy. — *E precisam acreditar uns nos outros. Nós somos Legião. Nós somos Luz. Iluminando o que a escuridão conduz.*

Adam encara diretamente a câmera e repete as palavras que ele falou no dia em que partimos da Academia Aurora, ignorantes em relação a tudo por que ainda teríamos que passar.

— *Vocês devem acreditar* — diz ele simplesmente.

E assim, a mensagem acaba.

Todos ficamos em silêncio por um longo momento. Tentando processar o que acabou de acontecer. Meus pensamentos estão percorrendo anos-luz por segundo, a enormidade disso tudo ecoando no meu cérebro e ameaçando explodir meu crânio.

Nossos comandantes sabem sobre os Eshvaren. Eles sabem sobre Ra'haam. Sabem o que estamos enfrentando e, de alguma forma, de algum jeito que parece impossível, sabiam o que estava por vir — encontrar Auri, perder Cat, nossas novas carreiras como fugitivos interestelares — antes de tudo acontecer. Essa mensagem esperou por nós em um cofre por *anos* antes de qualquer um de nós sequer entrar na Academia Aurora. Muito menos nos tornarmos legionários.

Auri é quem finalmente quebra o silêncio.

— Não conheço muito bem seus chefes, mas se sabiam que tudo isso estava para acontecer, dar um aviso teria sido legal.

Scarlett olha para Trevo, sentado acima da cadeira vazia de piloto. Toda a cor se esvaiu do seu rosto e a voz ficou engasgada ao dizer:

— Nem me fale.

Com cautela, Kal estende a mão para segurar a de Aurora.

— Tenha fé, be'shmai. Adams e de Stoy trabalharam para o nosso bem até agora. Precisamos acreditar que, mesmo escondendo de nós o que sabem, vão continuar assim.

É claro que isso é bem coisa dos Syldrathi — cheio de mistérios e quase proféticos. Não é à toa que Kal está achando tudo o máximo. Porém, vejo Tyler olhar para mim, me encarando com aqueles enormes olhos azuis.

— Devemos acreditar — diz ele baixinho.

Nós somos as únicas duas pessoas religiosas na nave, Tyler e eu, e sei que ele sente o mesmo — que a mão do Criador está nisso de alguma forma. É para a fé de Tyler que Adams está apelando quando diz essas palavras, mas é tão dolorosamente difícil continuar acreditando quando já nos custou tanto. Quando as pessoas com quem nos importamos acham que somos traidores. Quando estamos lutando para salvar uma galáxia e parece que ela, inteira, está lutando *contra* nós.

Quando aquela cadeira de piloto está vazia.

— Bem — diz Scarlett, deliberadamente alegre —, pelo lado bom, sabemos que estamos finalmente indo na direção certa.

Zila assente.

— A caixa-preta da *Hadfield* é nosso próximo objetivo.

Essa declaração desfaz a atmosfera soturna que tinha recaído sobre a mesa, e Tyler assente, transformando-se novamente no Garoto de Ouro com uma jogada rápida de cabeça. Ele ajeita os ombros e fala com autoridade.

— Está bem — diz ele. — Foi um dia longo. Vamos pegar comida e traçar nossa estratégia, e depois de passarmos pelo Portão da Dobra podemos descansar um pouco.

A confiança na voz dele parece estimular o resto do esquadrão, e logo estão todos se mexendo novamente — voltados para as suas telas, revirando os armários de suprimentos ou preparando-se para a Dobra. Eu olho para o meu presente no console à frente — fosco, metálico, quase tão útil quanto um traje espacial sem suprimento de oxigênio.

Com um suspiro, pego a caneta e a coloco no bolso.

— Eu espero mesmo que a gente saiba o que está fazendo.

• • • • • • • • • • • • •

Algumas horas depois, estou de vigia, os pés apoiados no controle central para aliviar a dor na lombar. Vai ser uma longa viagem pela Dobra até chegar ao portão mais próximo do comboio — e longas viagens pela Dobra vêm com um pacote completo que inclui desde paranoia, tremedeira e até psicose. Mas todos nós somos jovens o bastante para conseguir passar por um pulo desse sem problemas.

Quando chegarmos aos vinte e cinco, por aí, será uma situação bem diferente. Depois dessa idade, não dá pra viajar por muito tempo pela Dobra sem precisar ser colocado em suspensão. É por isso que os esquadrões da Legião Aurora começam tão jovens. Nós nos graduamos por volta dos dezoito, e temos uns sete anos antes de sermos obrigados a trabalhar em um escritório.

Às vezes me pergunto se pelo estresse no meu corpo eu teria menos tempo na Dobra antes dos efeitos começarem a aparecer. Mas como Scarlett diz, tem um lado bom: eu preciso estar vivo pra isso se tornar um problema. E as chances disso estão cada vez menores.

Se Ty soubesse a situação do meu traje, ele não teria me dado essa vigília. Ele ainda não entendeu completamente o quão ruim é a situação, e Scar respeitou o meu desejo de manter tudo em segredo. Em breve isso não vai mais ser um problema, de qualquer forma — eu tenho tudo de que preciso na minha cabine para fazer os reparos, e uma vez que meu traje esteja realinhado e funcionando, vai parar de forçar meus músculos e deixar que eles se curem.

Olho para os scanners pela quinta vez em alguns minutos. Ainda estamos em rota, sem perseguição, as telas reduzidas ao monocromático acentuado da Dobra. O preto e branco não é um problema grande para um Betraskano — a vida no subterrâneo não é lá muito colorida nem nas melhores épocas, mas às vezes me pergunto se meus colegas acham tudo estranho.

Ouço os passos e desvio o olhar da tela, vendo Auri surgir do corredor em um moletom e calças de pijama. Ela deve ter passado na cozinha superelegante na popa, porque está segurando duas canecas fumegantes.

— Ei, Clandestina. Não conseguiu dormir?

Ela responde com um estremecimento.

— Tive pesadelos.

Eu dou um sorriso em simpatia e tiro meus pés do console, esticando o braço para pegar a caneca da mão dela. É baris, uma das bebidas favoritas do meu povo, que mais ninguém na galáxia gosta.

— Uau — murmuro. — Eles realmente estocaram a cozinha com tudo.

— Nem me fala — concorda ela. — Nunca achei que fosse ver chá de camomila de novo.

Eu me estico para olhar para a bebida dela, e ela ergue a caneca para que eu consiga inalar o vapor.

— Cheira a flor — decido.

— É uma das minhas favoritas. É comum tomar antes de dormir. Ajuda a relaxar.

— Camomila — repito a palavra para ficar gravada na memória, caso eu algum dia precise fazer uma bebida pra ela. — Quer falar do pesadelo? Um peso compartilhado é um peso que fica menor.

Ela sorri.

— Isso é alguma sabedoria antiga Betraskana ou algo assim?

Sacudo a cabeça.

— Li em um porta-copos num boteco. Mas, sabe, às vezes os sonhos não ficam tão ruins quando você fala em voz alta.

Apesar de dizer isso, estou pensando nos sonhos que ela provavelmente está tendo. Penso no sonho que eu mesmo tive, quando vi Trask coberto por neve azul, que no fim era o pólen de Ra'haam. É o destino que aguarda meu mundo se nós falharmos em impedir a propagação de Ra'haam. O destino que aguarda toda a galáxia.

Ela fecha os olhos e bebe um gole do chá.

— É o que você está pensando — diz ela baixinho. — Não era Octavia dessa vez. Tinha luas demais. E o céu era mais verde. Só que as plantas eram iguais, exceto que pareciam maiores e mais fortes. Eu estava tentando olhar mais de perto, mas o pólen era grosso demais. Acho que eram... botões. Nas plantas.

Um pingo gélido desce a minha coluna.

A voz dela é um sussurro.

— Acho que estavam prontas para florescer e se espalhar.

Eu não sei o que responder. Estou me perguntando como eu me sentiria na posição dela — se o peso de toda a galáxia estivesse nos meus ombros estreitos, e não nos dela. Estou tentando pensar em um jeito de dizer o quão corajosa eu a considero. Como a maioria das pessoas teria se desesperado se tivessem vivido o que ela viveu nessas últimas semanas. Só que eu nunca fui bom com pessoas. Nunca sei o que dizer.

Felizmente, sou resgatado da minha dificuldade pela chegada de Scar e Kal. Os dois parecem sonolentos, mas Kal se deu ao trabalho de colocar o uniforme, o cabelo impecável como sempre. Scar está usando um roupão de seda que me convida a imaginar o que está usando embaixo dele. Me esforço ao máximo para não fazer isso, mas os resultados não são promissores.

— Oi pra você — diz Auri, sorrindo para Kal.

— Oi — digo, soando como um bobo alegre. — Também teve pesadelos?

— Não sei o que me acordou — admite Scarlett. — Eu só estava...

— ... inquieta — Kal completa.

Eu me pergunto sobre essa inquietude. Sei que a mãe de Kal era uma empata, e se a irmã dele herdou um pouco desse dom, talvez ele também seja? Talvez tenha detectado o pesadelo de Aurora. Não explica exatamente o porquê de Scarlett não conseguir dormir, mas...

O silêncio se estende, Auri deixando seus pensamentos sobre o sonho recuarem como se estivessem no espelho retrovisor, Kal e Scarlett procurando uma razão melhor para estarem por aqui.

Bom, isso está tão animado quanto uma cerimônia de partida de trialmas.

— Então, vamos lá — digo. — Eu tenho mais uma meia hora antes de passar meu turno. Já que ninguém está dormindo, o que acham de ensinar à Clandestina aqui como jogar frennet?

— Sou familiarizado com o jogo, mas não com as regras — responde Kal.

Reflito por um momento que nenhum Betraskano na Academia Aurora teria algum dia considerado socializar com Kal, menos ainda ensiná-lo as regras de um jogo — não com o glifo do Clã Guerreiro tatuado bem no meio da testa dele.

— Sem problemas — respondo. — Que tal eu ensinar você e Auri, e aí a gente usa aqueles novos créditos lindos?

Scar me dá uma piscadela que avisa que sabe que estou encarregado de animar todo mundo e que ela aprova. Eu me esforço para não oferecer um sorriso enorme e bobo de volta.

Os três tomariam meu lugar na vigília se eu pedisse, para que eu pudesse trabalhar no meu traje, mas meia hora disso parece mais importante. Depois de nossa conversa sobre estratégia, todos sabemos que tempos difíceis estão por vir. E acredito que não há mal nenhum em criar uma luz para nós mesmos, aqui na escuridão.

— Eu vou pegar bebidas — diz Scar. — Fin, por que não pega o programa?

— Ok — digo, passando pelos vários menus na nave para encontrar um programa decente de frennet e abrindo uma tela 3D para projetar acima do console. — Então, na primeira rodada, tem dezessete dados na jogada.

— *Dezessete?* — Auri engasga.

— Não se preocupe, vou pegar leve com você.

Uma pequena ruga aparece na testa de Kal, um sinal de grande preocupação.

— Sem misericórdia, Finian — diz ele. — Nós aprendemos através das perdas.

— Eu nunca disse que ia pegar leve com *você*, Garoto-fada. — Abro um sorriso, designando um pino para cada um dos jogadores. — *Você*, meu amigo de orelhas pontudas, está prestes a aprender um montão.

— Humm. — Os olhos violeta dele brilham com a piada. — Isso é o que veremos.

— Sabe, se você não quer arriscar perder nada do seu dinheiro recém-adquirido, tem outra versão de frennet que dá pra jogar. Strip frennet.

— Perdão?

— É. — Abro um sorriso malandro. — Cada jogador aposta uma peça de roupa a cada rodada, e quem perder precisa tirá-la. Deixa as coisas mais interessantes.

Admito que sinto uma alegria perversa quando os olhos de Kal involuntariamente se voltam para Aurora, e eu vejo um rubor quente espalhar pelas bochechas sardentas dela.

— Não creio que isso seja apropriado — diz Kal.

— Ei, eu não sabia que os Syldrathi coravam nas orelhas.

— Eu *não* estou corado — Kal resmunga.

Scar volta com as bebidas equilibradas numa bandeja e dá um peteleco na minha orelha quando passa por mim.

— Pare de ser um cuzão, Finian.

— Mas eu sou tão bom nisso!

Scarlett sorri e sacode a cabeça, e o sorriso dela me faz sorrir ainda mais. Nós começamos o jogo e, no fim, Kal não é único que acaba aprendendo muita coisa. Eu aprendo que Auri começa a roncar quando ri demais. Aprendo que Kal tem uma risada profunda que ecoa e que dá pra sentir no próprio peito. Aprendo que *não dá* pra blefar com Scarlett, não importa o quanto se tente. E aprendo que talvez eu não seja assim tão ruim com pessoas quanto suspeitava.

Nós ficamos acordados bem depois da minha vigília. Jogamos por mais tempo do que deveríamos.

Mas, ei, ninguém mais está pensando em pesadelos.

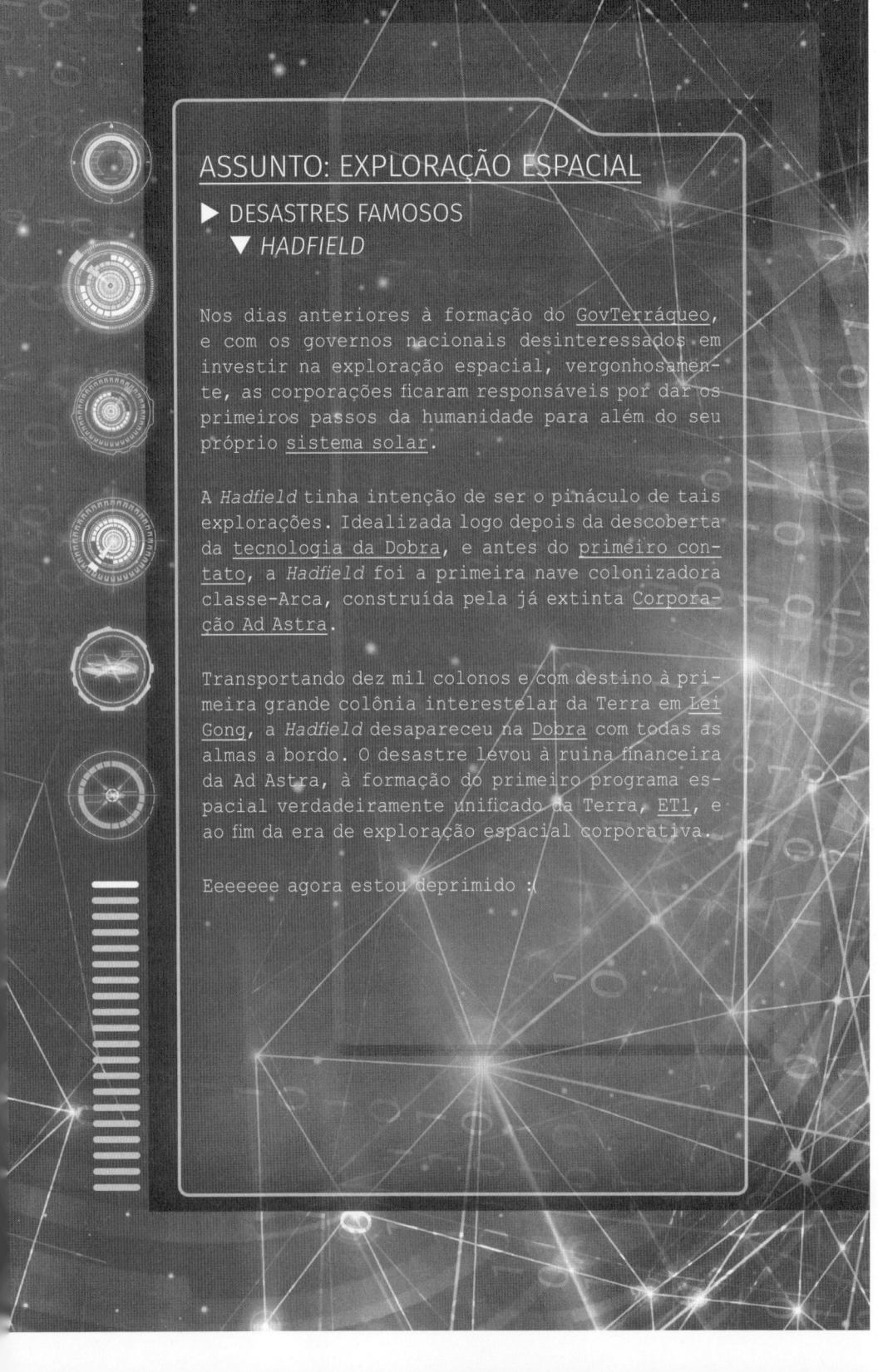

ASSUNTO: EXPLORAÇÃO ESPACIAL
▶ DESASTRES FAMOSOS
▼ *HADFIELD*

Nos dias anteriores à formação do GovTerráqueo, e com os governos nacionais desinteressados em investir na exploração espacial, vergonhosamente, as corporações ficaram responsáveis por dar os primeiros passos da humanidade para além do seu próprio sistema solar.

A *Hadfield* tinha intenção de ser o pináculo de tais explorações. Idealizada logo depois da descoberta da tecnologia da Dobra, e antes do primeiro contato, a *Hadfield* foi a primeira nave colonizadora classe-Arca, construída pela já extinta Corporação Ad Astra.

Transportando dez mil colonos e com destino à primeira grande colônia interestelar da Terra em Lei Gong, a *Hadfield* desapareceu na Dobra com todas as almas a bordo. O desastre levou à ruína financeira da Ad Astra, à formação do primeiro programa espacial verdadeiramente unificado da Terra, ET1, e ao fim da era de exploração espacial corporativa.

Eeeeeee agora estou deprimido :(

8

AURI

Eu não sei como os outros dormiram na Dobra — meus sonhos todos foram desconjuntados e estranhos — mas, ainda assim, estou mais descansada do que antes. As dores causadas pelo agonizador de Saedii estão sumindo, apesar de eu imaginar que não vou ser convidada para passar as festas de fim de ano na casa dela tão cedo. Foi estranho acordar enquanto viajamos dessa forma. Tudo na nave fica no espectro preto e branco na Dobra, e dava a sensação de que eu ainda estava sonhando.

Só que agora estou na câmara de vácuo da *Zero*, ocupada colocando o traje com Fin e Kal enquanto Zila diligentemente verifica nosso equipamento espacial. As luvas se encaixam no lugar, e ela pega minha mão nas dela, girando para os dois lados para confirmar a vedação. Zila coloca meu cabelo para trás, afastando os fios do rosto — minhas próprias mãos estão desajeitadas por causa das luvas. Acho que deveria ter pensado nisso antes. Recebi uma palestra rápida de Tyler e tive uma prática de meia hora na gravidade baixa disponível no quarto de Finian, que é tudo que alguém precisa para sua primeira caminhada espacial, certo?

É isso. Estou prestes a caminhar.

No.

Espaço.

Os gêmeos Jones estão nas cadeiras de piloto e copiloto, guiando-nos cada vez mais perto do comboio de sucata da Hefesto, a *Hadfield*, e a caixa-preta lá dentro. Consigo ver um uma imagem por uma das câmeras de longo alcance no casco, e é como... bem, é como algo saído de um filme de ficção científica. O comboio é enorme. Centenas de naves, cada uma em estágios variados de sucateamento, desde "levemente arranhada" até "vamos torcer pra que ao menos dê para o gasto". Os formatos e tamanhos são alucinantes: elegantes e lindas, ou apertadas, mas funcionais, ou seja lá o que for. Cada nave está sendo puxada por um reboque menor, marcado pelo logotipo da engrenagem em chamas da Incorporação Hefesto.

Pelo que Ty disse, esses reboques são na maior parte motores feitos para puxar naves muito maiores através do espaço ou em portos estelares. Não parecem assustadores, mas o comboio é acompanhado por uma pequena frota de cruzeiros altamente armados. Consigo vê-los na tela, fatias de prata brilhante, movendo-se em previsíveis padrões de voo de pilotos que estão entediados pra caramba. Ninguém aqui está esperando ser roubado. As naves que eles estão levando são pedaços de sucata, afinal de contas.

E por falar no diabo, nas margens do comboio, lá está ela.

A *Hadfield* é enorme, com formato de nave de batalha, o casco preto e rasgado. Da última vez que a vi, a nave era considerada tecnologia de ponta. Era a maior da classe-Arca que a Terra já tinha construído. Ela levava dez mil colonos e as esperanças de todo um planeta. E agora todos estão mortos, exceto por mim.

Pela milésima vez, me pergunto porque fui eu a escolhida para sobreviver. De todas aquelas pessoas inocentes, os Eshvaren *me* escolheram para ser o Gatilho. Olhando para os detritos flutuando na escuridão, sinto um tremor percorrer minha coluna, algo sussurrando no fundo da minha...

— Aurora?

Eu pisco e percebo que Zila está olhando para mim, aguardando.

— Oi?

— Abaixe-se, por favor.

Eu faço o que mandam e me inclino para a frente para que ela possa encaixar o meu capacete.

Ty transmite da ponte.

— *Tudo certo, estamos quase prontos por aqui. Eu e o computador estivemos analisando os padrões de voo da segurança, e tem uma lacuna na varredura a cada trinta e sete minutos.*

— Ainda estamos a vinte e cinco horas do destino final do comboio em Picard VI. — Zila coloca as travas no lugar, a voz dela repentinamente abafada na vida real, mas ecoando claramente pelo meu sistema de comunicação. — *A segurança não deve se encontrar em estado de alerta alto.*

— Concordo, a maioria está voando em piloto automático — diz Tyler. — Mas é melhor não ver isso como um convite para enrolação. Entrem, peguem o que viemos pegar e saiam. Qualquer outra coisa é bônus.

Por "qualquer outra coisa", ele está se referindo a qualquer contribuição minha. Fin vai embarcar na *Hadfield* para baixar o conteúdo da caixa-preta. Kal vai para nos proteger. E eu vou para o caso de ver qualquer coisa que me lembre de... bem, qualquer coisa, na verdade. Qualquer coisa que aconteceu comigo, ou como. Considerando que nem sabemos o que estamos procurando, é melhor aproveitar qualquer pista que obtivermos. Mas eu espero que descobrir o que os sistemas da *Hadfield* lembram sobre o momento em que eu fui... transformada... vá ao menos iluminar nossos próximos passos.

— *A Zero está com o modo furtivo ativado* — continua Tyler. — *E a tecnologia de encobrimento é de última geração, então não vamos aparecer em radar nenhum. Só que essa gente ainda tem olhos e pode nos ver, então se certifiquem de não chamar atenção.*

A voz da irmã dele entra na conversa.

— *Estaremos em posição em noventa segundos.*

Nas nossas telas, fico observando o pontinho vermelho que nos representa, flutuando na direção do comboio através da lacuna no plano de voo da patrulha de segurança. Continuo olhando enquanto ziguezagueamos pela frota sob a direção experiente de Tyler, e meu estômago está prestes a sair pela boca. Zila está verificando as travas do capacete de Kal agora, subindo na ponta dos pés pra alcançar.

— *Vocês terão sessenta segundos para alcançar a* Hadfield *antes que a frota de segurança ajuste a formação e a lacuna se feche* — diz ela.

— *Só não olhe pra baixo, Clandestina.* — Fin sorri.

Zila sai da câmara de vácuo e fecha a porta.

— *Boa sorte.*

Somos fechados lá dentro, com apenas uma porta entre nós e o espaço. As palmas de minhas mãos estão úmidas. Consigo sentir um pingo de suor frio descendo pela minha coluna.

— *Abrindo porta externa em dez segundos* — Zila informa pelo comunicador. — *Aguardem em posição. Segurem as contenções na parede no caso de movimento brusco.*

Eu passo as mãos por baixo das faixas, criando uma âncora firme, apesar de não ter nada que me faça cair da nave e entrar no vácuo infinito. Ainda assim, não vou ignorar *qualquer* precaução de segurança nesse momento. Fui treinada pra viajar no espaço, claro, mas tem uma diferença grande entre ser colocada em uma cápsula criogênica e mandada pelo espaço e, sabe, *andar no espaço de verdade*.

A porta externa se abre, e filho de uma égua, o espaço está ali fora.

É *muito* grande.

Quer dizer, é óbvio que é muito grande: é literalmente famoso por ser muito grande. E ainda assim, é diferente de ver por meio de uma janela ou um monitor.

Essa é a primeira vez que entendo que eu poderia flutuar pelo espaço *para sempre*.

Kal está do meu lado, a mão enluvada repousando no meu braço. O olhar dele é calmo, a voz é gentil.

— *Tudo vai ficar bem, be'shmai. Finian e eu vamos te ajudar.*

Fin foi a pessoa que igualou a nota perfeita de Ty no exame de orientação em gravidade zero — aparentemente o resultado de passar anos dormindo nela. Ele assente, sábio.

— *Vou estar com vocês, Clandestina. Essa linda aparência de super-herói não é só pra me exibir.* — Ele me lança um sorriso, e então se agacha ao lado do lançador, preparado. — *Verificação de tempo, por favor, Scar.*

— *Quinze segundos* — reporta ela. — *Dez, nove, oito...*

Na ponte, Tyler ajusta os controles, e a vista infinita do espaço é substituída pelo bombordo da *Hadfield*, metal perfurado preenchendo nossa visão pela escotilha aberta. De acordo com as telas, nós estamos voando em um paralelo perfeito com a carga abandonada: a mesma velocidade, a mesma direção, talvez a uns cinquenta metros de distância.

Eu respiro fundo, verifico onde me seguro, me certificando de que vou conseguir desvencilhar as mãos quando precisar me mexer. "Pequenos movimentos", digo para mim mesma, repetindo as palavras de Fin e Tyler na minha breve sessão de treinamento. Na gravidade zero, um movimento brusco pode me deixar desequilibrada, e o ímpeto vai me manter revirando para sempre. Cada movimento tem que ser preciso e gentil. Não há um lado de cima no espaço, assim como não há um lado de baixo. Só que um único movimento errado e eu posso acabar caindo o resto da minha vida.

Pequeeeeenos movimentos.

Scarlett ainda está fazendo a contagem regressiva.

— *... três, dois, um, já.*

Fin olha calmamente através da portinhola e puxa o gatilho nos ganchos. Uma linha de metal voa através do espaço entre a Zero e a *Hadfield*, enganchando em silêncio a nave maior perto de um corte gigantesco e derretido no casco.

— *Cabo seguro* — sussurra Fin. — *Transferência a caminho*.

— Por que está sussurrando? — pergunto.

— *Eu... não sei direito.*

— *Você não é bem um guerreiro, é, Finian?* — Kal provoca.

— *Dá pra vocês só saírem daqui?* — sibila Fin. — *Temos muito prejuízo pra dar.*

Com o menor dos sorrisos curvando seus lábios, Kal sai pela escotilha, puxando-se com as mãos uma atrás da outra pelo cabo de metal entre as duas naves. Eu vou em seguida, e consigo ouvir minha respiração tremulando conforme saio da *Zero*.

Apesar de estarmos voando a milhares de quilômetros por minuto, não existe sensação nenhuma de estarmos nos *mexendo* e, fora a minha respiração, tudo ao meu redor está em perfeito silêncio. Kal, Fin e eu estamos presos uns aos outros e também ao cabo principal, e todos temos unidades de propulsores a jato nos trajes caso alguma coisa aconteça de errado. Ainda assim, o vácuo a nossa volta é tão assustadoramente grande e escuro e só *nada*, que eu não consigo compreender bem. Então paro de tentar, focando no cabo na minha frente, sussurrando instruções para mim mesma:

— Mão direita, mão esquerda, mão direita, mão esquerda.

Sei que Fin está atrás de mim, pronto para me ajudar se necessário. Só que isso não muda o quanto me sinto insuportavelmente pequena agora. Ainda assim, de alguma forma, em vez de estar assustada, fico... emocionada. Me sentir tão pequena me faz perceber o quão *grande* é a coisa da qual todos somos parte. E estar aqui fora, em todo esse vazio, de alguma forma me faz ficar completamente atenta a tudo que sou e tudo que tenho.

Esses amigos, que estão arriscando suas vidas por mim. Nossa pequena luz, brilhando em toda essa escuridão. Nunca acreditei em destino, mas em meio a todo esse nada, nunca tive tanta certeza de quem sou ou de quem devo ser.

Na minha frente, nesse espaço enorme e na escuridão sem fim, Kal chega ao rasgo. Lenta e cuidadosamente, ele tateia as beiradas para encontrar um local que não vá rasgar suas luvas. Então, com o que parece ser um movimento sem nenhum esforço, ele penetra no interior escuro como piche da *Hadfield*.

É a minha vez, e preciso me forçar para deixar o cabo e encostar no rasgo na pele da *Hadfield*. Flutuando na escuridão, empurro com força demais, e Kal me pega antes de eu dar de cara com a parede. Ele me segura e me faz descer com delicadeza. Meu coração está martelando e minha respiração, pesada, e agora que meu tempo lá fora acabou, o que mais quero fazer é começar tudo de novo.

— Que adrenalina — arfo.

Kal vira o rosto para baixo para me olhar.

— *Sei bem o que quer dizer.*

Meu corpo está pressionado contra o dele, o rosto apenas a centímetros do meu, e a luz das estrelas refletida nos olhos dele são como faíscas dançando nas chamas violeta. Engulo o nó na garganta, meu coração batendo ainda mais forte do que antes.

Fin atravessa o buraco no casco e entra atrás de nós, fingindo não notar quando, relutantemente, me afasto dos braços de Kal.

— *Cabo liberado, Garoto de Ouro* — declara ele. — *A gente se vê daqui a pouco.*

— *Entendido* — Ty responde. — *Boa caçada.*

Fico observando através do rasgo no casco conforme a *Zero* silenciosamente se afasta. Ela desaparece atrás do arco nos propulsores da *Hadfield* e some de vista, escondendo-se no comboio antes das patrulhas de segurança voltarem para a rota. Nós ativamos as luzes do capacete, e vejo o corredor longo de plastil. É quase familiar. Tudo parece perfeitamente normal. Exceto, sabe, por estar uma escuridão total. E estar aberto para o *espaço*.

— *Oook* — diz Fin. — *A ponte fica por aqui. Me sigam, pombinhos.*

Fin se afasta do chão, movendo-se com a naturalidade de um peixe na água. Com toques gentis contra a parede nós nos impulsionamos, Kal e eu flutuando atrás dele, as lanternas na cabeça iluminando o caminho à frente. Fin está estudando o mapa no univídro preso ao seu braço esquerdo. Seus movimentos são suaves e graciosos.

— Seu traje parece bem melhor, Fin — digo.

— *Não vou ganhar nenhum concurso de dança em breve, mas vai indo.*

— Tenho certeza de que você é um dançarino incrível.

Ele sorri pra mim de soslaio.

— *Está tentando me fazer ficar apaixonado por você também, Clandestina?*

Kal olha para Fin, mas com aquele semblante calmo que eu costumava achar *tão* irritante, e nem se abala. Nós continuamos explorando o interior da *Hadfield*, e tudo ao nosso redor é silencioso e escuro. A nave, na verdade, não parece assim tão mal daqui, e quase posso imaginar que ainda está em seu auge. Mas é quando viramos a esquina em um anteparo quebrado que a verdadeira escala dos danos me atinge como um chute no peito. À direita, há um rasgo que atravessa a nave toda, desde os deques superiores até a quilha. Cabos e fios se esparramam dos rasgos entre os andares, metal e plástico contorcido e quebrado. Parece que a tempestade quântica que Ty enfrentou para me alcançar realmente fez um estrago na *Hadfield*. Ou talvez tenha passado por muitas Dobrastades antes de ele me encontrar?

Todos paramos por um longo momento, apenas encarando toda a destruição, tentando absorver sua escala. Eu sei que os meninos estão preocupados comigo de seu próprio jeito, perguntando-se como me sinto ao estar aqui. Só que, pelo menos a olhos vistos, não devo parecer tão abalada. Silenciosamente, Fin se empurra contra a parede de novo, e eu flutuo atrás dele, Kal em seguida.

— *Ainda sem sinais de vida* — reporta Kal, sério.

— *Ótimo. Não tive tempo de pentear o cabelo hoje de manhã.* — Fin olha o mapa novamente. — *Temos uns novecentos metros até a ponte. A boa e velha caixa-preta vai estar nas nossas mãozinhas larápias daqui a uns cinco minutos, Tyler.*

— *Entendido* — Tyler responde. — *Fiquem tranquilos.*

Parece um bom conselho, e faço meu melhor para segui-lo, para ignorar o mal-estar que sinto crescer no meu estômago. Porém, enquanto sigo o feixe da minha lanterna no corredor escuro, começo sentir uma corrente leve formigando na minha pele.

É como sentir os músculos adormecerem, ou eletricidade estática, estalando de dentro do meu peito na direção dos meus dedos das mãos e dos pés. Ouço um pedaço da conversa na nossa frente, minha respiração empacando na garganta conforme um grupo de cinco figuras vira o corredor, andando na nossa direção.

Carambolas, são *pessoas*.

Estão todos vestidos com os macacões cinzentos da missão *Hadfield*, e uma das mulheres está rindo, um som cristalino na escuridão. O choque de vê-los é como um tapa. Eu tento parar bruscamente e, assim como fui avisada, o movimento repentino me faz rodopiar para trás, de ponta-cabeça, colidindo com o peito de Kal. Ele grunhe quando bato nele, passando o braço forte ao meu redor e se agarrando a um batente para nos equilibrar.

— *Está tudo bem, Auri?* — Fin pergunta, se virando para trás pra ver o que aconteceu.

Com o pulsar do meu sangue inundando as têmporas, percebo que as pessoas se foram.

E que nenhuma delas estava usando trajes espaciais.

E que eu conseguia ouvi-los, apesar de estarmos no vácuo.

E que estavam andando, quando não há gravidade nenhuma.

São... fantasmas?

Não, não pode ser. Há um formigamento nos meus dedos agora, a eletricidade estática crescendo. Assim como quando amassei aquela nave no cais da Cidade Esmeralda. Assim como quando sonho com coisas que se tornarão realidade. Consigo sentir os meus poderes se desenvolvendo se eu fechar os olhos — o azul meia-noite e profundo embaixo da minha pele. Só que isso não parece tanto quanto uma das minhas visões e mais como... uma das memórias da *Hadfield* voltando à vida?

— *Está se sentindo bem?* — Kal pergunta, olhando intensamente para meus olhos.

Eu pisco, parada no lugar onde vi as pessoas, sacudindo a cabeça.

— Eu...

— *Viu alguma coisa, be'shmai?*

— Eu... — Engulo, minha boca seca de repente. — Eu não sei...

Os garotos se entreolham, nenhum dos dois querendo acreditar em mim, mas ambos educados demais para insistir. Fin tenta animar o ambiente soturno.

— *Que foi que a gente esqueceu, Clandestina?* — pergunta ele.

— Esquecemos a regra de ouro. — Tento fazer minha voz parecer alegre, mas sei que não tenho sucesso.

Ainda assim, Fin é um cavalheiro e canta a minha lição comigo de novo:

— *Pequeeeeenos movimentos.*

Nós continuamos na direção da ponte, e há definitivamente uma sensação errada, um agouro que se constrói atrás dos meus olhos. Estar aqui agora, ver esse lugar... quer dizer, não é como se eu não *soubesse* que estou mais de duzentos anos no futuro. É claro que sei. Tudo ao meu redor diz isso — os alienígenas, a tecnologia, a ausência completa de qualquer coisa familiar. Ainda assim, porém, é diferente ver algo que eu conhecia, brilhante e novo poucas semanas antes, agora assim tão antigo. Tão completamente decrépito.

Eu só fico muito triste pela *Hadfield*.

Zila fala nos comunicadores:

— *Aurora, seus sinais vitais estão alterados. Está sob condições estressantes?*

— Estou bem — minto, mas ainda assim minha voz treme.

— *Estamos quase na ponte* — diz Finian. — *Tem um fosso de elevador aqui. Se não estiver bloqueado, podemos flutuar por ele o caminho todo, atravessar os andares de criogenia.*

Os andares de criogenia. Onde eu fui dormir, esperando acordar em um novo mundo, com uma nova vida. Onde Tyler me encontrou, rodeada pelos corpos de todo mundo com quem eu tinha partido. Meu coração acelera, meus ouvidos zumbem, e eu me forço a falar.

— Eu vou... Eu quero vê-los.

— *Be'shmai?* — Kal pergunta, me observando incerto sob a penumbra.

— Se eu quiser lembrar... se for aprender qualquer coisa, provavelmente é lá. — Engulo. — Onde... onde tudo aconteceu.

Parece quase razoável quando falo assim. Como se estivesse sendo científica sobre o assunto, em vez de ser atraída para o lugar onde sobrevivi, como uma mariposa pela luz. Eu não quero falar nada para os meninos, não quero falar nada que me faça parecer maluca, mas o corredor inteiro ao nosso redor agora está vivo. Cheio de pessoas se apressando, rindo e falando. Consigo senti-los. Consigo vê-los. Consigo ouvi-los.

Só que todos eles estão mortos. Ecos, marcados na nave como manchas velhas de sangue.

— *Gostaria que eu te acompanhasse?* — Kal pergunta baixinho.

Eu assinto em silêncio, encarando as figuras ao meu redor.

Acho que nunca quis tanto nada na vida.

— *Garoto de Ouro?* — pergunta Fin. — *Estamos sem sinal de vida aqui, e só vou ficar a algumas centenas de metros acima deles. Tudo bem se eu seguir para a ponte sozinho?*

Há uma longa pausa antes de Tyler responder.

— *Permissão concedida. Mas deixem o canal de comunicação aberto o tempo todo. Auri, Kal, eu quero atualizações constantes, entendido?*

— Sim, senhor — responde Kal.

Com um grunhido de esforço, Kal afasta as portas dos elevadores, permitindo que passemos. O fosso é grande e escuro e se estica desde os andares superiores da nave, mas ao menos aqui não há nenhum eco fantasmagórico. Nós empurramos nosso caminho até em cima, Fin liderando, Kal atrás de mim. Eu sei que é minha imaginação, mas conforme nos impulsionamos para cima, juro que posso sentir o calor do corpo dele através do traje. Apesar dos ecos ao meu redor, consigo me lembrar da sensação dele junto a mim. E de alguma forma, só por saber que ele está ali, fica um pouco mais fácil respirar.

Foco no trabalho, O'Malley.

— *Ok, aí está sua parada, crianças* — diz Fin alegremente, apontando para uma porta no fosso acima. — *Fico uns doze andares acima de vocês.*

— *Chame se precisar de assistência* — avisa Kal. — *E cuide da sua retaguarda.*

— *Sempre.* — Ele olha para nós dois. Os olhos dele são indecifráveis atrás das lentes, mas o sorriso malicioso certamente não. — *Não façam nada que eu não faria.*

Kal arranca as portas do andar de criogenia, e eu toco as paredes, sentindo o som através do meu traje. Ele dá um impulso, chutando para a escuridão, enquanto Fin continua subindo. Gentilmente, eu me impulsiono para fora do fosso, seguindo Kal para o corredor.

As enormes portas dos cofres de criogenia pairam à nossa frente, derretidas até virarem entulho provavelmente devido a um relâmpago quântico. Meu estômago está revirado, um frio na espinha. Consigo ouvir vozes vazias, como se vindas de uma distância muito grande.

Minha lanterna lança um feixe fino pela escuridão turva. Olho para Kal, tomando cuidado de virar minha cabeça lentamente. As tranças dele estão flutuando dentro do capacete, prata brilhante, os olhos estreitos para a escuridão à frente. As linhas do rosto dele são lisas e duras, os maxilares tão afiados que poderiam cortar meus lábios se eu os beijasse.

Ele encontra meu olhar, e o dele é lindo, frio, alienígena. Só que além disso eu consigo sentir o calor, a profundidade, como se ele pudesse ver cada parte de mim. Me faz estremecer. Em silêncio, ele se estica para pegar Magalhães, amarrado no meu braço. Ele dá um tapinha na minha tela, e então repete o gesto no unividro dele.

— *Ainda estamos monitorando o canal do esquadrão* — diz ele —, *mas podemos falar em particular agora.*

— ... como sabia que eu queria conversar?

— *Seus olhos* — diz ele simplesmente. — *Eles falam.*

— Eu... nem sei o que eu quero dizer — confesso.

— *Quem saberia o que dizer em um momento como esse?* — ele pergunta, gesticulando para a câmara de criogenia além das portas derretidas. — *Esse é o lugar onde o futuro de seu povo foi mudado para sempre. Onde* seu *futuro foi mudado para sempre.*

— Ao menos, eu *posso* ter um futuro — respondo baixinho. Porque é isso que está pesando, fazendo meu coração bater tão forte, deixando minha boca tão seca que tenho dificuldade de falar. — Eu consegui sair daqui quando ninguém mais conseguiu. O que há de tão especial em mim para que eu mereça viver, quando todas essas pessoas que tinham vidas, esperanças, famílias e histórias, não?

A resposta de Kal é suave, solene.

— *É difícil. Ser aquele que perdura.*

E é claro que é aí que eu lembro que o *planeta* de Kal foi destruído. Que todos os Syldrathi que ainda estão vivos não têm um lar, não têm governo. E aqui estou eu, pronta para chorar por causa de uma única nave.

— Kal... — eu começo.

— *Eu sei o que você diria* — ele me interrompe gentilmente. — *Mas não há como comparar perdas, be'shmai. Não era minha intenção fazer tal coisa. Eu apenas queria dizer que entendo o que sente. E se pudesse diminuir seu sofrimento, faria isso.*

Nós paramos na frente das portas do cofre, e coloco a mão enluvada ao redor da dele. Como sempre, há uma leve hesitação, mas então Kal aperta a minha como se isso fosse a única coisa que ele gostaria de fazer. Syldrathi não têm o costume do toque — aprendi isso com Magalhães —, mas não consigo evitar. Preciso disso e sei que Kal está começando a gostar, então eu não me seguro. É um jeito de nos comunicarmos quando as palavras não bastam, como é o caso muitas vezes.

Ele olha para mim, na escuridão, e eu consigo sentir o quanto me quer. Quase consigo *ver* isso, do mesmo jeito que vi aqueles ecos, fios invisíveis de ouro e prata incandescentes saindo dele em ondas, retidas apenas pelo medo dele de me queimar. Só que, olhando para os olhos dele, percebo que eu *quero* que ele me queime. Quero senti-lo contra mim enquanto ele me põe em chamas. E sei que ele quer isso também.

Nós estamos em um abismo tão profundo para duas pessoas que acabaram de se conhecer.

O momento é interrompido quando a voz de Fin estala nos comunicadores.

— *Bom* — diz o Mecanismo do esquadrão. — *Eu tenho boas notícias, crianças.*

— *Eeeeeei, isso é novidade* — Tyler responde.

— *É zoeira. Eu tenho más notícias e mais más notícias.*

— *Sopro do Criador, Finian...* — Tyler grunhe.

— *É, eu sei, eu sou uma figurinha* — diz Fin. — *Então, basicamente alguém já entrou aqui e arrancou a caixa-preta do chão.*

— *Incrível* — Tyler suspira.

— *Então a caixa-preta pode estar em qualquer lugar, é isso que está dizendo?* — Scarlett pergunta.

— *Hummm, nah* — responde Fin. — *Isso foi um trabalho cirúrgico. As leituras do meu uni dizem que essas marcas foram feitas há umas vinte horas. Acho que o pessoal da Hefesto a arrancou e guardou a bordo do reboque principal do comboio.*

— *Estamos com problemas* — diz Tyler.

— *Não tem nenhum jeito de ligar esses consoles e procurar por algum backup, e todos estão derretidos mesmo. Me dá um minuto. Eu vou dar uma volta, mas não estou otimista. Mesmo com a minha genialidade do nosso lado.*

— *Kal?* — Tyler pergunta. — *Você e Aurora encontraram alguma coisa?*

Kal olha nos meus olhos.

— *Talvez estejamos prestes a fazer uma descoberta. Aguardem.*

Eu olho nos olhos *dele*, esperando que entenda.

Não quero entrar lá. Não quero ver o que sei que terei que ver.

Só que eu preciso controlar isso.

Eu *posso* fazer isso.

Ele aperta minha mão, assente uma única vez. Fala sem emitir uma palavra. E assim, me sentindo mais forte, me sentindo *mais* ao lado dele, eu finalmente tenho coragem o suficiente para passar pelas portas do cofre de criogenia.

Nós nos encontramos na primeira de uma série de cômodos vastos, alinhados com tanques e mais tanques empilhados em fileiras infinitas como caixões. O lado esquerdo inteiro da câmara foi arrebentado, mas os corpos do lado direito ainda estão descansando em paz. Me pergunto quem está ali. Onde estão os outros. Flutuando em algum lugar atrás de nós, lá onde a nave foi arrebentada, rodopiando infinitamente pela Dobra?

— *Be'shmai?* — Kal pergunta, e percebo que estou apertando a mão dele com força o bastante para quebrar seu dedo.

Já estive aqui antes, nessa mesma câmara. E de repente eu estou de volta àquele momento. Estou na orientação, fazendo o tour pela nave. Uma moça alegre com o cabelo da cor de algodão-doce rosa e curto está levando nosso grupo pela sala, através das fileiras, fazendo piadas sobre como daqui a alguns dias vamos tirar a soneca que tão desesperadamente precisamos, considerando todos os preparos para a viagem.

Nós rimos, alguns nervosos — a criogenia ainda é uma tecnologia relativamente nova, e a Dobra é um lugar misterioso —, e, com um lampejo repentino, como um relâmpago, a nossa guia turística vira um cadáver dissecado. Todos ao meu redor estão mortos, o ânimo esvaído dos seus rostos, e começam a flutuar para longe.

Consigo sentir Kal me sacudindo, mas não consigo responder. Meu corpo inteiro está zumbindo, como se houvesse um furacão crescendo dentro de mim, e estou desesperada pelo controle. O espaço ao nosso redor está cheio de ecos, pessoas andando, falando, passando por nós e através de nós como se *nós* não fôssemos reais, e, sim, mortos e esquecidos faz séculos.

Consigo sentir o violeta profundo da mente de Kal agora, os fios dourados e prateados que a permeiam. Ele me disse que não acreditava que tinha herdado qualquer coisa da mãe Andarilha, como a irmã, mas nesse momento, eu sei que ele está errado. Seus fios dourados estão enterrados tão profundamente que não sei se ele percebe que estão lá. Só que eu me apego à mente dele com o meu azul meia-noite, meu pó estelar prateado rodopiando em uma dança selvagem. Não consigo fazer com que fique imóvel. Não consigo contê-lo.

Eu preciso.

EU PRECISO.

Não estou mais no corredor e, ainda assim, estou — com um relâmpago de luz atrás do outro para anunciar cada mudança, novos lugares são impostos sobre a imagem. A nave repentinamente está coberta por vinhas do Ra'haam conforme passam pelas redes que seguram as cápsulas criogênicas. E então fico cega pelas luzes brancas da enfermaria, de volta à Academia Aurora. Elas se transformam nas telas multicoloridas do bar esportivo em Sempiternidade, onde Kal e Tyler lutaram contra os Imaculados. E então rodopiam para o salão embaixo d'água de Casseldon Bianchi. Consigo ouvir o barulho dos convidados, dos dançarinos, o eco da música, e então esse ritmo se transforma no barulho de pés correndo.

O barulho se transforma em aplausos, e estou de volta à pista de corrida em casa, rodeada por estudantes do colégio. E então eles se transformam em cadáveres definhados e se desfazem em pó.

Consigo sentir a força que cresce dentro de mim, como um dilúvio contra uma barragem. Vejo Cat correndo na minha direção, esticando a mão, e então os olhos dela piscam e ficam azuis, as pupilas transformadas em flores, e ela grita. Vejo o Almirante Adams olhando para mim por trás da lente de uma câmera. Vejo Kal, com o mesmo traje espacial que veste agora, apesar de o Kal de verdade ainda estar do meu lado. Uma visão. Um fantasma. Um futuro. Ele ergue a mão como se estivesse se defendendo de um golpe, e então um tiro o atinge diretamente no peito. Ele voa para longe com um grito terrível.

— KAL! — berro.

Ouço a voz dele de algum lugar distante, tentando me chamar de volta para casa, para os cofres de criogenia, de volta para *mim*. Mas a visão, o fantasma, o Kal do futuro bate contra a parede atrás dele, com um buraco fumegante no peito, e o furacão dentro de mim explode em um poço de luto e raiva e medo.

Eu não posso...

EU

NÃO

POSSO

E então volto para o meu corpo quando finalmente perco o controle, e a força se impele para fora, enfurecida em uma esfera perfeita de destruição, Kal e eu no epicentro. As paredes da *Hadfield* se entortam para fora e as cápsulas de criogenia se desintegram ao nosso redor, os corpos jogados no vazio. O chão embaixo de nós se desfaz, e o teto acima é arrancado, luz prateada saindo para cima e para fora do meu olho direito, brilhando como um farol.

— *Sopro do Criador*, mas que *porra* foi essa? — Finian ruge.

De longe, consigo ouvir as vozes dos outros gritando nos comunicadores, a *Hadfield* estremecendo ao meu redor, e acho que Kal está se mexendo, me levando consigo. O poder está saindo de mim como uma enchente, a barreira dentro de mim quebrada, minhas mãos pressionando contra as rachaduras que se abrem mais.

A voz de Tyler penetra a nebulosidade ao meu redor.

— *Resgate de emergência! Estou fixando nos seus sinais, trazendo a Zero para perto. Rápido, rápido!*

Não consigo ver Kal, tudo que consigo ver é uma paisagem rochosa e estéril, a areia e os destroços em um cinza apagado, as sombras azul-escuras, o céu acima sem vida.

Nunca vi esse lugar antes, mas tudo o que quero é ir para lá.

Os braços de Kal se apertam ao meu redor.

A visão se esvai.

Tudo fica escuro.

9

KAL

Nada tem som.

O casco da *Hadfield* se despedaça em uma esfera perfeita de azul meia-noite, os cofres criogênicos demolidos em um piscar de olhos. Titânio e carboneto de cálcio cedem sob a força da onda de choque de Aurora, e eu a seguro perto de mim conforme a barriga da nave poderosa é explodida de dentro para fora. Estilhaços de plastil e metal e vidro rodopiam para fora na direção da eternidade, e aciono o propulsor a jato no meu traje para nos mantermos firmes no olho da tempestade, neste caos que minha be'shmai desencadeou, o olho direito brilhando como uma lanterna no escuro. E tudo isso, *tudo* isso, acontece em um silêncio total e completo.

— *Kal, relatório!* — Tyler exige no comunicador. — *Finian, seu status!*

— *Estou bem!* — Finian grita. — *Minha cueca nem tanto. O que, em nome do Criador, nos atingiu?*

— Aurora — respondo, segurando-a firme. — Os corpos, estar aqui... ela viu alguma coisa. Perdeu o controle.

— *Você está bem?* — Tyler pergunta.

Como poderia estar de outra forma? Como eu poderia não estar em perfeito estado, com ela em meus braços? O cabelo flutuando solto ao redor do rosto, em gravidade zero, os cílios estremecendo sobre as bochechas repletas de sardas. A luz cegante no olho direito já atenuou-se para um brilho leve, quente como um feixe contra a minha pele. Eu conheço cada uma de suas linhas, cada uma de suas curvas, pressionando a ponta dos meus dedos contra o visor do capacete dela e delineando a...

— *Kal, relatório!*

— Aurora está semiconsciente — respondo. — Ainda estamos no cofre de criogenia, ou o que restou dele. Os seguranças da Hefesto definitivamente saberão onde estamos. Quais são as ordens, senhor?

— *Mantenham a posição* — diz Tyler. — *Vamos resgatar Fin e então seguimos até vocês.*

— Entendido.

É o que faço. Mantenho a posição. Segurando Aurora firme contra meu peito. A *Hadfield* está em ruínas, o casco ao nosso redor arrebentado. O reboque que está nos puxando tenta desacelerar desesperadamente, e o estresse de diminuir o impulso continua a despedaçar a *Hadfield*. Uma tela digital de aviso é projetada na parte de dentro do meu capacete, e consigo ver as naves de segurança da Hefesto pululando na escuridão lá fora e imagino as transmissões de pânico que ocorrem entre elas.

Qualquer chance de passarmos despercebidos foi perdida.

Ainda assim, não temos a caixa-preta que viemos buscar.

— K-Kal?

Meu coração dá um pulo quando ela fala, e olho para baixo, diretamente em seus olhos, ônix e pérola, e sinto o universo cair sob meus pés.

— Está tudo bem, be'shmai — murmuro. — Está tudo bem.

— *Q-que aconteceu?* — sussurra ela.

— Seu poder. Você perdeu o controle.

— *Eu s-sinto muito* — continua em um sussurro, olhando em um espanto lento para o caos e a destruição ao nosso redor. Consigo ver o sangue dela acumulando embaixo das narinas, vermelho-vivo, se grudando à pele dela na gravidade zero. — *Eu pensei... eu pensei que estava melhorando.*

— Você está. — Olho para ela intensamente. — Você vai.

Ela sacode a cabeça.

— *Eu vi...*

— O quê, be'shmai?

Ela sustenta meu olhar, e consigo sentir o medo vindo dela. Medo e dor no coração, que percorre até seus ossos.

— *Eu vi você... se machucar. Muito.*

Meu coração se aperta, e eu o forço a ficar tranquilo. Guerreiros não temem a morte. Guerreiros não temem a dor. Guerreiros apenas temem nunca saborear a vitória. Meu pai me ensinou isso.

— ... Como? — pergunto.

Ela sacode a cabeça, estremecendo enquanto a nave continua a se desintegrar ao nosso redor, pilares caindo, anteparos se contorcendo. A totalidade da destruição que ela libertou deveria ser estarrecedora. Seu poder, aterrorizante.

Em vez disso, fico apenas maravilhado.

— É... vago — diz ela. — *Você levou um tiro. Estava em uma nave. Eu vi... metal escuro. Dados de pelúcia. Você... estava vestido do mesmo jeito que está agora.*

— Ninguém vai me ferir. — Sorrio. — Com você ao meu lado, eu sou indestrutível.

Ela sacode a cabeça e sussurra:

— *Kal, eu não estava do seu lado.*

— Kal, está na escuta?

Toco no meu univídro para transmitir.

— Afirmativo, senhor.

— *Estamos com Fin. Estou mandando as coordenadas para o ponto de encontro. A segurança está se espalhando à nossa volta igual a alergia, então vamos chegar com a corda no pescoço. Zila vai te guiar.*

— *Consegue me ouvir, Legionário Gilwraeth?* — uma voz baixa e calma aparece.

— Sim, Zila, em alto e bom som.

— *Estamos sendo perseguidos no momento por treze caças classe-Foice e dois cruzeiros de classe-Ceifador, então não teremos condições de desacelerar menos do que mil e quinhentos quilômetros por hora a não ser que queiramos ser incinerados por seus mísseis.*

— Entendido.

— *Vocês deverão tentar acompanhar nossa velocidade e interceptar a Zero, aterrissando na baía de carga enquanto voamos.*

— A mil e quinhentos quilômetros por hora — digo.

— *Correto* — diz Zila, inteiramente séria.

— Entendido.

— *Isso é possível?* — Aurora pergunta, os olhos arregalados.

— *É mais provável que Legionário Gilwraeth obtenha sucesso do que um humano* — responde Zila. — *Reflexos Syldrathi são superiores aos Terráqueos. Se ele acompanhar a velocidade da Zero ao longo do eixo de perseguição, que é X, e manter a velocidade abaixo de cem quilômetros por hora ao longo do eixo de aproximação, que é Y, eu calculo que as chances dele fazer essa manobra com sucesso são de aproximadamente seiscentas e...*

— Obrigado, Zila, a gente não precisa de todo o cálculo matemático no momento — interrompe Tyler. — Kal, eu te mandei a trajetória; só acelere e siga a contagem de Zila.

— Entendido.

— Você consegue, amigão — diz Tyler.

Eu olho para Aurora em meus braços e sorrio.

— Eu sei — digo.

— Dez segundos, Legionário Gilwraeth — diz Zila.

Aurora aperta o maxilar e assente. Ela passa o braço ao redor da minha cintura, e meu estômago faz uma dúzia de piruetas com o toque dela.

— Oito segundos.

Aperto os dentes, respiro fundo.

— Kal? — Aurora diz.

— Quatro.

— Sim, be'shmai?

— Três.

Ela se inclina e pressiona o vidro do capacete contra o meu, como se fosse beijar minha bochecha. Há apenas alguns milímetros de visor entre nós. A respiração suave e quente embaça o plastil. O universo inteiro está perfeitamente imóvel.

— Dois.

— Você consegue — diz ela, sustentando meu olhar.

— Já.

Eu aciono os propulsores, acelerando-os ao máximo quando decolamos através dos destroços da *Hadfield*. Nos movemos lentamente primeiro, conforme nos guio pelos enormes anteparos e pelas paredes que se desintegram, toneladas de metal, começando a ficar em uma aceleração assustadora. Consigo ver a *Zero* se aproximando como um pequeno ponto verde na minha tela digital, rodeada por pontos escarlate pulsando, Aurora e eu representados por um minúsculo ponto branco.

Eu nos guio através de uma tempestade turbulenta de detritos, lascas de metal tão grandes quanto casas, arrancadas como se fossem lenços de papel. Estamos indo rápido agora — rápido o bastante para que qualquer colisão possa nos matar. A escuridão do lado de fora da *Hadfield* é iluminada por explosões e tiros, e consigo sentir dentro de mim. A coisa que eu nasci para ser, empenhado no pensamento da batalha lá fora, do sangue sendo derramado.

I'na Sai'nuit.

Só que eu afasto a sensação. Para longe.

— Segure-se em mim — digo.

Aurora aperta mais, os olhos fixos em mim, maravilhados. Tudo é um caos ao nosso redor, uma tempestade revolta de metal quebrado e destroços conforme a *Hadfield* continua a se desintegrar. Eu rodopio entre conduítes imensos, entrelaçados nas pontas, vinte toneladas de escotilhas partidas cortando a escuridão só um pouco acima da minha cabeça, a *Zero* se aproximando cada vez mais.

— *Sua velocidade é insuficiente, Legionário Gilwraeth.*

Eu vejo a *Zero* se aproximando, enferrujada e feia, mas voando na nossa direção tão rápida e determinada quanto uma lâmina de honra. Vejo os caças da Hefesto em um enxame como se fossem vaga-lumes no escuro. Eu ajusto o percurso, cortando o caminho demarcado na tela, os propulsores agora no máximo, levantando voo para cima em um arco suave para interceptar nossa nave, as portas da baía de carga abertas prontas para nos receber, uma luz na escuridão. Os tiros são emitidos silenciosamente pela noite, e Aurora me aperta com tanta foça que fica difícil respirar, meu coração disparado.

— Estamos a caminho — digo simplesmente.

— *Estou vendo!* — Tyler grita. — *Mais alguns segundos.*

— *Alfa, ajustar o percurso, zero ponto quatro em angu...*

— *Entendi, entendi!*

— *Eles não vão conseguir!*

— *Kal, pra cima!*

Um borrão de metal enferrujado. Um brilho de luz pristina. Uma linda garota em meus braços. E tudo ao nosso redor, silêncio. Vejo tudo em câmera lenta, a *Zero* se adiantando até nós, os pequenos momentos da minha pequena vida passando por meus olhos. Minha irmã e eu, embaixo das árvores lias com nosso pai, treinando na Via das Ondas. O Inimigo Oculto, se alongando, flexionando, florescendo como um botão na terra escura sob sua mão. Minha mãe, esticando os dedos para tocar meu rosto, as feridas que compartilhamos trazendo lágrimas aos olhos dela, as palavras ecoando pela minha alma.

Não há amor na violência, Kaliis...

— *Chegando!*

A luz aumenta, e eu aperto Aurora enquanto voamos pelas portas abertas da baía. Dou um soco nos propulsores para nos desacelerar, me revirando para proteger o corpo dela quando batemos na parede dos fundos. Mordo a língua, e meu cérebro estremece dentro do crânio quando atingimos o anteparo e batemos no deque. Sinto a vibração das portas da baía se fecharem atrás de nós. Aurora está em cima de mim, arfando nos meus braços. Machucada. Sem fôlego.

Porém, viva.

A gravidade retorna aos poucos e o cabelo dela está caído no rosto, o nariz manchado de sangue. Quando se afasta um pouco para me olhar, ainda é a visão mais bela que já tive na vida. A atmosfera retornou à baía e ela apalpa os fechos do capacete, arrancando-o e tirando o cabelo dos olhos, brilhando triunfante.

— Carácoles, isso foi incrível — diz.

Ela está sorrindo, espantada, incrédula. Os olhos dela arregalados, delirantes com o simples pensamento de que estamos vivos, apesar de tudo, *vivos*. E antes mesmo de entender o que está fazendo, ela estica os braços e também tira o meu capacete.

— *Você* é incrível.

— Aurora...

E então a boca dela encontra a minha, abafando qualquer pensamento ou palavra. Ela agarra meu traje e me puxa para mais perto, suspirando em meus pulmões enquanto a aperto contra meu peito, quase forte o bastante para quebrá-la. Ela é um sonho, viva e quente em meus braços, e eu queimo com a sensação dela, o cheiro dela, o gosto dela. Ela é neblina e luz de estrelas, é sangue e fogo, uma canção tão antiga em minhas veias quanto o tempo e tão profunda quanto o Vazio, e conforme a sinto erguer-se contra mim, o toque suave da língua dela contra a minha, ela quase me destrói.

Beijo.

É uma palavra pequena demais para uma coisa tão espantosa.

Nosso primeiro beijo.

Estou aceso pela urgência suave e doce da boca dela, a pressão dura dos dentes dela quando ela roça no meu lábio, as pontas dos dedos se agarrando às minhas tranças. O toque dela é enlouquecedor, e há tanto peso nele para alguém de meu povo, tanta *promessa* que se carrega nele, e não há nada para mim — nada mesmo — a não ser a sensação de tê-la nos meus braços, e a única palavra que alimenta as chamas como um primeiro pôr do sol atrás de meus olhos.

Mais.

Eu preciso de mais.

O impacto nos lança para longe, um alarme ecoa pela baía da *Zero* conforme as luzes de emergência começam a piscar. Nós nos afastamos, os lábios de Aurora inchados e entreabertos, o gosto do sangue dela ainda na minha boca. O deque estremece abaixo de nós.

— *Vocês dois estão bem aí?* — Tyler pergunta no comunicador.

Olho para Aurora, e o sorriso dela é o único paraíso que já conheci.

— Tudo perfeito — sussurra ela.

— *Bem, não quero apressar vocês, mas seria ótimo ter meu especialista em combate aqui em cima!*

Eu pisco com força para desanuviar minha cabeça, me forçando a respirar.

— Estamos a caminho, senhor.

Aurora sai de cima de mim e eu me coloco de pé, puxando-a comigo. Não quero nada a não ser permanecer aqui. Me afundar lentamente na promessa silenciosa daquele beijo. No entanto, o perigo é tão luminoso quanto o fogo que ela acende dentro de mim. Então pego a mão dela e corremos juntos, mancando e sangrando, atravessando o corredor principal para a ponte.

Scarlett nos olha do console e dá uma piscadela.

— Bom voo, Músculos.

— Qual é nosso status? — eu digo, sentando na minha estação.

— Um dos cruzeiros está com danos críticos do campo de destroços da *Hadfield* — relata Zila. — Dez caças e o segundo cruzeiro ainda estão em perseguição.

— Estão mandando um sinal de SOS — Finian diz. — A identificação da nossa nave e transmissão de vídeo.

— Eles acham que somos piratas! — grita Tyler, se apoiando forte nos controles conforme percorremos o comboio a nossa volta. — Consegue interromper a transmissão deles?

Fin sacode a cabeça.

— Mandaram antes de eu estar a bordo. Não faço milagres, Garoto de Ouro!

— Qualquer um que estivesse nos monitorando quando saímos atirando da Cidade Esmeralda vai saber que estamos nessa nave! — Scarlett grita por cima dos alarmes. — A FDT. AIG. Nossos colegas legionários. Caçadores de recompensa. Esse setor vai estar mais disputado do que as minhas roupas de baixo quando a cavalaria chegar!

— Obrigado, Scarlett, eu não preciso de um relatório sobre as suas calcinhas agora! — Tyler ruge.

— Olha, eu não me importo. — diz Fin.

O unividro de Aurora apita em seu bolso.

— O primeiro relato de roupas de baixo humanas são as tangas, uma vestimenta simples comumente usada em...

— Modo silencioso! — grita Tyler.

Os tiros passam pela escuridão ao nosso redor. Eu começo a atirar dos nossos canhões elétricos na traseira e sou recompensado com uma explosão de fogo brilhante e sem som. Os caças retribuem o fogo, mas o escudo e os interceptores da *Zero* são de última geração, e ainda estamos à frente do grupo por enquanto. Tyler não é tão bom quanto Zero, mas ainda é um piloto impressionante, fazendo-nos voar por cima da vasta extensão de detritos de metal ao nosso redor, costurando por entre naves partidas como uma dança.

— Calcinhas à parte — diz Scarlett —, eu gostaria de manter minha bunda intacta se for possível. A gente deveria dar o fora daqui antes que a encrenca real chegue.

— Ainda precisamos da caixa-preta — eu digo. — Se recuarmos agora, não teremos outra chance de nos aproximarmos do comboio.

— Nós não sabemos a localização da caixa-preta — Zila salienta.

— Como eu disse, eles provavelmente só guardaram no reboque principal — fala Finian.

— Bom, más notícias, eles não vão desacelerar o bastante pra gente parar e olhar! — Tyler grita. — E nós não temos tempo antes de esse povo não ser o único atirando na gente!

Alarmes disparam conforme uma série de mísseis irrompe embaixo de nós, talhando faixas pretas na superfície dos destroços. Meu pulso está martelando, a eletricidade irrompendo na ponta dos dedos, um júbilo feroz e incandescente se alastrando por mim — tanto pela memória do beijo de Aurora quanto pela euforia da batalha ao meu redor.

Me sinto invencível.

Indestrutível.

— Eu posso recuperá-la — eu me pego dizendo.

Scarlett pisca para mim, os cabelos vermelhos em volta dos olhos incrédulos.

— Você está *drogado*?

— Kal... — avisa Aurora.

Estou olhando para o meu Alfa, ainda inclinado nos controles.

— Nós *precisamos* daqueles dados, senhor — digo a ele. — Se perdermos nossa chance aqui, a segurança do comboio será redobrada. E em menos de vinte e quatro horas, terão aterrissado. Esse é o nosso momento. Deixe-me chegar perto do reboque principal. Eu farei o resto.

Tyler tira os olhos da tela por um momento, sustentando meu olhar.

— Acredite, Irmão — digo.

Ele aperta o maxilar, mas assente.

— Vou chegar o mais perto que conseguir.

Já estou de pé, meu sangue fervendo. Estou resgatando um rifle disruptivo e um cartucho de explosivos thermex do compartimento de armas quando Fin se coloca de pé com um suspiro.

— Pra onde *você* vai? — Scarlett pergunta.

— Com ele.

— Sério, tem tipo um vazamento de gás carbônico por aqui ou algo do tipo? — ela diz, olhando entre nós dois. — Ou de repente todos fomos contagiados por uma doença de heroísmo teimoso quando eu não estava prestando atenção?

— Eu sou o Mecanismo no esquadrão. — Fin dá de ombros, verificando a integridade do seu traje. — O Garoto-fada aqui não saberia o que é uma caixa-preta nem se caísse do céu, em cima da cabeça dele e começasse a rebolar.

Scarlett faz uma carranca.

— Presumo que são pretas? E sei lá, têm *formato de caixa*?

— Bom, *com liceeeeença*, Senhorita Sarcasmo — diz ele, uma sobrancelha erguida —, mas elas são laranja, e não pretas. São mais fáceis de localizar e recuperar em casos de acidentes. Além do quê, já estou com o traje. A gente não tem tempo de discutir.

Eu jogo outro rifle disruptivo através da ponte, e com apenas um gemido rápido do exotraje recém-consertado, Finian o pega. Scarlett ergue as mãos, resignada. Zila está agachada ao lado de Aurora, checando os sinais vitais, limpando o sangue seco dos seus lábios. Eu sustento o olhar da minha be'shmai e consigo ver medo nos olhos dela. Consigo ver fogo. Consigo ver a memória do nosso beijo, a promessa por trás dele e o pensamento de *mais* pairando pela infinidade entre nós.

— Eu voltarei — digo.

— Acho bom mesmo — responde ela.

Com um aceno para Finian, corro de volta pelo corredor para a câmara de vácuo secundária. Coloco meu capacete, ativo as telas e vejo a paisagem do lado de fora da *Zero* conforme passamos entre as naves do comboio. Os sistemas de disparo automático nos nossos canhões são bons o bastante para manter os caças afastados, apesar de que não por muito mais tempo, e os interceptores podem nos proteger dos mísseis do cruzeiro. Mas, se mais problemas chegarem, e estão certamente chegando, não teremos condições de lutar.

— Precisamos ser rápidos — digo conforme Finian entra na câmara de vácuo ao meu lado.

— Relaxa — o Betraskano diz, colocando o capacete. — *Só estou fazendo isso pra pagar de bonzão. Não quero ficar lá por muito mais tempo do que precisar.*

Ele encontra meus olhos e abre um sorriso.

— *Tá, tá, eu sei. Não sou exatamente um guerreiro, Kal.*

Eu o examino de cima a baixo, o rifle na mão, os caroços do exotraje embaixo do traje espacial. Ele é estranho, esse Betraskano. Uma casca pontiaguda, construída em cima de um coração frágil preenchido pela tristeza. Na verdade, nós do Clã Guerreiro temos pouca compaixão por fragilidade. Com sua deficiência, alguém como Finian teria sido descartado entre meus irmãos e irmãs — jogado para um drakkan para que sua fraqueza não contaminasse o restante do clã. Assim é nosso jeito. Somente os fracos procuram misericórdia. E somente os mais fracos a concedem.

Agora vejo a tolice em pensar dessa forma. Vejo uma coragem em Finian que outros Guerreiros invejariam. Este garoto não pede por nada. Nenhum favor. Nenhuma misericórdia. Vive todo momento da sua vida com dor, mas ainda assim, ele a *vive*. E fica de pé, quando outros há muito teriam caído.

— Você parece um guerreiro para mim, Finian de Seel — digo.

Ele pisca, surpreso. Abre a boca para falar, mas...

— *Aproximando-se do reboque principal agora* — relata Tyler. — *Cento e cinquenta quilômetros e se aproximando. Vou chegar o mais perto que puder, mas ainda assim vai ser uma janela rápida.*

— Entendido. — Olho para Finian. — Está preparado para isso?

Ele assente, colocando o punho nas retenções da parede.

— Pronto.

Eu pressiono os controles da parede externa e, com uma breve lufada de ar, o silêncio toma conta mais uma vez. Observo enquanto as naves do comboio passam por nós com um borrão, observo as estrelas rodopiarem e virarem conforme Tyler manobra e evita os tiros atrás de nós. Consigo sentir a beleza nesse momento. A guerra em meu sangue, desejosa de ser libertada.

Não há amor na violência, Kaliis...

Nós estamos nos aproximando do reboque principal, os motores queimando, incandescentes, a escuridão ao nosso redor iluminada pela rajada de fogo e explosões de mísseis. Vejo o nome TOTENTANZ escrito na lateral. Eu aceno para Finian e aciono os propulsores, um relógio fazendo a contagem regressiva na tela do capacete. A *Zero* rodopia e rola, se aproximando cada vez mais, o reboque aumentando de tamanho até ser tudo que consigo ver.

Meus lábios ainda estão formigando do beijo.

— Agora — digo.

A *Zero* se afasta do reboque principal assim que nos livramos da câmara de vácuo, e sinto o calor de seus motores enquanto ela ruge silenciosamente acima de nós. O preto infinito ao nosso redor está iluminado, os foguetes nas costas acionados ao máximo para nos desacelerar conforme somos atirados nas laterais da *Totentanz*. Consigo ver nosso alvo bem em frente — uma câmara de vácuo terciária, abaixo do arranjo do propulsor principal. Nós aceleramos para fora da escuridão — eu na frente, Finian logo atrás, e meu coração como trovoadas dentro do peito.

Eu me abaixo e aciono as botas magnéticas, preparando os joelhos para o impacto. Meus propulsores se ligam com um tremor, a desaceleração rápida me empurrando mais para baixo. Atinjo a lateral da *Totentanz* com um impacto, e minha bota direita escapa, mas a outra fica firme, e travo estremecendo abaixo da porta da escotilha. Eu me viro e agarro Finian, que se aproxima rápido atrás de mim. Ele sai batendo em tudo, xingando alto, e eu aperto o traje dele quando ele quase quica para longe. Finian se debate, se agarrando ao meu braço, os olhos arregalados e tão pretos quanto o vazio enorme a nossa volta, mas finalmente, ele consegue fazer as botas apoiarem no casco.

— Você está bem? — pergunto.

Ele demora um segundo para recuperar o fôlego, encurvado, a boca aberta.

— Isso — diz ele — *não é o que eu chamo de diversão.*

— *Relatório de status!* — Tyler diz.

— Estamos seguros — respondo, procurando a escuridão ao nosso redor. Consigo ver os enormes cascos do comboio se esticando atrás de nós e consigo ver tiros distantes conforme a *Zero* continua a escapar de seus perseguidores. — Preparando para a invasão.

Os dedos de Finian percorrem o univídro, os olhos estreitos na tela.

— Mais rápido — eu o apresso.

— *Você quer hackear essa coisa, Garoto-fada? Fique à vontade* — ele me corta.

Cada segundo parece uma era, cada momento que passamos aqui o SOS da Hefesto se espalhando. Cada momento acelera mais nos meus ouvidos: caçadores de recompensa, a Força de Defesa Terráquea, a AIG, minha irmã.

Finalmente, com um pequeno sorriso triunfante, Fin me olha e assente. Sinto uma série de batidas pesadas percorrerem o metal e me abaixo para segurar a escotilha. Eu me esforço, as veias saltadas no pescoço quando arrasto a escotilha para dar espaço o bastante para Finian se apertar pelo buraco. Sigo rapidamente, fechando-a atrás de nós. Nosso Mecanismo já está trabalhando na escotilha interna enquanto a câmara de vácuo despressuriza, a gravidade e o som voltando com certa violência, luzes vermelhas disparando, alarmes gritando.

— Sabem que estamos aqui — digo.

— *A gente acabou de invadir o sistema deles e abrir a nave pro espaço. É claro que eles sabem que estamos aqui!*

— Abaixe a cabeça — eu o instruo. — E fique atrás de mim.

A escotilha interna faz um barulho, a porta se abre com um zumbido fraco e, imediatamente, uma rajada de tiros de pistola disruptiva entra na câmara de vácuo. Eu empurro Finian para uma parede e encontro abrigo atrás da escotilha conforme as partículas carregadas chiam e faíscam. Outro tiro escurece o metal próximo a minha cabeça, deixando meu sangue fervendo.

— Vocês estão loucos? — soa um grito.

— Deem o *fora* da minha nave! — grita outro.

O Inimigo Oculto está próximo da superfície agora. Nadando logo abaixo da minha pele.

Esses não são guerreiros, sussurra ele.

São vermes.

Eu espero até haver uma pausa nos tiros, coloco a cabeça para fora e volto. Conto seis homens em um piscar de olhos. Todos armados. Sem armadura. Cobertura média.

Acabe com eles.

Dou um passo para o corredor, e eles se escondem para conseguir abrir fogo. Eu me desvio dos tiros e sinto uma eclosão de partículas carregadas passar por minha bochecha, o universo todo em câmera lenta. E com seis apertos do gatilho, seis tiros rápidos do meu rifle disruptivo, todos estão apagados e babando no chão.

Acabou. Quase antes de começar.

Deveria tê-los matado, ele sussurra.

A misericórdia é para covardes, Kaliis.

— *Caramba* — Finian sussurra, espreitando de trás da parede. — *Isso foi...*

— Decepcionante — digo. — Vamos. Precisamos ser rápidos.

Pulando por cima da tripulação caída, nós corremos em direção à ponte.

10

FINIAN

Então, a ideia desse capitão de mandar todo o pessoal que ele tinha obviamente foi um erro, considerando que Kal os largou esparramados na baia de carga como se fossem um bando de cadetes em período de licença.

Quer dizer, já ouvi falar que é isso que acontece quando se está de licença.

É claro que, pessoalmente, sou um *aluno modelo*, considerando todas as expectativas acadêmicas.

Entretanto, com a tripulação inteira da *Totentanz* na terra dos sonhos por enquanto, o reboque está oficialmente sob o controle do Esquadrão 312, e a missão está procedendo em perfeito acordo com o plano. O que sempre me deixa nervoso. É claro que as coisas ainda estão bem empolgantes para Tyler e o pessoal lá fora, e ainda há a pequena questão de como, em nome do Criador, a gente vai conseguir voltar para a *Zero* sem sermos vaporizados. Mas como minha segunda mãe sempre diz, uma coisa de cada vez.

Estamos na ponte, e eu estou ocupado admirando a caixa-preta da *Hadfield* (que noto com satisfação que *é mesmo* laranja) e observando Kal pelo canto do olho. Se esconder meu crush em Scarlett Isobel Jones não fosse um trabalho de período integral, eu *seriamente* consideraria acrescentá-lo à equipe da pegação dos sonhos. Entendo o que Auri vê nele. Forte, silencioso, misterioso. Tudo de bom.

Kal me pega olhando para ele e ergue uma sobrancelha perfeita.

— *Quanto tempo até completar sua tarefa?* — pergunta, nada romântico.

— Estou trabalhando nisso, grandão — eu falo. E estou mesmo. Estou colhendo um fluxo de dados da caixa laranja no chão para o meu unividro, murmurando palavras agradáveis para apressar o processo. O time de resgate extraiu o registro do voo da pobrezinha da *Hadfield* com eficiência, mas ainda assim, é um pouco estranho, só parada ali no chão da cabine. Sabe, considerando a situação para a qual foi construída e tudo...

Sacudo a cabeça para afastar esse pensamento, que vai me levar diretamente para a nave fantasmagórica cheia de cadáveres que deixamos para trás se eu não for cuidadoso. Em vez disso, olho os dados que estou roubando conforme passam pela tela. Com uma olhada rápida, consigo ver que boa parte das informações é de navegação, que é exatamente o que queremos. Com sorte, vai marcar o lugar onde alguma coisa estranha aconteceu com a *Hadfield*. E com Aurora.

Deixo os fluxos de dados serem criptografados durante a gravação para que ninguém consiga acessá-los fora euzinho. É uma cifra de obscurecimento de sessenta e quatro dígitos — só uma coisinha especial que eu tinha criado quando ainda estava na Academia. Eu tinha bastante tempo livre considerando minha vida social inexistente. Mas quem está rindo agora, hein? Tenho essa criptografia animal, uma espaçonave de última geração, e um amigo grande e alto que atira nas pessoas por mim quando eu quiser.

O que mais um garoto pode desejar?

Como se pudesse responder essa pergunta, a voz de Scar soa no meu comunicador.

— *Time, estamos com um problema.*

Os olhos de Kal se estreitam levemente.

— *Por favor, expliquem.*

— *Veículos se aproximando* — relata Zila. — *Estão usando tecnologia de encobrimento para se aproximar, mas agora temos visão. Há ao menos uma dúzia. Aproximação rápida.*

— *Alguém está respondendo o SOS da Hefesto* — diz Scarlett.

Eu franzo o cenho, fazendo os cálculos na cabeça.

— Mas já?

— *Devem estar muito mais perto do que a Cidade Esmeralda para já chegarem aqui. É a nossa sorte de sempre.*

Kal olha para mim, a voz fria como gelo.

— *Quanto tempo, Finian?*

— Noventa segundos — eu falo, mentalmente apressando os dados para irem mais rápido. Porque é claro que *isso* sempre funciona.

— *Estaremos prontos para a retirada em dois minutos* — diz Kal.

A voz de Tyler surge.

— *Entendido, nós podemos... ah, sopro do Criador...*

Estou prestes a pedir para ele elaborar isso também, mas o som de Kal xingando baixinho em Syldrathi direciona minha atenção para os monitores. Através do vidro frontal do nosso reboque, temos uma visão livre de meia dúzia de caças elegantes e pontiagudos acelerando para dizer um oi. São projetados para missões sigilosas, e meu coração vai até as botas enquanto observo um deles executar casualmente uma manobra aérea que deixa três caças da segurança em ruína, os destroços se desfazendo lentamente na direção do nada.

Mais dos recém-chegados começam a entrar em combate, mísseis e tiros pulsantes iluminando a escuridão. Em instantes, as naves de segurança da Hefesto com quem Tyler estava brincando de esconde-esconde esse tempo todo são simplesmente *aniquiladas*.

— Kal — sussurro. — Essas naves são...?

— *Syldrathi* — responde ele, a voz como uma geleira.

— Mas são apenas interceptadores — protesto. — São pequenas demais para terem chegado sozinhas. Tem que ter um...

Eu olho para as câmeras traseiras, meu coração se apertando.

— Ah, *merda...*

Uma forma sombria ocupa a tela, iluminada por trás pelo sol do sistema, só uma silhueta contra um disco vermelho ardente. É grande e pontuda e é a coisa mais fodona que já vi. Toda preta, com *enormes* glifos brancos pintados nas laterais em uma escrita linda e furiosa.

São os glifos dos Imaculados.

Uma pequena ruga lentamente se forma entre as sobrancelhas de Kal, o que é o mais perto de perturbado que já o vi.

— *Andarael* — sussurra ele.

— *Kal?* — Ty chama novamente. — *Conhece essa nave?*

Só que Scar responde por ele, dois passos à frente.

— É da irmã dele.

Uma luz verde pisca aos meus pés, e olho para baixo.

— Download finalizado — digo baixinho, embora isso dificilmente seja nosso maior problema agora. Ainda assim, sou um legionário Aurora e tenho minhas ordens, então apoio um joelho no chão e começo a fritar a caixa-preta. Dessa forma, a única cópia dos dados será nossa. Caso a gente saia dessa vivo para usá-los.

Ouço um estalo de estática vindo do painel de comunicação da *Totentanz* e, infelizmente, esse som está começando a me irritar.

— *Olá de novo, Kaliis.*

Kal encara, sem expressão nenhuma, a luz piscante que aguarda sua resposta.

— *Saedii* — murmura ele.

Como um sonâmbulo, nosso Tanque cruza a cabine até o transmissor. Olho ao redor da ponte, procurando por qualquer coisa que possa nos ajudar. Uma caneca engordurada na qual se lê A MELHOR VOVÓ DA GALÁXIA! está ao lado da cadeira de copiloto. Uma jaqueta de um time de jetbol está abarrotada no deque perto da estação de navegação. Um par de dados de pelúcia em cima da cadeira do piloto. Quando Kal fala, parece tranquilo, aberto a conversa. Ele fala em Syldrathi, mas meu univídro está com memória de processador o bastante para ainda fazer uma tradução para mim.

— *Não estávamos esperando sua companhia tão cedo, Irmã.*

— *Me perdoem* — responde ela, com um sorriso cruel audível. — *Vocês partiram com tanta pressa que você esqueceu de deixar um convite, Irmão.*

— *E ainda assim, aqui está você.*

— *Aqui estou eu* — ronrona ela.

— *... Como?*

— *Kaliis, eu toquei na sua nave* — diz ela. — *Está me dizendo que nem sequer procuraram* por *um rastreador? Você ficou lerdo, estúpido e fraco naquela Academia amaldiçoada. Ensinam a arte da idiotice lá?*

Os olhos de Kal se fecham de novo. Como eu, está imaginando o instante em que deixamos a Cidade Esmeralda. Saedii se jogando na *Zero*, se segurando por aqueles segundos preciosos antes de Ty derrubá-la. Ela deve ter conseguido colocar um rastreador no casco. É por isso que os Imaculados estavam tão perto quando a transmissão de SOS foi emitida pela segurança do comboio. Eles não *precisavam* da transmissão para saber onde estávamos.

— *Saedii* — Kal tenta. — *Você me pediu e me pediu, e eu dei minha resposta, e dei minha resposta. Não quero tomar parte nesta coisa à qual pertence.*

— *Essa coisa à qual eu pertenço* — ela responde, a raiva audível — *quer você. Ele quer você.*

Kal vira o transmissor para a posição de desligado, desconectando a linha com Saedii por um momento para conseguir falar com a *Zero*.

— Tyler, vocês precisam ir — diz ele simplesmente. — *Agora.*

Há um coro de protestos do outro lado da linha, vindos do Garoto de Ouro, de Scarlett, de Auri. Ty é o que prevalece, ao menos por um momento.

— *Sem chance, Kal.*

O transmissor no painel volta à vida novamente.

— *Nós hackeamos suas comunicações, então ainda consigo te ouvir, irmãozinho. E ninguém vai a lugar nenhum. Vocês vão se render às tropas que eu enviar para a sua nave, e seu esquadrão vai pousar na* Andarael.

— O que possivelmente você poderia querer com meu esquadrão? — Kal pergunta e, por um momento, parece *incrivelmente* Syldrathi. Como se nenhum dos humanos a bordo da *Zero* tivesse algum valor ou qualquer utilidade capaz de atrasar a jornada dela por um minuto sequer.

— *Kaliis* — ela o reprime gentilmente. — *Não acha que é apropriado que sua irmã mais velha queira ser devidamente apresentada para a sua be'shmai?*

E há algo no jeito que Saedii fala, uma coisa terrível e gélida, que me diz que ela não quer só provocar Kal. Que *Auri* tem algum valor para ela.

— *Meu esquadrão não é um assunto seu, Saedii. Liberte-os, e eu me juntarei a você.*

Kal olha para mim, e consigo ver o pedido de desculpas naqueles grandes olhos violeta. Nós dois sabemos que, o que quer que aconteça com os outros, a irmã dele não vai deixar que eu retorne para a *Zero* antes de ir embora. E nós dois sabemos o que os Imaculados pensam das minhas limitações físicas. Do meu traje.

E, membros do Criador, isso é uma merda.

Só que está tudo bem. Eu quero que eles possam ir embora. Eles são a comunidade que escolhi, e quero que vivam. Então respiro fundo e aceno com a cabeça em silêncio.

Ele estica a mão para apertar meu ombro, completamente alheio ao fato de que praticamente o quebra.

— Kal. — A voz de Aurora aparece no canal. — *Kal, eu não vou te deixar.*

Consigo ouvir o medo na voz dela, a dor, o coração partido. Fico provocando Kal e Auri sobre esse assunto porque afinal de contas, sou eu, mas não deixei de notar o quanto esses dois ficaram próximos. O quanto ela importa para ele, e quanto ele está começando a importar para ela. Eu me pego pensando em como seria ter alguém se sentindo dessa forma por mim. Encontrar alguém que olhe para mim do jeito que ele olha para ela. E, tá, é provavelmente uma coisa idiota pra pensar numa hora como essa.

E é por isso que eu a vejo meio segundo tarde demais.

Uma silhueta no batente da ponte, se inclinando com força contra a porta, o sangue pingando do seu nariz. Ela não é Syldrathi, noto; é alguém da tripulação do reboque da Hefesto que Kal apagou quando entramos. Talvez a Melhor Vovó da Galáxia. Talvez só uma fã de jetbol. Seja lá quem for, parece que acabou de sair da cova, mas de alguma forma se colocou de pé e cambaleou até a cabine.

E está segurando uma pistola.

— Kal! — grito, erguendo as mãos como se pudesse impedir um tiro.

Os olhos do nosso Tanque ainda estão no comunicador, o alto-falante de onde as ameaças de sua irmã são despejadas. Só que, ao som da minha voz, Kal se vira, tirando a pistola disruptiva do cinto. Ele se move rápido. Mais rápido do que qualquer Betraskano, qualquer humano, mas ainda assim, não o bastante. Ele me empurra para o lado, o dedo apertando o gatilho, assim que o *shhhhh* ardido de um tiro configurado para Matar ecoa pela cabine, ressoando nos meus ouvidos.

Meu coração afunda no peito enquanto vejo tudo se desdobrar em câmera lenta.

Kal se virando, tentando desviar do tiro.

O tiro o atingindo, bem no meio do peito.

Olhos violeta arregalados de dor, a boca aberta em choque.

E então ele voa, cuspe voando entre seus dentes arreganhados, bate no painel de controle e cai no chão. A segurança da Hefesto balança e cai da troca de tiros com Kal, o rifle voando pelo deque. Consigo ouvir nosso esquadrão gritando no nosso canal. A irmã de Kal, através dos comunicadores da unidade de comunicação da *Totentanz*, exigindo saber o que está acontecendo.

Só que não encontro minha voz.

Não consigo fazer nada a não ser encarar o buraco fumegante no traje de Kal, marcas pretas fumegantes no contorno.

Bem em cima do coração.

A despeito de todas as vozes, do choque, de um jeito que iria agradar e certamente surpreender meus instrutores na Academia, o meu treinamento da Legião me faz agir.

Primeiro, certifique-se da sua posição.

Isso é fácil, só de olhar para Vovó dá pra saber que o tiro de Kal a deixou apagada e está inconsciente na passagem.

Segundo, emergências médicas.

Fico de joelhos com um baque e tiro uma multiferramenta de um pedaço do meu exotraje, então corto uma linha precisa no tecido do traje de Kal e da camada de isolamento embaixo. Ele não se mexe o tempo todo, e meu cérebro está conjurando imagens de Cat em Octavia. Imagens dos seus olhos azuis profundos, em formato de flor, a mão esticada, a tristeza no rosto dela conforme ela nos observava ir embora.

Primeiro sete.

Agora, seis.

Então, cinco?

— *Finian, relatório!* — Tyler grita.

Não de novo, não, o Kal também não, por favor. Criador, ele também não...

— *Fin, o que aconteceu?* — Auri implora.

— O Kal foi atingido — consigo dizer.

— *Fin, não!*

— Ele foi atingido...

Meu batimento cardíaco estoura nas minhas orelhas, a boca seca como poeira conforme afasto o tecido do traje para o lado, esperando por um jato roxo profundo e quente inundar minhas mãos.

Mas...

Mas não tem nada.

Eu pisco forte, algo entre um soluço e uma risada aparecendo nos meus lábios. Porque ali, embaixo do revestimento queimado do traje de Kal e do tecido abrasado do uniforme da Legião, graças ao Criador, consigo ver que algo recebeu a pior parte do tiro. Minhas mãos tremem conforme tiro algo do bolso frontal dele, observando as luzes do painel brilharem no prata torrado, minha boca aberta em assombro.

Aquela maldita caixinha de cigarrilhas...

Kal está apagado, talvez do tiro, talvez de ter batido contra o console. Ele vai ter um hematoma digno de prêmios a hora que acordar.

Mas está vivo.

No entanto, não posso dizer o mesmo para a pobre caixinha de cigarros. Está torcida e arregaçada, e enquanto meu coração bate contra minhas costelas, as vozes dos meus colegas de time ecoando pelos comunicadores, percebo que há algo dentro da caixa.

— *Finian, status!* — exige Tyler.

— *Fin, o que está acontecendo?* — choraminga Auri.

— Está tudo bem — eu falo, minha voz trêmula. — Ele está bem...

Eu abro a caixa, forçando minhas mãos a cooperarem, já que a adrenalina que inunda meu sistema nervoso está dificultando a compensação do meu traje. Tem um pedaço de papel dentro do metal deformado, pequeno, quadrado, marcado por uma escrita preta.

É um bilhete.

Cinco palavras.

CONTE A ELA A VERDADE.

Contar a quem?

Qual verdade?

São duas boas perguntas, mas por enquanto, escuto Saedii exigir nossa rendição novamente, mais caças Syldrathi preenchem o espaço ao nosso redor, ouço Ty dar a ordem relutante para eu me entregar, e meu cérebro afasta as duas questões para longe a favor de uma muito mais intrigante.

Eu viro o bilhete nas minhas mãos trêmulas, me forçando a respirar. Tentando fazer as peças se encaixarem. Afinal, assim como o resto dos presentes no cofre, como a *Zero* nas docas na Cidade Esmeralda, esse bilhete está esperando para ser encontrado desde quando Kal e eu ainda éramos crianças.

Então como, em nome do Criador, isso está escrito com a minha caligrafia?

ASSUNTO: RELAÇÕES INTERESPÉCIES

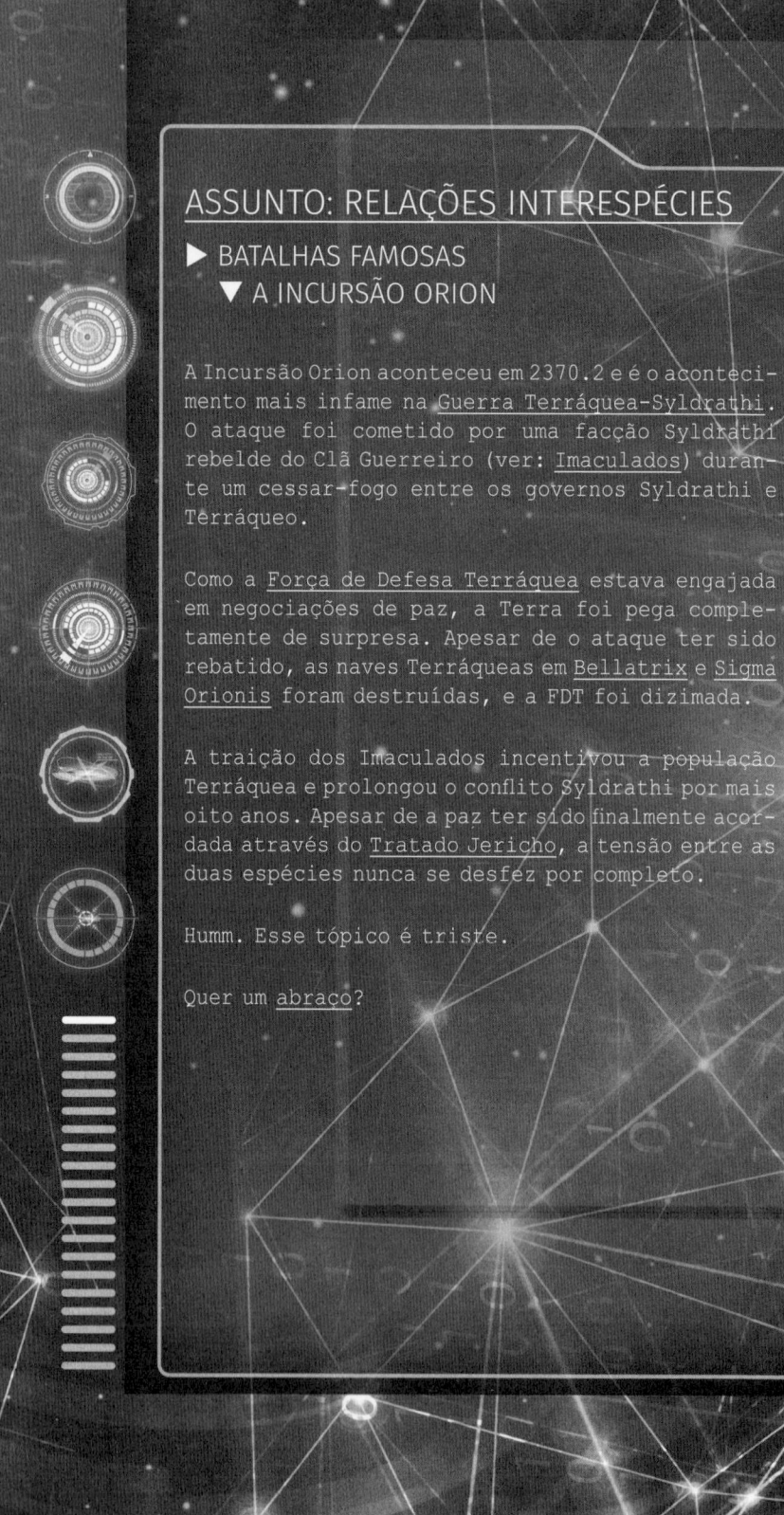

▶ BATALHAS FAMOSAS
  ▼ A INCURSÃO ORION

A Incursão Orion aconteceu em 2370.2 e é o acontecimento mais infame na Guerra Terráquea-Syldrathi. O ataque foi cometido por uma facção Syldrathi rebelde do Clã Guerreiro (ver: Imaculados) durante um cessar-fogo entre os governos Syldrathi e Terráqueo.

Como a Força de Defesa Terráquea estava engajada em negociações de paz, a Terra foi pega completamente de surpresa. Apesar de o ataque ter sido rebatido, as naves Terráqueas em Bellatrix e Sigma Orionis foram destruídas, e a FDT foi dizimada.

A traição dos Imaculados incentivou a população Terráquea e prolongou o conflito Syldrathi por mais oito anos. Apesar de a paz ter sido finalmente acordada através do Tratado Jericho, a tensão entre as duas espécies nunca se desfez por completo.

Humm. Esse tópico é triste.

Quer um abraço?

11

SCARLETT

Lembrem-se de Orion.

Essas são as palavras que ardem em minha mente enquanto Ty guia a *Zero* para o cais de aterrissagem da *Andarael*. Eu deveria estar preocupada com Kal. Preocupada com Auri. Preocupada que o nome *Andarael* significa "Aquela Que Se Deita com a Morte", em Syldrathi. Eu deveria estar pensando em como vou conseguir escapar dessa só na conversa. Sou a Frente do time, afinal de contas. Fomos superados em armas e manobras; o único jeito de escapar daqui é com a diplomacia. Só que eu não consigo concentrar meus pensamentos no problema atual, não consigo pensar em nada para dizer, nenhuma esperteza, sarcasmo, flerte ou qualquer outra coisa.

Porque essas são as pessoas que mataram nosso pai.

Lembrem-se de Orion.

Ele foi um Grande Homem, nosso pai. Era isso que todo mundo falava pra mim e pro Ty. Essas eram as palavras repetidas de novo e de novo no velório do Senador Jericho Jones. Todos aqueles diplomatas e governantes, oficiais militares de todos os tipos com o peito cheio de medalhas brilhantes. Eles diziam aquelas palavras com reverência. Diziam como quem acreditava mesmo naquilo.

G em letra maiúscula. H em letra maiúscula.

Um Grande Homem.

A questão é que grandes homens, no geral, não são grandes pais.

Nós nunca conhecemos a nossa mãe. Ela morreu quando éramos novos demais para lembrar. E não é que nosso pai não tivesse tentado, ele *realmente* tentou. O problema é que todo mundo queria um pouco do grande Jericho Jones. E simplesmente não havia o suficiente para dividir com todos.

A guerra Syldrathi contra a Terra estava acontecendo havia vinte anos quando Tyler e eu nascemos, e nosso pai tinha sido um soldado por doze desses anos. Ele era da FDT, nascido e criado lá. Um piloto incrível que escapou das garras do inimigo e liderou a rebelião em Kireina IV, onde a frota Terráquea conseguiu impedir uma armada Syldrathi com o dobro do seu tamanho. Ele virou um garoto-propaganda depois disso, literalmente. A Força de Defesa Terráquea o colocou nas propagandas de recrutamento, os olhos azuis como gelo encarando você enquanto ele falava "A Terra precisa de heróis". Um ano depois, ele virou contra-almirante, o mais jovem em toda a história da FDT.

E então Ty e eu nascemos, e ele renunciou ao cargo.

Simples assim.

Não foi pra cuidar dos filhos, não mesmo. No ano depois que ele saiu da FDT, nosso pai concorreu ao Senado e ganhou de lavada. Depois disso, ele sempre estava longe. Mas Ty sempre o *idolatrou*, e eu não podia ficar irritada, não considerando o trabalho que nosso pai estava fazendo. Porque, apesar de ser o garoto-propaganda da FDT, Jericho Jones se tornou a maior voz a favor da paz no Governo Terráqueo. O discurso intenso que ele fez contra a guerra em 2367 ainda é ensinado na Academia Aurora. *Eu não posso mais olhar para as minhas crianças sem ver o erro que é matar as crianças dos outros*, ele tinha dito, e isso sempre me deixava brava, considerando o pouco tempo que ele passava com a gente.

Só que ver o maior herói da Terra defendendo a paz com os Syldrathi ajudou o público a se voltar contra a guerra. Foi Jericho Jones que deu início às negociações de paz com o governo Syldrathi, foi ele que organizou o cessar fogo em 2370. A guerra já estava sendo travada havia quase trinta anos àquela altura. As derrotas que sofreram fizeram com que o Clã Guerreiro caísse em desgraça no conselho Syldrathi, e os Vigilantes e Andarilhos estavam tão cansados da carnificina quanto nós. O tratado foi feito. Todo mundo estava pronto para assinar.

E então?

Lembrem-se de Orion.

O Clã Guerreiro viu o tratado como uma desonra. Como uma *fraqueza*. Então, sob a liderança de seu maior Arconte, uma facção de Guerreiros atacou durante o cessar-fogo. Em desespero, o governo Terráqueo acionou os reservas para um contra-ataque.

Nosso pai não voava num caça havia anos. Ainda assim, atendeu ao chamado. Eu me lembro dele beijando minha testa e enxugando minhas lágrimas, falando que voltaria a tempo do nosso aniversário.

Um recipiente de alumínio com suas cinzas foi o que recebemos.

Lembrem-se de Orion virou o grito de guerra depois disso. *Lembrem-se de Orion* estava em cada pôster de recrutamento, cada transmissão, cada noticiário. *"Lembrem-se de Orion!"*, gritou o próprio presidente no funeral de nosso pai, logo depois dele nos falar sobre o Grande Homem que tínhamos perdido.

Só que eu não perdi um Grande Homem em Orion. Perdi meu papai. E não importa o quanto eu desejasse que ele fosse um pai melhor, você pode apostar pra cacete que eu me lembro.

Lembro que o Arconte que liderou o ataque Orion chamava-se Caersan, e depois se tornou o *Destruidor de Estrelas*. E a facção que ele liderou? Aqueles filhos da puta tão apaixonados pela guerra que não conseguiam lidar com a ideia de viver em paz?

Eu lembro que eles se chamavam de *Imaculados*.

E agora estamos rodeados por eles.

O cais de aterrissagem da *Andarael* é grande o bastante para vinte *Zeros* — a irmã mais velha de Kal tem um posto alto entre esses lunáticos, e a nave dela é a prova. A nave em si seria impressionante se eu realmente me importasse, mas estou mais preocupada com o pequeno exército de guerreiros Syldrathi esperando por nós quando Tyler desliga os motores. Ele está tentando ficar calmo, mas consigo ver que a ideia de se render para esses desgraçados o deixa tão mal quanto a mim. Aurora está de olhos arregalados, mal conseguindo conter seu pânico, pois ainda não sabemos a extensão dos ferimentos de Kal a bordo da *Totentanz*. Só que, sem ele a bordo, cabe a mim ser a responsável pelo esquadrão.

— Ok, Kal disse que Saedii é uma Templária — murmuro, saindo de trás do meu console. — O que basicamente significa que ela é comandante de uma nave de guerra principal em serviço ativo. Você não consegue obter um cargo alto nos Imaculados sem ser uma agente do *mal*.

— Entendido — Ty assente.

— Lembrem-se, a maioria dos Imaculados já pertenceu ao Clã Guerreiro, como Kal. Guerreiros respeitam a força. Valentia. Destemor.

Ty sustenta meu olhar enquanto coloca a jaqueta do uniforme da Legião Aurora.

— Tenho toda a confiança que você vai ser isso e tudo mais, legionária.

Sacudo a minha cabeça.

— Você é que deveria coordenar a falação, Ty.

— Você é minha Frente, Scar. Você treinou pra isso. Eu não falo Syldrathi tão bem quanto você, não conheço os costumes, eu...

— Você é nosso Alfa, bebezinho — eu digo. — Se quer que te vejam como o líder, você precisa estar na frente. E nossa família tem história com essa gente. Kireina IV foi a pior derrota que os Syldrathi sofreram na guerra inteira. Esses desgraçados vão lembrar o nome do papai.

Eu encontro o olhar dele, meus lábios pressionados em uma linha fina.

— Que também é nosso nome, Ty.

Ele aperta o maxilar, respirando fundo. Consigo ver nosso pai nos olhos dele agora. A memória daquele recipiente de alumínio chegando bem a tempo da nossa festa.

Feliz aniversário, crianças.

— Ok — ele assente. — Não vamos deixar nossos anfitriões esperando.

Nós marchamos do corredor para o hangar principal, nos juntando em frente à rampa de carga. Zila está silenciosa como um túmulo. Eu olho para Aurora, vejo o maxilar apertado, o medo estampado nos ombros, na inclinação do queixo. Olho bem para seu olho direito, sem nenhum sinal de brilho ali, nenhuma indicação do seu poder. Ainda assim, eu a vi estraçalhar a *Hadfield* só com a força da mente, e se ela perder o controle aqui...

— Está tudo bem, meu bem? — pergunto.

— Eu falei para o Kal — murmura ela, tremendo, furiosa. — *Contei* para ele. Eu o *vi* se machucar na minha mente e, ainda assim, ele saiu marchando como um *idiota*.

A mão de Ty para em cima do botão de acionar a rampa.

— Você não viu nada do que vai acontecer em seguida por acaso, viu?

Ela sacode a cabeça.

— E nem quero olhar. Eu achei que... estava ficando melhor. Achei que estava sob controle, mas...

— Está tudo bem, Auri — diz Ty, apertando a mão dela. — Só fique perto de mim. Tenho certeza de que Kal está bem. A gente vai sair dessa, ok?

— Você tem um plano? — pergunto.

— Você tem? — retruca ele, encontrando meus olhos.

Eu dou um tapinha no brasão da linha de diplomacia bordado na minha manga: aquela pequena flor dentro do círculo dourado.

— Estratégia não é meu departamento.

Ele sorri e sacode a cabeça.

— É melhor você praticar. Um dia desses, talvez você tenha que fazer isso sem mim.

— Mas hoje não. — Dou de ombros. — Vai que é tua, tigrão.

Tyler aperta o botão para liberar a rampa, e a porta abre com um zumbido baixo. A rampa se estende em direção ao deque da *Andarael*, e consigo ver que o interior é de um metal escuro, iluminado por luzes vermelhas. A aparência aqui é estonteante: linhas elegantes e curvas gentis, tão graciosas quanto os cem guerreiros Imaculados esperando por nós.

Seus rostos são lindos e etéreos, os cabelos prateados ferozes e cruéis presos em uma variedade de tranças ornadas. Vestem belos trajes pretos de armadura estratégica, pintados com a caligrafia fluida Syldrathi, decorados com os troféus de batalha. Cada um carrega um rifle disruptivo e um par de lâminas prateadas nas costas. Todos estão enfileirados organizadamente, flanqueando nossa saída para o deque. E, esperando no fim, com o agonizador, que lembra uma besta, descansando na curva do quadril, está a irmã de Kal, Saedii.

Todos os Syldrathi são lindos, mas a beleza é *definitivamente* algo de família para os Gilwraeth. Ela pode até ser uma filha da puta de marca maior, mas tem uma beleza de matar, do tipo que me faz questionar minha sexualidade. A pele oliva é perfeita. Seu longo cabelo está penteado para trás, deixando à mostra seu rosto em formato de coração, capaz de lançar um milhão de naves. Os olhos são de um violeta incandescente, emoldurados por aquela faixa perfeita de tinta preta. Uma corrente prateada do que podem ser dedões decepados está pendurada no pescoço dela. Ela fala em Syldrathi, a voz baixa e musical, quase como se estivesse cantando.

— Bem-vindos a bordo da *Andarael*, lixo humano.

E, com um sorriso, ela tira o agonizador do quadril e atira diretamente em Auri.

Acontece em um piscar de olhos, quase rápido demais para ver. Auri grita, erguendo as mãos, mas antes de conseguir invocar seu poder, aqueles aros vermelhos se embrulham ao redor dela e criam vida. O grito ecoa pelo compartimento quando ela cai no deque, se contorcendo e se debatendo no chão.

— Auri! — Tyler grita. Ele se joga de joelhos ao lado dela, toca no ombro dela, e é recompensado com um choque elétrico da energia do agonizador.

Afastando a mão com um sibilo de dor, ele fica em pé e vê que cem rifles disruptivos estão apontados diretamente para o peito dele. Não estou muito preocupada com ele. Ty não é idiota o bastante para ir de encontro a uma centena de assassinos Syldrathi armados e não vai usar linguagem de baixo calão, porque Tyler Jones, Líder do Esquadrão, Primeira Classe, não fala palavrão.

No entanto, Scarlett Isobel Jones fala, sim.

E em Syldrathi fluente.

— O que tem de *errado com você*, sua puta maluca? — grito.

— Você fala nossa língua. — Os olhos de Saedii brilham quando ela me olha de cima a baixo. — Que truque divertido, pequenina.

Tyler fala em Syldrathi quebrado, fazendo pausas.

— Nós... exigir um tratado... convenções da...

Saedii olha para ele, os lábios se curvando.

— *Você*, no entanto, é bem menos divertido.

— Não estamos aqui pra te *entreter*, sua fada escrota — digo.

— Talvez você deva repensar sua estratégia, Terráquea — replica ela.

Saedii estica o braço e faz um barulho sibilante com o fundo da garganta, e eu ouço o bater de asas de couro. Uma criatura aparece da viga acima de nós e desce voando pelo cais. Tem o tamanho de um gato, reptiliano, com asas largas como as de um morcego e uma longa cauda serpentina que termina em uma ponta feroz. Me lembra bastante do dragão de pelúcia de Cat, exceto que é preto e elegante, em vez de ser verde e fofinho. O monstro pousa no antebraço de Saedii e gorjeia, piscando para nós com olhos dourados.

Saedii sussurra algo para a coisa, e o monstro acaricia a orelha pontuda e ronrona. Jogando o cabelo para trás do ombro, a desgraçada marcha pela fileira de soldados na nossa direção. Ty fica tenso ao meu lado, os punhos fechados quando ela para na nossa frente. Aurora ainda está caída, choramingando e convulsionando dentro daqueles aros vermelhos estrelados.

— Meu Alfa exige tratamento justo sob o Tratado Jericho — digo —, conforme assinado pelo governo Terráqueo e o Conselho Interino de Syldra em 2378.

Saedii é tão alta quanto Ty, então quando ele encontra o olhar dela, ambos ficam nariz a nariz.

— Seu Alfa deveria fazer as próprias exigências.

— Eu exijo tratamento justo sob o Tratado de Jericho — Tyler diz, imitando meu sotaque e os padrões de fala perfeitamente. — Conforme assinado pelo governo Terráqueo e o Conselho Interino de Syldr...

— O Conselho Interino de Syldra ardeu em chamas, assim como a própria Syldra — Saedii responde. — Nós não respeitamos seu governo patético, e nem seu tratado patético. — Ela se inclina mais, encarando Ty, olho no olho. — Nós nascemos com as mãos em punho, pequenino. Nós nascemos com o gosto de sangue nas nossas bocas. Nós nascemos para a guerra.

— Imaculados — os guerreiros ao nosso redor dizem, em uníssono. E eles não gritam como os oficiais em um desfile da FDT, não. Não ladram como os típicos capangas de uniforme. Eles murmuram, reverentes, como se a própria palavra fosse uma prece.

Saedii estica a mão elegante. De perto, consigo confirmar que os cotocos dissecados na corrente prateada ao redor do pescoço dela são *com certeza* dedões.

— Seus univridros — diz ela, fria como gelo.

Tyler sustenta o olhar dela e não se mexe. Ainda consigo sentir o chute que ela deu na fábrica de bebês dele ecoando levemente através do nosso código genético compartilhado. Saedii toca a haste do agonizador e, sob nossos pés, Auri arqueia as costas e grita.

— Ela canta com doçura. — O sorriso de Saedii é tão frio quanto a escuridão lá fora. — Consigo ver por que Kaliis decidiu se rebaixar para idolatrar o templo dela.

A coisa-dragão no braço de Saedii gorjeia. Auri grita de novo. A expressão da Templária Imaculada é calma, o rosto lindo e terrível.

— A cada momento que desperdiçam, ela vai cantar mais, pequeninos.

— Ela quer nossos unis — explico.

Tyler olha para mim e assente, e nós abrimos nossas jaquetas para entregá-los. Saedii os joga para outro Syldrathi por perto — um homem alto e esguio com uma cicatriz que corta profundamente sua bochecha e uma corrente de orelhas Syldrathi decepadas pendurada no cinto. Ele os pega e faz uma reverência.

— Onde está meu irmão, Erien? — Saedii pergunta a ele.

— Nossos adeptos os apreenderam, ele e o Betraskano, Templária — o tenente responde. — Estão a bordo da nave, em direção a *Andarael*.

— Seus ferimentos?

— Fui informado de que ele vai se recuperar, Templária.

Saedii assente, tranquila e distante.

— Leve-o à ala médica quando chegar e certifique-se de que suas necessidades sejam atendidas. Leve esta aqui — ela gesticula para Auri — para as celas dos prisioneiros e sedem-na até estar a um fio da morte. Se ela acordar antes de estar sob a posse do Arconte Caersan, eu ficarei aborrecida.

— Sua vontade é meu comando, Templária. — Ele faz uma reverência e olha para mim e Ty. — E estes?

Ela olha para nós, os lábios apertados. A coisa-dragão gorjeia de novo, batendo as asas e lambendo o lóbulo auricular de Saedii com uma língua rosa comprida.

— Não tivemos muito tempo para esportes ultimamente, não é? — diz ela. — Deveríamos dançar sobre sangue para celebrar o retorno de meu irmão. Então, quando o Betraskano chegar...

Ela encontra meu olhar e dá de ombros.

— Jogaremos todos para o drakkan.

• • • • • • • • • • • • • •

Eu não sou fissurada por espaçonaves, mas já estive em várias. Juncos e cruzeiros, caças e exterminadores. Um dos meus namorados tinha o próprio iate estelar e me levou em um cruzeiro de Talmarr IV até Rigel em meu aniversário de dezessete anos. A nave dele tinha o próprio salão de baile, completo com uma orquestra de trinta instrumentos.

(Pieres O'Shae. Ex-namorado #30. Prós: Alto. Rico. Gato. Contras: Língua. Demais. Eca.)

Ainda assim, não me lembro de entrar numa nave com uma *arena* antes.

Fica localizada nas profundezas da nave, uns dez metros abaixo do deque. As paredes são do mesmo metal escuro do resto da *Andarael*, iluminadas por globos escarlates, marcadas com o que parece serem garras. O chão da arena está coberto por milhões de pedras lisas e brilhantes, além de espirais altas e retorcidas de metal afiado e escuro. As arquibancadas são longas e arranjadas em círculos concêntricos, com vista para o fosso lá embaixo.

Marchamos com rifles nas costas, centenas de guerreiros Imaculados tomando seus lugares de acordo com os postos. São homens e mulheres, todos armados, todos lindos, todos usando o mesmo símbolo das três lâminas entrecruzadas do Clã Guerreiro na testa. Possuem a arrogância tradicional "somos melhores do que você" que faz todas as fadinhas serem tão bem-recebidas em festas. Ainda assim, consigo sentir um tremor de antecipação fluindo por eles também. Um desejo por violência e derramamento de sangue que está por vir.

Saedii toma seu lugar em uma sacada, reclinando-se em uma cadeira que lembra um trono, o encosto feito com três lâminas entrecruzadas. Seu mascote fica sentado no ombro, observando tudo com olhos dourados brilhantes. Uma pequena legião de guardas fica próximo a ela como lindas sombras.

Fadinhas nos marcham até a beirada, até uma prancha larga que se ergue um pouco além do fosso. Ouço uma comoção atrás de nós e me viro para ver Finian sendo trazido até onde estamos, rodeado por mais Syldrathi. Ele parece um pouco desgrenhado, mas em geral sem ferimentos. Eu o abraço com força, dando um beijo rápido em sua bochecha.

— Você está bem? — pergunto.

Nosso Mecanismo olha em volta da multidão da arena, vendo o fosso abaixo de nós.

— Fora o fato de que a gente vai ser devorado como entretenimento pra essa gente? É, eu tô cem por cento, Scar.

— *Touché*, Sr. de Seel. — Eu sorrio. — Como está o Kal?

— Ele está bem. — Fin franze a testa, pensativo, como se não tivesse mais tanta certeza disso. — Aquela caixa de cigarrilhas que Adams deu pra ele... o protegeu do tiro. Como se o Adams *soubesse...*

— Como isso é possível? — pergunto, confusa.

Tyler interrompe antes de a especulação poder começar, pulando para a parte mais importante, como sempre.

— Mas você pegou os dados da caixa-preta, né?

Fin assente.

— Está no meu uni. Eles confiscaram, mas eu criptografei as informações do jeito mais difícil que consegui. Vão penar pra decifrar sem apagar tudo.

— Bom trabalho, legionário.

Fin acena a cabeça com o elogio, olhando para o fosso, e engole em seco.

— Então, alguém sabe alguma coisa sobre esse drakkan pra quem vão nos jogar?

Dou de ombros.

— Eu dormi em todas as aulas de xenobiologia.

— Eles não são alérgicos a Betraskanos, por acaso?

— Ali. — Ty aponta para o ombro de Saedii. — *Aquilo* é um drakkan.

— Ah. — Fin franze a testa para o reptiliano pequeno e de escamas escuras enrolado na garganta de Saedii. Ela estica a mão para uma tigela ao seu lado e joga um pedaço de carne para a coisa, que pega no ar com dentes pequenos e pontiagudos.

— *Aaaah* — digo, ficando consideravelmente mais alegre.

As sobrancelhas pálidas de Fin se juntam em uma carranca.

— Hum, eu não sou uma pessoa que julga o desempenho de ninguém pelo tamanho, mas isso aí não é meio... pequeno?

Saedii se põe de pé e estica as mãos para a frente, matando a nossa discussão. Ela olha em volta para os outros Imaculados, irradiando uma vontade imperiosa e sombria, até que os murmúrios de conversa falham, os sussurros param, até que o único som seja o zumbido baixo dos motores e o bater do meu coração.

Quando a arena inteira está perfeitamente imóvel, ela fala em Syldrathi, e eu traduzo baixinho.

— Quem estava perdido foi encontrado — diz ela. — Agradecendo ao Vazio pelo retorno de meu irmão, nós cantaremos a canção da ruína e dançaremos a dança do sangue. Nós banquetearemos com o coração dos inimigos, para que a força deles se torne a nossa.

Ela aponta para o fosso, para uma mulher Syldrathi alta ao lado de um painel de controle na parede embaixo de nós. Os lábios de Saedii se curvam em um pequeno sorriso.

— Libertem o drakkan — diz ela.

A mulher pressiona um botão. O chão no centro da arena se abre e se afasta, repentino e violento, revelando um espaço ainda mais profundo.

E de lá, sai um rugido enorme de estremecer os ossos.

— Aquilo — sussurro — *não* parece pequeno.

Os Imaculados ao nosso redor começam a bater os pés, solenes, todos coordenados, e meu coração desce para o estômago enquanto uma criatura emerge, as garras subindo pela parede. Tem vinte metros de comprimento, reptiliano, sinuoso, preto como a meia-noite, uma versão muito maior e mais feroz do monstrinho no ombro de Saedii. Ele joga a cabeça para trás e uiva, os caninos brilhando na luz escarlate, e eu sinto esse rugido ecoar no meu peito. As garras são tão compridas quanto meu braço. O ferrão na sua cauda tão longo quanto meu corpo inteiro.

— Sopro do Criador, a gente vai morrer — sussurra Finian.

Tyler olha para mim, a mandíbula cerrada, os olhos arregalados, enquanto procura um jeito de sair daqui. É um gênio da estratégia, meu irmãozinho. Por mais que eu goste de atormentá-lo por isso, por mais que sempre fique de zoeira, os planos dele sempre acabam dando certo para nós. E mesmo não sendo religiosa, eu me encontro perigosamente próxima de fazer uma prece ao Criador pedindo para que Tyler tenha uma carta na manga.

Os lábios de Saedii se abrem em câmera lenta, e meu coração para quando ela começa a falar.

— Espere! — ruge Tyler.

O trovão dos pés batendo sossega um pouco. Saedii olha para Tyler e inclina a cabeça, como se ele fosse um cachorro que de repente aprendeu a falar.

— Scar, traduz pra mim — Ty murmura. — Tudo que eu disser. Isso é uma *ordem*.

A voz dele é como ferro, os olhos como gelo e, por um momento, consigo ver tanto do nosso pai nele que me dá vontade de chorar.

— Está bem — digo baixinho.

Tyler se vira para Saedii, os braços abertos. Eu traduzo conforme ele fala.

— Meu nome é Tyler Jones. Eu sou o filho de Jericho Jones!

Um silêncio recai sobre a arena com essa declaração, o nome de nosso pai atravessando os guerreiros como fogo. Como eu disse, eles também se lembram do Grande Homem por aqui.

— Meu pai lutou contra seu povo por anos na guerra! — Tyler grita. — Ele derramou o sangue dos seus guerreiros aos milhares. E o sangue dele percorre as *minhas* veias.

O silêncio é total agora, uma raiva sutil e incandescente refletida em um oceano de olhos cor de violeta. Eles se lembram da derrota que nosso pai liderou em Kireina. A vergonha a qual o clã inteiro foi sujeitado após essa perda.

Ty olha para Saedii, a mandíbula cerrada, os olhos estreitos.

— Eu sou o comandante desse esquadrão. Eu lidero, e eles seguem. Seu *irmão* inclusive. Minha irmã não é uma guerreira. Minha tripulação não é feita de guerreiros. Então, se alguém deve ser jogado lá naquele fosso, sou eu e somente eu. O filho de Jericho Jones não precisa de ajuda para fazer picadinho de um monstrengo.

Eu falho aí, meus olhos encontrando os do meu irmão.

— Ty...

— Você disse que essas pessoas respeitam pessoas destemidas — diz ele baixinho, ainda olhando para Saedii. — Isso é o mais destemido que eu consigo ser. Diga a eles, Scar.

Eu traduzo e observo enquanto os olhos de Saedii se estreitam com as palavras de Ty.

— Eles não — diz ele, apontando para o próprio peito. — Só eu.

A Templária Imaculada se inclina no trono, uma unha preta traçando a linha da sobrancelha. O drakkan bebê enrola a cauda ao redor do seu braço e gorjeia no seu ouvido. Mamãe Drakkan uiva em resposta.

— Se o seu desejo é morrer sozinho, Terráqueo — diz ela —, então eu o concedo.

Saedii acena para os guardas ao nosso redor, e antes que eu possa mesmo protestar, estão nos levando de volta. Eu grito quando os pés voltam a bater, um trovão se construindo com o pulsar nas minhas têmporas. Ty é meu irmãozinho, a única família que ainda tenho. Eu sou a irmã mais velha, eu deveria estar cuidando *dele*.

— Tyler!

O guerreiro Imaculado que continuou com Tyler entrega para ele uma lâmina pequena e ornada do seu cinto. A adaga não tem tamanho nem para cortar um pão proteico, não faço ideia de quão útil pode ser contra uma máquina mortal de vinte metros de comprimento. A guerreira Syldrathi no fosso pressiona os controles, e as portas para o lar do drakkan se fecham novamente. Ela sai correndo do fosso conforme a fera ronda sob nós, seu rugido estremecendo o deque debaixo dos meus pés. Meu estômago revira. Fin estica a mão para apertar a minha. Ty olha para mim e dá uma piscadela.

— Joguem-no — Saedii fala.

O Imaculado ergue a mão, mas Ty já está se mexendo, pulando para dentro do fosso em vez de ser jogado sem equilíbrio e engolido antes que possa reagir. As botas dele esmagam as pedras, e o drakkan ruge.

Suas asas devem ter sido cortadas, porque não voa de fato; em vez disso, pula no ar e desliza para baixo na direção de Ty com a boca cheia de dentes aberta.

Ty não perde um instante, rolando para trás de um afloramento metálico estranho. A criatura colide com o chão onde ele estava um segundo atrás, virando-se na direção dele com um urro de raiva, o pescoço comprido se mexendo como o de uma cobra enquanto ataca. Só que meu irmão já está em movimento de novo, rolando, usando as barricadas para se proteger, desesperadamente escaneando a arena em busca de uma saída.

— Tyler, cuidado! — grito.

Não consigo acreditar que isso está acontecendo. Não parece real; os pés batendo e os uivos estremecedores passando por mim como ondas sombrias terríveis. Ty é rápido, ágil, treinado pelos melhores na academia em combate corpo a corpo. Só que a coisa com a qual ele está lutando nem mesmo tem um corpo do *mesmo tamanho*. A criatura pula no ar novamente, por cima da cobertura de Ty, a cauda pontiaguda batendo na terra quando meu irmão dá uma cambalhota para o lado. Ataca com os braços compridos, arrancando pedaços do metal. E, claro, aparentemente essa coisa corta *metal* com suas garras.

Estilhaços se espalham pelas pedras, uns tão grandes quanto a cabeça de Tyler. O monstro sacode a cauda, acertando Tyler e fazendo-o voar pelo ar, rodopiando pelas pedras brilhantes, e eu grito de novo. Meu irmão se põe de pé, uma das mãos segurando a costela e tropeçando, tentando fugir de outro ataque. Consigo ver que tem sangue na testa dele agora, escorrendo pelos lábios. Consigo ver o tamanho absurdo da desvantagem dele.

Um golpe direto e eu perderei a única família que me resta.

Eu olho para os Syldrathi, o ódio inchando meu peito.

Como eles podem só ficar sentados observando isso?

Na verdade, não há nada de *só* nesse ato. Estão torcendo, animados. Estão observando essa luta mortal na qual só um lado pode ganhar e se deliciando com ela. Qual é a honra nisso?

Como é que isso pode ser justo?

Eu olho para Saedii e juro para mim mesma, no túmulo do meu pai, que se alguma coisa acontecer com o meu irmãozinho...

Eu vou te matar, filha da puta.

Tyler está sem espaço para correr, sem fôlego, sem possibilidade de movimento, porque parece que aquela última rasteira com a cauda o machucou de verdade. O drakkan ataca, cheio de músculos e tendões, rápido como uma serpente. Tyler pula para a frente, desesperado, mergulhando embaixo do arco da mandíbula da coisa, na direção do centro do fosso, deslizando de barriga sobre aquelas pedras lisas e brilhantes.

O drakkan se vira e pula no ar, suas asas estropiadas abertas, meu irmão embaixo dele. Tyler está agarrado no chão, tentando se levantar, erguendo a faquinha em desespero. Estou pensando que talvez Ty tenha feito a manobra embaixo para dar um golpe na barriga por baixo, mas a faca não é nada mais do que um palito de dente.

O drakkan berra em triunfo e desce.

Ty rola no chão e atira a lâmina — não na direção da barriga da fera, como eu pensei, mas através do fosso. Por um segundo, fico pensando que ele perdeu todo o bom senso, que desperdiçou a única arma que tinha, que acabou de assinar sua sentença de morte.

E então vejo a lâmina voando, arqueando, dando voltas no ar — um arremesso perfeito e lindo que a leva diretamente até o painel de controle na parede, que acerta com o cabo.

Ty já está de pé, mergulhando para a frente conforme as portas do lar do drakkan se abrem e se afastam com força. O drakkan uiva quando o chão se abre embaixo dele, contorcendo as asas inúteis, cai de volta na gaiola da qual tinha se esgueirado. A coisa bate no chão com um *whunnnggg, alto* como um trovão, seu berro de raiva ecoando no metal. Meu coração está na garganta, meus olhos arregalados. Mas Tyler já está de pé, correndo desesperadamente, as pequenas pedrinhas voando a cada salto, o braço esticado na direção do controle assim que o monstro emerge do seu lar. É uma corrida: Tyler contra o drakkan, humano contra monstro, apetite feroz contra a vontade desesperada e indomável de sobrevivência.

Tyler vence.

A fera pula, rugindo. As portas se fecham. As extremidades pegam o drakkan nas costelas quando ele se ergue, e os Imaculados estão de pé, alguns até mesmo gritando abismados conforme as portas da gaiola esmagam o torso do drakkan, o sangue espirrando da sua boca enquanto ele se contorce e se revira.

Ty dá uns passos para a frente, arfando, sangrando. Vendo a fera se debater em agonia, arranhando o metal que a está esmagando. O drakkan foi derrotado, mas não está morto, e seus berros fazem meu estômago revirar conforme tenta se desvencilhar, o fedor de sangue preto preenchendo minhas narinas.

Um tiro abrasador queima o ar, um tiro de rifle disruptivo configurado para Matar passando pelo olho do drakkan. A fera se contorce uma última vez e então tomba no chão. A arena inteira está imóvel, legiões de Imaculados chocados e apreensivos. Eu desvio o olhar e vejo Saedii, agora em pé com um rifle disruptivo no quadril. Ela está olhando para o meu irmão, o rosto como uma máscara perfeita e indecifrável.

Meu coração está acelerado, meu estômago cheio de borboletas. Guerreiros respeitam a intrepidez na batalha acima de qualquer outra coisa, mas eu sinceramente não sei o que vai acontecer. Ty acabou de matar o bichinho de estimação dessa escrota maluca, afinal de contas.

Saedii mira o rifle na cabeça de Tyler. Ele olha para ela de baixo, sangrando e desafiador. Um aperto daquele gatilho é tudo de que ela precisa.

— Talvez — diz ela finalmente —, você seja divertido, afinal.

Eu suspiro de alívio, ombros caindo, meu corpo inteiro relaxando. Saedii se vira para seu tenente, acenando com a cabeça na nossa direção.

— Leve-os para o andar de detenção. Prenda-os em segurança máxima.

— Sua vontade é meu comando, Templária — responde ele. — E quanto ao Alfa?

Saedii olha para Tyler, os olhos estreitos.

— Certifique-se de que o alimentem e que seus ferimentos sejam tratados. — Ela aperta os lábios, jogando as tranças para trás dos ombros. — E depois, traga-o para os meus aposentos. Quero interrogá-lo pessoalmente.

O tenente faz uma reverência e os Imaculados se apressam para fazer a vontade de sua mestra. Eu olho para Tyler, no fosso, e não consigo evitar sorrir e sacudir a minha cabeça quando ele ergue a cabeça e me dá uma piscadela, esfregando o sangue da boca com as costas da mão. Então um punhado de lindos Imaculados estão me agarrando, me empurrando na direção das escadas.

Finian está sendo empurrado próximo de mim, parecendo tão desorientado quanto eu. Ainda estamos sob a custódia dos Imaculados, claro. Ainda estamos longe de Auri e Kal e agora de Ty, ainda somos terroristas intergalácticos procurados, ainda sendo arrastados pra sabe o Criador onde, a mando da irmã psicopata de Kal. Ainda estamos na merda, quase até o pescoço.

Só que, de alguma forma, ainda estamos *vivos*.

Somos levados a uma série de corredores escuros, iluminados apenas por faixas de luz vermelho-sangue. Glifos Syldrathi decoram as paredes, uma colisão estranha entre curvas bonitas e linhas com uma atmosfera gótica mórbida. O ruído dos motores é o único som presente.

Nós chegamos a uma área marcada como DETENÇÃO e, sem nenhuma cerimônia, somos empurrados para uma pequena cela. As paredes são pretas, sem adornos. Há um banco em uma das paredes, listras de luz vermelha no chão.

A porta se fecha sem nenhum som. Eu me deixo afundar no banco, os braços embrulhados ao redor do estômago. Meu corpo inteiro treme.

— Scar? — diz Fin.

— Oi? — sussurro.

— Você acha que o Tyler aceitaria uma proposta de casamento num futuro próximo?

Eu solto uma gargalhada, e a gargalhada se transforma em um soluço estrangulado, e eu me aperto ainda mais para conter tudo. Por um minuto, é tudo que posso fazer para impedir de me despedaçar. Só de pensar em quase perder Ty, perder o único vínculo sanguíneo que me resta, é demais.

Fin senta ao meu lado, o ranger suave do exotraje familiar e reconfortante. Ele coloca a mão nos meus ombros, constrangido.

— Ei, está tudo bem — murmura ele. — O Ty está bem.

Eu assinto e fungo alto, tentando afastar as lágrimas. Sei que ele está certo. Sei que preciso ficar com a cabeça no lugar, tenho que fazer com que *nós* possamos nos reunir. Nós estamos espalhados por toda a nave agora: Kal na área médica, Auri presa em algum lugar impossível, Ty sob as garras de Saedii, e...

Eu pisco e olho em volta da cela, e meu estômago se revira horrivelmente quando percebo que tem alguém faltando.

Puta merda...

Eu não consigo lembrar de vê-la na arena. Não consigo acreditar que eu não a vi, mesmo tão quieta como ela é, mesmo no meio do caos da luta. Só que, voltando, minhas sobrancelhas franzindo em concentração, percebo que a última vez que a vi foi a bordo da *Zero*, prestes a desembarcar.

Pergunto na escuridão, minha voz um sussurro:

— Cadê a Zila?

12

ZILA

Os tubos de ventilação na nave de Saedii convocam memórias desagradáveis enquanto engatinho por eles. Meu batimento cardíaco está acelerado, a respiração encurtada. Ambos os fatores reduzem consideravelmente minha eficiência.

Faço uma pausa para compor meus pensamentos, fechando os olhos e focando na sensação dos pulmões lentamente expandindo, e então contraindo, e me acautelo lembrando que não há conexão entre o que aconteceu quando eu tinha seis anos e o que está acontecendo agora. As semelhanças estão limitadas ao fato de que estou me escondendo em um sistema de ventilação e que indivíduos hostis estão, ou logo estarão, me procurando.

E que outros dependem de mim para salvar suas vidas.

Dessa vez, estes outros não são meus pais, mas meus colegas de esquadrão. Todavia, meu esquadrão é... importante para mim. E, é claro, nossa missão é importante.

Desta vez, eu não vou falhar, não importa o que for exigido de mim.

De acordo com a minha análise, ninguém está correndo perigo imediato. Finian e Scarlett estão indubitavelmente desconfortáveis, mas nada além de um incômodo em suas celas de detenção. Aurora está sedada e provavelmente sem consciência sobre a situação em que se encontra. Kal e Tyler estão sendo bem tratados, de acordo com as ordens da Templária.

Com base nisso, decidi recuperar nosso equipamento antes de efetuar o resgate do meu esquadrão. Sou mais ágil sozinha e notei que meus colegas frequentemente conversam durante estes momentos tensos, o que eu considero desnecessário.

É mais fácil ir sozinha.

• • • • • • • • • • • •

Eu tinha seis anos.

Estávamos morando em uma pequena nave de reconhecimento chamada Janeway, *orbitando Gallanosa III. Era um planeta hostil, mas um candidato ideal para mineração. A nave não era grande — eu podia atravessar todo o seu comprimento em aproximadamente nove minutos andando e em três correndo —, mas era o lar de cinco cientistas pesquisadores e eu.*

Eu só tinha seis anos.

• • • • • • • • • • • •

Estou no sistema de sustentação de vida da *Andarael*, um labirinto retorcido de tubos entre os níveis. Olho através de uma grade para sete técnicos Syldrathi, todos tentando hackear o sistema de nossos unividros. A tecnologia da Academia Aurora é de ponta, e estou confiante de que seus esforços serão em vão durante os próximos setenta ou oitenta minutos, dependendo de seu nível de competência.

Isso será o suficiente.

A situação atual aparenta que dois dos técnicos estão se preparando para fazer uma pausa, então me acomodo em meu ponto vantajoso e aguardo. Sua partida aumentará minhas chances.

Paciência.

• • • • • • • • • • • •

Paciência era necessário a bordo da Janeway, *e não era um traço meu. Nós tínhamos uma grande biblioteca digital, uma área comum para recreação, um ringue de exercícios e uma unidade hidropônica. Verdadeiramente, havia pouco para se fazer ali. Eu era uma criança dinâmica, corria pela nave para gastar a energia, subia pelo ringue de exercícios de várias formas que ele não havia sido projetado para suportar e cultivava flores em meu próprio campo pequeno da baía hidropônica.*

Minha mãe era a líder da expedição, com foco em delimitar potenciais locais de mineração. Meu pai era o único oficial ambiental e estava lá para garantir que nada raro fosse afetado pela mineração. Ele tinha bastante tempo livre, dada a natureza do seu trabalho, então também cuidava da minha educação. Ele tinha o dom de fazer com que minhas aulas fossem divertidas e, dada minha inteligência, minha educação foi acelerada sem qualquer acepção de pressão ou dificuldade.

Eu estava terminando o equivalente à minha educação do ensino médio no dia em que os homens chegaram.

● ● ● ● ● ● ● ● ● ● ● ●

Os homens acima de mim estão inclinados sobre a bancada de silício transparente, conversando em murmúrios Syldrathi. Ao lado dos unividros que estão tentando hackear, consigo ver as chaves da *Zero* pelo vidro sobre o qual se inclinam.

Escapar na nossa própria nave seria a opção mais conveniente, já que somos familiarizados com suas instalações, que foram projetadas para acomodar nossas necessidades. Pode ser possível para mim recuperar as chaves me espreitando, mas não considero possível remover os unividros sem chamar alguma atenção.

Eu deixo que meus pensamentos partam para outro plano.

● ● ● ● ● ● ● ● ● ● ● ●

Meus pais haviam explicado para mim que meus planos não eram realistas. Uma criança de seis anos fazendo aulas no nível da faculdade encontraria muitas dificuldades, mesmo que fosse avançada ou socialmente competente. Mesmo ainda criança, eu preferia as ciências, então minha mãe e pai me levaram consigo para Gallanosa III, com a intenção de que eu começasse meu ensino superior quando fosse o tempo correto.

Apesar de compreender, mesmo jovem, que minha inteligência era incomum, eles não queriam que eu me sentisse isolada. Queriam que eu ficasse segura.

Eles fracassaram em ambos os quesitos.

● ● ● ● ● ● ● ● ● ● ● ●

Os dois técnicos Syldrathi mais velhos saem, deixando-me com os outros cinco. Eu engatinho abaixo deles, ao longo da tubulação, na direção do cruzamento no lado mais distante do laboratório.

Considerei minhas opções, fazendo análises estatísticas sobre cada curso de ação, avaliando as informações à minha disposição.

Primeiro passo: os alarmes.

· · · · · · · · · · · · ·

Os alarmes haviam sido acionados há setenta e três minutos, o que não era atípico em nossa localização isolada. A falha em responder nossas comunicações da parte do veículo que se aproximava era mais preocupante, mas talvez estivessem com dificuldades nos comunicadores. Não éramos alvos ideais, tínhamos pouco valor. Nossas dúvidas foram eliminadas quando forçaram a entrada da Janeway *e atiraram na câmara de vácuo.*

Quando isso aconteceu, ficamos muito preocupados.

A nave toda estremeceu quando as travas explodiram. Meu pai me empurrou, a primeira vez que me lembro de ter sido tão bruto, sem contar o nosso jogo de saigo no ringue de exercício, e me lançou cambaleando para o laboratório de Max e Hòa.

— Esconda-se — ele sussurrou quando olhei para trás, espantada.

Eu não compreendi, mas era uma criança obediente, então corri, escolhendo um local entre as caixas de amostras que nós entregaríamos na próxima viagem até a Estação Marney. Eu conseguia observar o que estava acontecendo através da porta.

Minha mãe marchou à frente para confrontar os recém-chegados. Havia três deles, vestidos com trajes tão danificados quanto a nave deles. Eu os reconheci imediatamente, pois já os havia encontrado na semana anterior, quando visitei Marney com meu pai.

Eu consigo me lembrar de minha mãe naquele momento. Ela vestia um macacão azul, e o cabelo estava solto, os cachos pretos, fechados como os meus, esparramados por seus ombros.

Não consigo mais me lembrar do seu rosto.

No entanto, lembro que atiraram sem dizer uma palavra.

· · · · · · · · · · · · ·

Em silêncio, chego ao cruzamento da tubulação e à escotilha da manutenção encaixada na parede. Demora mais tempo do que previ para desabilitar o sistema de segurança sem meu univídro. Não sou especialista em espionagem de dados como Finian.

A trava na caixa de controle é um problema mais corriqueiro, e uso meu canivete para retirar a tampa, que corta meu dedo indicador quando se solta. A dor é uma linha aguda, e fecho os olhos com força, contorcendo meu rosto involuntariamente com o esforço de permanecer quieta.

Meu coração está disposto demais a aceitar uma justificativa para novamente acelerar seu batimento, e eu realizo mais uma tentativa de exercícios de respiração conforme extraio um conjunto de ponto-fácil do meu traje e faço a sutura. Olho para os técnicos Imaculados, mas eles permanecem absortos em seu duelo com as medidas de segurança dos univídros.

Volto para meu trabalho, estudando o painel de manutenção até ter confiança de que o compreendo. Consigo ler os glifos Syldrathi com meu univídro, e há apenas um número limitado para formas que sistemas de sustentação de vida com base em oxigênio podem operar. Porém, eu confiro, e confiro mais uma vez, inteiramente consciente das consequências de falhar. Então começo o trabalho no sistema de filtração, desviando os extratores, e me ajeito enquanto aguardo.

Estimo que os resultados que espero demorarão aproximadamente quinze minutos e meio para serem obtidos. A margem de erro é de três ou quatro segundos.

. . . .

Três ou quatro segundos foi o suficiente para que tudo se desmantelasse. Para o corpo de minha mãe cair ao chão, para a próxima rodada de tiros disruptivos penetrarem o ar.

Nos filmes de ação que eu havia visto — meus pais não os toleravam, mas Miriam deixava que eu os assistisse quando eles não estavam prestando atenção — as pessoas que levavam tiros eram sempre arremessadas para trás. A terceira lei de Newton sobre o princípio de ação e reação proíbe isso, é claro, já que uma bala não tem força para reverter a força de reação de um corpo. Porém, lembro-me de ficar surpresa quando Max tropeçou para a frente depois que os tiros o acertaram, antes de cair ao chão.

Os três outros adultos que restaram, incluindo meu pai, ergueram as mãos em rendição. Eu observei através das caixas, segurando meus gritos. Lembro-me de que meu batimento cardíaco estava acelerado, respiração aflita, minha boca seca.

Eu me lembro de não gostar de me sentir dessa forma.

— Onde está a criança? — cortou o líder do ataque. Era a voz de um homem, com um sotaque forte, talvez vindo de Tempera.

— Que criança? — meu pai perguntou antes que Hòa ou Miriam pudessem responder.

— A sua criança — disse o homem, a voz ficando mais baixa. Havia uma agitação no seu tom, e ele havia pausado para apoiar a mão na beirada do buraco que tinham feito em nossa nave. Eu concluí que ele estava sob o efeito de drogas.

Ele estava inalando uma substância ilegal quando eu o encontrei uma semana atrás. A estação Marney não era respeitável; era possível obter acesso a muitas mercadorias ilegais, e meu pai era um homem pragmático. Depois de termos enviado nossas últimas amostras, tínhamos pegado o elevador de gravidade até os andares mais baixos para que pudéssemos comprar os ingredientes para uma refeição especial para celebrar o aniversário de Hòa.

— Não saia de vista — ele havia me dito.

Segui seu comando, mas um grupo de apostadores participando de um jogo de tintera chamou minha atenção. Eu amava jogos e fiquei na ponta dos pés para observar as cartas sendo entregues; a cada rodada, os jogadores decidiam se aceitariam uma nova carta do crupiê. O objetivo era ter nas mãos cartas que, quando somadas, dariam o total de vinte e quatro.

Era fácil notar quais cartas já haviam sido distribuídas, calcular a probabilidade de receber uma jogada favorável das cartas que restavam e decidir adequadamente.

Na primeira vez que dei o conselho ao homem, em sua escolha, ele riu.

Na segunda vez, ele ouviu.

Na terceira vez, ele me entregou cinquenta créditos e me convidou para jogar.

— Venha ser meu amuleto da sorte — ele tinha dito.

Todos riram, e eu abri um sorriso. Era empolgante ter novos colegas de jogo. A vida na Janeway era tão previsível.

Quando meu pai me buscou quinze minutos depois, eu estava ganhando por mil novecentos e cinquenta créditos. Ele me fez deixá-los na mesa e me escoltou para longe com uma pressa que não compreendi.

Agora o homem estava aqui na nossa nave, requisitando me ver.

— Não há nenhuma criança aqui — disse meu pai.

E então o homem atirou em Hòa. Ele não fez som algum quando morreu. Miriam foi quem cedeu.

— Não atirem! Ela está aqui! Eu vou ajudar a encontrá-la. — Ela se virou para me procurar, a voz tremulando. — Zila? Zila, pode sair!

Eu também não gostei do que senti naquele instante. Raiva, pela amiga que assistia a filmes comigo que me trairia. Desdém, por ela pensar que eu seria estúpida o bastante para obedecer. Medo, por agora saberem que eu estava ali.

— Ela não está aqui — disse meu pai, em uma voz controlada e calma. — Nós a mandamos para a escola.

Percebi que eles logo iriam fazer uma busca e encontrariam minhas coisas. A voz do meu pai esmaeceu a um zumbido suave e familiar conforme eu subia para a tubulação de ar e engatinhava pela nave na direção dos nossos aposentos.

Quando entrei no nosso quarto, eu conseguia sentir o cheiro da minha mãe. O aroma caloroso e ardido do seu perfume, um luxo escandaloso em um posto como o nosso.

Eu só tinha algumas coisas. Coloquei minhas roupas dentro do cesto de roupa suja, e então tirei a roupa de cama e coloquei os lençóis em cima para escondê-los. Esmaguei a reprodução do equipamento de mineração que estava fazendo com meu pai e o coloquei na recicladora.

Ficando nos tubos, esquivei-me dos homens conforme eles vasculhavam a nave a minha procura. Já haviam atirado em três pessoas. Eles me queriam. Logo atirariam no meu pai e iriam embora assim que me encontrassem. Então ele dependia de mim para mantê-lo a salvo.

A lógica impunha isso.

• • • • • • • • • • • • •

A lógica impunha que não demoraria muito mais, mas ainda assim, senti alívio ao atingir a marca dos doze minutos, quando um dos Syldrathi esconde um bocejo. Faço uma nota mental para pesquisar quais variações poderiam ter causado o impacto do gás nele antes dos outros. Monóxido de carbono é mais leve que oxigênio. Talvez ele seja mais alto?

Eu inspeciono os outros quatro técnicos do meu ponto de vantagem. Um deles está visivelmente mais mole, porém os outros três ainda parecem bem. Espero que a composição Syldrathi não seja mais resistente do que eu previ.

• • • • • • • • • • • •

Foi mais difícil do que imaginei manter meu pai a salvo, mas eu obtive sucesso durante um tempo. Era uma nave pequena, mas eu também era pequena e tinha muita experiência em brincar de esconde-esconde. Desta vez, porém, não havia risadinhas abafadas conforme eu escapava dos meus caçadores. Nenhum sorriso secreto quando passavam ao meu lado no esconderijo.

Ocultei meus sentimentos o mais profundamente que pude enquanto subia dos tubos de ventilação até o escritório de minha mãe. Eu me imaginei colocando os sentimentos em uma caixa e fechando a tampa para que não pudessem me distrair.

Engatinhei embaixo da escrivaninha dela, onde seu equipamento de comunicação estava conectado, e arranquei os cabos. O aparelho estava programado para transmitir uma atualização automaticamente a cada três horas. Se não fosse transmitida, alguém viria procurar respostas. Poderiam esperar até que houvéssemos perdido duas atualizações, mas se uma nave da corporação estivesse na área, poderíamos ter sorte.

Duas horas depois, o equipamento fracassou em sua transmissão. Depois de quatro horas, os invasores começaram a discutir. O efeito das drogas estava enfraquecendo, e seu ataque não havia tido sucesso tão facilmente quanto esperavam. Um dos homens argumentava que deveriam desistir e não piorar a situação.

O líder ressaltou que: (a) minha habilidade em calcular probabilidades ainda seria lucrativa a seus empregadores, e (b) eu havia visto seus rostos e poderia testemunhar contra eles.

Porém, depois de mais três horas de busca, eles perderam a paciência. Atiraram em Miriam, apesar de suas súplicas e lágrimas. E então eles apontaram a arma para a cabeça de meu pai.

— Pode sair, Zila — disse o homem. — Não quero atirar no seu papai. Só saia e ele ficará a salvo, amuleto da sorte.

Considerei minha posição. Se eu aparecesse, sabia que iriam atirar nele e me raptar imediatamente. Caso contrário, talvez pudessem escolher continuar a busca por mais algum tempo, prolongando a vida dele para usar contra mim depois. Dando assim à corporação mais tempo para enviar um time para investigar nosso silêncio.

Permaneci na minha posição.

— Ela não está aqui — disse meu pai, resoluto. — Mas se estivesse, eu diria a ela que eu a amo. — Ele olhou para cima, nos tubos de ventilação. Talvez com esperança de que eu estivesse observando tudo. — E que nada disso é culpa dela.

O homem atirou nele.

Então eles saquearam a Janeway e foram embora.

Quando surgi do meu esconderijo, o campo de ionização emergencial da nave estava crepitando em cima do buraco recortado que haviam deixado na lateral da nave, contendo o vácuo.

Lembro-me de pensar que tinha um campo exatamente como este contendo meus sentimentos. Eu não sabia por quanto tempo iria funcionar, mas eu depositei todas as minhas forças para mantê-lo. Pensei que seria melhor continuar sem tê-los.

Por doze anos, eu estive correta.

• • • • • • • • • • • • •

Eu estava correta. Quando atingimos a marca dos dezesseis minutos, todos os cinco Syldrathi estão inconscientes, caídos em cima do balcão de vidro. Cuidadosamente, retiro a grade, me mantendo abaixada conforme subo para a sala. Apesar de meu coração insistir em ressoar alto, o treinamento da Legião Aurora me garantiu que se ficasse próxima ao chão e trabalhasse rapidamente, poderia evitar uma dose perigosa do gás.

— Oi, você!

Eu me sobressalto quando o unividro de Aurora fala do seu lugar no balcão, meu coração agora batendo selvagemente contra minhas costelas.

— Você demorou mesmo pra chegar, hein! — o aparelho apita, sem notar minha aflição. — Eu estava com medo deles me dissecarem!

— Você é uma máquina — digo. — Não pode ter medo.

— Olha, foi um truque maneiro com o gás! Você é bem esperta para uma...

— Fique quieto — eu digo.

— Sabe, você tem sorte que eu gosto tanto de vocês — apita o aparelho. — Constantemente me mandando ficar quieto poderia fazer com que uma máquina de sensibilidade menor começasse a planejar assassinatos brutais por...

— Modo silencioso! — sibilo.

Magalhães enfim consente, ficando mudo. Eu rapidamente pego as chaves e os outros unividros, e então me abasteço com as armas à disposição. Técnicos Guerreiros têm armas mais pesadas do que os cientistas do Comando da Terra Unificada. E sem perder mais tempo, embrulho minha carga em uma de suas mochilas antes de me esgueirar novamente pelos tubos de ventilação.

•••••••••••••

Quando eu saí dos tubos de ventilação, descobri que era pequena demais para mover os corpos, mas os dispus da melhor maneira que consegui. Até mesmo Miriam. Ela estava assustada, eu sabia disso. Foi por isso que ela havia feito aquilo.

Era por isso que era tão importante não sentir nada.

Todos ali haviam agido de acordo com seus sentimentos e estavam mortos por causa disso.

E por minha causa.

Alguém seria enviado para investigar o motivo da falha da transmissão, em algum momento. Obviamente, minha esperança de uma nave da corporação chegar após seis horas e duas falhas na transmissão havia sido otimista — a Janeway *era um recurso pequeno. Em algum momento, eles viriam. Eu só precisaria sobreviver até lá e esperar que os campos de força não fracassassem.*

Demorou mais setenta e seis horas até eu acordar na cama dos meus pais, com vozes acima de mim.

— Grande Criador, como é que ela ainda está viva?

Eu me virei com as costas no colchão para olhar para eles. Cinco adultos vestindo uniformes da corporação.

Eu não senti medo.

Eu não senti alívio.

Eu não senti nada.

•••••••••••••

Eu não estou... sentindo nada enquanto procedo para o próximo estágio de minha missão. Pensando seriamente neste assunto pela primeira vez, percebo que os membros do Esquadrão 312 comprometeram minha integridade emocional. Lentamente, algo que eu fora em criança estava retornando. Ainda não decidi se isso é uma evolução bem-vinda.

Três andares abaixo, encontro a enfermaria, onde Kal está deitado, preso a uma biomaca, sendo atendido por dois médicos Imaculados. Ergo a pistola disruptiva furtada entre as grades do tubo e miro com cuidado. Esperando.

Paciente. Finalmente, ouço o som pelo qual estava aguardando, um anúncio da nave ecoando pelo sistema de comunicação público, avisando a todos que se preparem para a entrada na Dobra. Alto o bastante para esconder o tiro de uma pistola.

BAM!

O meu tiro atinge a primeira médica na nuca. O segundo saca sua arma com uma velocidade espantosa, porém, meu tiro o atinge na garganta, fazendo com que caia no chão ao lado de sua companheira.

Isso foi perto demais.

Eu saio dos tubos de ventilação conforme os anúncios acabam.

— Quem está aí? — Kal pergunta, virando a cabeça.

Eu não desperdiço tempo com palavras, imediatamente começo a trabalhar em suas contenções.

— Zila... — murmura ele.

— Entendo que levou um tiro. Seus ferimentos são sérios?

— Não — responde ele. — Onde está Aurora?

Eu decido que mencionar o uso do agonizador de sua irmã não ajudará no raciocínio lógico de Kal.

— Está nas celas, junto de Finian e Scarlett.

— Precisamos ir buscá-la — insiste ele, sentando-se assim que seus braços ficam livres.

— Concordo. Podemos percorrer nosso caminho através da tubulação.

— Eu não vou caber — Kal protesta.

Estou ciente de que se Finian estivesse aqui, ele faria algum comentário jocoso sobre essa constatação. Limpo a garganta, franzindo o cenho em concentração.

— Eu...

Kal apenas me encara, obviamente impaciente.

Estou descobrindo o valor do alívio cômico.

— Não importa.

Kal consegue desarmar os guardas posicionados do lado de fora da enfermaria ao atacá-los de forma inesperada. Eu formulo a hipótese, mas não a menciono em voz alta, de que ele gasta mais esforços do que é estritamente necessário para subjugá-los. Suspeito que ele, como eu, esteja com dificuldade em manter o nível ideal de compostura.

Outro anúncio ecoa no sistema de comunicação da nave enquanto Kal retira a armadura do primeiro guarda. Nosso Tanque parece manifestamente incomodado por tomar o disfarce de um guerreiro Imaculado, no entanto, agora não é a hora de explorar seus sentimentos sobre este tópico.

Kal retira as restrições magnéticas de sua biomaca e as coloca ao redor dos meus punhos.

— Ande na minha frente — diz ele. — Olhe para baixo. Não diga nada.

Eu assinto e depois de uma rápida verificação para assegurar que estamos prontos para prosseguir, marchamos na direção do corredor. Kal parece conhecer bem os caminhos de uma nave de guerra Syldrathi e me direciona rapidamente para um elevador turbo, me levando para o bloco de detenção abaixo.

— Obrigado, Zila — murmura ele ao meu lado. — Você procedeu bem.

Um calor leve enche meu peito com seu elogio.

Eu não estou... não sentindo nada.

— Você está bem? — eu o ouço perguntar.

Minha voz está estável. Minha expressão, vazia. No entanto...

— Eu estou... agradecida. — Franzo o cenho. — Por poder sair do escuro.

Eu encontro o olhar dele, que não é algo que consiga me lembrar de ter feito anteriormente. Pergunto-me se ele consegue vê-la. Aquela menininha. Engatinhando nos tubos naquela estação silenciosa. Os pedaços que deixou para trás na escuridão. O medo. A dor. A raiva.

Será que ela só deixou aquilo para trás? Ou será que deixou a si mesma para trás com todo o resto?

Será que fez isso porque era mais fácil?

Ou porque era preciso?

E depois de doze anos, o que ela fará agora que, finalmente, verdadeiramente começou a sair de lá?

Eu não estou... não sentindo nada.

Eu não estou não sentindo nada.

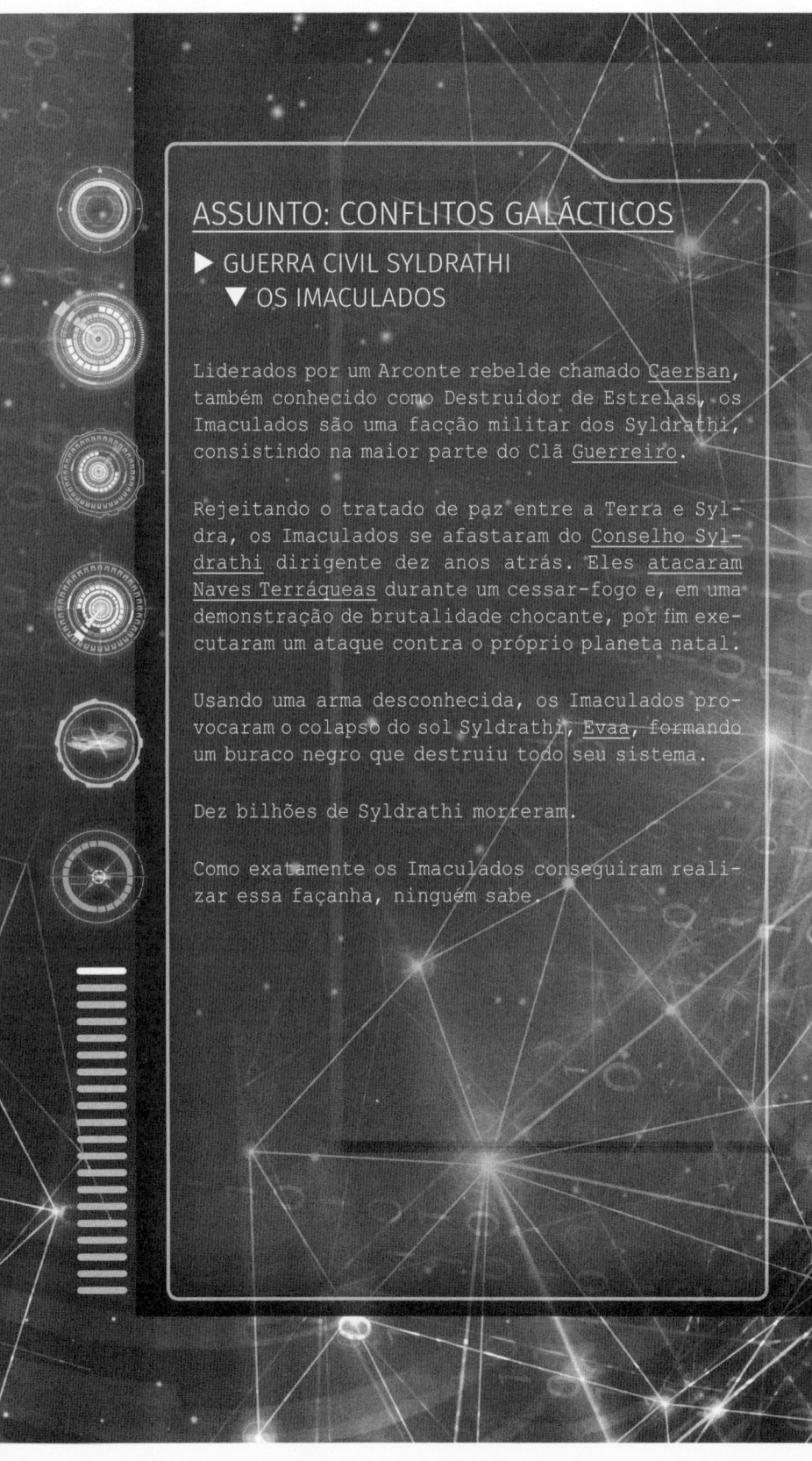

ASSUNTO: CONFLITOS GALÁCTICOS
▶ GUERRA CIVIL SYLDRATHI
　▼ OS IMACULADOS

Liderados por um Arconte rebelde chamado Caersan, também conhecido como Destruidor de Estrelas, os Imaculados são uma facção militar dos Syldrathi, consistindo na maior parte do Clã Guerreiro.

Rejeitando o tratado de paz entre a Terra e Syldra, os Imaculados se afastaram do Conselho Syldrathi dirigente dez anos atrás. Eles atacaram Naves Terráqueas durante um cessar-fogo e, em uma demonstração de brutalidade chocante, por fim executaram um ataque contra o próprio planeta natal.

Usando uma arma desconhecida, os Imaculados provocaram o colapso do sol Syldrathi, Evaa, formando um buraco negro que destruiu todo seu sistema.

Dez bilhões de Syldrathi morreram.

Como exatamente os Imaculados conseguiram realizar essa façanha, ninguém sabe.

13

TYLER

Cuide da sua irmã.

Essas foram as últimas palavras que papai disse para mim. Depois de depositar um beijo na testa de Scar, dizendo que ele voltaria a tempo do nosso aniversário. Depois de se ajoelhar e me envolver no último abraço que ele me daria. Ele tinha ficado em pé, bagunçado meu cabelo daquele jeito que eu odiava e falado comigo do jeito que eu amava. Não como se eu fosse uma criança. Como se eu fosse um homem. Como se ele estivesse dizendo algo importante e que eu era merecedor de ouvi-lo.

Cuide da sua irmã, ele tinha me dito.

Eu cuidei. Sempre.

E ela também cuidou de mim.

Scar e eu éramos inseparáveis quando crianças. Papai falou que nós inventamos nossa própria língua antes mesmo de conseguirmos falar. E apesar de eu não exatamente concordar com minha irmã gêmea se alistar na Legião Aurora — tentei fazê-la desistir, inclusive —, secretamente fiquei contente por Scar estar ao meu lado quando eu assinei meu nome na lista na Estação Nova Gettysburg. Eu teria sentido como se um pedaço de mim tivesse sido arrancado se eu a deixasse para trás. E eu poderia cuidar dela melhor se estivesse por perto. Não há nada que eu não faria para mantê-la segura.

Tipo pular em um fosso com um drakkan adulto?

Parte de mim não consegue acreditar que consegui sair dessa, pra ser sincero. O Tyler Jones que se graduou como melhor aluno na Academia Aurora não teria considerado isso. Ele era um cara que andava sempre na linha.

Regulamentos. Cautela. Análises prudentes antes de cada jogada. Só que, quanto mais tempo passo aqui, no limiar, mais em casa eu me sinto. E considerando os inimigos contra quem estamos jogando?

Às vezes o único jeito de ganhar é quebrar o jogo.

Estou encarando um tabuleiro quadriculado de marcas hexagonais, empilhados até uma altura de seis, espalhados com pedras brancas e pretas. É um tabuleiro dóa de Chelleria — um jogo de estratégia, considerado um dos mais difíceis de aprender na galáxia. Eu sou no máximo um jogador de terceira categoria. O tabuleiro está em uma escrivaninha esculpida em metal escuro nos aposentos externos de Saedii, vibrando suavemente com o zumbido dos motores da *Andarael*.

Olhando em volta do cômodo sob a iluminação fraca e monocromática da Dobra, consigo ver outros jogos. Um conjunto de samett, de Trask. Três lindos tabuleiros de tae-sai, de Syldra, todos esculpidos em madeira das árvores lias. Até mesmo um jogo de xadrez na metade. Esperando por minha anfitriã, sentado em uma cadeira confortável na frente da sua escrivaninha, consigo ver que ela é uma estrategista. Tudo nesses aposentos — os jogos, os livros, até mesmo as artes geométricas simples — me diz que a irmã de Kal é fascinada por estratégia.

Pego uma das peças dóa, minhas costelas e músculos ainda protestando depois do meu encontro com o drakkan, um disco achatado branco marcado por um símbolo triangular preto. Eles fazem o papel dos peões nesse jogo — mais ou menos, no caso. Cordeiros de sacrifício para serem usados para obter vantagem em outro lugar da batalha.

Começo a compreender como eles se sentem.

— Você joga? — uma voz baixa e doce vem de trás de mim.

Eu me viro e vejo Saedii entrando através das portas automáticas duplas, uma bandeja prateada equilibrada em uma das mãos. Seu drakkan de estimação está pendurado no ombro, me observando com olhos dourados brilhantes. Antes de as portas se fecharem sussurrando atrás deles, eu vejo os aposentos internos: decoração simples, uma cama grande, um terminal de computador. Eu me pergunto por um segundo onde ela pendura a pele de suas vítimas.

Ela trocou a armadura por um vestido-uniforme Syldrathi — preto, que acompanha suas curvas, em linhas elegantes, brilhando com adornos prateados e troféus de batalha. Seu cabelo preto esvoaça por seus ombros em sete grossas tranças, exatamente como o de Kal. Ela aproveitou o tempo para retocar a pintura preta que adorna seus lábios e a faixa que emoldura seus olhos. Consigo ver o irmão dela no formato deles, a mesma linha de maçãs do rosto e sobrancelhas. Ela irradia uma aura de comando: fria, cruel, calculista.

— Você joga? — ela repete.

Recoloco a peça de dóa onde a encontrei.

— Tyler Jones — respondo. — Alfa. Legião Aurora, Esquadrão 312.

Saedii anda até a escrivaninha, depositando a bandeja com um jarro de água cristalina e dois copos. Há também uma linda faca de lâmina longa e quatro esferas que reconheço sendo a fruta Syldrathi chamada bae'el.

Sentada na minha frente, Saedii fixa em mim seu olhar violeta, seco.

— É mesmo? — diz ela, falando em Terráqueo perfeito. — Essa é sua aposta de abertura? Nome, ranking, número do esquadrão?

Ela ergue uma sobrancelha preta, então despeja a água em um copo. O drakkan rasteja até as costas da cadeira, gorjeando suavemente sem parar de me encarar. Saedii empurra o copo de cristal até o outro lado da escrivaninha e murmura para seu bicho de estimação.

— Sim, Isha, meu amor, ele também me decepciona — diz ela, os olhos voltando para os meus. — Achei que ele saberia as regras desse jogo.

Estou desesperado de sede depois da minha briga da arena, mas em vez de beber a água, eu sustento o olhar dela, falando baixo, minha voz calma.

— O primeiro passo para uma técnica de interrogatório de sucesso é estabelecer uma conexão — eu digo. — Oferecer ao subjugado uma bondade, um presente como água ou comida ou alívio para a dor. Atenuar o sofrimento vai evidenciar o sofrimento pelo qual já passaram e criar uma afinidade de empatia com você, em contraste com os outros captores. — Eu olho para a água, e então de volta para os olhos dela. — Eu sei *exatamente* as regras desse jogo.

Eu me inclino de volta na cadeira, enlaçando meus dedos no meu colo.

— Tyler Jones. Alfa. Legião Aurora, Esquadrão 312.

Saedii despeja a água em um copo para ela mesma, tomando um pequeno gole.

— Nós, guerreiros, ensinamos nossos adeptos de uma forma um pouco diferente, pequeno Terráqueo — diz ela. — O primeiro passo para uma técnica de interrogatório de sucesso é estabelecer dominância. Reassegure o subjugado, em termos precisos, de que você está sob controle.

Ela pega a faca da bandeja, pressiona a ponta muito delicadamente contra o indicador da outra mão. Como o cabelo, as unhas estão pintadas de preto.

— Comece com uma amputação leve — sugere ela. — Algo pequeno. Mas algo que fará falta.

Ela olha para minha virilha, e então de volta para os meus olhos.

— Uma irmã, talvez.

Meu estômago revira com essa menção, mas mantenho o medo longe do rosto. Fazendo os cálculos mentalmente.

— Como é que você sabe que...

— Eu não sou tola, Tyler Jones, Alfa, Legião Aurora, Esquadrão 312. — Ela enfia a faca em um pedaço da bae'el, e então começa a remover a casca com viradas rápidas da lâmina. — Quanto mais rápido se dissuadir dessa noção, será melhor.

— Você fala Terráqueo muito bem — comento. — Isso posso confirmar.

Ela corta um pedaço da polpa escura da fruta.

— Muito melhor do que o seu Syldrathi.

— Fico surpreso que se deu o trabalho de aprender. Considerando o quanto você claramente nos despreza.

Saedii coloca a fatia entre os lábios, sustentando meu olhar.

— Eu sempre estudo a minha presa.

Ela se inclina para trás e coloca os pés na mesa, empurrando o copo de água na minha direção com o calcanhar de uma bota na altura dos joelhos, com uma biqueira prateada.

— Beba, garoto. Vai precisar da sua força.

Isha grasna, batendo as asas e observando quando finalmente me inclino para a frente para pegar o copo. É de cristal sólido, pesado, e, por um instante, eu considero arremessá-lo na cabeça de Saedii e tentar arrancar a faca dela. A parte mais sensata do meu cérebro me lembra do tanto que apanhei da última vez em que eu e essa garota duelamos. Minha virilha me manda uma transmissão urgente, avisando que eu talvez queira ter filhos um dia.

Bebo a água.

— Você e sua tripulação estavam obtendo dados da frota de sucata da Hefesto — diz Saedii. — Os relatórios mostram que o registro de voo que seu técnico destruiu a bordo da *Totentanz* pertencia a um derelito antigo Terráqueo. A *Hadfield*. Uma nave que partiu do seu mundo há mais de duzentos anos. — Ela corta outra fatia da fruta, pressionando-a contra a língua. — O que deseja com verdades de duzentos anos de idade, pequeno Terráqueo?

— Sou um nerd de história — respondo.

— Conheça o passado — diz ela —, ou sofra com o futuro.

— Exatamente.

— Está mentindo — diz ela, fria e tranquila. — Continue a fazer isso, e eu farei com que sua irmã sofra o mais terrível dos tormentos antes de lançá-la pelo espaço.

— Considerando que você estava disposta a nos tornar alimento para um monstro uma hora atrás, presumo que vá nos matar de qualquer forma. — Eu dou de ombros. — E se essa informação é tão importante pra você, talvez devesse ter *começado* com o interrogatório e só depois seguido com a execução, em vez de fazer o contrário.

— Meu irmão também possui todas essas respostas, pequeno Terráqueo — responde ela calmamente. — Você não é uma parte essencial desta equação.

— Então por que se dar o trabalho de falar comigo?

A faca relampeja. Outra fatia de fruta desaparece entre os lábios pretos de Saedii. Passa bastante tempo antes dela responder.

— Não é sempre que eu vejo um único combatente vencer um drakkan de tamanho adulto. — Ela me examina de cima a baixo, os olhos brilhando. — Eu reconheço seus feitos. E sua linhagem. Jericho Jones era um inimigo digno de respeito.

Um clarão de raiva passa por mim, então. Sinto a mandíbula se apertar, meus dentes cerrando.

— Isso não impediu que seu povo o assassinasse em Orion.

Ela ergue uma sobrancelha perfeitamente esculpida.

— Somos guerreiros, Tyler Jones, não viúvas. Não derrube lágrimas por causa dos princípios de guerra. E enquanto sua nobreza deve ser respeitada, não se deixe enganar por um instante que eu não matarei você *e* sua irmã *e* o seu pequeno aleijado para descobrir o que eu quero.

Eu estremeço com o insulto a Fin, os olhos estreitando. Ela simplesmente sorri com a minha reação. Encontrando o olhar dela, percebo que essa garota é de uma cultura completamente alienígena à minha — uma cultura na qual a força é valorizada, a crueldade encorajada, a fraqueza detestada. Começo a apreciar como deve ter sido difícil para Kal sair desse ciclo, se tornar a pessoa que ele é. Quanto mais tempo passo na presença da irmã dele, fico mais impressionado com o que ele fez. E também a desprezo mais.

Só que enquanto a maioria dos Guerreiros genuinamente pensa desta forma, percebo que Saedii só está tentando me provocar. Pisando nos meus calos. Observando as reações. Tudo que ela fez desde que chegou — a água, as ameaças, falar sobre o meu esquadrão, meu pai — é para tentar determinar que tipo de pessoa eu sou.

Olho para os jogos de estratégia ao redor da sala. Uma dúzia de jogos diferentes de uma dúzia de mundos diferentes. Percebo que todos eles foram envolvidos em conflitos contra os Syldrathi nos últimos cinquenta anos.

Sempre estudo a minha presa.

— Aquela que chamam de Aurora. — Os lábios de Saedii se afastam muito levemente para demonstrar desdém. — A garota que meu querido irmão clama como be'shmai.

— Finalmente chegou no que você queria, então — falo.

A mão dela passa para o cordão de dedos decepados ao redor do pescoço.

— Vocês, homens — suspira ela. — Sempre com tanta pressa.

Isha gorjeia, os olhos dourados brilhando.

— Ela não tem o treinamento e as habilidades de um legionário — continua Saedii. — Quem é ela? De onde veio? Por que viajam com ela?

— Aurora é uma passageira clandestina na nossa nave — respondo. — Ela é da Terra. E seu irmão ficaria chateado se eu a mandasse embora.

— Meias verdades. — Saedii murmura, erguendo a mão para acariciar a drakkan embaixo de seu queixo. — O pequeno Terráqueo acredita que ele é esperto, Isha. Acredita que ele está controlando a situação. Deveríamos matar a irmã primeiro? Ou aquele sapo Betraskano retorcido?

— Te faz se sentir melhor? — pergunto. — Tentar fazer os outros se sentirem pequenos?

— Você *é* pequeno, pequeno Terráqueo — responde ela. — Pequeno e fraco e assustado. Seu próprio governo os nomeou como terroristas. Seu próprio povo os caça como lobos.

— E como o *seu* governo te nomeia? — respondo. — Quer dizer, se vocês não tivessem matado todos eles por ousarem querer paz com a Terra?

— "Paz" é o que um parasita grita quando se rende — diz Saedii, estudando suas unhas. — Misericórdia é o âmbito dos covardes. O Conselho Interino de Syldra estava em liga com nossos inimigos. Eles eram traidores do povo Syldrathi.

— Então você os destruiu junto com seu mundo natal? — questiono, a raiva transparecendo na minha voz. — Junto com dez bilhões de Syldrathi inocentes?

— O povo Syldrathi aceitou o tratado com a Terra, garoto. Eles haviam perdido sua honra. Não mereciam pena, e o Arconte Caersan não demonstrou nenhuma.

Eu estremeço novamente com o nome. Caersan. O Destruidor de Estrelas. O homem que destruiu seu próprio mundo e liderou o ataque em Orion — o ataque no qual perdemos nosso pai.

— O engraçado é que — respondo —, vocês, Imaculados, estão sempre falando de honra. Só que a última vez que olhei, atacar alguém durante uma negociação de paz é tão covarde quanto apunhalar uma pessoa pelas costas. Parece muito pra mim que o seu amado Destruidor de Estrelas é tão honrado quanto uma barata de jardim qualquer.

Os olhos de Saedii relampejam.

— Avisarei apenas uma vez, pequeno Terráqueo. No que diz respeito ao Destruidor de Estrelas, tome cuidado com a sua língua. Ou é melhor que esteja preparado para que eu a entregue para você.

— Ele é um louco — eu cuspo. — E ele...

Eu não a vejo se mexer, só sinto o golpe — a palma da mão contra a ponta do nariz. Sinto algo quebrar, vejo estrelas, sinto o gosto de sangue no fundo da garganta. Caio para trás na cadeira, mas rapidamente me ponho de pé, minhas costelas ainda doloridas da batalha com o drakkan. O mundo está embaçado por lágrimas, e eu só consigo ver o relampejo de uma forma escura antes que duas mãos se depositem nos meus ombros e...

Ai, Criador, de novo não...

...e um joelho colide com minha virilha. As estrelas nos meus olhos começam a ficar inteiramente brancas e, por um momento, não sou nada a não ser a dor, abaixando até ficar de joelhos, caindo no chão, encolhendo até me tornar uma bola de agonia e sofrimento. Tudo que posso fazer é me lembrar de respirar e estou esperando que aquelas botas com pontas prateadas comecem a dançar na minha garganta quando uma voz interrompe através da névoa de dor.

— *Templária. Perdoe minha intrusão.*

As botas nunca vêm. Eu reconheço a voz. É o subordinado de Saedii, a voz dele levemente distorcida pelo sistema de comunicação.

Através das lágrimas, eu olho para cima e vejo Saedii tocar no transmissor no peito do seu uniforme. A voz dela é tranquila, e ela joga uma trança preta para trás do ombro enquanto sorri para mim, completamente serena.

— O que houve, Erien? — pergunta ela.

— *Detectamos várias embarcações em rota de interceptar a* Andarael — relata o tenente. — *Aproximando-se de direções múltiplas.*

— Quem são?

— *Naves primárias Terráqueas. Quatro exterminadores. Dois portas.*

Sopro do Criador. Isso não são apenas "várias embarcações". Isso é uma frota de ataque...

— Ignore-os — responde Saedii. — Os Terráqueos não arriscariam violar a neutralidade ao abordarem uma nave Imaculada. Mantenha o curso para a *Neridaa*.

— *Estão andando em velocidade de ataque, Templária. E estão nos sinalizando.*

Isso faz com que Saedii hesite. O que ela disse é verdade — desde que a guerra civil Syldrathi começou, a Terra está dando seus pulos para evitar se envolver com quaisquer assuntos Syldrathi. É difícil culpá-los, na verdade — o Destruidor de Estrelas não somente destruiu seu próprio mundo natal, mas, de alguma forma, também fez com que o sol Syldrathi sofresse um colapso gravitacional. O buraco negro subsequente devastou todo o sistema Syldra e vários sistemas inabitados próximos.

Ninguém quer ficar trocando farpas com um homem que tem esse tipo de poder.

Só que agora há uma frota Terráquea em rota de nos interceptar?

Andarael em si é uma nave primária — classe-Drakkan, a maior na armada Imaculada —, mas isso não quer dizer que a sua comandante sangue-frio não ficaria ao menos um pouquinho preocupada em enfrentar um ataque Terráqueo deste tamanho.

— Transmissão na tela — diz Saedii.

Pisco para afastar as lágrimas, a dor violenta na minha virilha amainando para um desconforto insistente quando uma parede oscila à vida. Por um momento, há apenas luz branca, queimando fundo nas minhas órbitas. E então o branco se coalesce em uma forma familiar e, conforme eu me forço a tomar uma posição sentada, sinto meu estômago revirar.

Vejo o brasão alado da Força de Defesa Terráquea. A identificação da nave KUSANAGI embaixo dela.

Vejo o uniforme da Agência de Inteligência Global, branco e impecável.

Uma máscara espelhada sem atributos.

— Saudações da Agência de Inteligência Global, Templária. Pode se referir a mim como Princeps.

A voz não tem gênero. É metálica. Sem deixar transparecer quem está debaixo dela. Só que eu conheço o homem, o *monstro*, embaixo desse uniforme primoroso.

O pai de Auri, Zhang Ji.

Ou o que restou dele, ao menos. Ele só era mais um entre as centenas de colonos em Octavia III que foi consumido e assimilado por Ra'haam. Eles estão trabalhando escondidos há mais de dois séculos, infiltrados na AIG e só o Criador sabe quais outros braços do governo Terráqueo. Apagando toda a evidência da existência da colônia em Octavia. Escondendo a existência de vinte e dois mundos onde Ra'haam tem sementes, e preparando o mundo para seu retorno.

O choque de ver Princeps me atinge como outro golpe — a última vez em que o vimos, o havíamos o deixado para trás em Octavia. De repente, eu estou de volta àquele planeta arruinado e condenado. Esporos azuis caindo dos céus. A colônia infestada por vinhas com folhas daquela *coisa* dormindo embaixo de seu manto. Os olhos de Cat, azul-claros e com formato de flores, enchendo-se de lágrimas enquanto ela olhava para mim pela última vez.

Você tem que me deixar ir.

O mundo está embaçando novamente. Afasto a ardência dos meus olhos. Criador, como eu sinto saudades dela...

— O que quer, Terráqueo? — Saedii responde, encarando a figura na tela.

— Templária, é de nosso entendimento que apreendeu diversos cidadãos Terráqueos envolvidos com espionagem a bordo do comboio Hefesto. Os empregados sobreviventes da Hefesto confirmaram a presença de sua nave na batalha.

Por um instante, fico surpreso que os Imaculados deixaram alguém vivo naquele comboio que pudesse dar seu testemunho. Pensando no assunto, porém, suponho que faz sentido deixarem testemunhas para que ajudem a espalhar o terror de seu nome. Não é como se os seguidores do Destruidor de Estrelas tivessem medo de represálias. Ninguém na galáxia é corajoso o suficiente para mexer com eles.

Exceto...

— Quem eu posso ou não ter adquirido não é de sua conta — responde Saedii.

— Esses criminosos são procurados pelo governo Terráqueo por terrorismo intergaláctico — diz Princeps. — O Betraskano Finian de Seel e o Syldrathi Kaliis Idraban Gilwraeth não são nossa preocupação. Apreciaríamos, no entanto, se nossos cidadãos fossem devolvidos para nós.

... eles querem Auri.

Ra'haam. A entidade Gestalt, incubando naqueles vinte e dois planetas no mapa estelar de Auri. Se eles a capturarem, estarão com o Gatilho da arma Eshvaren. Eles terão a única pessoa que pode impedir esses planetas de florescerem e espalharem os esporos de Ra'haam através da galáxia. Estou tentando ter fôlego para protestar, para avisar a Saedii que ela não pode considerar nos entregar, para dar uma dica de qual é a nossa situação aqui.

É claro que eu não precisava me dar ao trabalho.

— Eu sou uma Templária dos Imaculados — ela anuncia, imperiosa. — Guerreira por nascimento e aptidão. Quaisquer prisioneiros que possa ter ou não a bordo da minha nave são de *minha* preocupação. E *você* está perigosamente perto de se intrometer em assuntos Syldrathi. Recomendo que sua frota se retire.

Ela se inclina para a frente na escrivaninha e lança um olhar escaldante.

— Antes que se tornem alvos da ira do Destruidor de Estrelas.

E aí está. A melhor carta na manga para sair livre de qualquer uma. Ninguém mexe com o Arconte Caersan. Ninguém quer que um cara capaz de destruir sistemas solares fique bravo com eles. É só uma política de bom senso.

Mas aparentemente, Ra'haam não se importa muito com bom senso.

Princeps olha para alguém fora de vista na tela.

— Alertem a frota. Todas as naves, armas apontadas para a nave Syldrathi *Andarael*. Caças, prontos para lançamento.

Demora um instante para Princeps receber uma resposta. Eu estou chutando que até mesmo no calor do momento, quem quer que tenha recebido essa ordem entende *precisamente* o quão monumental isso é. A Terra não se envolve com assuntos Syldrathi. Ela *certamente* não abre fogo contra uma nave da frota Imaculada pertencente a um dos acólitos fiéis de Caersan. Se isso der ruim, se essas naves engajarem...

... isso significa guerra.

Por fim, ouvimos uma resposta longe.

— *Sim, senhor*.

Um pequeno alerta apita um instante depois, ecoando pelo sistema de comunicação da *Andarael*. A voz do tenente ecoa no comunicador. Ele fala em Syldrathi, mas eu conheço o idioma bem o suficiente para entender o recado.

Os Terráqueos conseguiram apontar suas armas.

As baías dos caças se abriram.

E pela primeira vez, vejo uma pequena rachadura aparecer na armadura da minha anfitriã. Ela esconde rapidamente, mas estava ali. Uma pequena indicação atrás dos seus olhos.

Incerteza.

Ainda assim, ela bufa, olhando para Princeps em sua máscara espelhada vazia, a arrogância Syldrathi tradicional aparecendo como uma máscara própria.

— Está blefando, Terráqueo.

— Estou? — Princeps responde.

A transmissão acaba em tela preta. Outro aviso vem do tenente de Saedii, e ela responde, ordenando que as armas estejam a postos, que seus caças estejam prontos para o lançamento. Estamos a cerca de trinta segundos de uma batalha em grande escala aqui. A primeira vez que naves de guerra Syldrathi e Terráqueas abrem fogo umas contra as outras desde o Tratado Jericho de 2378, o pacto que oficialmente encerrou a guerra entre nossos dois mundos dois anos atrás.

E é aí que eu vejo. Como um quebra-cabeça colocado na minha frente. Como um jogo de xadrez, uma dúzia de jogadas na frente. Sei o que está acontecendo aqui e aonde nos levará. E eu sei, com uma certeza horrível, que só há duas maneiras para esse cenário terminar. Ou Saedii volta atrás e entrega Auri, o que nunca vai acontecer. Ou os Terráqueos e os Syldrathi entram em guerra novamente.

Só que Ra'haam ganha de qualquer forma.

Porque, se a Terra entrar em guerra com os Imaculados, os nossos aliados, os Betraskanos, também entram. Isso significa que a Legião Aurora será envolvida de repente. O conflito resultante poderia acabar abarcando todas as espécies sencientes na galáxia. E no meio desse caos, dessa carnificina, dessa *distração*, Ra'haam seria deixado sozinho para gestar. Até estar pronto para eclodir, irrompendo sementes de seus mundos através dos Portões da Dobra.

Florescer e eclodir.

Então, terá a galáxia.

— Saedii — arfo, minha virilha ainda ardendo. — Não faça isso.

— Silêncio — diz ela, nem sequer olhando para mim.

Os olhos dela estão na tela de estratégia, agora brilhando onde a tela com a imagem do Princeps ficava. Eu consigo ver as naves Terráqueas que se aproximam, dois portas carregados com caças, quatro exterminadores armados até os dentes.

— Eles querem que você atire primeiro — digo, desesperado. — Eles *querem* que seja você a dar o primeiro golpe. Se você abrir fogo naquela frota, vai destruir a neutralidade entre Syldrathi e Terráqueos, você entendeu? Significa que estaremos em *guerra*.

Ela me olha com seu olhar gélido.

— Nós somos Guerreiros, pequeno Terráqueo — diz ela simplesmente. — Nós *nascemos* para a guerra.

Ela pressiona o transmissor em seu peito, e meu coração afunda.

— Erien, notifique a *Neridaa* que estamos engajando com forças Terráqueas hostis.

— *Imediatamente, Templária.*

— As armas estão prontas?

— *Aguardando suas ordens, Templária.*

— Saedii, não!

Os olhos dela se estreitam.

Os lábios se comprimem.

— Aniquile-os — diz ela.

14

KAL

A *Andarael* é uma nave primária, tripulada por mais de mil adeptos, paladinos, infantaria e funcionários de apoio. Portanto, é bastante fácil nos esquivar de qualquer atenção enquanto marchamos na direção do bloco de detenção. Zila anda na minha frente, seguindo o fluxo, as restrições magnéticas encaixadas, porém abertas, ao redor de seus pulsos. Recebemos alguns olhares, nada mais. No entanto, parte de mim sabe que esse subterfúgio não durará.

Meu peito está coberto por um hematoma escuro do tiro da pistola disruptiva que levei a bordo da *Totentanz*. Minhas costelas ardem como fogo-fátuo. A caixa de cigarros que Adams me deu recebeu a pior parte do tiro, mas os Imaculados tiraram meu presente enquanto estava inconsciente, e agora não tenho ideia de onde pode estar. Suponho que eu nunca saberei o que havia lá dentro. Não importa o que fosse, sei que salvou minha vida. Sei que somos parte de um grande mistério aqui, planejado há décadas ou até mesmo séculos.

O que não consigo começar a imaginar é como tudo isso acabará.

Zila me informou que Tyler foi levado aos aposentos de Saedii para ser interrogado, e recuperá-lo significa entrar em confronto direto com minha irmã. Machucado como estou, já será difícil tirar o resto dos membros do meu esquadrão do bloco de detenção, mesmo sem me infiltrar no centro de comando e controle para resgatar meu Alfa.

Minha irmã sempre foi cruel, mesmo quando éramos crianças. Nossa mãe abominava, mas nosso pai encorajava tal comportamento. Imagino a tortura a qual está submetendo Tyler. Mas então afasto as preocupações com Tyler de minha mente.

Primeiro, por último e sempre, eu preciso ver Aurora.

Chegamos ao bloco de detenção e eu imediatamente noto que algo está errado — as celas estão superlotadas. É incomum que os Imaculados façam prisioneiros. Mesmo nas maiores naves, as instalações de detenção são pequenas e geralmente em desuso. Porém, através das paredes transparentes, do campo estático, consigo ver centenas de silhuetas. Syldrathi, todos eles. Estão magros e deploráveis, e meu estômago embrulha quando noto que cada um deles carrega um glifo idêntico em suas testas. Um olho chorando cinco lágrimas. O mesmo glifo de minha mãe.

Por que, em nome do Vazio, Saedii está capturando Andarilhos?

Não há mais tempo para perguntas. O adepto que administra o bloco de detenção olha para Zila com certa perplexidade, voltando seus olhos frios para mim. Sua escrivaninha é circular como o resto do setor ao nosso redor. Ele é apenas um ou dois anos mais velho do que eu, mas os troféus em sua armadura me informam que ele não é um novato.

— O que você quer aqui, adepto? — ele me pergunta.

Olho em volta, o coração apertado. Planejava blefar para obter minha entrada, derrotar alguns guardas, surpreendendo-os, mas há uma dúzia de sentinelas. Armadura pesada. Armados até os dentes. Todos guerreiros e assassinos. Vejo quatro deles agrupados em frente da mesma cela, e meu coração dá um sobressalto quando vejo Aurora deitada em um banco sozinha. Ela está inconsciente. Amarrada, amordaçada e vendada. Um adesivo cutâneo no pulso distribui um fluxo constante de sedativos para o seu sistema nervoso.

Parece que minha irmã está levando o transporte de minha be'shmai bastante a sério.

Mas por que Saedii a quer?

E por que todos esses Andarilhos estão aqui?

Na cela ao lado de Aurora, vejo Scarlett e Finian, desolados e silenciosos no banco. Eles foram separados dos Syldrathi aprisionados e estão sentados um com o outro. Scarlett me vê, ficando tensa. Uma raiva leve cresce dentro de mim ao ver meus amigos tratados dessa forma.

Estou fazendo cálculos desesperados na minha cabeça. Há treze adeptos aqui. Consigo sentir o Inimigo Oculto rondando em círculos atrás de meus olhos. Eu lutei contra ele desde que deixei tudo isso para trás: a parte de mim que se delicia com carnificina e sofrimento. Para tentar me tornar algo além do que fui criado para ser.

I'na Sai'nuit.

Só que ele consegue sentir a tensão crescente nos meus músculos agora, sacudindo as grades de sua gaiola, retorcendo minhas mãos cada vez mais para que se tornem punhos.

Acabe com eles, Kaliis, sussurra ele.

Mate-os.

Mas sob minha armadura eu já estou machucado. E mesmo em meus melhores dias, nunca fui capaz derrotar tantos assim. Eu afasto o Inimigo.

— Adepto — o carcereiro repete. — O que você quer aqui?

— Entrega de prisioneiro — eu explico, dando um aceno de cabeça na direção de Zila. — Nós capturamos esta aqui se esgueirando pelos tubos de ventilação.

O carcereiro pisca, surpreso com a presença de Zila.

— Não fui notificado.

Dou de ombros, friamente. Minhas costelas suspiram em protesto.

— Se preferir, posso soltá-la de novo no sistema de ventilação?

O adepto encontra meu olhar, o desafio claro. Eu o sustento. Destemido. Impassível. Esse é a maneira dos Guerreiros. Sempre testando. Os mais fortes sobrevivem. Os fracos perecem. A fraqueza não tem lugar entre aqueles nascidos para a guerra.

Finalmente, ele aponta o local.

— Coloque-a junto com os outros vermes Terráqueos.

Eu concordo com a cabeça. Zila e eu marchamos até a área de detenção, minhas botas ecoando no metal. Um dos sentinelas do lado de fora da cela de Scarlett e Finian desativa o campo estático brilhante, destravando a porta. Zila dá um passo para dentro, a cabeça pendendo. Scarlett dá um abraço rápido nela, e ela fica tensa, mas não se afasta.

— Seu miserável — Scarlett cospe em mim, ajudando o disfarce. — Tomara que você apodreça.

— Silencie sua língua, escória Terráquea — respondo em Syldrathi.

— Qual é o seu nome, adepto? — Uma voz surge por detrás de mim.

Eu me viro lentamente, olhando para o carcereiro. Ele está olhando para o número de identificação marcado na minha armadura roubada, consultando o terminal de computador na estação dele. Em uma tripulação grande assim, em uma nave desse tamanho, é possível que as pessoas sejam apenas meros conhecidos, mas um completo desconhecido é improvável. E como eu disse, esses Imaculados não são tolos.

— Meu nome? — repito, a mão deslizando para o rifle disruptivo no meu ombro.

— De acordo com o registro de tarefas, você deveria estar posicionado na ala inf...

— Alerta vermelho — aparece a chamada repentina. — Alerta vermelho. Naves da Força de Defesa Terráquea estão em rota de interceptação. Toda a tripulação, em postos de batalha.

Eu pisco quando o anúncio é feito no sistema de comunicação, conforme a luz se transforma em um tom mais profundo de cinza e os Syldrathi na sala trocam olhares espantados.

Terráqueos?

Atacando a Andarael?

O alarme continua a soar. O som dos motores fica mais intenso, mas eu consigo decifrar a expressão nos rostos dos Imaculados ao meu redor, refletindo meu próprio espanto. Isso é impossível. Nenhuma frota da FDT ousaria atacar uma nave Imaculada. Isso causaria um...

— Alerta vermelho. Terráqueos com armas apontadas. Caças se aproximam. Toda a tripulação, a postos de batalha imediatamente. Isso não é uma simulação.

Apesar da confusão, a tripulação de Saedii é bem treinada. As sentinelas agem prontamente, alguns falando em unidades de comunicação, outros sacando suas armas. Dois marcham direto para as baías de carga. Vários dos outros se juntam ao redor da mesa do carcereiro, observando com incredulidade as telas. Consigo ver seis naves terráqueas se aproximando da nossa posição. Quatro exterminadores. Dois portas pesados, lotados de caças.

Uma força desse tamanho poderia lutar com uma nave tão imponente quanto a *Andarael*.

Se ousarem atacá-la...

Pode ser que a derrotem.

Do canto do olho, vejo Zila passar um univídro de dentro da manga para Finian. Nosso Mecanismo dá as costas para a porta, passando despercebido durante o clamor repentino, e trabalha furiosamente na tela pequena e brilhante.

Vejo a mão de Zila deslizando embaixo da túnica para pegar sua pistola disruptiva escondida.

Eu me aproximo do sentinela mais próximo.

— Alerta vermelho — informa o alto-falante. — Alerta vermelho. Mísseis a caminho. Chamarizes engajados. Caças, preparar para decolagem.

Finian encontra meu olhar e assente. A *Andarael* se move embaixo de nós conforme o comando engaja em manobras evasivas. Ouço o trovão de seus motores, o baque opaco *tãntãntãn* conforme os canhões pulsadores se abrem. O Inimigo Oculto surge na prisão de minhas costelas, afoito por carnificina. Ele quer estar do lado de fora com seus irmãos e irmãs, passando pelo preto e rubro, deliciando-se com o gosto de sal e fumaça, dançando a dança de sangue.

Mas podemos dançar por aqui bem o suficiente.

Eu viro o rifle disruptivo e atiro quatro vezes na cabeça dos sentinelas mais próximos de mim.

Os dedos de Finian são um borrão no unividro, e o campo estático ao redor da cela deles enfim se desliga.

Zila irrompe pela porta, atirando rapidamente e derrubando outro sentinela com um tiro na medula.

Eu atiro meu rifle para Scarlett, desembainhando as lâminas das minhas costas. Ela pega a arma, e o ar é preenchido por tiros disruptivos: as explosões aleatórias de Scarlett, o pulsar mais refinado de Zila.

Os adeptos são pegos de surpresa, alguns pulando para obterem cobertura, outros se virando para mim. Então estou rodopiando, cortando, balançando, o deque estremecendo abaixo de mim, conforme os alarmes continuam a ressoar, enquanto a coisa que eu não quero ser ruge até emergir. Consigo sentir a mão de meu pai em meu braço, guiando meus golpes quando ele treina Saedii e a mim nos dias antes da minha família ser destruída, antes de nosso mundo se extinguir.

Outro guerreiro cai pelas minhas lâminas. Sinto o gosto de sangue na língua. Um tiro da disruptiva me atinge no ombro, e uma das minhas lâminas voa da minha mão aberta. Um tiro de Zila impede que outro seja dado, e eu continuo atacando, apesar da minha dor, cortando a garganta de meu inimigo, uma cachoeira de escuridão líquida pintando o teto, as paredes, minhas mãos e meu rosto.

Mostre quem você é, Kaliis.

Mostre o que você é.

Ali, eu não sou nada. Nenhum pensamento. Apenas gestos. Perdido no momento, na melodia, na hipnose, na dança estonteante do sangue. E quando a música repentinamente para, quando um impacto de estremecer os ossos atinge o casco da *Andarael* e me arranca do transe, eu olho ao redor e vejo o que fiz.

Nove corpos. Nove homens e mulheres, que estavam vivos e respirando, e agora são nada mais do que cadáveres esfriando. Sinto felicidade. Repulsa. Sinto o pulsar constante nos meus ouvidos e o aroma do sangue nas minhas mãos.

Isso é quem você é, Kaliis, o Inimigo Oculto sussurra.
Você nasceu para a guerra.
I'na Sai'nuit.

O Inimigo recua e a *Andarael* estremece, o impacto pesado ecoando pelo casco enquanto os alarmes continuam gritando. Olho para Scarlett se levantando do chão, para Finian com dificuldade de se erguer de onde caiu. Consigo ver o horror em seus olhos para a carnificina que eu criei. Zila é mais pragmática, mas, ainda assim, consigo sentir uma sombra passar por ela enquanto inspeciona o chão úmido de sangue, os corpos. Consigo sentir o medo deles. Medo do que eu sou e do que faço, mas nada disso importa de verdade.

Porque é tudo por ela.
Aurora.

Pego a chave de um sentinela caído, desativando o campo estático ao redor de sua cela. Ela está linda como sempre, os olhos fechados pelo sono, mechas pretas e brancas emoldurando suas pálpebras trêmulas.

Enquanto destravo suas algemas, Zila entra na cela ao meu lado. Ela faz uma leitura rápida com o unividro, arrancando o adesivo cutâneo no pulso de minha be'shmai. Retirando os suprimentos médicos que roubou da enfermaria, ela pressiona um tubo aero-hipodérmico na garganta de Aurora.

— Ela está completamente sedada — relata Zila. — Deve demorar algum tempo até que…

— Eu a carregarei — digo, pegando-a em meus braços. — Nós precisamos nos mexer.

— Seu ombro — protesta Zila. — Você está f…

— Estou bem — eu digo, saindo da cela. — Precisamos ir. Agora.

— Qual é o plano? — pergunta Scarlett.

Outro impacto estremece a *Andarael*, e mais outro. Eu olho para o terminal do carcereiro, vejo as imagens da Dobra do lado de fora. A paisagem é preta e branca, mas as águas ainda assim são vermelhas. Três dos exterminadores Terráqueos foram incinerados, e um dos seus portas foi incapacitado. Os Imaculados estão lutando sem temor. Brilhantemente. Ainda assim, a batalha não está indo bem para a *Andarael*. O vazio contém um enxame de caças, os mustangues Terráqueos de focinho achatado e forma atarracada, e as silhuetas como lâminas dos corvetes Syldrathi, passando de um lado para o outro na tempestade de fogo crescente. A grade de defesa da *Andarael* foi derrubada; mísseis agora atingem o seu casco. Outro impacto nos faz desequilibrar, faíscas saindo dos instrumentos, os alarmes berrando.

— Cápsulas de violação em rota do porta Terráqueo — informa o alto-falante. — Toda a tripulação, preparar para combater invasores.

— Estão vindo atrás de Aurora… — murmuro.

— Quem é você? — alguém pergunta atrás de mim.

Eu me viro e vejo um Andarilho alto me encarando de uma das celas, rodeado por compatriotas magros e definhados. O prata do seu cabelo se esvaiu com a idade, marcas finas esculpidas na pele ao redor de sua boca. Ele é um ancião, talvez carregue duzentos anos atrás de seus olhos. Teria vivido a glória antes da nossa queda. Antes da ascensão do Destruidor de Estrelas. Antes de abandonarmos a honra e começarmos a aniquilar uns aos outros como talaenis famintos brigando por sobras.

Ele olha para o glifo Guerreiro na minha testa, para a carnificina que criei entre os Imaculados, claramente confuso. Consigo sentir a mente dele roçando a superfície da minha, tentando decifrar o meu enigma.

— Não sou de nenhuma importância — respondo.

Virando-me para Finian, eu gesticulo para os corpos mortos.

— Arrume uma arma, Finian de Seel. Precisamos ir.

Scarlett franze o cenho, olhando para os Andarilhos encarcerados.

— Você não pode só deixar essas pessoas aqui.

— Nós não poderemos levá-los conosco — digo, marchando pelo bloco. — Não há espaço a bordo da *Zero*. E não há tempo para discutirmos. Venham.

Zila assente, já perto da saída, um rifle disruptivo nos braços.

— Seria um atraso incalculável. E uma fuga em massa chamaria atenção para a nossa.

— Eles podem criar uma distração — responde Scarlett, olhando para a cela mais próxima. — Podem ajudar. Nós não podemos só *abandonar* essas pessoas. Não conseguem sentir a dor deles?

Uma pequena ruga marca a testa de Zila, e ela se vira para olhar para nossa Frente.

— Scarlett, nosso único e mais importante objetivo é ajudar Aurora a impedir que os planetas Ra'haam eclodam através da Via Láctea. Qualquer preço que nós ou quaisquer outros paguemos pelo sucesso dessa missão é um preço aceitável.

— Cada segundo passado discutindo é outro perdido — digo, meu desespero crescendo.

— A gente tem um tempinho? — Finian diz. — Zila já pegou os dados da Hefesto e nossos univídros de volta.

— Estou com todos eles aqui — Zila diz, apalpando o bolso.

— Sim, estou aqui, estou aqui, ninguém entre em pânico! — diz uma voz baixa e abafada.

— Modo silencioso — diz Zila.

— Nós precisamos resgatar seu irmão e sair dessa nave, Scarlett — digo.

— Meu *irmão* seria o primeiro a tirar essas pessoas daqui — diz Scarlett. — Não se atreva a usá-lo como desculpa para abandonar todo mundo.

Ela marcha pela sala e começa a vasculhar o uniforme do carcereiro morto. Outro tiro estremece a *Andarael*. Em meus braços, Aurora franze o cenho enquanto dorme. A ferida em meu ombro é uma agonia lenta e sangrenta. As luzes estão piscando de branco a cinza, os alarmes praticamente ensurdecedores.

— Violação nos deques 17 e 12 — anuncia o alto-falante. — Segurança e toda tripulação disponível nos deques 17 e 12.

— Scarlett, nós não temos tempo para isso — diz Zila.

A nave estremece novamente e Scarlett enfim recupera a chave. Eu consigo sentir agora o cheiro de fumaça, de combustível e de queimado. Meu coração está disparado, meu estômago revirando enquanto ela vai de uma cela a outra, passando por toda a sala e libertando um mar de Andarilhos confusos e desesperados que inundam o bloco. *Andarael* salta como uma coisa selvagem sob nossos pés.

Aurora abre os olhos em meus braços.

— Kal? — sussurra ela.

— Tudo está bem, be'shmai — digo, e naquele momento, apesar de tudo, é verdade.

— Filho duma égua — ela grunhe. — Sinto como se alguém tivesse me mastigado e cuspido pra fora. Essa sua irmã, hein... — Ela pisca com força, olhando para nós em meio à fumaça, aos corpos, aos Andarilhos que fogem.

— O q-que está acontecendo?

— Estamos indo embora. Consegue andar?

— Scar, *vamos logo* — implora Finian.

Ajudando Aurora a ficar em pé, eu grito:

— Scarlett, nós precisamos ir!

Scarlett desliga o campo de punição e abre a cela final. O ancião e seus companheiros tropeçam para sua liberdade caótica e barulhenta.

— Gratidão, jovem Terráquea — diz ele.

— É melhor vocês irem para as baías de lançamento — diz ela. — Saiam logo daqui.

Ele a estuda por um momento e então assente profundamente, com os olhos fechados, entrelaçando os dedos das mãos. Tratando nossa Frente com a marca de respeito que em geral reservaria para outro Andarilho.

— Se pudermos retribuir nossa dívida — diz ele, decoroso em meio ao caos —, você nos encontrará na Estação Tiernan. Eu sou o Ancião Raliin Kendare Aminath.

Scarlett toma seu tempo para oferecer uma reverência cortês em retribuição, apesar de até mesmo ela agora estar tomada pela necessidade urgente de fugir.

Os Andarilhos juntam algumas armas e fazem sua fuga, através da fumaça e carnificina. A nave balança sob nós, e as luzes estremecem e morrem, deixando-nos em uma escuridão repentina. Seguro Aurora com força contra o meu peito, apesar da dor.

— Violação no deque 4 — informa o alto-falante. — Segurança para o comando e controle. Toda tripulação, equipar trajes para a eventualidade de perda de atmosfera.

As luzes de emergência se acendem, e nós cinco nos encaramos na penumbra.

— Essa violação fica perto dos aposentos de Saedii — digo. — Tyler deve estar lá.

— Já desperdiçamos tempo demais para uma tentativa de resgate — diz Zila simplesmente. — Precisamos chegar à baía de atracagem. Com a tecnologia de encobrimento da *Zero* e o caos se desdobrando lá fora, nós poderemos escapar sem sermos detectados.

— Mas… — Finian olha entre nós. — A gente não pode deixar o Tyler!

— Não podemos arriscar deixar Aurora próxima dos grupos de invasão — diz Zila. — Ela é tudo que importa aqui.

Ainda cansada pelas drogas, Aurora sacode a cabeça, procurando foco. Os segundos se passam, todos nós em silêncio. Percebo repentinamente o quão importante Tyler é para o nosso esquadrão. Sem ele, ficamos sem um líder, ninguém tomará uma decisão de último segundo, uma que seja difícil; ninguém está pronto para encarar a responsabilidade dolorosa de colocar outras pessoas em perigo.

— Auri — diz Fin. — Dá pra usar... quer dizer, seu poder ou sei lá?

Os olhos dela se arregalam. Consigo ver a memória da *Hadfield* brilhando neles. A perda de controle na seção de criogenia, o caos e a destruição que ela causou. Ela poderia ter nos matado. Sabemos disso. Ela sabe disso. E os olhos dela estão iluminados pelo medo do que pode acontecer se ela perder o controle novamente.

— Eu...

Auri olha para mim, a angústia no olhar.

— Eu não acho que posso...

— Está tudo bem, be'shmai — digo, beijando a testa dela.

— Não quero machucar ninguém, eu...

— Leve Auri até a *Zero* — interrompe Scarlett, olhando para mim. — Zila está certa. Não podemos arriscar que ela seja capturada pela FDT. Se eu não estiver lá com vocês dentro de dez minutos, saiam atirando daquela plataforma e não olhem para trás.

— Aonde você vai? — exige Fin.

Scarlett anda até um armário de suprimentos emergenciais perto do console do carcereiro, pegando uma máscara respiradora. Erguendo o rifle disruptivo que entreguei para ela, ela checa a bateria.

— Eu vou atrás do Ty.

— Scarlett, isso não é inteligente — diz Zila.

— Os corredores estarão cheios de adeptos e tropas de invasão da FDT — eu digo.

Ela sustenta meu olhar. Fogo ilumina o dela.

— Ele é meu *irmão,* Kal.

Novamente sou atingido pelo elo entre os gêmeos Jones. Em como o laço entre eles é profundo em comparação com aquele que compartilho com Saedii.

Eu me lembro de termos sido próximos outrora. Quando éramos crianças em Syldra, quando nossos pais ainda amavam um ao outro, nós dois éramos inseparáveis. Agora, o sangue entre nós é mais como água. A memória de nossa mãe, nosso pai como um espectro entre nós. Se eu estivesse em perigo, sei que ela me deixaria para apodrecer, e parte de mim dói com isso, mais profundamente do que a ferida em meu ombro, do que os hematomas na costela, do que a certeza de que eu não posso acompanhar Scarlett em sua busca. De que eu não posso permitir que Aurora corra perigo.

— Scarlett — sussurra Aurora, lágrimas impotentes em seus olhos. — Eu sinto muito... Eu...

— Eu sei. — Ela assente. — Só vão.

Finian pega um respirador e joga o rifle roubado no ombro.

— Bom, eu vou com você.

Scarlett abre a boca para protestar, mas ele a interrompe.

— Nem mesmo *tente* contestar — diz ele. — Você não vai lá sozinha, Scar.

Scarlett olha para o garoto magrelo de cima a baixo, a mão apoiada no quadril, os lábios se retorcendo em um sorriso convencido.

— Ainda está sofrendo com aquele surto de heroísmo teimoso, hein?

Ele dá de ombros.

— Vamos torcer pra não ser um caso terminal.

A nave dá uma guinada abaixo de nós. Em meio aos gritos dos alarmes, consigo ouvir o barulho de tiros de pistola ao longe. Gritos de dor. Ordens sendo berradas, metal retorcido e fogo estrondoso. O gosto de plástico queimado pesa no ar.

— Dez minutos — avisa Zila. — E aí *precisamos* ir embora sem vocês.

Scarlett assente.

— Auri é a única coisa que realmente importa. Cuide dela, Kal.

— Com a minha vida — juro.

— Tomem cuidado — pede Aurora.

Sem mais nenhuma palavra, Scarlett e Fin colocam suas ambimáscaras respiratórias e correm na direção do caos crescente. Vejo um último lampejo deles, lado a lado, enquanto desaparecem sob a fumaça.

Sabendo do perigo para o qual estão correndo, eu me pergunto se veremos qualquer um dos dois vivos novamente.

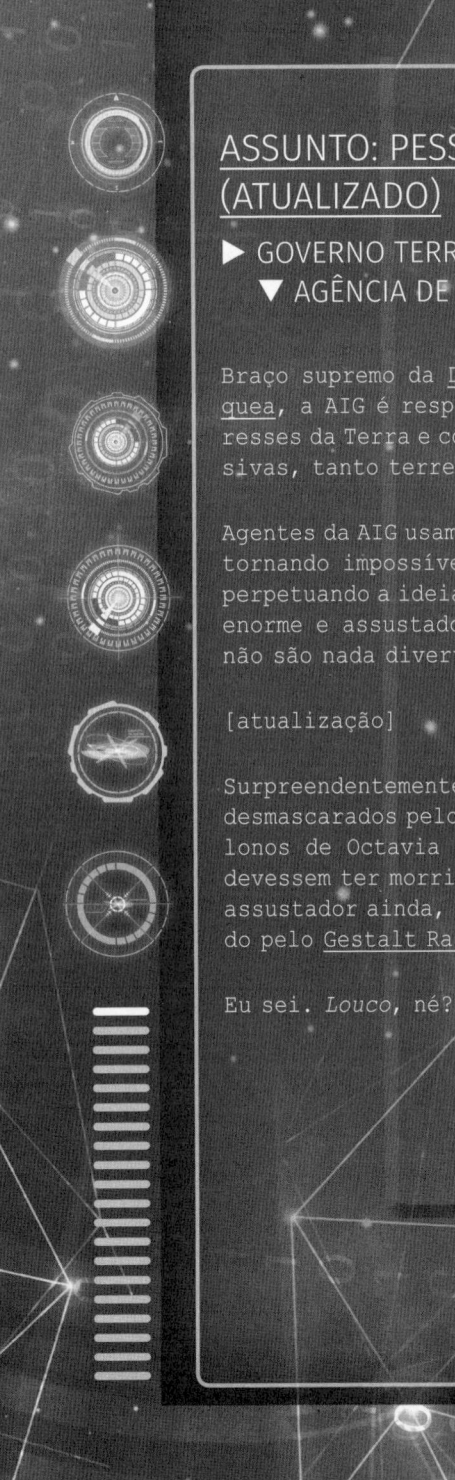

ASSUNTO: PESSOAS A SEREM EVITADAS (ATUALIZADO)
▶ GOVERNO TERRÁQUEO
▼ AGÊNCIA DE INTELIGÊNCIA GLOBAL

Braço supremo da Divisão de Inteligência Terráquea, a AIG é responsável por assegurar os interesses da Terra e combater forças inimigas subversivas, tanto terrestres quanto interestelares.

Agentes da AIG usam armadura completa e capacetes, tornando impossível a identificação individual e perpetuando a ideia de que a AIG é uma manifestação enorme e assustadora da Justiça Terráquea. Eles não são nada divertidos em festas.

[atualização]

Surpreendentemente, todos os operativos da AIG desmascarados pelo Esquadrão 312 eram antigos colonos de Octavia III — mesmo que essas pessoas devessem ter morrido centenas de anos atrás. Mais assustador ainda, cada agente também foi infectado pelo Gestalt Ra'haam.

Eu sei. *Louco*, né?

15

TYLER

Eu *realmente* deveria ter estudado mais Syldrathi.

A ponte ao meu redor está numa situação extrema de caos controlado. A arrogância Syldrathi é lendária e a "indiferença" virou uma típica forma de arte, mas tudo isso — a superioridade, a frieza, a atitude de *nós somos muito melhores do que você* — está sendo testado até o limite. Algum desses Syldrathi estão até *erguendo as vozes*, então eu sei que a coisa ficou Séria. Só consigo entender uma a cada seis palavras, mas são as mais importantes. Palavras como *reduzido* e *destruído*. Palavras como *impossibilitado* e *inerte*.

Palavras que significam que a *Andarael* está perdendo.

Sem tempo de me mandar para o calabouço e sem estar disposta a me deixar nos seus aposentos, Saedii obrigou sua guarda pessoal a me arrastar até a ponte com ela, me empurrando para um canto para assistir aos fogos de artifício. A verdade é que nunca vi uma batalha dessa dimensão ao vivo e o nerd estrategista dentro de mim está espantado com tudo. Estudando os ataques e as defesas, as telas holográficas projetadas em cada parede, imagens brilhantes de cargueiros, exterminadores e caças sobrepostas por escrita Syldrathi.

Por mais incompreensível que seja o texto, ainda consigo apreciar a batalha se desdobrando ao nosso redor. Mesmo que eu deteste admitir isso, Saedii é uma comandante brilhante. Ela fica no centro da ponte, com Isha no ombro, direcionando a batalha como um maestro perante uma orquestra. Ela age decisivamente, pensando rápido e lendo o conflito com perfeição. Dá ordens sem hesitação, e a sua tripulação obedece sem hesitar. É como observar os mecanismos internos de uma máquina mortal.

A *Andarael* é uma nave impressionante, com o dobro de poder bélico de qualquer outra na armada Terráquea, mas ela está em menor número e possui menos armas à disposição. A carta na manga dos Imaculados não funcionou e, por mais que tenha destruído três naves e estragado outra com dano crítico, os contra-ataques de Saedii estão se tornando ineficazes diante dos números superiores. Não importa o quanto ela seja uma comandante inteligente, a única opção que tem agora é fugir. E isso é algo que uma Templária dos Imaculados *nunca* vai fazer.

Outro míssil atinge a popa, estremecendo a *Andarael* até os ossos. Os canhões da FDT estão mirando os motores e os sistemas de navegação, tentando incapacitar a nave. Relatórios estão chegando dos deques mais baixos, os grupos de invasores Terráqueos saindo de suas cápsulas, soldados da FDT, em trajes de armadura pesada, inexoravelmente passando por cima dos defensores Imaculados. Os números são macabros: cada Syldrathi está matando ao menos cinco Terráqueos antes de ser morto. Mas a FDT tem mais corpos para desperdiçar e está desperdiçando tudo o que tem.

É um abatedouro.

Parte de mim não consegue compreender que isso está acontecendo. As ramificações de um ataque como esse, um massacre completo entre tropas Terráqueas e Imaculadas, e eu não quero nem pensar o que isso significa para a galáxia...

Os Imaculados na ponte estão todos vestindo máscaras especiais para uma possível perda de atmosfera, mas ninguém foi legal a ponto de me dar uma. Consigo sentir o cheiro da fumaça no ar, de carne queimada, polímeros chamuscados. Outra cápsula de violação atinge os deques baixos, com ainda mais soldados. Sinto o impacto pelo chão, subindo até minha medula. Eu não sei mais quanto a *Andarael* consegue aguentar.

Então o tenente de Saedii fala, suas palavras trazendo uma imobilidade repentina para a ponte. Eu só consigo entender três delas, mas, de novo, são as mais importantes.

Transmissão.

Arconte Caersan.

O nome é como um soco no estômago. Fico tenso, e todo o pensamento da batalha se esvai da minha cabeça. Saedii se vira das telas táticas, falando baixinho, e a projeção central da batalha tempestuando lá fora desaparece, substituída por outra imagem.

A imagem de um homem.

Eu sinceramente não sabia o que esperava. Não importa o que os livros de História dizem, os monstros raramente têm a aparência de um. Cresci odiando esse homem por tudo que ele tirou de mim. Só que ao olhar para o genocida mais famoso da história da galáxia, o homem responsável pela Incursão Orion, a destruição do seu próprio mundo natal, a morte de meu pai, eu esperava ao menos ficar *um pouquinho* horripilado.

O Destruidor de Estrelas é...

Criador, eu não sei o *que* ele é...

Deslumbrante, talvez?

O Arconte dos Imaculados é alto como todo seu povo, vestido com uma armadura de batalha Syldrathi rebuscada, completa com uma capa longa e negra. Os ângulos de seu rosto são cruéis, as maçãs do rosto altas, as orelhas afiadas como pontas de faca. Seu longo cabelo prateado está penteado para trás com dez tranças elaboradas, curvando-se para cobrir um lado do rosto, o glifo Guerreiro na testa. O rosto parece algo tirado de uma simulação, belo e terrível demais para ser real. É desolador pensar que uma superfície tão perfeita pode ser tão apodrecida por dentro.

Os olhos dele são o que mais me chama a atenção. Aqui na Dobra, não consigo ver o violeta da íris, mas ainda assim seu olhar é penetrante e intenso. Eu me sinto paralisado e inútil diante dele, como se ele pudesse olhar para dentro da minha alma.

Apenas a presença dele na tela deixa a ponte em silêncio, mesmo em meio a uma batalha turbulenta. Ele irradia autoridade, seriedade, medo, assim como uma estrela irradia calor.

Ele fala com Saedii, a voz sombria como a fumaça e suave como semptar larassiano. A transmissão está vindo de sabe o Criador onde, então Saedii fala rapidamente, contando tudo. Ouço-a dizer o nome de Aurora. O nome de Kal. *Ataque* e *Terráqueo* e *batalha* e *não consigo*.

Vai demorar alguns bons minutos para que a mensagem chegue a ele através do espaço interestelar, mesmo com as distâncias encurtadas na Dobra. Enquanto isso, Saedii se vira para a batalha se desdobrando lá fora. Relatórios de dano estão aparecendo de todos os cantos da nave. Os motores da *Andarael* foram desconectados. Sirenes de alerta ainda ecoam, o cheiro da fumaça ficando mais forte, as telas de tática preenchidas com os padrões da dança e tiros dos caças ainda guerreando do lado de fora.

Finalmente, vejo o belo rosto do Destruidor de Estrelas retorcer; a resposta de Saedii chegou até ele. Seu olhar escurece e os lábios se comprimem em uma linha fina e apertada. Vejo incredulidade, logo passando para fúria e ódio. O tipo de ira que poderia fazer um homem destruir seu próprio mundo natal. O tipo de ira que assassina bilhões.

— Eles *se atrevem*? — ele cospe.

Caersan abre a boca para falar novamente, mas nunca ouvimos o resto. Alguma coisa atinge a ponte da *Andarael* com força, uma explosão de luz branca e fogo. De repente estou sendo lançado para o lado, batendo contra a parede atrás de mim enquanto o mundo todo vira de ponta-cabeça. A explosão é cegante, abrasante, quase ensurdecedora e, por um breve momento, eu me pergunto se agora é a hora. Se esse aqui é o lugar onde eu morro.

Segui os dogmas da Fé Unida, vivi da melhor maneira que conseguia; eu deveria estar em paz. Só que não quero ir embora. Ainda há muita coisa sendo deixada para trás, pessoas com quem eu me importo, o mundo inteiro em jogo. Desse modo, eu me seguro, cravando minhas unhas para me segurar e me recusando a ir embora. Gritando contra o escuro.

Ainda não.

Ainda não.

Abro meus olhos. Vejo o metal retorcido. Engasgo com a fumaça preta.

A ponte sofreu um ataque direto, a explosão rasgando o casco como papel alumínio. A energia acabou, as telas explodiram. Corpos Imaculados ficam por onde caíram, mortos ou morrendo, o sangue roxo Syldrathi, cinza devido a Dobra, está esparramado no chão. O guarda que estava me observando foi empalado em um pilar retorcido, os olhos sem vida. Chamas queimam nos sistemas de computadores. O deque está inclinado para a esquerda — o sistema de gravidade artificial ainda está funcionando, mas os motores, não, e a *Andarael* está flutuando, inclinada e inútil no escuro.

Verifico se alguma coisa está quebrada e, apesar de certamente ficar coberto por hematomas pretos e azuis nas próximas horas (supondo que eu saia da Dobra vivo), alguns cortes profundos parecem ser o pior. Minhas orelhas sangram. Os olhos ardem com a fumaça. Eu me ponho de pé, cambaleando com um grunhido, arranco a máscara de respiração da cabeça do guarda morto e tiro a pistola disruptiva do cinto dele. Todos os Syldrathi na ponte estão de costas ou de bruços, mas através do metal amassado e da chuva de faíscas, consigo ver que alguns estão se mexendo, acordando depois da explosão.

Preciso sair daqui.

Preciso encontrar Scar e o pessoal.

No entanto, as minhas chances de fazer isso são zero. Já estudei naves primárias Syldrathi, mas eu não conheço tão bem suas disposições internas quanto a das naves Terráqueas, sei muito vagamente onde ficam as baías de atracagem e não faço ideia sobre o andar de detenção. Mesmo se os andares mais baixos não estivessem inundados por soldados Terráqueos, eu ainda teria que lidar com os Imaculados. Não tenho nenhuma jogada aqui, nenhum...

Poder.

Ouço um guincho reptiliano e vejo Isha através da fumaça, as asas abertas, berrando sua angústia. A pequena drakkan está empoleirada em uma seção do teto que entrou em colapso e, embaixo dela, com a barriga para cima, vejo Saedii. As pernas dela estão presas, os dentes arregaçados em um rosnado. Ela está tentando sair de lá com as unhas, mas não há nenhum jeito de erguer aquele peso.

O chão de espuma e os instrumentos estão em chamas, os alarmes berrando. Os sistemas de supressão de incêndio devem estar desativados, e as chamas estão se espalhando na direção de Saedii. Ela xinga, dando um soco no metal, frustrada. Isha berra novamente, as garrinhas arranhando os destroços em uma tentativa desesperada de libertar sua mestra.

Eu cambaleio pela ponte incendiada, pelo chão inclinado. Saedii olha para cima quando me aproximo dela, o alívio momentâneo no rosto dela ofuscado no instante em que ela percebe que eu não sou parte da tripulação dela e que não vim resgatá-la.

Isha guincha um aviso enquanto configuro a pistola para Matar e a ergo para o rosto de Saedii. A Templária encontra meu olhar.

Destemida.

Imaculada.

— Vá em frente — cospe ela. — Covarde Terráqueo.

Eu viro a pistola, dando um tiro no metal desabado, parcialmente derretendo-o. Abaixando, eu pego a beirada e levanto o peso, meu rosto ficando vermelho com o esforço. Saedii estremece, empurra e consegue se arrastar para fora dos destroços. Conforme ela se contorce para a liberdade, consigo ver sangue manchando a calça do uniforme de um tom de preto mais escuro. Ela desmorona, o rosto apertado e úmido de suor. Afasta a maior parte disso de sua expressão, mas ainda consigo ver a dor em seus olhos.

— Por quê? — sussurra ela, olhando para mim. — Por que me salvar?

— Não estou te salvando — falo.

Eu me abaixo, passando o braço dela em volta do meu ombro, arrastando-a para cima. Ela arfa com a dor, mas se endireita, os dentes cerrados, o rosto manchado de sangue.

— Estou salvando meus amigos.

Eu deveria deixá-la aqui. Deixar que queime com o resto desses assassinos. Saedii, no entanto, é alguém que pode me direcionar pela nave, evitar os Terráqueos que se aproximam. Tenho o poder de que preciso para manter os outros Imaculados longe de mim. E por mais que eles pareçam se detestar, não tenho certeza de que Kal gostaria que eu deixasse a irmã dele morrer queimada aqui.

— Qual é o caminho para o andar da detenção? — pergunto.

Ela cospe na minha cara, murmurando um xingamento feroz em Syldrathi. Eu chuto a perna machucada dela e ela grita de verdade em agonia — o primeiro sinal de fraqueza que já a vi demonstrar. Coloco o cano da pistola embaixo do queixo dela, ainda configurada para Matar.

— *Não* faça isso de novo — aviso.

— Ou o quê?

Me inclinando para perto, eu sustento o olhar dela. Tão duro quanto o dela. Tão determinado quanto o dela.

— Ou eu faço você pagar pelo que seu povo fez com meu pai — retruco. — Agora me diz o caminho para o andar da detenção.

Ela me encara, os olhos como gelo. Pressiono a pistola embaixo do queixo dela com força o bastante para fazê-la gemer. Finalmente, ela inclina a cabeça para as portas da ponte, e aí me mexo, meio carregando, meio arrastando-a para longe do incêndio crescente, e saímos para o corredor. Isha segue, flutuando de um poleiro a outro, ainda gritando em angústia.

— Faça ela calar o bico — digo. — Ela vai atrair a atenção da FDT inteira pra gente.

— Covarde. — Saedii mira a palavra em mim como uma arma.

Pressiono a pistola mais forte contra a pele dela.

— Qual é o caminho?

Ela gesticula com a cabeça novamente, dentes arreganhados, os olhos brilhando de ódio. Assim seguimos. Lentamente. Tropeçando. Tateando nosso caminho através da fumaça cada vez mais grossa, os alarmes disparados. Um esquadrão de Imaculados nos encontra quando chegamos a uma escadaria auxiliar, o líder gritando para que eu pare. Ao erguerem suas armas, um pelotão de soldados da FDT irrompe pela escadaria atrás deles. O ar é preenchido por tiros de disruptiva, o eco das lâminas, os gritos dos que estão morrendo.

Arrasto Saedii pela escada. Os soldados da FDT gritam para que eu pare acima dos rugidos da troca de tiros, do ronco de outro míssil. Nós tropeçamos para baixo, Isha circulando atrás, Saedii quase caindo. Minha respiração está ardendo nos pulmões mesmo com o respirador, a fumaça preenchendo o corredor e tornando praticamente impossível ver. Nós irrompemos em um andar inferior, o calor escaldante, a fumaça ainda mais espessa.

— Qual o caminho? — grito.

A irmã de Kal faz uma careta e aponta, e nós continuamos. *Andarael* está pendendo, o chão inclinado a quase quarenta e cinco graus. Saedii está sangrando muito, deixando pegadas sangrentas visíveis no chão atrás de nós. Sua ferida é provavelmente a única razão pela qual ela não tentou me derrubar ainda, mas não sei quanto tempo mais vai aguentar de pé. Não tenho tempo a perder, mas se ela morrer aqui...

Eu a coloco contra a parede, os olhos mal se mantendo abertos. Isha pousa em um poleiro próximo, os caninos afiados brilhando na luz piscante. Examinando Saedii, vejo que as calças dela estão empapadas de sangue, as botas cheias. Alguma coisa importante foi cortada ou esmagada sob os destroços. Eu tiro a minha camiseta, rasgo em faixas enquanto os alertas gritam nos alto-falantes. Saedii estremece quando eu amarro as faixas ao redor da sua coxa machucada para estancar o sangramento.

— Fracote — sussurra ela.

— Tá, tá — digo, testando o torniquete improvisado.

— Miserável.

— Cale a boca — suspiro, passando o braço dela pelo meu ombro e me pondo de pé novamente. — Antes que eu esqueça meus bons modos.

Ouço o som de botas pesadas descendo as escadas atrás de nós. Uma Syldrathi solitária tropeça no corredor cheio de fumaça à frente, os olhos arregalando quando ela reconhece sua Templária pendurada inerte nos braços de um garoto Terráqueo sem camisa. Ela ergue a arma, mas a minha já está a postos, e com um BAM!, ela cai no chão.

Eu continuo com Saedii pendurada no meu ombro, indo o mais rápido que consigo. Chegamos a um entroncamento e exijo o resto do caminho. Saedii murmura em resposta. Os soldados devem estar bem atrás de nós, não vou conseguir lutar contra eles de jeito nenhum se nos pegarem e não há nenhum lugar onde me esconder. Percebo rapidamente que, se formos sair daqui, precisamos de algo muito próximo de um milagre.

Então eu a vejo.

No fim do corredor, marchando através da fumaça, um rifle disruptivo nos braços. Cabelos da cor de fogo, olhos azuis e grandes como os meus, tudo pintado de cinza pela Dobra. Ao redor da ambimáscara, o rosto dela está coberto por cinzas, sujeira e sangue, mas eu nunca a vi tão bonita quando naquele momento.

— Scarlett — sussurro.

Finian está ao lado dela, abaixado. É ele quem me vê primeiro, gritando por cima dos alarmes, do fogo, dos alertas.

— Lá está ele!

Tropeçando, arrastando Saedii para a frente, consigo sentir um sorriso idiota aparecer no meu rosto. Scarlett corre pelo corredor na minha direção. Meu milagre, exatamente como eu pedi.

É aí que algo nos atinge.

Não é grande o suficiente para ser um míssil. Um pedaço de destroço, talvez, ou um caça avariado sem controle na lateral da *Andarael*. O ataque atinge o andar acima de nós, amassando o casco. O impacto é como trovão, atirando Saedii e a mim contra a parede. Caio com uma arfada, e ela cai em cima de mim, e então estamos os dois rolando pelo chão, minha pistola rodopiando para longe das minhas mãos. A inconsciência chama, oferecendo-me aconchego, escuridão e silêncio, mas eu a afasto, o sangue na boca.

Abro os olhos. Alarmes estão gritando sobre uma violação de atmosfera, e, além deles, consigo ouvir o sibilar mortal de gás escapando para o espaço. Com o coração na boca, eu vejo que o corredor na nossa frente ficou deformado, o teto foi derrubado, os cabos elétricos cuspindo uma corrente ativa. Além dos destroços, vejo Finian de joelhos. Minha irmã se arrasta, colocando-se de pé.

— Scarlett! — grito. — Você está bem?

— Aham — ela tosse. — Você?

— Estou bem!

— Eu deveria perguntar por que você está sem camisa agora?

— Um tanquinho desses deseja a liberdade, Scar.

Ela ri com a piada, mas em meio à destruição, consigo ver o sorriso morrer em seus lábios quase instantaneamente. O corredor é instransponível, não conseguiríamos chegar do outro lado sem explosivos ou maçaricos de corte. A atmosfera está vazando do casco e, enquanto estamos todos usando ambiequipamento, se os sistemas de triagem da *Andarael* estiverem ativos, a nave selará o corredor para prevenir mais perda de oxigênio.

— Vocês precisam sair daqui, Scarlett — digo.

— Cala a boca, Tyler — diz ela. — Finian, me ajuda com isso.

Scar começa a puxar os destroços, tentando abrir o buraco por uma largura grande o bastante para me deixar passar. Os cabos cortados faíscam e chamuscam conforme Finian se inclina contra o metal, o exotraje protestando quando coloca o peso contra ele.

— Scar, você não vai conseguir passar...

— Eu não vou te deixar! — ela grita. — Agora cala a boca!

Meu coração aperta com o tom da voz dela. Com as lágrimas nos olhos dela. Porque por mais que ela finja que é, minha irmã não é burra. Ela sabe fazer esse cálculo.

Então ouço botas pesadas atrás de mim. O som de rifles sendo carregados. Uma voz, profunda e reverberante, falando Terráqueo.

— *Mãos ao alto!*

Eu me viro, vendo um pelotão de soldados da FDT. A armadura deles é grande, pesada, sem adornos, decorada com o tipo de grafite que capangas costumavam fazer para preencher o tempo antes de ataques. Tome isso. Guerra é um inferno. A tenente tem a palavra devoradora de homens escrita no peitoral da armadura. Os olhos no capacete estão incandescentes, condutores gemendo conforme as miras a laser nos rifles acendem meu peito.

Uma dúzia deles. Eu, um só.

Chances ruins, mesmo no melhor dos dias, e esse é bem longe de ser um desses.

— Saia daqui, Scar — digo baixinho.

— Tyler...

— Auri é tudo que importa.

— De joelhos, Legionário Jones! — a devoradora de homens berra. — Devagar!

Eles sabem meu nome. Provavelmente receberam ordens do Princeps para nos trazer vivos, posso apostar. Aurora em especial. Ergo minhas mãos, me abaixando. Saedii xinga e tenta se erguer, mas um tiro de atordoamento a derruba. Isha berra e arregaça os dentes, se atirando contra os soldados. Uma dúzia de tiros de Matar ecoam no corredor, e a pequena drakkan cai no chão com um esguicho de sangue escuro.

— *NÃO!* — Saedii grita, tentando se erguer.

Mais alguns tiros de atordoamento ecoam…

BAM!

BAM!

BAM!

… e a Templária Imaculada vai ao chão, silenciosa e imóvel.

Olho por cima do ombro, vejo o rosto da minha gêmea através dos destroços, as lágrimas escorrendo pelas bochechas. Consigo ouvir a voz de papai na minha cabeça. Sinto as mãos dele passando pelo meu cabelo daquele jeito que eu odiava, ouço-o falar daquele jeito que eu amava. Como se estivesse dizendo algo Importante e que eu era merecedor de ouvi-lo.

Cuide da sua irmã.

— Mostre o caminho, Scarlett.

— Tyler… — sussurra ela.

— Eu disse que você poderia ter que fazer isso sem mim um dia, lembra? — Olho para o garoto ao lado dela, o rosto empalidecido está ainda mais branco. — Cuida dela pra mim, Fin. Isso é uma *ordem*.

— … Sim, senhor. — Ele assente. Pegando gentilmente o braço de Scarlett, ele fala baixinho com ela. — Precisamos ir.

— Não — diz ela, sacudindo a cabeça. — *Não*.

— Scar, eu sinto muito, mas a gente precisa *ir*! — Finian grita.

Sinto mãos de metal me agarrarem e me empurrarem contra o chão, algemas magnéticas se fecharem ao redor do meu pulso. Os soldados forçam meu rosto contra o chão, o que significa que não preciso ver a expressão no rosto dela quando seu coração se parte. Ainda assim, ouço os soluços da minha gêmea enquanto ela finalmente permite que Finian a arraste para longe da única pessoa que restou da sua família.

— Eu te amo, Scar!

Um rifle disruptivo zumbe. Um dedo aperta o gatilho.

BAM!

E a escuridão desce sobre mim como um martelo.

16

SCARLETT

A corrida de volta até a *Zero* passa como um borrão. Meus olhos ardem com suor e lágrimas. A nave inteira está seriamente inclinada, o chão desnivelado entre nós, Finian e eu tropeçando através da fumaça e da carnificina na direção da baía de atracagem. A luz está piscando, débil, até mesmo os sistemas de energia de emergência da *Andaraei* estão arruinados. Os corredores são um amontoado de cadáveres Terráqueos e Syldrathi, sangue pegajoso sob nossos pés. Essa nave se tornou um abatedouro, e se não sairmos dela rápido, vamos estar mortos, na melhor das hipóteses, ou nas garras da AIG, na pior.

Penso em Tyler; meu coração está tão apertado que quase caio. Por um momento, Finian é a única coisa que me faz continuar, seu braço ao redor do meu ombro, me arrastando através do redemoinho de cinzas, das faíscas cascateando, os alarmes ecoando. Sinto como se tivesse traído Ty de alguma forma. Como se houvesse deixado a parte mais importante de mim para trás. Ouço a voz do meu irmão dentro da minha cabeça, vejo os olhos dele enquanto ele falava para mim.

Mostre o caminho, Scarlett.

É isso que bons líderes fazem, de acordo com o falecido e grande Jericho Jones.

Saiba o caminho.
Mostre o caminho.
Percorra o caminho.

Essas são as palavras que Ty sempre considerou máximas. O motivo por ter passado a vida toda cuidando de mim e de todo mundo ao redor dele. A tocha que carrega desde que nosso pai morreu. Eu sei que agora ele a passou para mim porque não pode mais carregá-la. Ele está confiando em mim. Dependendo de *mim*, para que eu garanta que nós consigamos atravessar isso.

Mostre o caminho.

Então eu me aprumo, me afasto do toque de Finian, segurando o rifle disruptivo contra o peito. A ambimáscara ainda está fixa em meu rosto, então não posso enxugar minhas lágrimas, mas posso engoli-las. Trancá-las para alguma outra hora, algum outro lugar, quando o destino da porcaria da galáxia inteira não estiver em jogo.

— Está tudo bem? — Fin pergunta.

Eu fungo alto, engulo mais alto ainda. Aperto a tela do meu unividro.

— Kal, está me ouvindo?

— *Afirmativo, Scarlett* — vem a resposta, sempre fria. — *Qual é a sua localização?*

— Estamos a caminho da *Zero*. Consegue manter sua posição?

— *Não por muito tempo. Precisam ser rápidos.*

— Avise a Zila para ligar os motores e preparar a decolagem. Se não estivermos aí embaixo em cinco minutos, ou se parecer que Auri está em perigo, você dá o fora daí, entendeu?

— *Entendido. Qual o status de Tyler?*

Respiro fundo. Empurro tudo para longe, para baixo, até chegar às solas dos meus pés.

— Avise a Zila que eu espero que ela seja tão boa em pilotar uma nave quanto é em pilotar uma van.

— *... Entendido* — a resposta de Kal é baixa.

Eu aperto a tela para cortar a transmissão, encontrando os olhos de Finian.

— Vamos lá.

Nós desviamos de ao menos quatro tiroteios em nosso caminho para as docas, nos agachando em escadarias ou recuando, ou simplesmente passando correndo por elas. Os soldados Terráqueos e guerreiros Imaculados ainda estão se cortando em pedacinhos por toda a nave, mas é só uma questão de tempo antes de a FDT conseguir ganhar. Esses soldados chamaram Ty pelo nome, eles sabem quem somos, e eu sei o motivo de estarem aqui. Precisamos tirar Auri daqui, ou tudo isso aconteceu a troco de nada.

Passamos correndo por um fosso de elevador turbo, e Finian me puxa, parando repentinamente.

— Espere aí — diz ele, tirando uma multiferramenta do braço do exotraje. Começa a trabalhar nos controles, arrancando o painel da parede. A luz pisca novamente, deixando-nos na escuridão antes de fazer um esforço para voltar à vida.

— A força de emergência está quase acabando — digo. — Nós não podemos descer de elevador.

Ele desvia o olhar do trabalho e me dá uma piscadela.

— Quem falou em descer de elevador?

Eu ouço uma fechadura se abrindo, o som de metal rangendo. Fin empurra os dedos cobertos pela armadura prata no vão entre as portas, e, lentamente, o traje rangendo com o esforço, ele as força para se abrirem. As portas se abrem para o nada — só um fosso vazio atravessando toda a enorme nave. Ele aperta um controle no seu traje, e um globo na ponta dos dedos se ilumina, um feixe brilhante cortando a penumbra.

— É pra gente voar até lá embaixo? — pergunto. — Deixei minha vassoura na outra bolsa.

Fin pisca.

— Ou vassouras não são o que eu acho que são, ou você está sendo Scarcástica comigo de novo.

— Como infernos é pra gente descer até lá, Fin? — exijo saber, meu temperamento me vencendo. — É uma descida de cem metros e não tem energia alimentando o elevador. Até mesmo os sistemas de emergência estão falhando!

— E o que acontece quando os sistemas de emergência falham, Scar?

— A gente sufoca e morre?

— Bem... é, você tem razão. Mas antes disso?

— Eu sei lá! — grito, os braços agitados. — Passei minha aula toda de sistemas ambientais pegando um cara na última fileira de cadeiras no anfiteatro!

(Jorge Trent. Ex-namorado #24. Prós: ama musicais. Muito estiloso. Liga para a mãe três vezes ao dia. Contras: dá pra ver onde essa história vai dar, né?)

Finian bate o dedo indicador contra a têmpora e sorri.

— Fica olhando.

Nós aguardamos mais alguns momentos no corredor, escutando o som de tiroteios distantes e passos pesados de botas se aproximando. As luzes acima piscam em conjunto com o batimento do meu coração, cada segundo que desperdiçamos é um mais próximo de sermos capturados ou executados, e não consigo acreditar que só estamos parados aqui esperando...

O sistema de emergência da *Andarael* dá seu último suspiro.

A energia finalmente pisca e se apaga.

E junto com ela, é claro, acaba a gravidade artificial.

Demoro um segundo para perceber, mas então, sob a luz das pontas dos dedos brilhantes de Finian, consigo ver as mechas do meu cabelo começarem a flutuar com o menor movimento da cabeça. A sensação doentia de vertigem que sempre sinto quando entro em gravidade baixa me toma, a sensação de que minhas entranhas estão se levantando e flutuando dentro do meu corpo. Reprimindo minha vontade de vomitar na ambimáscara, consigo sorrir.

— Você é um sabe-tudo insuportável na maior parte do tempo, Finian de Seel. — Suspiro. — Mas você *tem* os seus momentos.

Finian dá um primeiro chute para experimentar a gravidade, erguendo-se do chão antes de impedir seu movimento contínuo com a mão apoiada na porta do elevador. Ele se empurra para dentro, como um peixe embaixo d'água, sorrindo e oferecendo a mão.

— Senhorita?

Seguro os dedos envoltos pela armadura apertando os meus gentilmente. Assim, Fin chuta a parede e nos lança espiralando para baixo, voando pelo fosso, uma das mãos segurando a minha, a outra esticada na frente para iluminar o caminho. Meu cabelo flutua ao redor do meu rosto como nuvens, e eu sinto que estou caindo e voando ao mesmo tempo, e por um instante, esqueço onde estou e quem sou.

Só não com quem eu estou?

Eu olho para Fin de soslaio e...

Ouço o *tãndtãndtãnd* de uma arma pesada em algum lugar lá embaixo, sinto o cheiro do fogo no ar cada vez mais rarefeito. Chegamos aos níveis mais baixos do fosso e Fin desacelera nosso voo com uma batida da mão contra a parede, finalmente parando no ar do lado de fora das portas da baía de atracagem. Então ele volta a trabalhar com a multiferramenta, abrindo a soltura manual, os dedos espertos movendo-se com pressa conforme as fechaduras se soltam e as portas se abrem em uma rachadura fina.

Olhando na escuridão da baía, logo descobrimos o responsável pela confusão toda. Alguém está nos controles da *Zero*, atirando com uma arma no esquadrão de soldados Terráqueos do outro lado da baía. Estão devolvendo os tiros com suas pistolas disruptivas. Os tiros iluminando a escuridão não bastam para romper o casco da *Zero*, mas é só uma questão de tempo até trazerem um armamento mais pesado.

— Imbecis — rosno. — Eu falei pra eles decolarem se estivessem encrencados.

— Tenho certeza de que Zila está falando exatamente isso *nesse instante* — diz Fin. — É melhor a gente ir.

— Esgueirando no escuro? — sugiro.

— Os soldados devem ter visão termográfica no capacete. Com sorte, estão ocupados demais evitando levar tiros para prestar atenção na gente. Mas eu cresci na gravidade zero. Consigo levar a gente até lá.

Aperto meu unividro.

— Kal, é a Scar. Eu e Fin estamos em um dos elevadores a seu estibordo.

— Hum — Finian murmura. — Bombordo, Scar.

— Pelo amor de... — murmuro. — Elevadores do lado esquerdo, Kal. *Esquerdo*. Descarregue o máximo de tiros que puder, e abra a escotilha dos fundos. Estejam preparados para decolagem.

— *Entendido* — vem a resposta de Kal.

A *Zero* abre mais fogo, longo e contínuo, rasgando as paredes e a carga. Os soldados da FDT estão encolhidos atrás de cobertura, mas se as cabeças deles estiverem abaixadas, há uma boa chance de não nos verem.

Finian pega a minha mão e juntos chutamos o chão, voando na direção da baía. Eu a vejo esparramada abaixo de nós conforme somos erguidos para cima, iluminada apenas pelos pequenos incêndios e os tiros dos canhões frontais da *Zero*.

— Se segure em mim — sussurra Fin.

Eu passo meus braços firmemente ao redor da cintura de Fin e seguro como se minha vida dependesse disso. Nós batemos no teto e Fin aproveita o nosso impulso, fazendo uma pirueta no ar, nos mandando de volta na direção da *Zero*, quicando. É uma acrobacia incrível. De tirar o fôlego. Os movimentos de Fin em geral são tão comedidos e nos últimos tempos tão difíceis. Aqui em cima, porém, voando pelo preto e branco piscante, longe da gravidade, ele está completamente em casa.

Nós descemos do teto, Fin esticando o braço para agarrar uma viga e nos virar, soltando a mão e nos mandando em um arco perfeito na direção da escotilha dos fundos. Ouço um dos soldados gritar e os rifles disruptivos serem acionados, e eu me seguro mais firme, desejando que fosse religiosa o bastante para começar a rezar. Apesar de não ter um grama de fé, finalmente,

finalmente, nós chegamos ao patamar de trás da *Zero*, e com um último chute, voamos para dentro.

— Ok, vai com tudo, Zila! Vai! VAI!

Os círculos da escotilha se fecham e, com um rugido baixo, nós decolamos. Fin e eu somos arremessados contra a parede quando chegamos e a gravidade artificial é acionada, e eu estico a mão desesperadamente para me agarrar conforme Kal atira nas portas da baía de atracagem da *Andarael*. Uma explosão ensurdecedora toma conta da baía e eu sinto o calor mesmo através das portas fechadas. Então estamos voando para a tempestade de tiros, um campo de destroços de caças arruinados e cascos queimando, uma faixa comprida de fluído do reator escapando pelo lado ferido da *Andarael* e para além do preto frio da Dobra.

— *Motores engajados* — diz Zila nos comunicadores. — *Teremos turbulência.*

Eu corro da baía para o corredor, Finian acelerando atrás de mim enquanto a *Zero* estremece ao nosso redor. Na hora em que finalmente chegamos à ponte, estamos sem fôlego. Zila está na cadeira de piloto, Kal na estação de armamento. Auri pula da cadeira e joga os braços ao redor de mim e de Fin, as lágrimas brilhando nos olhos.

— Scar, você está bem? — ela fala. — Você…

— Por favor, voltem a seus assentos — diz Zila, parecendo um pouco incomodada. — Temos caças Terráqueos em perseguição.

É provável que aqueles soldados na baía da *Andarael* tenham dado algum aviso sobre a nossa decolagem; nossas telas mostram uma matilha de caças Terráqueos com focinhos achatados se apressando para nos interceptar. Porém, conforme Auri, Fin e eu pegamos nossas cadeiras e apertamos os cintos, vejo que a infantaria de Saedii ainda está disposta a brigar. Um grupo de corvetes Syldrathi elegantes estão se apressando para interceptar os Terráqueos, perseguindo-os pelos destroços rodopiantes, mísseis e fogo de canhão iluminando a escuridão e, sem querer, nos dando os minutos preciosos de que precisamos para nossa fuga.

— Modo furtivo engajado — relata Kal. — Devemos estar escondidos dos radares agora. Nós só precisamos sair da linha de visão.

— Deixem isso comigo — murmura Zila.

Ela olha para Trevo, ainda empoleirado acima da estação de piloto. Esticando a mão, ela toca no dragão vede de pelúcia, como se quisesse sorte.

— Segurem firme — diz ela.

Nossos propulsores rugem.

Então, nós voamos.

• • • • • • • • • • • • •

No fim, Zila *consegue* mesmo voar tão bem quanto dirige. Ela não é Cat, não é Zero, nem perto disso, mas aparentemente durante todas aquelas noites sozinha no quarto, sem amigos, ela teve tempo mais que suficiente para estudar teoria e praticar no simulador. É uma viagem turbulenta; ela definitivamente estudou mais a *teoria* do que a *prática*.

Os caças Terráqueos que nos perseguiam não tinham alcance para seguir a *Zero*, e cada nave primária naquela frota de ataque já tinha sofrido grandes danos quando os canhões da *Andarael* finalmente se silenciaram. Apesar de ter sido uma derrota, uma nave de guerra Syldrathi lutou contra seis Terráqueas e deixou cada uma delas com um nariz sangrando ou pescoço quebrado. Não posso imaginar o que significará uma guerra entre nós. Meu pai passou metade de sua vida lutando para construir a paz entre nossos povos.

E agora tudo está destruído...

Nós saímos da Dobra perto de uma estrela sem nome, em uma zona neutra distante. Esse sistema só é notável pelo Portão da Dobra natural que leva até ele e, de acordo com os registros e sondas, não há colônias aqui nem operações de mineração, nada. Será um bom lugar para ficarmos escondidos enquanto tentamos descobrir o que infernos vamos fazer agora.

— Então, que infernos vamos fazer agora? — pergunta Finian.

Zila nos deixou em órbita ao redor do primeiro planeta do sistema — uma rocha do tamanho da Terra, cinza de tão chamuscada pela anã branca que circula. Ela tomou o seu lugar junto de nós, sentada ao redor dos consoles na ponte e olhando nos olhos de cada um. Kal e Auri estão sentados juntos, os dedos manchados de sangue entrelaçados. Fin senta na minha frente, o unividro conectado ao terminal, a superfície brilhando com todos os dados. Zila está no console principal, onde Ty costumava sentar.

Onde Ty costumava sentar...

— A gente precisa voltar, né? — diz Auri, olhando de um lado para o outro. — Não podemos deixar Tyler nas mãos da AIG.

— Isso é exatamente o que precisamos fazer — diz Zila.

— Mas isso é minha culpa! — diz Auri. — Eles me querem, não Ty. Isso tem a ver *comigo*!

— Não — Kal suspira. — Saedii estava me perseguindo. Se não fosse por interferência dela, a AIG nunca teria nos alcançado. Isso é *minha* culpa. Estou envergonhado. De'sai.

— Olha — diz Fin, desviando o olhar dos dados na tela. — Sei que, normalmente, não sou o Sr. Otimista, mas não acho que a gente deveria ficar apontando dedos uns para os outros agora.

— Concordo. — Assinto com a cabeça. — Não é culpa de ninguém. Você não pediu para se tornar o que é, Auri. E Kal, não é sua culpa se a sua irmã é, não quero te ofender, uma máquina cuzona psicopata homicida.

Kal sorri levemente, mas consigo ver a dor brilhando no violeta de suas íris.

— Ela nem sempre foi assim — murmura ele.

Eu respiro fundo, mordendo o lábio e repassando os eventos do último dia na cabeça. Parece que a galáxia inteira está atrás de nós. Não podemos contar com a ajuda de ninguém. Ainda somos terroristas galácticos procurados. Não posso dizer que meu tempo em cativeiro com os Imaculados me deixou animada com a ideia de passar a vida em uma colônia penal.

— Aqueles Andarilhos que Saedii capturou — murmuro, pensando nas celas da *Andarael*. — Por que os Guerreiros estariam aprisionando empatas Syldrathi, Kal?

Ele sacode a cabeça.

— Eu não sei.

— Saedii pareceu bem interessada em Auri depois que ela demonstrou o poder dela — digo. — Ela fez uma menção específica de transportá-la de volta para o Destruidor de Estrelas. — Encontro os olhos de Auri. — O que Caersan quereria com você?

— Isso tudo é inteiramente irrelevante — interrompe Zila.

Olho para a nossa Cérebro, um pouco espantada. Normalmente, Zila fala em um tom monótono, seus maneirismos mais parecidos com os de uma caixa de papelão do que com os de um humano. Agora, ela parece mais...

Impaciente?

— ... você está bem? — pergunto.

— Tyler, Saedii, o Destruidor de Estrelas, nada disso importa — diz ela, olhando para cada um de nós por vez. — Nós não podemos nos afastar do caminho. Os riscos que estamos correndo aqui são imensuráveis. Precisamos encontrar a arma Eshvaren. Ra'haam precisa ser impedido. Todas as outras considerações *precisam* ser secundárias.

Fin limpa a garganta.

— Zila...

— Tudo isso está acontecendo por um motivo — continua ela. — Precisamos seguir em frente. A mensagem de Adams e de Stoy, essa nave, a caixa de cigarros que salvou a vida de Kal, tudo isso está se desdobrando da maneira que deve ser. A única saída é percorrer o caminho.

Kal toca o torso onde o tiro da pistola o atingiu, como se lembrasse do ataque que quase o matou. Auri aperta a mão dele, preocupação nos olhos dela.

— Nem ouse fazer uma coisa dessas de novo, ok? *Me escute* da próxima vez.

— Farei isso, be'shmai — responde. — Eu juro.

Fin está olhando para os dois, para Kal, uma expressão estranha no rosto. Eu gesticulo para o unividro que ele conectou ao seu terminal.

— Então, os dados da *Hadfield* indicam alguma coisa?

— Me dá um segundo — ele responde. — Estou procurando por anomalias e leituras estranhas nos registros, mas tem muita coisa aqui.

Um silêncio inquieto recai, interrompido apenas pelo pulsar de nossos radares, os dedos metálicos de Finian batendo nas telas. Olho para Auri e consigo ver que ainda está arrasada, pensando que isso é culpa dela. Sentindo-se culpada por deixar Ty para trás, por ter perdido o controle na *Hadfield*, ter perdido a coragem na *Andarael*. Eu sei que está tentando, mas esse poder dela... ela precisa aprender a controlá-lo. Me pergunto como ela vai conseguir fazer isso se não é capaz nem de reconhecê-lo.

— Quando os Imaculados me sedaram... — começa ela.

A voz dela hesita, e Kal aperta a mão dela. Ela parece tirar forças do toque dele, respirando fundo antes de voltar a falar.

— Eu sonhei — diz ela, sacudindo a cabeça. — Eu senti. Eu *vi*.

— Ra'haam — diz Kal.

Auri assente.

— Está ficando mais forte. Eu consigo... senti-lo, de alguma forma. Como um arranhão no fundo da minha mente. Cada momento que passamos aqui é mais um momento que cresce. Nos meus sonhos... vi vários mundos cobertos por aquele pólen azul. Eu vi a Terra. Outros planetas. Todos eles como

Octavia III. Completamente tomados. — Ela sacode a cabeça novamente. — Está muito perto de eclodir. De florescer e se espalhar.

— Perto quanto? — pergunto, com um frio na barriga revirada.

— Eu não sei. — Ela suspira, inclinando-se para a frente, os cotovelos apoiados nos joelhos. — Mas *em breve*.

Meu estômago revira novamente, e penso em Cat em seus momentos finais. Imagino qual deve ser a sensação de ser consumida. Perder-se para essa coisa. Imagino mundos inteiros sendo assimilados, aniquilados, e por um instante me sinto tão pequena, tão insignificante, que mal consigo respirar. Eu já perdi minha melhor amiga. Agora também perdi o meu irmão. Quem mais vou perder antes que isso acabe?

— Esperem aí... — Finian murmura.

Zila fica atenta, sentando-se ainda mais ereta em sua cadeira (se é que isso é possível).

— Finian? O que encontrou?

Ele estreita os olhos, observando o fluxo de dados da *Hadfield*.

— Tem alguma coisa estranha aqui. Anomalia territorial. Uma variação imensa de poder no núcleo da *Hadfield*. Falhas críticas na maior parte dos sistemas de criogenia. A gama dos sensores não era tão avançada, mas essas leituras... — Ele olha pra mim. — É, alguma coisa *muito* estranha aconteceu naquela nave.

— Quando? — pergunta Auri, seus olhos díspares se arregalando. — Onde?

— Quase cem anos atrás. — Fin assobia, digitando uma série de comandos na tela. — Tenho as coordenadas aproximadas. Dá umas vinte horas através da Dobra da nossa localização atual, se deixarmos a *Zero* com os motores ao máximo.

Então, todos eles olham para mim. Os restos esfarrapados do Esquadrão 312 da Legião Aurora. Talvez por eu ser uma Jones. Inferno, talvez porque não tem mais ninguém para quem olhar. Só que não fui feita pra isso. Não deveria ser eu decidindo isso. Deveria ser Tyler.

Quem penso que sou?

Quem penso que nós somos, batendo de frente com algo desse tamanho sozinhos?

Zila encontra meu olhar, a voz dela baixa.

— A única saída é percorrer o caminho, Scarlett.

Eu respiro fundo, assentindo lentamente.

— Ok — digo, tentando fazer minha voz soar estável. — Fin, veja o que mais consegue descobrir nessas leituras. Qualquer coisa que nos dê alguma luz sobre aonde estamos indo. Kal, faça um diagnóstico do sistema de armas da *Zero* e suas defesas, deixe tudo pronto caso a gente encontre mais encrenca. Zila, mantenha o curso para essas coordenadas. Motores ao máximo.

O esquadrão começa a se mexer, provavelmente grato só por ter uma direção na qual seguir. Nós não temos ideia do que nos aguarda. O que encontraremos quando chegarmos lá, se é que vamos encontrar alguma coisa. Mas que outra escolha nós temos?

A única saída é percorrer o caminho, Scarlett.

A única saída é percorrer o caminho.

PARTE 3

TEMPO DE ARDER

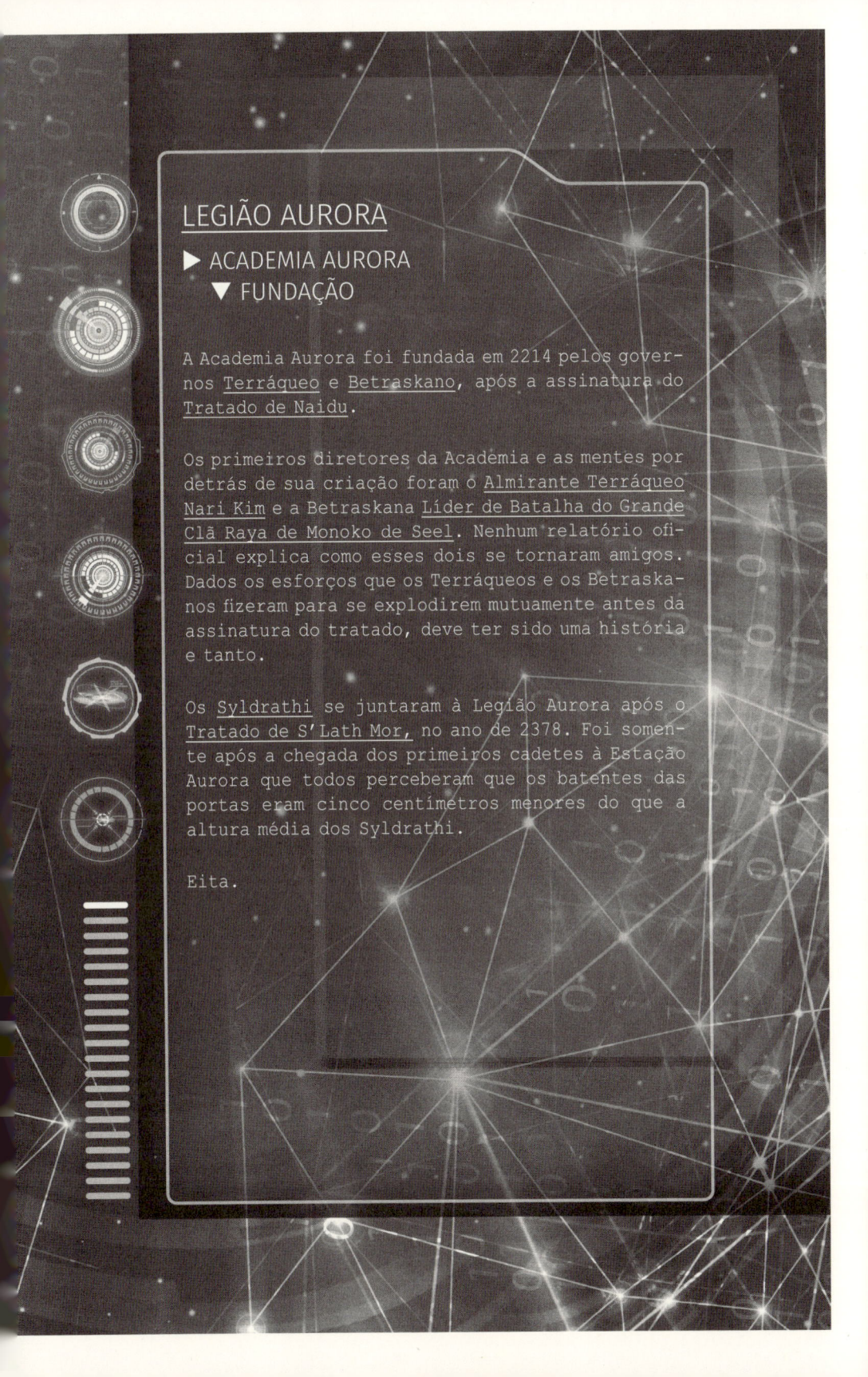

LEGIÃO AURORA
▶ ACADEMIA AURORA
▼ FUNDAÇÃO

A Academia Aurora foi fundada em 2214 pelos governos Terráqueo e Betraskano, após a assinatura do Tratado de Naidu.

Os primeiros diretores da Academia e as mentes por detrás de sua criação foram o Almirante Terráqueo Nari Kim e a Betraskana Líder de Batalha do Grande Clã Raya de Monoko de Seel. Nenhum relatório oficial explica como esses dois se tornaram amigos. Dados os esforços que os Terráqueos e os Betraskanos fizeram para se explodirem mutuamente antes da assinatura do tratado, deve ter sido uma história e tanto.

Os Syldrathi se juntaram à Legião Aurora após o Tratado de S'Lath Mor, no ano de 2378. Foi somente após a chegada dos primeiros cadetes à Estação Aurora que todos perceberam que os batentes das portas eram cinco centímetros menores do que a altura média dos Syldrathi.

Eita.

17

FINIAN

Estou tentando me concentrar nesses cálculos e falhando miseravelmente. Os dados que estou tirando da caixa-preta da *Hadfield* são como um fluxo infinito de alvos variáveis, todos rodopiando e dançando ao redor uns dos outros como um jogo imprevisível.

Estamos em rota para as coordenadas indicadas pelas leituras originais, onde *alguma coisa* causou o curto-circuito nos sistemas da nave de colonização. Presumo que seja o lugar onde algo aconteceu com Auri. O problema é que, seja lá o que o causou, se é que foi um objeto físico, já deve ter flutuado para longe, então é preciso contabilizar isso. O outro problema é que ter uma localização aproximada não é bom o bastante. O espaço é *muito* grande, então "algum lugar por aqui" não dá pro gasto.

Kal terminou a checagem de armas, e, tendo finalizado nossa rota através da Dobra, Zila o levou para a enfermaria, com Auri para ajudar, ou possivelmente só para falar para ele ficar imóvel e não bancar o bebê chorão enquanto ela fica dando uma espiadinha no tanquinho dele (eu não posso culpá-la por isso). Enquanto trabalho, Scarlett está observando os monitores, em estado de alerta a qualquer sinal de estarmos sendo seguidos ou voando na direção de algo perigoso. Pra falar a verdade, ela está encarando as telas como se mal conseguisse vê-las, os lábios apertados, a respiração lenta e deliberada enquanto tenta se manter calma.

— Você está bem? — murmuro, sabendo que isso é uma coisa burra de dizer.

Eu não estou bem, e ele nem era, quero dizer, é, no presente, meu irmão gêmeo.

Ela desvia o olhar da tela, conseguindo esboçar um sorriso fraco no rosto.

— Não muito — admite.

Eu assinto, porque, bem, faz sentido.

— Nós não estamos desistindo dele — falo baixinho. — Você sabe que a AIG vai protegê-lo. Sabe que ele é mais útil vivo. Para o Princeps. Tanto por informação ou como isca.

— Eu sei — concorda ela num sussurro. — Ainda assim, não consigo acreditar que o deixamos lá. Ele estava bem ali, e a gente fugiu.

As palavras dela ecoam no silêncio entre a gente, pontuadas pelo zumbido fraco dos sistemas da *Zero*. Eu sei que nós dois estamos pensando na xará da nave. Em Cat, que estava bem ali quando a gente também fugiu.

Scarlett engole em seco, tentando se aprumar mais na cadeira, e parte meu coração vê-la desse jeito.

— Ok — digo. — Qual é o hábito mais irritante do Tyler?

Ela pisca.

— O quê?

— Me ajuda aqui — eu a convenço, exibindo um sorriso que torço para que seja melhor do que o dela. — O que ele faz que te deixa completamente irritada?

Ela considera a pergunta.

— Ele etiqueta as coisas dele — responde, os lábios se curvando de leve.

— Desculpa, ele faz o quê?

— Põe o nome dele nas coisas. Desde que a gente era criança. Tudo. Eu nunca olhei, mas tenho certeza de que até a cueca dele tem o nome bordado no avesso.

— Que mais?

— Ele nunca fica irritado quando você faz merda — continua. — Ele é perfeito, mas quando o restante de nós não é, ele nunca te olha como se você pudesse ou devesse ter feito melhor. É como se permitisse que todo o restante falhasse, mas ele não. Ty é praticamente a porcaria de um santo.

Inclino a cabeça, sentindo os tendões duros do meu pescoço se esticarem.

— E como é essa santidade?

Ela gesticula.

— Sabe. Dar discursos. Ter paciência. Falar que é só continuar tentando.

Eu a estudo por um longo momento.

— Scar?

— Oi?

— Continue tentando.

Ela amassa a embalagem vazia de Bolo-Cremoso de Morango™ e o arremessa na minha direção, mas ri. Estica a mão para enlaçar os dedos com os meus e dar um aperto, e meu coração praticamente escapa do peito.

— Obrigada — diz ela, baixinho. — E obrigada por ter ido buscar Ty comigo. Eu não vou me esquecer disso.

— Sempre que precisar — digo.

— Você precisa que eu fique em silêncio para você se concentrar?

— Não, já que sou incrivelmente inteligente e consigo fazer várias coisas ao mesmo tempo.

O sorriso dela parece cansado e um pouco triste, mas é real.

— Tá ótimo, Supercérebro. O que você acha que vamos enfrentar?

Eu estreito os olhos para a minha tela.

— Alguma coisa tipo um... bagulho coisado de aberrações do espaço-tempo convergindo — digo, tentando inserir o máximo de autoridade no meu tom de voz.

— Então você não faz ideia.

— Eu não faço ideia — concordo. — Mas se foi alguma coisa deixada para trás pelos Eshvaren, não sei se eu saberia. Vou continuar trabalhando para tentar encontrar a localização exata. Ainda temos um tempo antes de chegar perto. Enquanto isso, acha que você tem chance de dormir um pouco se tomar um sedativo? Posso ficar de olho nos monitores até Zila voltar e dou um grito se alguma coisa aparecer.

— Todos nós deveríamos dormir. — Ela franze o cenho. Modo Mãe iniciado.

— Eu espero minha vez, prometo — digo, erguendo a mão com os dedos entrelaçados como já vi Terráqueos fazerem quando prometem alguma coisa. Dá pra ver pela expressão dela que estou fazendo errado.

— Está bem, está bem. — Ela se põe de pé, se esticando lentamente. — Vou tomar alguma coisa e vou pra cama.

— Precisa de alguém pra te ninar?

Ela só dá uma piscadela e rebola até seus aposentos, me deixando com meus cálculos. Ainda estou repassando a piscadela na minha mente quando Zila e Auri reaparecem.

— Como está o paciente? — pergunto.

— Eu cuidei das feridas de Kal — relata Zila. — Estão doloridas, mas vão cicatrizar corretamente. Ele concordou com a sugestão de Aurora de que deveria se lavar da abundância de sangue com a qual... ele está coberto, e então tentar dormir.

— Scar está tentando descansar também — comento. — E o radar está limpo.

— Então deveríamos checar os noticiários em busca de informações sobre a batalha — responde Zila, sentando na cadeira e abrindo as telas no monitor central.

As notícias são preocupantes.

Os relatos são todos dos canais civis, que é tudo que conseguimos acessar, sobre a batalha entre os Imaculados e a FDT. Há narrativas conflitantes sobre quem atirou primeiro, número de mortos e a localização exata da batalha, mas todos concordam em uma coisa: uma frota enorme de Imaculados está se mobilizando e se encaminhando para o espaço Terráqueo. A galáxia está prendendo a respiração, aguardando o que vai acontecer a seguir.

A expressão de Zila é indecifrável como sempre.

Auri parece prestes a vomitar.

— Bem — digo, trocando o feed pelos meus últimos cálculos —, tenho boas notícias, pelo menos. Eu já ajustei a deriva reconsiderando nossa linha do tempo. Se colocarmos os ajustes na rota, vamos chegar exatamente aonde o incidente da *Hadfield* ocorreu.

Os dedos de Zila dançam pelo console.

— Aurora, você tem alguma premonição sobre o que vamos encontrar?

— Nenhuma — Auri resmunga, olhando para as mãos. Um dedão massageia o outro pulso, onde uma marca vermelha ainda indica o lugar em que estava o adesivo. Quando ela desvia o olhar, é na direção da enfermaria, onde Kal está. — Eu não sei o que tem lá. Não sei o que é. Não sei o que eu sou. Não sei o que aconteceu. — Ela inspira, um pouco trêmula. — E não sei o que vou fazer em seguida.

Zila e eu trocamos um olhar profundo. Aurora não parece pronta para nada, muito menos para salvar toda a Via Láctea. Estamos arriscando tudo. Já sacrificamos dois dos nossos pela chance incerta que ela representa. Porém, ela é tudo que nós temos.

— Quer saber? — eu falo, tentando parecer alegre. — Por que nós dois não vamos dormir? Zila cuida das coisas por aqui.

Nossa Cérebro inclina a cabeça.

— Acordarei Scarlett quando necessitar de descanso.

Quero me oferecer para ficar acordado, mas tanto Zila quanto eu sabemos que preciso do tempo de descanso. Em vez disso, fico em pé, oferecendo a mão para ajudar Auri a levantar. Ela a pega e, quando levanta, eu continuo com os dedos dela nos meus, examinando.

— Você parece mal — digo.

— E você, por outro lado, está ótimo como sempre — comenta ela em tom seco.

Uso minha mão livre para alisar meu cabelo para trás, que instantaneamente volta à bagunça desastrosa de antes.

— Quer um abraço?

Ela hesita, e então acena, só uma inclinação pequena de cabeça. Então eu a puxo para perto e passo meus braços ao redor dela. Sou do tipo comprido que só acontece quando se passa tempo demais em gravidade zero enquanto se está crescendo, e ela se aninha embaixo do meu queixo perfeitamente. Meu traje provavelmente a pinica em alguns lugares, mas ela não parece incomodada.

E por um longo momento, nós só ficamos ali juntos. Os braços dela ao redor da minha cintura, a bochecha no meu ombro, meu queixo descansando no cabelo dela.

Quando eu desvio o olhar, Zila está nos observando. De vez em quando, fico me perguntando o que ela acha de nós. Quanto tempo faz que alguém a abraçou. Se alguém já fez isso.

Conforme descemos pelo corredor, Aurora ergue a mão ao passar pela porta fechada do quarto de Ty, olhando para ela como se pudesse ver através do metal, ver o nosso Alfa perdido lá dentro. Ela já ouviu aquilo ser repetido de novo e de novo quando o deixamos para trás — *Aurora é a prioridade, mantenham-na a salvo*. Então está carregando aquilo consigo, além de saber que tudo depende de um poder sobre o qual ela não tem controle. Um poder que a assusta.

— Durma bem, Clandestina — digo, conforme as portas se fecham com um zumbido atrás dela.

Com um suspiro leve, eu saio dos meus próprios aposentos e vou na direção da enfermaria, onde meu próximo desafio me aguarda.

As luzes foram enfraquecidas, e Kal está descansando em uma biomaca, uma faixa amarrada ao redor de um ombro. Ele está com o torso nu, os hematomas florescendo na pele, ficando pretos e cinza pela Dobra. Só que ver Kaliis Idraban Gilwraeth sem camisa, mesmo depois de ter apanhado, me faz querer agradecer ao Criador por eu ter vivido para vivenciar este momento. Ele é *lindo*. Todas aquelas linhas esculpidas e os músculos e, sabe, ele tem um *tanquinho*, e aquele V absurdo que alinha para desaparecer (tragicamente) abaixo do cinto, e tudo parece pertencer a criaturas de mitos e lendas.

Tudo.
Sorte da Auri.

— Tem alguma coisa errada, Finian?

Eu dou um pulo quando percebo que ele está olhando diretamente para mim e fecho minha boca.

— Só checando — eu falo, me aproximando mais e indicando os bíceps dele com a cabeça. — Tem permissão para ter essas armas, senhor?

As sobrancelhas dele se juntam em uma confusão elegante.

— Eu sou proficiente em armas que... — A voz dele se esvai, porque ele compreende que perdeu a piada.

— Deixa pra lá. Eu tenho uma pergunta.

De alguma forma, ele sabe que deve ser cauteloso, virando-se para olhar para mim.

— Pergunte.

— Lá no reboque — digo, gesticulando para o lugar acima do coração dele onde o hematoma está mais escuro —, depois de eu ter visto que foi a caixa de cigarrilhas que bloqueou o tiro para Matar e depois que parei de agradecer ao Criador que você estava vivo, percebi que conseguia abrir a caixa.

O interesse do nosso Tanque fica apurado.

— Posso presumir que o fez.

— Isso — confirmo. — E ainda assim não entendi, Kal. Tinha um bilhete dentro. Um bilhete com a *minha* letra. Um bilhete que eu tenho certeza absoluta de que nunca escrevi.

Ele volta a franzir o cenho.

— E o que o bilhete dizia?

— Dizia "conte a ela a verdade". — Eu o observo avidamente. — Você sabe o que isso significa?

Ele sacode a cabeça levemente.

— Eu não sei.

— Porque não dá mais pra ficar guardando segredos do resto do pessoal agora — continuo. — Se tem alguma coisa que você não está contando pra Auri, ou Scar, ou Zila, ou até mesmo pra sua irmã doida, eu entendo, mas agora é a hora, Kal.

A expressão dele fica gélida.

— Talvez o bilhete tenha sido para você. Você acredita que escreveu. E também foi quem o leu.

— Mas era o *seu* presente — retruco.

— E, ainda assim, não posso responder sua pergunta.

Eu não tenho nenhuma ideia se ele está sendo sincero comigo. Poderia ser a própria Zila, considerando a expressão de agora. Depois de um longo momento, eu suspiro.

— Precisa de mais alguma coisa?

— Não.

— Bom, a Zila está na ponte — digo. — Grite se estiver com problemas.

— Del'nai, amigo.

Enquanto me encaminho aos meus aposentos, vasculho meu cérebro em busca de qualquer tipo de segredo que *eu* poderia estar guardando. Qualquer coisa que indique que o bilhete seja para mim. Fora eu não falar para Scar que eu engatinharia por vidro quebrado para sair com ela se nós dois sobrevivermos a isso tudo, minha mente está em branco. E o bilhete, seja lá como infernos aconteceu, parece um esforço grande demais para só um crush não correspondido.

As portas se fecham com um zumbido atrás de mim, e eu aperto o botão para liberar a gravidade. Ainda estou pensando enquanto a contagem regressiva suave se completa e a pressão no meu corpo alivia. Não tenho respostas.

Conforme tiro meu traje e me impulsiono do chão e me curvo para dormir, não tenho nada a não ser perguntas.

• • • • • • • • • • • •

Um apito suave me acorda e eu me espreguiço lentamente, contente por me sentir melhor — meus músculos duros se destravaram, e meu corpo gosta de mim de novo.

Então eu me lembro de que Ty é um prisioneiro da AIG, a galáxia está prestes a entrar em guerra e o Esquadrão 312 não faz ideia de como impedir isso.

Eeeeee isso me traz de volta com um baque.

O apito é seguido pela voz de Scar nos comunicadores.

— *Bom dia, pessoas incrivelmente gatas. São oito horas no horário da nave; estamos a sessenta minutos do nosso destino. Vejo vocês na ponte quando tiverem acordado e ficado ainda mais gatos, se isso for possível.*

Tiro meu uniforme e, com um toque gentil contra o teto, me impulsiono para o canto onde existe uma ducha hidrossônica. Ativo o campo de força que mantém o restante do quarto seco, fechando os olhos com prazer enquanto os furos na parede emitem uma névoa gentil, e deixo a parte sônica da ducha fazer o resto, as vibrações em combinação com a umidade retirarem a sujeira, suor e pânico dos últimos dias. Meus avós tinham uma unidade praticamente igual na estação onde moravam, e, embora no começo eu achasse bizarro, por em Trask nunca faltar água, hoje em dia eu aprecio o fato de que realmente fico todo limpo.

Depois de alguns minutos, eu a desligo relutantemente e então encontro um uniforme limpo. Quando coloco meu traje e faço um diagnóstico, está milagrosamente em boas condições.

Faço meu caminho até a ponte, sentindo o baque que ocorre com a gravidade, tudo protestando um pouco mais por causa do trabalho extra. Encontro meus colegas de esquadrão sentados em seus consoles, tomando café da manhã. Auri desliza um pacote pela mesa para mim e inspeciono a etiqueta, desejando que não o tivesse feito. Eu não sei o que é um Mix Saboroso de Brunch!!™, mas tenho certeza de que a informação extra não vai me fazer sentir melhor.

Eu olho para Scarlett, sacudindo o pacote para aquecê-lo.

— Você não deveria ter me deixado dormir tanto tempo.

Ela dá uma piscadela.

— Alguns de nós precisam de menos sono de beleza do que os outros.

— Alguma novidade? — pergunto, sorrindo.

— Declarações oficiais foram feitas pela Terra, Trask e vários outros sistemas próximos. Ninguém quer uma guerra. Todo mundo sabe que talvez não tenham um voto. Os Imaculados não falaram nada ainda, mas a frota está se mobilizando e parece enorme.

Isso acrescenta um tom sombrio ao café. Kal parece particularmente preocupado. Terminamos de comer, e Zila e eu nos acomodamos para encontrar seja lá o que estamos procurando.

— Apesar das mudanças no último século — declaro —, deveríamos estar por perto agora, talvez com mil quilômetros a menos ou a mais.

— Escaneando agora — Zila fala para a tela.

— Processando dados — murmuro conforme o fluxo começa a passar para mim. Demora menos de dois minutos para algo se destacar do resto. — Isso é um…?

— Confirmado — diz Zila, virando-se do console para os controles do piloto. — Objeto não identificado detectado. Alterando a rota.

Eu abro um sorriso para os outros.

— E cheguei a menos de trinta e sete quilômetros, meus amigos!

Essa declaração da minha proeza inigualável é respondida com acenos educados.

—Ah, qual *é* — protesto. — Isso é tipo encontrar... o que é que vocês, crianças de barro, dizem? Uma patrulha no palheiro?

Auri solta uma risada.

— Uma agulha.

— Bom, então é bem menor. E nesse caso, seja lá o que for um palheiro, seria mais ou menos um dia só para atravessar. E eu deixei vocês bem na porta do nosso destino.

— Um esforço louvável — diz Zila sem virar o rosto.

— Digno de elogios — diz Scarlett, tentando esconder o sorriso.

— É perigoso? — Kal pergunta.

Sacudo a cabeça.

— Tem quase zero assinatura de energia. Parece totalmente inerte. Estamos com sorte de ter encontrado alguma coisa, sendo sincero.

— Kal, como está seu ombro? — pergunta Scarlett.

— Bem o bastante — declara ele. — Gostaria que eu preparasse a baía de aterrissagem?

Scarlett se inclina para trás e morde o lábio, franzindo um pouco o cenho.

— Aham. Vamos trazer essa coisa para dentro e ver o que descobrimos.

• • • • • • • • • • • • •

Conseguimos ver a baía de aterrissagem através de uma janelinha de plastil, e todos nos aglomeramos ao redor para ver o objeto que Kal trouxe para dentro. Tem a forma de uma lágrima e quase metade da minha altura. Parece feito de... cristal, talvez? É lapidado como uma joia, com inúmeras faces, a luz brilha dançando pela superfície. Não há nenhuma outra marca ou outros detalhes que eu possa ver.

O objeto se apruma conforme as portas se fecham e a baía começa a equilibrar, de alguma forma parando em pé, flutuando a alguns centímetros acima do chão.

— É só isso? — Aurora pergunta, falando em voz alta o que a maioria de nós está pensando.

— Só isso — respondo.

— Sente alguma coisa vindo disso, be'shmai? — Kal pergunta.

Auri franze a testa, concentrada, mas por fim sacode a cabeça.

— Nada.

— É meio pequeno — Scarlett acrescenta olhando.

— Tamanho não é documento.

Há uma pausa longa. Em uníssono, todos olhamos em volta, e então para baixo. As palavras vieram de Zila, a menor membro do esquadrão. Isso foi...

Ela acabou de fazer uma piada?

— Concordo com a Legionária Madran! — diz uma voz pequena e animada no bolso de Aurora. — Tamanho normalmente não é uma indicação de desempenho.

— Quietinho, Magalhães — murmura Auri.

— Sabe, eu provavelmente deveria lembrar vocês que sou três vezes mais inteligente do que qualquer um de vocês, e vocês estão constantemente me dizendo para eu ficar qui...

— Modo silencioso — ordena Scarlett.

— Humanos — a voz murmura a reclamação antes de o uni calar a boca.

— ... Podemos entrar e dar uma olhada? — pergunta Aurora.

— Isso não é aconselhável — Zila responde, ocupada com os controles ambientais da baía de aterrissagem. — A temperatura externa é de menos 270,45 graus Celsius.

— Sopro do Criador — digo, olhando para as especificações. — Do que essa coisa é *feita*?

— Está desafiando as habilidades do nosso scanner de analisar sua estrutura molecular — diz Zila, passando o olho pelos dados. — Mas eu não estou detectando qualquer radiação nociva ou micróbios. Tentarei aumentar a temperatura do objeto. Por favor, aguardem.

Todos esperamos impacientemente até Zila, por fim, uma vida inteira depois, assentir. Parece que está tudo bem para nós entrarmos. Kal aperta o botão do controle da porta, e cuidadosamente entramos, nos aglomerando ao redor da coisa, tirando os unividros do bolso. A coisa não tem energia *nenhuma*. Fora o fato de que está fisicamente presente, não dá para determinar se está emitindo transmissões, se tem uma fonte de energia interna ou pra que serve. Ainda assim, é um lugar para começar, então damos início à nossa análise.

Exceto por Aurora. Ela não tira Magalhães do bolso. Em vez disso, encara a coisa como se estivesse em um transe. E então, sem piscar, mas com uma leve indicação de sorriso, ela estica o braço para colocar a mão na superfície.

— Não sei se isso é uma boa ideia, chefia... — diz Magalhães.

— Aurora? — Kal pergunta.

Os dedos dela tocam na superfície.

O unividro emite um som estático, estalando alto.

Então, ela desmorona aos meus pés.

< ERRO>
001!)&#)(0
< FALHA>
<ERRO>

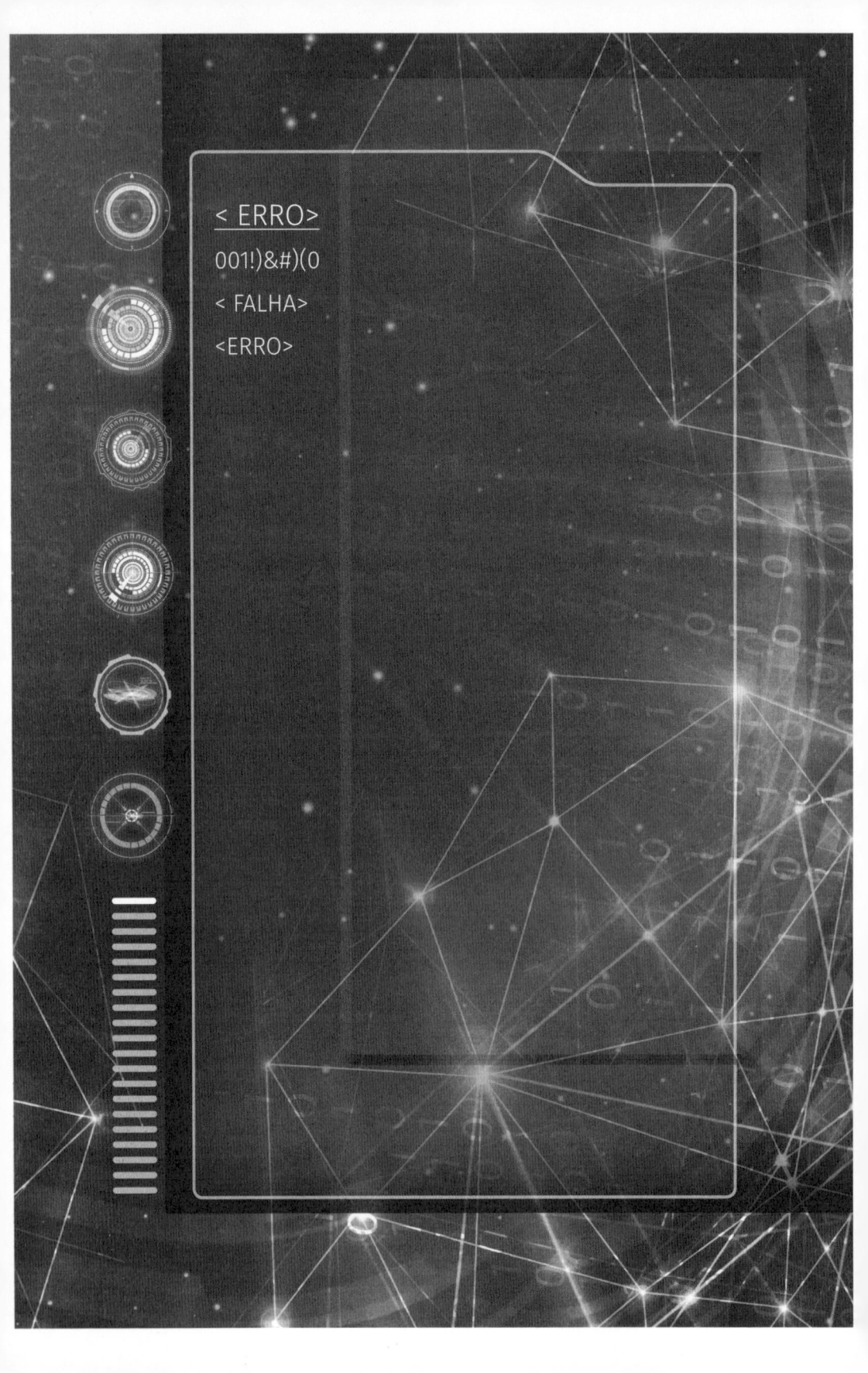

18

AURI

Eu nunca vi uma paisagem tão linda antes.

Lá na Terra, não havia mais áreas verdes tão extensas assim. Em Octavia, havia infinitos campos de terra selvagem, mas eu nunca os vi pessoalmente, não até que estivessem cobertos por Ra'haam, mas esse lugar é diferente das duas coisas.

Quase até onde minha vista alcança, existem jardins impecáveis e luxuosos. Cascatas floridas ondulam por morros gentis. Cachos de flores vermelhas se dependuram nas árvores. É um desfile eterno de flores e plantas, cada uma mais fascinante que a outra, cada uma diferente das demais.

E conforme a paisagem se estica — não, *voa* — para longe de mim, meus olhos não sabem para onde olhar. Esse lugar faria o jardim do Éden parecer entediante. Tudo é claro e brilhante, o ar límpido, a temperatura perfeita. No horizonte tem algum tipo de cidade, espirais altas de cristal que se esticam na direção de um céu dourado e glorioso.

O que mais me chama a atenção é a sensação incrível de bem-estar. É como se eu estivesse embriagada pelo sol na pele, com o ar mais puro que já respirei. Não acho que passei qualquer momento, desde que acordei na estação Aurora, sentindo algo que não fosse cansaço ou medo, e a ausência desse peso me faz sentir como se pudesse chegar até as espirais de cristal em um único salto.

Sem nada para fazer, eu vou na direção delas. São um ponto de referência, afinal, e talvez eu encontre algo que possa explicar onde estou. Sei que deveria estar mais preocupada, mas parece impossível me importar, de qualquer forma.

Não há caminhos, mas a relva é baixa e é fácil andar por ela. Atravesso um vale aos pulinhos, deslocando-me ao longo de um campo de flores azuis da altura da minha cintura. Passo a mão nelas conforme ando, e elas estremecem e se curvam, virando suas pétalas para me acompanhar.

É difícil medir o tempo, mas parece que estou andando por horas quando vejo a figura. Está próxima e me pergunto como não a vi antes, e, apesar de ter a forma humanoide, certamente não é humana.

Não consigo olhar diretamente para ela, embora não machuque meus olhos. É uma criatura feita de luz e cristal, um brilho dourado e infinitos fractais em arco-íris refletindo de sua forma. Tem três dedos em cada mão, e eu noto que o olho direito é branco e brilhante, assim como o meu. Apesar de ser uma das criaturas mais estranhas que já vi (e olha que já fui pra uma festa de Casseldon Bianchi), não sinto medo nenhum. Em vez disso, continuo meu caminho para encontrá-la e não fico surpresa quando sou cumprimentada.

As palavras são como músicas, mas não as ouço faladas em voz alta. Elas meio que só... surgem na minha cabeça.

Saudações, diz. *Bem-vinda ao Eco. Eu sou Eshvaren.*

— Eshvaren? — repito como um papagaio. — Achei que eram uma espécie inteira, não só uma, hum... — Olho para seu corpo brilhante de cima abaixo. — Pessoa?

A criatura faz uma pequena reverência.

Sou uma concentração de sabedoria. A memória de muitos. Assim como esse lugar é a memória do nosso mundo natal. Um eco de um lugar que já se foi.

Não tenho uma resposta adequada para isso, mas considero que não dá para errar ao retribuir as saudações.

— É um prazer te conhecer. Sou Aurora Jie-Lin O'Malley.

Tu és o Gatilho, responde, com um toque de formalidade.

— Sim, isso mesmo! — Fico afoita e dou um passo para mais perto. — E se você é Eshvaren, pode me dizer o que isso significa.

A entidade me oferece outra de suas reverências. *Ser um Gatilho significa que tens escolhas diante de si, Aurora Jie-Lin O'Malley.*

Ergue os braços e então os estende para a frente, se erguendo acima do chão como se estivesse em gravidade zero.

Eu a encaro, confusa, conforme paira alguns metros acima da minha cabeça.

Venha, diz, paciente. *Junte-se a mim.*

Acho que, como diz o ditado, quem não arrisca não petisca. Me sentindo ridícula, dobro os joelhos e dou impulso como se estivesse prestes a pular, mas, em vez disso, sem esforço nenhum, eu sou erguida do chão. Assim que estico os braços, me perguntando como é que vou parar, faço exatamente isso. Há uma leve textura no ar, não tão pesada quanto água, mas o que estou fazendo é um pouco parecido com nadar.

Com outro chute, voo novamente, os braços abertos, uma risada surgindo de dentro de mim diante daquela paisagem infinita. Isso é como a melhor parte de todos os sonhos sobre voar que já tive. Por um instante, é como estar de volta em casa, de volta ao meu tempo, passando pela pista de corrida sabendo que estou na frente de todo mundo.

Isso é alegria pura.

Com um segundo chute rápido, viro uma cambalhota completa com um grito de alegria. Eshvaren paira no céu, em maneira mais digna, me observando enquanto extravaso.

Siga, finalmente me diz.

Juntos, voamos pela beleza que se desdobra abaixo de nós. Grandes vales que são seguidos por montes suaves e redondos, com a relva verde, quase dourada, que abre espaço para mares de flores azuis e roxas que balançam na brisa, a campos vermelhos que ondulam enquanto os sobrevoamos. Um rio prateado passa por tudo, indo e vindo, sinuoso e retorcido, e a cidade de cristal me chama conforme nos viramos para ela.

Mais uma vez, Eshvaren fala e eu ouço, apesar do vento.

Esse lugar é o Eco de muito tempo atrás. Um tempo quando éramos vivos. Antes de lutarmos contra Ra'haam. Conhece o Grande Inimigo?

— Sim — respondo, olhando para a criatura. — Sim, nós nos encontramos.

Então sabe que ele acredita no poder de muitos como um só. No sacrifício da individualidade em nome da harmonia.

— Sim.

Uma pergunta aparece na minha mente, e, apesar de eu saber que talvez não seja a melhor hora ou lugar para isso, preciso fazê-la em voz alta. Estou pensando no meu pai. Em Cat. Nos outros colonos abrigados em sua abrangência, os olhos florescendo azuis, o musgo cobrindo seus rostos; escondendo-se embaixo dos uniformes de agentes da AIG para prevenir que outros se aproximassem de Octavia, incomodando o berçário onde Ra'haam dorme.

— Eu vi Ra'haam absorver pessoas — digo. — Consumindo-as. Existe... existe um jeito de sair, depois que já se tornou parte daquilo?

Não, diz Eshvaren baixinho. A dor em sua voz é equivalente à ardência aguda que sinto no peito.

— Ah — sussurro, porque é a única coisa que consigo pensar em dizer.

Apenas uma palavrinha.

Um pensamento tão grande.

Nada de *talvez*, nem um *é possível*. Só...

Não.

Ainda estou tentando absorver a informação quando cruzamos o rio largo, um volume prateado de águas rápidas, espumosas e revoltas, batendo contra pedras no meio do percurso, lançando ao ar arcos perfeitos de pingos.

Nós não somos como Ra'haam, diz Eshvaren. *Acreditamos na virtude do indivíduo acima de tudo. Nossa luta foi em defesa desta crença. Nos custou tudo, mas a guerra ainda não foi inteiramente ganha. Apesar de ter sofrido uma derrota, Ra'haam não morreu. Escondeu-se de nós, entrando em hibernação, e nós sabíamos que não viveríamos para ver seu próximo despertar. Então preparamos esse lugar e essa memória para te esperar.*

— Meio irônico que a memória de toda a sua espécie esteja num corpo só — observo. — Quando são vocês que acreditam em individualidade.

Estes indivíduos deram seu consentimento a este processo, responde, solene. *Ra'haam não pede tal permissão. Tu és nosso legado, Aurora. Morremos para manter viva a esperança de derrotar Ra'haam. Agora é preciso completar nosso trabalho.*

Minha voz soa fraca até para meus próprios ouvidos.

— Mas eu não sei o que fazer.

Deixamos uma Arma, responde. *Se for mobilizada antes do despertar completo de Ra'haam, destruirá seus planetas-berçário e prevenirá que floresça novamente. Nós não tínhamos conhecimento de onde o Inimigo dormia quando criamos este lugar. Após eras de nosso esquecimento, nossos agentes ainda procuraram pelos mundos-semente de Ra'haam. Pistas foram deixadas...*

— O mapa estelar! — assinto, animada. — Sim, nós o encontramos.

Também deixamos aparatos na Dobra. Sondas. Um desses aparatos detectou teu potencial psíquico e se ativou. Sabia que dentro de ti estava a habilidade necessária para empunhar nossa última arma contra Ra'haam e trouxe esse potencial à tona. Agora é preciso que treines para que estejas preparada para usá-la. É preciso acabar com o ciclo.

De repente, rodeada por essa beleza perfeita, eu me sinto incrivelmente pequenina em um planeta enorme. O céu dourado parece infinito, e as torres de cristal parecem tão altas que o tocam.

— Quer dizer que seu plano todo dependia do fato de que eu algum dia iria aparecer perto daquela sonda para conseguir me sentir e me ativar? E se eu não tivesse sido selecionada para a missão de Octavia? E se eu nunca tivesse ido parar naquele lugar do espaço? Como é que vocês sabiam que isso aconteceria? Conseguem ver o futuro? Se sim, tenho muitas perguntas mesmo.

Eshvaren sacode sua cabeça. *Tu és especial, Aurora, mas não única. Deixamos muitas sondas, compatíveis com muitas espécies, que buscavam potenciais na Dobra.*

— Mas não tem mais nenhum outro Gatilho — comento. — Ou... existem outros?

Tu estás sozinha aqui, responde. *Porém, não sou uma forma viva. Apenas uma coleção de memórias. Uma gravação, se preferir. Pode ter havido outros Gatilhos antes de ti. Outros que foram ativados, que vieram até aqui para treinar. Eu não tenho tal conhecimento. O Eco resetará após deixar este lugar, e Ra'haam não existiria mais se outro Gatilho tivesse obtido sucesso. E, se fracassar, outros virão depois de ti. Esta tarefa não pode ficar inacabada.*

É uma perspectiva bem sombria.

— Você não é muito bom de bico — digo, tentando me fazer soar mais segura do que me sinto.

Eshvaren inclina a cabeça de leve para um lado. *Por favor, defina "bico".*

— Você não está me motivando. Está me assustando. É isso que estou dizendo.

Medo é uma resposta apropriada, responde serenamente. *Teu treinamento será árduo. Os testes, perigosos. Se fracassar, custar-te-á tua vida.*

— Hum — digo. — Minha vida?

A responsabilidade é tua, responde. *Como nós, é preciso sacrificar tudo.*

Como se as palavras pudessem fazer sombra, sinto um calafrio. De repente, apesar da beleza desse lugar, tudo o que desejo é voltar para a *Zero*.

— Olha, já estou aqui há algumas horas — digo. — Minha tripulação vai ficar preocupada. Talvez façam alguma coisa idiota. Eu deveria dizer para eles que estou bem.

O tempo se move de forma única no Eco. Para aqueles do lado de fora, apenas instantes terão se passado. E nessa tarefa, tua tripulação é secundária.

— Bom, não pra mim — respondo, e finalmente tenho uma pontada de firmeza na voz. — Me diga o que eu faço para acordar.

Nós te acordaremos e te mandaremos de volta se assim desejar. Quando despertar, no entanto, é necessário que te prepares para retornar. Dispõe de um dia todo do teu próprio tempo, faz o necessário, e então encosta na sonda mais uma vez. Nós nos falaremos novamente, como fizemos agora.

Eshvaren assente.

Então, teu treinamento começará.

Abro a boca para responder, mas antes que eu consiga dizer uma palavra sequer, estou piscando, acordada. O céu dourado infinito acima de mim é substituído pelo teto da baía de aterrissagem da *Zero* e o rosto dos membros do meu esquadrão.

Estão aglomerados ao meu redor, preocupação em seus olhos. Finian está segurando Magalhães, e consigo ver que a tela está preta e sem vida. Tocar a sonda deve ter...

— Be'shmai, está tudo bem? — Kal pergunta com urgência, segurando minha cabeça.

Zila está passando seu univridro por mim, conduzindo algum tipo de escaneamento médico.

— Isso foi imprudente, Aurora.

— Sério, Clandestina — diz Fin. — Não dá pra sair encostando em cada sonda estranha que encontramos por aí, né? Vai saber onde estava antes.

— *Ela* estava em outro lugar — diz Scarlett suavemente, olhando para mim intensamente.

— Nossa, demais — respondo.

— ... Be'shmai?

Olho nos olhos de Kal, vejo o medo refletido nos meus.

— Acabei de conhecer Eshvaren.

19

TYLER

Acordo com o gosto de sangue na boca.

As paredes, o chão, a mancha que esfrego dos lábios, todos são tons diferentes de cinza, o que me diz que ainda estamos na Dobra. Estou deitado em uma biomaca, encarando o teto, sentindo o zumbido baixo de um motor no meu peito dolorido. Pelo barulho, consigo imediatamente dizer que estou a bordo de um porta-naves Terráqueo. Um VII-B, acho, com o novo combustível de épsilon e os amortecedores de inércia série-9.

Olha, eu gosto de naves, tá?

O principal é que essa é uma nave da FDT. Isso significa que estou sob custódia deles. O que significa que estou numa encrenca daquelas. Mas pelo menos não estou morto.

Poderia ser pior, Jones.

Eu arrisco me mexer, e sou recompensado com pontadas de dor da cabeça aos pés. Examinando meu próprio corpo, posso ver que recebi primeiros socorros. Os piores dos meus arranhões e feridas estão cobertos com emplastros para estimular a cura, e há um pacote de gelo grudado no meu peito nu e cheio de hematomas para controlar o inchaço. Ainda estou vestindo as calças da Legião Aurora e as botas que recebi de presente do Repositório do Domínio, mas ninguém substituiu minha camiseta. Por um segundo, entro em pânico, esticando o braço até o pescoço... mas encontro a corrente prateada, o anel do Senado de meu pai ainda pendurado nela.

Pai...

O que ele acharia de tudo isso? O que me diria para fazer? As notícias da batalha entre a FDT e os Imaculados provavelmente já se espalharam.

A galáxia toda pode estar em guerra. E Scar, Auri, os outros... estão lá fora, sozinhos.

Não posso mais protegê-los.

Eu me sento, estremecendo com a dor, e olho em volta da sala. E surpreendendo zero pessoas, estou numa cela de detenção. As portas estão fechadas, a câmera acima ativada, a temperatura um pouco mais baixa do que o que é considerado confortável. Tudo isso é esperado.

O que eu não esperava é não estar sozinho.

Ela está esticada em uma biomaca do outro lado da parede. Ainda vestida com o uniforme dos Imaculados da cintura pra cima, e nada a não ser shortinhos pretos básicos da cintura para baixo. As coxas estão amarradas com bandagens médicas, hematomas escurecendo a pele marrom-clara embaixo. Alguém a havia conectado a um tubo intravenoso, mas ela o arrancou, fazendo o sangue pingar do pulso, esparramando pelo chão. Ela está com a barriga para cima, as tranças pretas, os lábios pretos e o coração preto encarando o teto com intenção malévola.

Saedii.

— Finalmente acordou — diz ela, baixinho. — Imagino que tenha aproveitado seu descanso?

— ... por quanto tempo fiquei apagado?

— Horas. — Ela sacode a cabeça. — Vocês, Terráqueos... tão fracotes.

— Você está sob custódia Terráquea — saliento. — Então o que isso te torna?

— Uma prisioneira de guerra. — Ela vira a cabeça, me encarando com seu olhar odioso. — Uma que vocês não têm *chance* de ganhar.

— Eu avisei — digo, fazendo uma carranca. — Você caiu direitinho na deles, Saedii. Deu a eles exatamente o que queriam.

— Um conflito onde não há esperanças de ganhar? A inimizade de um Arconte capaz de destruir *sóis*? — Saedii se senta lentamente, balançando suas pernas para fora da cama, colocando os pés no chão. Há apenas o mais leve traço de dor em seus olhos, apesar de seus ferimentos. — Se seu povo quiser aniquilação, então, sim. Eu dei isso a eles.

— Não é o *meu* povo fazendo isso.

— O emblema patético da Legião Aurora sob o qual sua covardia se esconde não vai te poupar da vingança do Destruidor de Estrelas. Caersan não fará distinção entre a FDT e seus colegas legionários. — Os lábios dela se curvam, os caninos pontudos brilhando. — Ele vai abater *todos* vocês. Seus sóis vão colapsar. Seus sistemas serão engolidos. Toda a sua *espécie* será relegada à poeira da história. *Todos* vocês.

— Você parece chateada — digo.

Os olhos dela se estreitam na faixa de tinta preta pintada de têmpora a têmpora, mas aquela frieza Syldrathi enlouquecedora se estabelece como uma luva com anos de uso.

— Você é um tolo, Tyler Jones — diz ela. — E morrerá a morte de um tolo.

— Não sou eu o tolo que está cuspindo ameaças para a nave inteira ouvir. — Indico o ponto preto em cima da porta. — Você sabe que estamos sendo vigiados, né? Que conseguem ouvir tudo que você diz? Ver tudo que você faz?

— Eu sou uma Templária dos Imaculados. — Ela joga as tranças para trás dos ombros, apontando para as três lâminas gravadas na testa. — Guerreira por nascimento e aptidão. Consagrada pelo sangue do próprio Arconte Caersan. Eu não tenho *nada* a temer do seu povo.

— Eu já falei, o pessoal responsável por esse teatrinho não é o *meu* povo. Tem coisas acontecendo aqui que você não teria capacidade de entender. Mas acredite em mim quando eu digo, Saedii, nascimento, aptidão, sangue, nada disso faz diferença aqui. Você está *muito* longe do seu território.

Eu me deito de volta na maca, estremecendo enquanto cutuco os ferimentos no meu torso nu.

— Então toma cuidado pra você não abrir demais a boca e perder a língua.

Colocando as mãos atrás da cabeça, eu encaro o teto, sentindo o olhar irado de Saedii passando pelo meu corpo. Consigo sentir que ela quer me matar, sentir a ameaça e a fúria que irradia dela em ondas. Eu também sei que ela não é idiota o suficiente para tentar qualquer coisa enquanto as câmeras estiverem filmando, e, além disso, os ferimentos dela ainda vão demorar para se curar. E assim, tentando afastar os pensamentos da Templária Saedii Gilwraeth para longe, eu começo a me perguntar como é que vou conseguir escapar dessa cela.

Fora o que estou vestindo, eu não tenho nada no quesito equipamentos. Percebo que tiraram meu univídro, e sinto uma dor repentina ao perder a última ligação física que me restava com Cat.

No fim, acho que sempre terei a tatuagem que fizemos juntos...

Acabo pensando nela. Sentindo saudades dela. Era quem sempre cuidava da minha retaguarda. Por um instante, meus pensamentos acabam indo para aquela noite quando estávamos de férias, passando o dedo na tinta do meu bíceps, pensando sobre o jeito que ela se sentia sobre mim, o jeito que estremeceu quando eu...

Você é patético.

Eu pisco. Sentando cuidadosamente, olho para Saedii, que ainda está me observando com aqueles olhos estreitos e furiosos.

— Você acabou de...?

Falar que você é patético? Sim. Sonhar com uma amante morta em uma hora como essa?

Eu pisco novamente. Percebo que Saedii está falando comigo sem mexer os lábios.

De alguma forma, ela está...

Você está... na minha mente?

Ela bufa levemente, desdenhosa.

Se é que pode ser chamado disso.

O quê... como é que você está fazendo isso?

Tão fracote.

Eu franzo mais o cenho, tentando entender o que, em nome do Criador, está acontecendo aqui. Se estou alucinando, ou tenho uma concussão, ou talvez só esteja sonhando. Porém, eu finalmente me lembro de falar com Kal na Cidade Esmeralda. Lembro o aviso que ele nos deu, que Saedii era capaz de rastreá-lo... porque ela conseguia *sentir* Kal.

Olho para Saedii. Essa compreensão se cristaliza na minha mente.

Sua mãe era uma Andarilha...

Eu sinto uma pontada de fúria, escura e retorcida, estalando como uma corrente vívida entre nós.

Nunca mais fale de minha mãe, Terráqueo.

Balanço a cabeça, pensamentos a mil.

Kal disse que você herdou alguns dos... alguns dos dons dos Andarilhos. Eu sabia que os Andarilhos eram empatas, que eram capazes de perceber os sentimentos dos outros. Até mesmo ver alguns pensamentos superficiais. Mas eu nunca soube que podiam falar com pessoas telepaticamente?

Ela olha para mim, fria e cheia de indiferença.

Parece que há muito que você não sabe, Tyler Jones.

... o que quer dizer com isso?

Ela dá um sorriso zombeteiro.

Que você é mesmo filho de seu pai.

Sinto um relampejo de raiva com isso, tão profundo e sombrio quanto a raiva dela. Minha mão involuntariamente se ergue para a corrente em volta do meu pescoço, para o anel pendurado nela.

Que tal não conversarmos mais sobre mães e pais?

A risada dela ecoa no meu crânio. *Você é um tolo.*

Se você se enfiou na minha cabeça só pra me xingar, pode dar o fora.

Eu "me enfiei" na sua cabeça, como você tão eloquentemente descreveu, porque consegui sentir o seu momento afrodisíaco chapinhando todas as paredes e quis descobrir a fonte. Ela olha significativamente para os shortinhos e as pernas nuas. *Se eu fosse o foco de suas fantasias, iria cortar seus dedões.*

Eu bufo. *Que convencida.*

Não sou convencida. É isso que eu faço com os machos que procuram me cortejar, Tyler Jones. Sua mão sobe para o cordão de dedões dissecados em volta do pescoço dela. *Dou a eles a oportunidade de me vencerem em um duelo. E se falharem...*

Olho para ela, balançando de leve a cabeça.

Grande Criador, você é mesmo uma psicopata, né?

Então tem ainda mais motivos para não pensar em mim, pequeno Terráqueo.

Vou tentar me reprimir.

Ela coloca as mãos nos joelhos, se inclinando para a frente. As tranças caem ao lado das bochechas conforme ela se estica, lânguida, passando as unhas pretas pelas canelas até as pontas dos dedos. Os movimentos são sensuais, quase sedutores, mas ela obviamente só está fazendo isso para me provocar. Quando olha nos meus olhos, consigo sentir a malícia vindo dela.

É melhor fazer mais do que tentar, garoto.

Olha, que tal se você só...

Meus pensamentos são interrompidos pelas portas da cela se abrindo. Eu me sento novamente, estremecendo, conforme meia dúzia de soldados da FDT de armadura tática leve marcham para dentro da cela. O olhar de Saedii é incandescente, as mãos se curvando em punhos. No entanto, eles só olham para mim. Eu vejo que a identificação da nave KUSANAGI está nos uniformes deles, e percebo que estou na mesma nave que...

O tenente que lidera o grupo abana uma pistola disruptiva na minha cara.

— Princeps quer falar com você, Legionário Jones.

20

KAL

Ela tem medo.

Consigo senti-lo como uma sombra atrás dela, pairando gélida e escura, como um casaco negro em volta de seus ombros, fazendo com que ela estremeça sob sua frigidez. Consigo sentir a decepção em si mesma.

Sabe que o destino da galáxia inteira está em jogo.

Ela sabe o que acontecerá se ela falhar.

Ainda assim, tem medo.

Ela está em seus aposentos, todas as cores ao seu redor em tons cinzentos. Ela está ao lado de uma janela, encarando as marés incolores da Dobra. O espaço além é uma infinitude, iluminado por luz. Um balé cósmico, uma criação de bilhões de anos. Uma beleza tão indescritível quanto qualquer outra criação.

Tudo isso parece reduzido a uma chama de vela ao seu lado.

— Be'shmai?

Auri olha por cima do ombro para mim, o branco de sua íris refletindo a luz e fazendo meu coração vacilar. Eu paro no batente e a observo passando os braços ao redor de si como se estivesse com frio, e sei profundamente que eu faria *qualquer coisa* para aliviá-la desse peso.

— Pode entrar — diz ela, baixinho.

A porta fecha com um sussurro atrás de mim quando entro. Olhando em volta, vejo que há pouca coisa nesse cômodo que o marca como sendo pertencente a Aurora. A cabine de Finian está equipada para lidar com sua condição; a minha é completa com pequenas flores lias dentro de um vaso prateado, e até mesmo um siff que poderia tocar, caso assim desejasse. No entanto, o de Aurora não contém nenhum adorno, com exceção de uma única vela que está marcada com o idioma do seu pai. Eu só o reconheço porque a caligrafia de mandarim possui uma semelhança considerável com a escrita Syldrathi. Lembro-me de vê-la pela primeira vez na Academia e me surpreendeu que humanos pudessem produzir algo que se aproximasse da beleza da minha própria cultura.

Não me surpreende agora.

A vela está sozinha no quarto, fora a garota que deve tê-la aceso. É quase como se Adams e de Stoy soubessem que esse lugar não seria seu lar por muito tempo, e me entristece ver o quanto ela está à deriva.

— Finian relatou que o dano que Magalhães sofreu não é irreversível — eu falo. — Tocar a sonda de fato sobrecarregou seus circuitos, mas com tempo, ele pode consertá-lo.

Aurora simplesmente assente, encarando a janela. Suspeito que novidades sobre aparelhos eletrônicos quebrados não seja o que ela precisa de mim agora.

Então, eu me adianto para ficar atrás dela, colocando os braços ao redor do seu torso. Ela se inclina contra mim, fechando os olhos, suspirando, como se nos meus braços finalmente — finalmente — pudesse estar em um lugar próximo a um lar.

Olho para nosso reflexo na janela, eu atrás, nós dois juntos. Noto o quão bem nos encaixamos, como peças de um quebra-cabeça estranho. Como se ela fosse a peça que estava faltando durante toda a minha vida. O desejo dentro de mim é quase ensurdecedor, mas me mantenho imóvel, respirando fundo e tentando trazer calmaria à tempestade que ruge internamente. Porque, além da adoração refletida nos olhos dela, vejo as palavras que ela quer dizer, muito antes de finalmente conseguir reunir a coragem para dar voz a elas.

— Estou com medo, Kal — sussurra ela.

— Eu sei — respondo.

Eu acaricio a bochecha dela, e ela fecha os olhos mais uma vez, estremecendo.

— O que os Antigos disseram, para fazê-la ficar assim? — pergunto.

Ela morde o lábio inferior, incerta, e sei que quando ela fala comigo, sou o único na galáxia para quem ela admitiria tal coisa.

— Eles precisam me treinar — responde Auri. — Me instruir para usar a Arma. Mas eles... — Ela respira profundamente, como se estivesse se preparando para dar um mergulho profundo. — Disseram que se eu falhar, vou acabar morrendo. "Como nós, é preciso sacrificar tudo."

Sinto uma rajada de fúria com esse pensamento. Antes de ela ser minha, eu não sabia qual era a sensação de estar completo. Antes de encontrar esta luz, eu não tinha medo do escuro. Porém, ao descobrir essa garota, a peça que faltava no quebra-cabeça da minha vida, e ser confrontado com a ideia de que eu posso perdê-la tão rapidamente...

— Eu não quero ir — sussurra ela. — Eu sei que é egoísta. Sei que depois de tudo pelo qual lutamos, tudo que as pessoas já sacrificaram, Cat, Tyler, o esquadrão... — Lágrimas brilham nos cílios dela conforme ela sacode a cabeça. — Mas eu não quero arriscar isso. Não quero *nos* arriscar.

Ela suspira, se afundando nos meus braços, inclinando a cabeça para trás contra o meu peito.

— Me diz que essa é a coisa certa a fazer, Kal.

Eu aliso o cabelo dela para trás, fazendo carícias em sua bochecha.

— Já sabe a resposta, be'shmai.

Ela puxa meus braços para abraçá-la com mais força.

— Me diz mesmo assim.

Eu respiro fundo, contente por simplesmente ficar com Aurora em meus braços. Sei que ela já tem ciência do que precisa fazer. Que *sabe* o que precisa ser feito, com cada átomo em seu corpo. É corajosa acima de tudo. Porém, eu também sei que ela está me pedindo por força, por segurança, por algo que ela possa lembrar enquanto caminha pelo fogo.

Então conto a ela algo que nunca contei para nenhuma outra alma.

— Minhas primeiras memórias são dos meus pais brigando — digo.

Sinto sua incerteza sobre o porquê de eu estar contando isso, mas ela confia em mim o bastante para não questionar. Simplesmente absorve minhas palavras, e então me abraça ainda mais forte.

— Sinto muito — sussurra ela. — Isso é bem triste.

Eu assinto, encarando além dos nossos reflexos, para o infinito da Dobra.

— Minha mãe e meu pai eram jovens quando se conheceram. Ela era uma noviça no Templo do Vazio. Ele era um Paladino do Clã Guerreiro. Quando sentiram o Chamado pela primeira vez, todos os seus amigos e familiares tentaram avisá-los para não se comprometerem para sempre.

— Por quê? — Aurora questiona.

— Andarilhos e Guerreiros raramente formam bons pares. Aqueles que buscam respostas e aqueles que respondem a maioria das perguntas com conflito dificilmente se dão bem. — Eu dou de ombros e suspiro. — Ainda assim, meus pais escolheram isso. Eles se amavam muito no começo. Tanto que isso os machucou.

Ela consegue dar um sorriso discreto.

— Parece romântico. Duas pessoas que querem ficar juntas, não importa o que os outros dizem.

Assinto.

— Romântico, talvez. Pouco recomendado, certamente. Acredito que minha mãe pensou que poderia guiar o amor do meu pai pelo conflito para o amor pela família. Mas Syldra estava guerreando com a Terra naqueles tempos, e conforme o abismo entre o meu povo e o seu se aprofundou, ele se perdeu inteiramente. As rachaduras no elo de alma gêmea já se mostravam quando Saedii nasceu. E se agravaram ainda mais quando eu cheguei.

Suspiro de novo, percebendo a bênção que é poder falar dessa forma. Simplesmente ter alguém em quem confio o bastante para compartilhar isso.

— Meu pai era um homem cruel. Ele comandava com mão de ferro e não tolerava divergências. Exigiu que minha irmã e eu fôssemos doutrinados no Clã Guerreiro e supervisionou nosso treinamento pessoalmente. Quando nos ensinava no Aen Suun, ele não se continha. Muitas eram as noites em que Saedii e eu nos retirávamos para os nossos aposentos, feridos e ensanguentados pelas mãos dele, mas ele dizia que aquilo nos faria mais fortes. Ele sempre nos dizia que misericórdia era o âmbito dos covardes.

"Saedii e eu éramos próximos antes. Quando éramos mais jovens, ela era a estrela no meu céu, mas conforme crescemos, meu pai começou a demonstrar preferência por mim, e ela ficou com ciúmes. Saedii amava nosso pai, entende. Ela o amava com uma ferocidade que eclipsava a minha. Apesar de ser criado como Guerreiro, a verdade é que eu sempre senti mais proximidade com minha mãe. Ela me ensinou o valor de uma vida, Aurora. A alegria da compreensão, a justiça da igualdade. Eu a amava muito, mesmo quando meu pai me educava para abraçar a guerra interna, para que eu pudesse lutar melhor a guerra exterior. Minha mãe vinha até meu quarto de noite, depois que meu pai havia dormido. Os hematomas que ele deixava no corpo dela eram da mesma cor que os meus. *Não há amor na violência, Kaliis*, ela costumava dizer enquanto pressionava panos gelados contra os meus ferimentos. *Não há amor na violência.*"

— Isso é horrível — sussurra Aurora. — Eu sinto muito, Kal.

Sacudo a cabeça, sentindo aquela antiga pontada já familiar.

— As linhas de batalha que meus pais desenharam se tornaram as minhas e de Saedii. Saedii só buscava ser enaltecida por nosso pai e não se importava com a sabedoria de minha mãe. — Toco as três lâminas na minha testa.

— Vivíamos a bordo da nave do meu pai na época. Acredito que nos queria por perto. Para controlar minha mãe, para moldar Saedii e a mim no que ele gostaria que fôssemos. Eu fiquei mais velho. Mais alto. Mais forte. Quando Saedii não conseguia mais me vencer nos treinos, ela procurava me punir de outras formas. No meu oitavo aniversário, minha mãe tinha me presenteado com um siff, um instrumento de cordas, não muito diferente dos violinos Terráqueos. Foi um presente da mãe dela antes disso. E um dia, quando eu tinha doze anos, depois de vencê-la nos treinos novamente, Saedii o destruiu em retaliação.

"Apesar de sempre buscar levar o aprendizado da minha mãe a sério, eu ainda era filho do meu pai. E aquela foi a primeira vez que eu realmente senti o Inimigo Oculto tomar o controle. Senti o ódio na minha boca, Aurora, e gostei do sabor. Então, fui atrás da minha irmã. Eu a encontrei nas quadras de duelo com os amigos. Mostrei a ela os pedaços destruídos do meu siff, e ela riu. E então, eu a ataquei com os pedaços."

Eu inclino a cabeça, envergonhado. Minha língua ainda sente o gosto amargo, seco como cinzas. Aurora olha meu reflexo e consigo ver as perguntas em seus olhos. Porém, ela claramente vê a culpa nos meus e, em vez de julgamento, oferece compaixão. Aperta minha mão, gentilmente, como um sussurro.

— Você era só um menino, Kal — diz ela. — Não é mais a mesma pessoa que era antes. Eu te *conheço*. Você nunca faria algo assim agora.

— Isso não é uma desculpa — respondo. — Já faz sete anos e, ainda assim, o desprezo que sinto por mim mesmo não diminuiu nem uma gota. Ela era minha irmã, Aurora, e eu não a ataquei por nenhuma outra razão a não ser para machucá-la. Quando ela caiu, eu a ataquei de novo. E de novo. Eu conseguia sentir meu pai naquele momento. Ouvia as palavras dele nos meus ouvidos. Amaldiçoando a fraqueza, a pena, o remorso. "Misericórdia é o âmbito dos covardes."

Olho para a Dobra, para o balé cósmico se desdobrando além da janela.

— Eu esperava receber um tipo de punição. Em vez disso, meu pai me parabenizou. Ele disse que quando ouviu o que eu tinha feito, nunca havia sentido tanto orgulho por me ter como filho.

— Kal — diz Aurora suavemente. — Seu pai parece...

— Monstruoso — completo. — Ele era monstruoso, Aurora. E minha mãe viu que tipo de monstros ele estava construindo em Saedii e em mim, e, finalmente, ela decidiu deixá-lo. Partir o elo entre eles e voltar para Syldra.

Meu pai disse que ele a mataria se ela fizesse isso. Ao abandoná-lo, ela deixou tudo para trás. Seu lar. Os poucos amigos que ele havia permitido que ela tivesse. Tudo isso. Saedii se recusou a ir embora, a se separar do nosso pai. Então, no fim, minha mãe desistiu de tudo somente por minha causa. Foi a coisa mais difícil que ela poderia ter feito, mas o fez mesmo assim. Ela me disse depois: "Mai tu sarie amn, tu hae'si, tu kii'rna dae."

Aurora sacode a cabeça.

— O que significa?

— Não há nada tão doloroso ou tão simples quanto fazer o que é certo.

Ela olha para as estrelas lá fora, pressionando os lábios.

— Você me disse que seu pai...

— Morreu — respondo, meu coração se contorcendo com uma força que me surpreende. — Morreu em Orion, be'shmai. Na mesma batalha que tirou a vida de Jericho Jones. Tyler, Scarlett, eu, todos nós ficamos órfãos naquele dia.

— O que... — Ela para, encontrando meus olhos novamente. — O que aconteceu com a sua mãe? Eu gostaria de conhecê-la...

Só que as palavras de Aurora vacilam quando ela vê a dor em meus olhos. Consigo sentir a presença dela na minha mente, o toque mais leve, e neles eu vejo o reflexo de um sol ofuscando uma luz cegante, e então a escuridão infinita. Abraçando os planetas ao redor, obliterando sistemas inteiros em seu caminho, dez bilhões de vozes Syldrathi gritando conforme o vazio se abre diante deles e os engole.

— Ela morreu — sussurra Aurora. — Quando seu mundo natal morreu.

Eu abaixo minha cabeça.

— O Destruidor de Estrelas tirou muito de mim, Aurora, mas minha mãe me deu muito mais. Eu estaria em Syldra quando o planeta foi destruído se ela não tivesse me dado sua sabedoria. Se não tivesse me forçado a encarar a raiva no meu sangue como algo a ser usado para o bem e a segurança da galáxia numa causa pela qual valia a pena dominá-la. Eu me alistei na Legião Aurora por causa dela. Mesmo quando deixá-la e deixar meu mundo para trás foi a coisa mais difícil que já fiz.

Dou de ombros.

— Mas essa decisão me trouxe até este esquadrão. E até você. À sua causa. Eu não teria nada disso se não fosse por ela.

— Qual era o nome dela?

— Laeleth.

Ela assente, a mecha pálida do cabelo caindo nos olhos.

— É um nome lindo.

— Ela teria gostado de você, be'shmai — digo, e ela sorri em meio as lágrimas, porque consegue ver a verdade nas minhas palavras através do meu olhar. — Ela teria visto a força que você tem. O peso que carrega, essa coisa da qual somos parte, esse caminho que percorremos… — Eu sacudo a cabeça, aturdido. — O destino de toda a galáxia está em suas mãos. A coragem que demonstrou para chegar até aqui… Conheço guerreiros de muitas batalhas que teriam sucumbido sob esse peso. E, no entanto, aqui está você. Forte e linda, indomável.

Minha mão se fecha ao redor da dela, e eu a aperto de leve.

— E apesar de me encher de alegria eu ser a pessoa a quem você pediu que contasse essa verdade a você, não tenho dúvidas de que já sabia disso. Porque é quem você é. E esse é só um dos motivos infinitos pelos quais eu te amo tanto.

Ela encontra meu olhar.

— Eu poderia morrer lá.

Meu coração se aperta novamente, mas tento não demonstrar medo. Ela precisa que eu seja forte agora, e posso dar essa única coisa a ela.

— Você não vai morrer, be'shmai — digo. — Você é mais do que consegue imaginar.

— O que você vai fazer por aqui? — ela pergunta baixinho. — Enquanto eu estiver no Eco?

— Finian diz que conseguiu isolar uma trilha de partículas da sonda. Ele demorou *muito* para explicar o quão difícil foi essa tarefa. — Ela sorri, um pouco. — Disse que consegue rastrear a sonda de volta a seu ponto de origem, de onde os Eshvaren a lançaram. Talvez nós encontremos a Arma lá. Ou mais pistas sobre a sua localização.

— Eshvaren provavelmente vai me dizer onde está. Se eu passar no teste.

— *Quando* passar no teste — digo, apertando a mão dela. — Mas Scarlett disse que não podemos arriscar tudo apenas pela aposta de um milhão de anos atrás. Fico inclinado a concordar. Além disso, nos manterá ocupados enquanto você está nesse… Eco criado por eles.

— Eshvaren… — começa ela. — Me falaram que o tempo se move de um jeito diferente lá. Que momentos aqui são como horas lá. Estava me perguntando se talvez… você queira vir comigo? Seria muito tempo para ficar lá sozinha.

Eu pisco.

— Podemos fazer isso? Quer dizer... acha que é permitido?

Ela inclina a cabeça.

— Estão me pedindo para arriscar minha vida pra salvar a porcaria da galáxia, Kal. Acho que tenho direito a levar pelo menos um acompanhante na viagem.

Penso por um instante. Sinceramente, não sei o que ficar no Eco exige, mas estou confiante de que Scarlett, Finian e Zila poderão rastrear a sonda sozinhos. E para falar a verdade, a ideia de me separar de Aurora tem colocado um peso sobre meus ombros. Então, sorrio para ela, assentindo em concordância e, por um momento, o sorriso com o qual me presenteia é preenchido pela mesma alegria que sinto no meu coração.

No entanto, a sombra logo retorna.

Eu a vejo, pairando como o medo em seus olhos.

— Não há nada tão doloroso ou tão simples quanto fazer o que é certo — diz ela.

— Não. Não há.

Ficamos ali em silêncio por muito tempo. Deixando-nos ser absorvidos por aquilo: a enormidade disso tudo, para onde ela deve ir, o que deve encarar, o que está em jogo, e tudo dependendo de um ponto tão pequeno quanto nós dois. Os olhos de Aurora estão fixos no escuro lá fora, seus pensamentos um caleidoscópio silencioso.

— Sabe, antes de eu quebrá-lo, Magalhães me mostrava fatos científicos aleatórios todos os dias — murmura ela finalmente. — Estava lendo ontem sobre átomos.

O calor dela, a pressão do seu corpo contra o meu é como uma droga, e estou consciente do quão feroz e rapidamente meu coração está batendo. Com as costas pressionadas contra meu peito, ela certamente deve senti-lo, mas faço o meu melhor para escutar. Para estar presente nesse momento, por ela.

— Átomos — repito.

— Sim. Cada célula no nosso corpo é feita por um núcleo rodeado por elétrons, e esses elétrons todos têm carga negativa. Então eles repelem os outros elétrons quando ficam perto demais. E esse artigo que eu li dizia que, apesar de o cérebro identificar essa força criada pelos elétrons se repelindo como um "toque", os átomos, na verdade, estão sempre pairando a uma fração de milímetro de distância.

Ela passa o dedão pelo meu e sacode a cabeça.

— Então, de fato, nós nunca *tocamos* em nada de verdade. Nós passamos a vida toda completamente separados. Nunca conseguimos *tocar* em outra coisa de verdade. Nunca.

O desejo em mim desperta. Consigo sentir nela também — no pensamento desta chama que cresce entre nós, esse sussurro aumentando até virar uma tempestade, e tudo isso pode ser apagado amanhã. Gentilmente, eu viro seu rosto para mim. Olho nos olhos dela. Ela estremece quando passo o dedo pelo arco da sua bochecha.

A voz dela é um sussurro conforme eu me inclino para mais perto.

— Magalhães disse que se duas partículas algum dia se tocassem...

Mais perto.

— ... isso criaria uma reação nuclear...

— Parece perigoso — sussurro, buscando algo nos olhos dela.

Mais perto ainda.

— Muito — murmura ela.

Nossos lábios se encontram, nosso fogo colide e, nesse instante, tudo e todas as coisas estão completamente certas. Não há nave. Não há Dobra. Há somente essa garota em meus braços, e o Chamado no meu centro, e a pressão dos lábios dela, das mãos dela, do corpo dela contra o meu. Ela se levanta, sem fôlego, faminta, buscando o mesmo alívio que eu sinto, o abrigo do esquecimento, tudo que há em nós e o nada de todo o resto. A língua dela esbarra contra a minha, e ela guia minhas mãos para onde quer que estejam e, apesar de uma parte de mim saber que o que ela disse é certo, que nós não estamos nos tocando de verdade, sinto por um momento que nós estamos mesmo e que o calor entre nós se tornou algum tipo de fogo nuclear que vai nos consumir.

Ela se afasta de mim depois de uma era. Olhando em meus olhos com algo perto de uma adoração que ela deve ver refletido nos meus. Pressiona a ponta dos dedos no meu rosto, nas orelhas, nos lábios, o toque dela incandescente na minha pele.

— Você é o fogo no qual eu desejo arder — eu falo para ela.

Ela pega minha mão.

Me leva até sua cama.

Me puxa para perto dela.

— Vamos arder juntos — sussurra ela.

21

TYLER

A cela de interrogatório é fria.

Os soldados que me escoltaram do andar de detenção ignoraram todos os meus protestos, todas as afirmações que fiz sobre a loucura da qual eles estão participando. Bons soldados não escutam terroristas, sei disso. Bons soldados não pensam. Em vez disso, eles me fazem marchar para dentro da cela, me prendem em uma cadeira com algemas magnéticas, e com uma série de continências ordenadas, marcham de volta.

Me deixando com *eles*.

Observo as três silhuetas, destacadas sob as luzes acima de nós. As respirações sibilam, lentas e vazias. Têm maneirismos idênticos, capacetes espelhados idênticos, uniformes cinza-carvão idênticos. Com exceção daquele que os lidera, é claro, que está vestido inteiramente de um branco impecável.

— Boa noite, Legionário Jones — diz Princeps. — Seja bem-vindo a bordo do *Kusanagi*.

Olho para a figura onde calculo que os olhos devem estar, imaginando o rosto escondido sob aquela máscara sem traço nenhum.

— Bom te ver de novo, Zhang Ji — digo.

O nome do pai de Aurora. O nome da concha que essa coisa roubou e agora veste como uma roupagem barata. Essa coisa que dorme há milhões de anos, ferida, escondida nas sombras, querendo não ser vista, não ser descoberta, não ser percebida.

Só que sei o seu nome.

— Ou devo te chamar de Ra'haam?

Olho para eles, a raiva transparecendo, esperando por uma resposta. Uma reação. *Alguma coisa*. Só que continuam apenas encarando, silenciosos e imóveis.

— Sei o que estão fazendo — cuspo. — Vão começar uma guerra entre a Terra e os Imaculados como cortina de fumaça. Conseguindo mais tempo para si até que seus planetas-berçário estejam prontos para florescer. Mas milhões de pessoas vão morrer. Talvez *bilhões*. Você sabe disso, não é?

Os dois uniformes da AIG ficam posicionados um de cada lado meu. O da minha esquerda estica a mão enluvada e coloca uma coleira de choque em volta do meu pescoço. Eu estremeço com o toque do metal frio. Sinto a pequena agulha sair e pressionar a minha coluna.

— O uso de coleiras de choque foi banido sob as Convenções de Madri — falo. — Provavelmente devem ter escrito qualquer coisa sobre ser possuído por parasitas alienígenas nas atas também, mas enfim, você enten…

— Onde está Aurora Jie-Lin O'Malley? — pergunta Princeps.

Cerro a mandíbula, encarando aquele rosto espelhado e vazio.

— Sob os protocolos da Legião Aurora, só posso dar a você meu nome, posição e número de esquadrão.

Princeps inclina a cabeça.

— Onde está Aurora Jie-Lin O'Malley?

Umedeço os meus lábios, me preparando.

— Tyler Jones. Alfa. Legião Aurora, Esquadrão 312.

Um choque de agonia passa pela parte de trás do meu crânio e explode dentro da minha cabeça. Eu arfo com cada pedaço da minha pele parecendo arder em chamas, cada nervo como se estivesse passando por vidro quebrado, meus olhos explodindo dentro do crânio e ácido inserido pelos buracos, aniquilando as cavidades nasais e descendo pela garg…

A dor para. Interrompida por um estalar dos dedos de Princeps. Respiro trêmulo, puxando o ar por entre os dentes, suor fazendo os ferimentos arderem. Só durou alguns segundos, mas foi a pior dor que já senti na minha vida, incluindo aquela vez na sexta série em que fechei o zíper da calça prendendo a pele das minhas partes íntimas.

Princeps abre a mão enluvada, me mostrando o controle da coleira de choque. As configurações possuem 10 níveis. Atualmente, está no nível 1.

— Onde está Aurora Jie-Lin O'Malley?

— Tyler Jones. Alfa…

O resto das minhas palavras é estrangulado quando a coleira é acionada novamente. Um grunhido escapa pelos meus dentes. Meu corpo inteiro estremece. Tento pensar em algo calmo, tento me convencer de que isso não é real. Só que, apesar da parte lógica do meu cérebro saber que isso é apenas uma indução de nervos, apenas a *ilusão* de dor, a parte animalesca está *uivando*. A pele está sendo descolada do meu corpo com facões enferrujados, lixas raspando contra o músculo, cinzéis brutos sendo enfiados entre as vértebras, sangue e líquido da medula escorrendo pelas…

A dor para. Um momento de alívio brilhante e imensurável.

— Onde está Aurora Jie-Lin O'Malley?

Respiro fundo. Fecho os olhos. Rogo ao Criador por força.

— T-Tyler J…

E assim continuamos.

Eu perco a noção do tempo.

Perco a noção dos cliques daquele botão.

Sei que chego ao nível 2 antes de começar a gritar.

Começo a rugir para que parem, parem, pelo sopro do Criador, parem, no nível 3.

Eles não param até chegar ao 4.

— Onde está Aurora Jie-Lin O'Malley?

— *Eu não sei!*

Eu me debato, febril, contra as amarras que me seguram, só para ter algo contra o qual lutar. Sinto o gosto de cobre na língua, cuspo sangue no chão. Percebo que meus gritos devem ter rompido minhas cordas vocais.

— Onde está Aurora Jie-Lin O'Malley? — repete Princeps, me fazendo enlouquecer.

— *Eu não SEI!* — berro, com a voz rouca e quebrada. — A localização estava na caixa-preta da Hefesto! Eu não cheguei a ver os dados!

Outro golpe impossível de dor.

Outro grito, cheio de cuspe e sangue.

— Tudo isso pode acabar, Legionário Jones.

De novo.

— Simplesmente nos diga a verdade.

E de novo.

— Onde está Aurora Jie-Lin O'Malley?

E de novo.

— *JÁ FALEI QUE EU NÃO SEI!*

E então para, simples assim. Fico tomado por vertigem, delírio. Cada segundo sem mais uma onda de dor parece como uma bênção do Criador, e eu rogo pela escuridão, pelo sono eterno, pelo fim de tudo. Só que então... sinto um toque gentil no meu ombro nu. Lábios suaves pressionando a pele da minha testa, frios como gelo, o alívio passando por mim como uma chuva de primavera.

— Você sempre gostou de bancar o herói — diz uma voz.

Abro os olhos. Pisco forte contra a ardência do suor, o mundo embaçado, e é aí que entendo que estou sonhando. Que perdi a consciência, ou talvez tenha morrido, porque o rosto que vejo na minha frente não pode ser real, não pode ser real

não

pode

ser

— ... C-Cat?

Ela sorri. O cabelo preto está cortado no mesmo moicano. A mesma tatuagem de fênix na garganta. O mesmo rosto lindo, o queixo pontudo, os lábios em forma de arco.

— Ah, Tyler — sussurra ela, acariciando minha bochecha. — Meu lindo Tyler.

Sinto um soluço estrangulado tentando escapar de minha garganta ferida. O alívio que sinto ao vê-la, a reviravolta de emoções, alegria, amor, descrença, conforto, tudo isso ameaça me sobrepujar e me afogar. Não é tarde demais, percebo. O jeito que tudo acabou... todas as coisas que eu poderia ter dito e feito...

Só que então vejo que está usando o uniforme cinza-carvão da AIG, assim como os outros, com um capacete espelhado embaixo do braço. Olhando para a esquerda, percebo que o agente que estava ali um momento atrás se foi e, através do borrão, da névoa, através do desespero e da raiva e do medo crescente, percebo que foi ela... foi *ela* que colocou a coleira de choque ao redor do meu pescoço. E pior — pior do que a dor pela qual me fizeram passar, ou a agonia de vê-la de novo depois de ter achado que eu a tinha perdido, o pior de tudo é o momento em que foco nos olhos dela, fixados nos meus. Porque a Cat que eu conhecia, a Cat que eu amava... os olhos daquela Cat eram castanhos.

Essa Cat tem olhos azuis. Levemente iluminados.

E suas íris têm formato de flor.

— *Não* — murmuro. — Ah, não...

— Você não entende, Tyler.

Ela...

Olho para Princeps. Para a coisa que está vestindo Cat. Uma onda de horror e fúria passa por mim, me encharcando até os ossos.

— Você é um deles — sussurro.

— Eu *sou* eles — ela murmura, tocando meu torso nu, bem no meu coração partido. — Eles são eu. Eu sou nós, Tyler. Todos nós.

— Criador. Ah, Criador, o que é que fizeram com você?

Ela sacode a cabeça e sorri, olhando para mim como se eu fosse uma criança.

— É tão cálido aqui, Ty. É maravilhoso. É cheio e completo e é como estar em casa. Nunca me senti tão amada ou aceita. Nunca me senti tão real. *Eu mal posso esperar* para você se sentir assim também.

Cat se inclina para a frente, e o horror que passa por mim conforme ela pressiona a boca na minha é só... indescritível. A pele dela é gélida como a de um cadáver. Seu hálito tem cheiro de terra e um adocicado falso, e, com os lábios encostados nos meus, ela sussurra:

— *Nós* mal podemos esperar.

Ela abaixa o queixo, os olhos brilhando com ameaça.

— Mas você precisa nos contar onde Aurora está indo, Tyler.

Olho diretamente nos olhos dela.

Sinto as lágrimas escorrendo pelos meus.

— Tyler Jones — digo. — Alfa. Legião Aurora, Esquadrão 312.

A dor me atinge de novo. E de novo. E de novo. Parece que dura para sempre. E apesar de, afinal, não poder nem gritar, no fim das contas eu perco qualquer sensação de quem sou ou do que eu sou, sei que, mesmo se soubesse para onde Auri e os outros tinham ido, eu nunca falaria nada para eles. Porque, por mais forte a dor, por mais profundo o corte, tudo isso não é nada comparado com a agonia do único pensamento que consigo reter.

Minha Cat se foi.

Ela se foi.

E eles a tiraram de mim.

22

ECO

Aurora

Luto para ficar em pé, os ventos passando por mim de todas as direções. O vento uiva ao meu redor, chicoteando minhas roupas, tentando me empurrar para perder o equilíbrio e cair inutilmente no chão.

Estou talvez a uns cem metros acima do gramado exuberante do Eco, mas não consigo ver nada abaixo de mim. Em vez disso, estou envolta por uma neblina prateada que a tempestade de vento constantemente desfaz, e então reconstrói. O objetivo desse teste — um simples, de acordo com Eshvaren — é me manter de pé, controlando minha posição apenas com a força da mente. No entanto, é exaustivo e assustador, como estar se afogando no mel.

A voz de Eshvaren ecoa na minha mente.

Tu dependes demais da fisicalidade, gentilmente me repreende. *Deves focar tua força mental aqui.*

Claro, tá. Força mental.

Até mesmo parar para pensar cria uma rachadura no meu escudo, e sou revirada de pernas para o ar, meu grito abafado pelo vento. Eu volto a me equilibrar, os braços se debatendo conforme me estabilizo, a adrenalina pulsando enquanto luto para ficar em pé por mais alguns segundos.

Então outra rajada de vento vem da minha esquerda, atingindo minhas costelas e roubando o ar dos meus pulmões. Arfo, tentando respirar, e minha concentração oscila; em um instante, estou caindo, gritando, batendo os braços em uma tentativa vã de impedir a queda. O verde abaixo de mim se torna visível através da neblina, e então é vívido e vivo, se apressando ao meu encontro. Eu caio na terra como um cometa, estremecendo o chão abaixo de mim.

Acima, a minha tempestade pessoal continua, mas em todo o resto, o Eco permanece dourado e lindo como sempre foi. O sol brilha gentilmente e guirlandas de flores vermelhas e amarelas estão penduradas nas árvores mais próximas. O ar tem um cheiro tão bom que dá vontade de comê-lo. Só que, conforme me coloco de pé na cratera destruída, meu coração está acelerado, meu rosto manchado por lágrimas. Viro a cabeça e lá está a silhueta cristalina de Eshvaren, arco-íris refletindo em sua figura, me observando sempre impassível. Uma luz parece emanar de dentro de sua forma, deixando todas as cores com um brilho próprio.

Novamente?, pergunta, de imediato.

— Me d-dá um minuto — imploro, me encolhendo, as mãos apoiadas no joelho. — Preciso... r-respirar.

Isso não é ar nos seus pulmões, me avisa. Isso não é suor na sua pele. Tu não tens uma forma física neste lugar. Aqui, tua única limitação é tua imaginação. Teus únicos obstáculos são aqueles que colocas diante de ti.

Fecho os olhos, tentando afastar a frustração que sinto com mais essa rodada de blá-blá-blá psíquico. Isso está acontecendo há horas. Percebo que Eshvaren sabe do que está falando, mas eu estou tentando bastante. E me avisarem de que cada falha é minha culpa não está ajudando.

— Isso não está funcionando — suspiro, me endireitando lentamente. — Não está funcionando nem um pouquinho. Estou ficando pior, não melhor.

Teu desempenho parece de fato estar em declínio, concorda Eshvaren.

— Por que a gente está fazendo isso? Qual o objetivo desse exercício? — gesticulo com a minha mão para o céu tumultuoso. — Eu vou ter que atravessar uma tempestade para conseguir pegar a Arma?

Eshvaren sacode a cabeça.

Paciência é requerida no treinamento. Há dois passos para controlar o poder. O segundo é demasiadamente mais difícil. Começaremos pelo primeiro: é preciso convocar tuas habilidades em um piscar de olhos. Ao que tudo indica até mesmo esta lição simples é difícil.

— Bom, não deu certo pra mim até agora — digo. — Quer dizer, meu poder ajudou a gente a sair de algumas encrencas, mas é bastante similar a soltar um tigre pra lutar por você. Não dá pra saber quem vai ser mordido nessa história.

Desde que a batalha seja ganha, importa quem o tigre morderá?

Pisco, forte.

— O que quer dizer com isso?

Eshvaren só sacode a cabeça, o ar ao redor tilintando como uma risada suave. Através do calor quente rodeando, sei que está sorrindo para mim.

Antes, é necessário aprender a primeira lição, diz simplesmente. *Recomecemos.*

Kal

O céu dourado está se esvaindo em roxo, pequenas estrelas se abrindo como flores nos céus acima, quando Aurora finalmente volta para o nosso acampamento. Ela parece exausta, o cabelo cheio de nós, os olhos escuros como sombras, mas ainda assim, é linda. Com um suspiro, ela anda até mim para que eu a envolva em meus braços. Beije sua testa. Segure-a firme.

— Como foi seu primeiro dia de treino, be'shmai? — pergunto.

— Que dia de cão — responde ela.

Nós nos aconchegamos no nosso acampamento. Na verdade, este lugar não é digno deste nome — é simplesmente o local onde decidimos dormir. Fica situado em um vão gentil, sob uma árvore prateada alta com flores roxas que se desdobram até a grama. Não temos camas. Não temos abrigos de verdade. O clima é perfeito, e não é como se precisássemos de paredes à nossa volta, mas ainda me deixa inquieto dormir em um lugar tão aberto.

— Como foi o *seu* dia? — murmura ela, aninhada em meus braços.

— Improdutivo — respondo. — Tentei andar até a cidade de cristal. Pensei em ir até lá para ver mais de perto, se talvez fosse um lugar melhor para nós descansarmos. Independentemente do quanto eu andava, ela permanecia eternamente no horizonte.

— Estranho. Será que deveríamos perguntar sobre isso a Eshvaren?

Sacudo a cabeça, pressionando meus lábios.

— Não se incomode, be'shmai. Acredito que, quanto menos lidar com aquilo que nos hospeda, melhor.

Ela olha para mim.

— Disse alguma coisa pra você?

— Não — admito. — Mas quando chegamos... não pareceu contente em me ver. Não creio que goste da minha presença.

— Bom, Legionário Gilwraeth, então azar — diz ela, se aninhando ainda mais nos meus braços —, porque *eu* gosto.

Sorrio, abraçando-a mais forte. Por um tempo, simplesmente ficamos sentados em silêncio, aproveitando o calor um do outro, a forma como nossos corpos se encaixam. Com ela assim tão perto, não consigo evitar pensar na noite que passamos na *Zero* antes de virmos para cá. A ardência que sinto ao querer voltar para aquele fogo. Mas, por enquanto, basta ficar ao lado dela.

— Está com fome? — pergunto.

— Não.

— ... eu tampouco — percebo.

— Eshvaren me disse que esse lugar não é físico — murmura ela.

— Imagino então que faça sentido que não tenhamos necessidades físicas?

Ela dá uma risadinha e se esfrega levemente em mim.

— Fale por você, legionário.

Acho que talvez Aurora esteja... como é a palavra Terráquea... se insinuando? Porém, ela se endireita logo depois e chama para a escuridão que cai:

— Alô? Consegue me ouvir?

O ar ondula e, sem nem um sussurro, a imagem de Eshvaren paira repentina e silenciosamente diante de nós. A luz dentro refrata e brilha na pele cristalina. Vira seu olhar para mim e, apesar de novamente ficar com a sensação de que não sou bem-vindo, ainda assim admiro sua beleza.

Sim? A voz é como música.

— Oi — diz Aurora. — Olha, sei que parece um pedido estranho, mas dava pra gente ter um pouco de comida? Eu sei que tecnicamente não *precisamos* comer, mas...

Quaisquer refeições leves que desejares podem ser tuas, responde Eshvaren.

— Ah, ótimo — diz minha be'shmai. — E... talvez alguns móveis ou sei lá? Seria bom dormir num cobertor, e alguns travesseiros?

Quaisquer confortos que desejares podem ser teus.

— Excelente. — Aurora sorri.

Eshvaren continua pairando em silêncio diante de nós. Longos momentos se passam sem comida ou cobertores surgir. Aurora encara a aparição, a testa lisa levemente franzida.

— ... e então? — ela pergunta.

Tudo que desejares pode ser teu, diz. *Apenas precisas manifestar tua vontade.*

— ... manifestar? — A carranca de Aurora fica mais profunda.

Sim.

— Eu não consigo nem ficar de pé com um exercício básico — diz ela, perdendo a paciência. — Quer que eu comece a fazer as coisas aparecerem do nada?

Sou apenas um conjunto de memórias, responde. *Eu não desejo nada.*

E sem outra palavra, Eshvaren brilha até desaparecer.

Aurora olha para mim, claramente confusa. Posso ver o quão exausta ela está. O quanto apenas esse breve tempo aqui já custou a ela, mas então percebo a determinação brilhando nas profundezas daqueles olhos díspares. Ela respira fundo, se senta mais ereta nos meus braços. Ela se apoia em mim como se eu fosse uma pedra em uma tempestade.

De olhos estreitos, concentrada, ela estica a mão.

Sinto um leve formigar na pele. Sinto algo vasto se mexendo sob a superfície. O ar ao nosso redor parece carregado e elétrico, e, por um mais breve momento, acho que talvez o ar diante de nós ondula. Brilha. Revira.

Só por um momento.

A corrente se esvai. A rigidez dos músculos de Aurora se desfaz, as costas curvando. Consigo sentir o pulsar do seu coração martelando sob a pele, escuto o esforço em sua voz quando ela arfa.

— Eu n-não c-consigo...

Sem fôlego, ela cai de novo em meus braços, frustrada e irritada. Sei como é treinar muito além dos limites, sofrer sob uma tarefa implacável. Não sei se posso tornar isso mais fácil. Porém, eu tento, de alguma forma pequena, melhorar isso.

— Seja corajosa, be'shmai — digo. — Está tudo bem.

Beijo sua testa.

— Temos tempo.

Seguro-a mais perto.

— E temos um ao outro.

Aurora

Estou começando a odiar essa pedra.

Não, esquece isso. Eu *odeio* mesmo essa pedra. Eu a odeio com todos os meus átomos. Mais do que quando o Sr. Parker, no quinto ano, *me* colocou na detenção por dar um soco na Kassandra Lim, mesmo quando foi *ela* que cortou uma mecha do meu cabelo.

Eu a odeio mais do que a Kassandra Lim.

A pedra e eu estamos num embate há sete dias e, por todas as medidas possíveis, o objeto inanimado está ganhando. Fica parada no meio de um campo lindíssimo azul-esverdeado, cheio de flores rosadas que dão a todo o cenário um tom avermelhado. O céu é da mesma cor rosada, e há um riachinho perfeito a leste, sombreado pelas árvores baixas de folhas roxas.

A tarefa que eu preciso realizar deveria ser fácil para alguém com o meu poder. Tudo que tenho que fazer é pegar essa pedra e colocá-la do outro lado da campina.

Só que é claro que não consigo.

Meu poder não aparece assim. E eu nunca o usei para manipular objetos antes. Eu só os esmaguei e quebrei tudo.

Estás pronta para mais uma tentativa? Esh pergunta.

— Tá, claro — murmuro, entredentes. — *Definitivamente* vai dar mais certo do que os outros sete milhões de vezes.

Autodisciplina é adquirida lentamente, responde. *Tu continuas a fazer progressos pequenos.*

Aponto um dedo na direção da pedra.

— Aquela filha de uma égua convencida está sentada no mesmo lugar faz uma semana. Eu não consegui fazer progresso *nenhum*, grande ou pequeno.

Há cinco dias não a chutas, Esh salienta.

— Isso não vai dar em lugar nenhum, Esh — retruco. — Se continuar assim, vou ser uma velhinha e a galáxia inteira vai ser uma colônia Ra'haam gigantesca, e eu ainda não vou ter mexido essa pedra.

O tempo não é um recurso em falta. Apesar de semanas terem passado aqui, pouco mais de uma hora passou sob a percepção de tua tripulação. Estás pronta para começar?

Eu respiro fundo pensando em outra resposta, e então paro. *Minha tripulação.* Eles são a razão de eu estar fazendo isso. Salvando a galáxia inteira e tudo nela soa um pouco ridículo. Não é uma coisa que dá pra compreender direito. Mas salvar apenas algumas pessoas...

Penso em Cat, que se submeteu ao Ra'haam. Penso em Tyler, arrastado pela FDT. Penso em Scarlett, observando enquanto seu irmão era deixado para trás. Penso em Zila e Fin, arriscando tudo para me proteger. Todos eles têm algo ou alguém a perder.

E penso em Kal, claro. Constante, paciente, fiel.

Quando entendi o que o Chamado significava, eu entrei em pânico. Quem não entraria? Só que ele nunca exigiu que eu sentisse o mesmo que ele. Na verdade, ele nunca exigiu nada de mim. Apenas ofereceu.

Isso é *definitivamente* uma coisa pela qual lutar.

— Tá bom, Esh — digo, aprumando meus ombros. — Vamos mexer nessa coisa.

Teu otimismo é louvável, responde, desaparecendo do caminho. Afasto qualquer pensamento e emoção como me foi instruído, mantendo apenas o propósito que sinto quando penso em proteger aqueles que amo. Inspiro. Respiro.

Então ergo as mãos e foco na pedra, visualizando-a se mexendo para o outro lado da campina. O suor acumulando na minha pele. Minhas sobrancelhas franzindo com esforço. Eu libero toda a minha certeza, minha convicção, minha vontade de que vai se mexer.

Vai se mexer.

Vai se mexer.

E absolutamente nada acontece.

— Filha duma égua!

Com um grunhido de frustração, eu chuto a pedra. Então grito e caio no chão, segurando meu pé, lágrimas de agonia e frustração nos meus olhos.

Eshvaren paira acima de mim, rosto cristalino brilhando com todas as cores do arco-íris.

Por que tu falhaste?, pergunta.

— Como é que eu vou saber? — grito, olhos ardendo.

Por. Que. Falhaste?, pergunta novamente.

— É pra você estar me ensinando?

O que atrapalha tua mente?, pergunta. *O que está em teu caminho?*

— Eu não...

Tu não és meramente um reservatório do poder, Aurora Jie-Lin O'Malley. Tu és o poder. Um poder que precisa destruir planetas. Isto é um lugar da mente. Os laços que te prendem — a figura toca meu peito com um dedo tremeluzente — *somente te prendem. É preciso deixar para trás o que foste para te tornares o que és.*

Me encara, os olhos brilhando com cores diversas.

Queima. Tudo.

Minha cabeça pende, as lágrimas traidoras brotando de meus olhos.

— E se eu não conseguir? — pergunto.

Eshvaren dá de ombros.

Então, não farás nada.

Kal

Aurora está descontente.

Estamos aqui há semanas e ela não parece ter feito progresso. Quando marcha de volta para nosso acampamento após mais um dia infrutífero de trabalho, consigo sentir a frustração que a toma. Ela se deixa afundar nos meus braços, derrete-se nos meus lábios e, por um momento, tudo está bem. Sei que está feliz em voltar para cá, comigo. Nós dois, juntos. Mas ainda assim, consigo sentir o quanto está desencorajada.

— Como posso ajudar, be'shmai? — pergunto.

— Não sei — murmura. — Não faço ideia do que preciso fazer.

Eu a abraço mais forte, as bochechas pressionadas no meu peito, enquanto aliso seu cabelo.

— O que Eshvaren diz?

— "Desfaça as restrições da carneeeeee." — Ela adota uma voz grave, parecida com a que pertence à entidade que nos hospeda, e sacode um dedo no meu rosto. — "É preciso deixar para trásssss o que foi para te tornares o que tu ésssss. Queima tudoooo."

Eu dou uma risada, e o sorriso que ela me dá em resposta faz meu coração gorjear.

Espíritos do Vazio, ela é tão linda…

— Talvez seja normal progredir lentamente? — sugiro. — Talvez seja parte da jornada de todos os Gatilhos?

— Eu nem sei se outros Gatilhos já vieram antes de mim — ela suspira. — Não sei nada, fora o fato de eu não *saber nada*.

— *Eu* sei. Você é uma das pessoas mais corajosas e mais fortes que já conheci. — Eu a viro de mim para olhar para a clareira azul-esverdeada ao nosso redor, minhas mãos descansando no seu quadril. — Faça como foi pedido.

— Como assim?

— Esvazie sua mente — eu falo. — Pense apenas no que precisa ser, não no que já foi. E então faça alguma coisa para nós.

— … tipo o quê?

— Algo simples? — sugiro. — Como uma fogueira?

Ela respira fundo. Ainda incerta. Porém, finalmente, ela assente.

— Ok.

Aurora fecha os olhos. Estica a mão no espaço vazio, na relva impecável e suave a alguns metros de distância. Consigo sentir a dificuldade dentro dela, os músculos tensos.

— Eu não… — murmura ela, os dentes cerrados.

— Você *consegue* — sussurro.

Ela estremece, a mão tremulando.

— Queime — ela sussurra. — Queime tudo.

Eu a seguro firme, encorajando-a. E então, como se algo novo tivesse ocorrido a ela, ela tira minhas mãos da sua cintura e se afasta do círculo de meus braços. Espanto aflora em meu peito, vejo o chão diante dela estremecer, o ar ondular como água quando algumas pedras tocam sua superfície.

— Deixe tudo para trás — sussurra ela.

E como mágica, uma chama aparece no chão diante dela. Não apenas uma chama sem graça, mas uma fogueira, repleta com uma pilha de galhos. Sinto o cheiro de madeira, sinto o calor, ouço o estalar da madeira nas brasas.

Aurora se vira para mim, os olhos brilhando.

— Kal, eu *consegui*!

Ela dá um gritinho e se joga nos meus braços. Alegria estampa seu rosto, ela fica na ponta dos pés e pressiona os lábios contra os meus, e quase tudo em mim é tomado pela alegria de sua vitória. Só que uma parte, a parte menor, a que não se sente bem-vinda quando sou observado por Eshvaren, a que se sentiu traída quando ela afastou minhas mãos dos quadris e saiu do meu abraço, percebe que, sim, ela conseguiu. Só que ela conseguiu...

Sozinha?

Queima, ela disse.

Queima tudo.

Aurora

Faz um mês e ainda sinto a alegria da satisfação cada vez que mexo a pedra para o outro lado da campina. É leve como uma pluma agora, rodopiando pelo ar somente pela força da minha vontade.

— Toma *essa* — murmuro, baixinho.

A pedra não pode responder, Esh salienta, não pela primeira vez. *Não apenas não possui a habilidade de pensar ou falar, como também não é uma pedra de verdade.*

— Então não vai se importar se eu ganhar às custas dela.

Consigo sentir. Tudo. Todas as doze pedras suspensas no ar acima das nossas cabeças, rodopiando e flutuando como borboletas sob a brisa.

Consigo sentir o poder não só dentro de mim, não só como parte de mim, mas como um *todo*. Eu deixo para trás a sensação do meu corpo, o sol na minha pele, a ideia de que não sou nada além dessa força, conforme as pedras se erguem do rio e se juntam às outras.

Olho para Esh, lábios curvando.

— Nada mal, hein?

— Jie-Lin — diz uma voz atrás de mim.

Meu coração para de bater. Meu estômago se revira. Porque, apesar de conhecer o som dessa voz tanto quanto a minha, sei que não pode ser, não pode ser, não...

Quando olho para trás, lá está ele.

Parece como antes. Antes... antes de Octavia. Um sorriso alegre e olhos brilhantes e as rugas na testa de que mamãe costumava caçoar tanto. Ele está lá parado na campina, rodeado pelas flores, sorrindo para mim.

— Papai? — sussurro.

O chão ao meu redor estremece quando as pedras acima de mim caem. Grito conforme outra cai, e então mais outra, me jogando para os lados enquanto as toneladas de pedras que eu havia mexido quase sem esforço um instante atrás escapam do controle como grãos de areia pelos dedos. O chão se despedaça, as flores inteiramente amassadas.

Por que falhaste?

Deitada no chão, olho para cima e vejo Eshvaren acima de mim, uma silhueta contra o céu rosado, me olhando com olhos cor de arco-íris.

O que impede teu fogo?, pergunta.

Olho para o lugar onde meu pai estava. A terra despedaçada, as rochas partidas. Não há nenhum sinal dele agora. Nada permanece a não ser as lágrimas que vê-lo trouxe aos meus olhos. Percebo que ele não era nada a não ser um espectro. Um fantasma. Um eco.

— Como é que fez isso? — exijo saber, olhando para Esh, a raiva subindo em mim como uma inundação. — Se é apenas uma coleção de memórias de um milhão de anos atrás, como sabia da aparência dele?

Já dissemos isso antes, Aurora Jie-Lin O'Malley. Teus únicos obstáculos neste lugar são aqueles que tu colocas em teu caminho. É preciso deixá-los para trás.

Se inclina mais para perto, a voz como uma canção em minha mente.

Queima tudo.

23

TYLER

Abro meus olhos, me perguntando onde estou.

Consigo sentir o gosto metálico que os purificadores de oxigênio Terráqueos deixam no ar e, por um instante, me pergunto se estou de volta ao meu dormitório na Academia Aurora. Pensar na Academia me faz pensar no meu esquadrão, e é claro que isso me lembra de Cat, e de repente tudo volta como uma avalanche. A cela de detenção. As máscaras espelhadas sem rosto. Os novos olhos azuis de Cat, olhando profundamente nos meus, os lábios gélidos e secos nos meus.

É tão cálido aqui, Ty. Eu mal posso esperar para você sentir isso também.

Acordo em um pulo e sou recompensado com ardências de dor: na cabeça, no peito, na garganta. Meus gritos estragaram minhas cordas vocais pra valer, é como se eu tivesse engolido cacos de vidro. Estremeço, tateando meu pescoço, olhando em volta da cela e vejo um par de olhos frios me encarando. Cabelos sombrios. Lábios sombrios. Coração sombrio.

Saedii.

Você ficou desacordado por muito tempo, pequeno Terráqueo.

A voz dela ecoa na minha mente, irradiando a arrogância Syldrathi, uma melodia tênue de desdém. Ainda acho um pouco assustador que essa psicopata consiga falar dentro da minha cabeça, mas considerando o estado da minha voz, provavelmente é uma sorte. Não acho que o dano seja permanente, mas duvido que vou poder cantar no karaokê por algum tempo…

O que fizeram com você? Saedii pergunta, olhando para mim.

Por que se importa?, retruco.

Eu me importo, pequeno Terráqueo, porque provavelmente farão o mesmo comigo.

Está assustada?

Conheça seu inimigo, garoto.

Minhas sobrancelhas se erguem lentamente.

Você está mesmo citando estratégia militar Terráquea pra mim agora?

Ela bufa, baixinho.

Evidente que não. Não seja tolo.

Foi Sun Tzu que disse isso. Ele foi um general Terráqueo. "Conheça seu inimigo e conheça a si mesmo, e não precisará temer o resultado de cem batalhas."

Sarai Rael disse isso. Era um Templário Syldrathi. "Conheça o coração de seu inimigo se deseja devorá-lo."

… acho que o jeito de falar de Sun Tzu foi um pouco mais poético.

Eu sou uma Guerreira, Tyler Jones. Qual necessidade encontro em poesia?

Saedii estica suas longas pernas na frente do corpo, me fuzilando. Estou dolorosamente consciente do fato de que ela não está vestindo nada a não ser roupas íntimas da cintura para baixo, mas como sou um cavalheiro, mantenho meus olhos firmes nos dela. Os dedos de Saedii percorrem o colar de dedões decepados ao redor do pescoço e percebo que novamente ela está tentando provocar uma reação. Ela sabe o quanto é linda. Sabe que a beleza pode deixar as pessoas desestabilizadas se assim permitirem, e ela quer ver o que a beleza pode fazer comigo. Tudo nesta garota é comedido. Estratégico. Calculista.

Percebo que eu também não estou vestindo uma camiseta.

E essas pernas dela de fato são bem longas…

Eles querem informações sobre o meu esquadrão, eu a informo. *Informação que você não tem. Torturar prisioneiros de guerra é uma violação das Convenções de Madri, então você não precisa se preocupar.*

Ela arqueia uma sobrancelha perfeita.

Parece que sou do tipo que fica preocupada, Tyler Jones?

Se você tivesse alguma ideia do que está acontecendo aqui, estaria.

Eu sei exatamente o que está acontecendo aqui. Seu povo se relegou ao suicídio. Quem vai sofrer mais, me pergunto, quando seu mundo for arrastado aos gritos para dentro do buraco negro no qual Arconte Caersan transformará seu sol?

Sinto a raiva relampejar dentro da minha cabeça.

Sabe, você fala muito de conhecer seu inimigo, eu falo. *Não há nada nessa situação que pareça suspeito para você? O governo Terráqueo passou os últimos dois anos ficando o mais longe possível de assuntos Syldrathi. E agora simplesmente abrem fogo contra uma nave Imaculada só por diversão?*

Os Imaculados nunca concordaram com o Tratado Jericho, garoto. A guerra entre nosso povo nunca acabou de verdade. Era apenas uma questão de tempo até que as mãos Syldrathi voltassem a brilhar com o sangue Terráqueo. É uma questão de honra.

Você não consegue ver que está sendo enganada?

Ela olha para mim com um sorriso desdenhoso.

Você tem medo da tempestade no horizonte.

É claro que tenho medo! Bilhões de pessoas podem morrer!

Você é indigno do sangue que corre em suas veias.

Sacudo a cabeça e dou as costas a ela. Eu deveria estar tentando convencê-la a ficar do meu lado. Sei que o inimigo do meu inimigo é meu amigo, mas sinto como se não houvesse *sentido* falar com essa garota. Entendo o que é ser um soldado, lutar por algo no qual você acredita. A irmã de Kal, no entanto, parece que não é nada além de fúria e desdém.

Ainda assim, ela insiste, me olhando com aqueles olhos pintados de preto.

Jericho Jones teve a coragem de lutar quando seu mundo precisava dele. Quando o chamado ressoou em Orion, ele ao menos foi honrado o bastante para atendê-lo.

Eu a encaro, a mandíbula tensa com a menção a meu pai.

Acha que há honra em um massacre? Nós dois perdemos nossos pais naquela batalha, Saedii. Só isso não basta?

Os olhos de Saedii se estreitam.

Foi isso que Kal...

As portas se abrem com um sussurro suave. Olho para cima e vejo meia dúzia de soldados Terráqueos com armadura de choque completa, armas disruptivas nos braços. Meu coração se aperta, minha garganta se constringe e eu me lembro da coleira de choque ao redor do meu pescoço. Só de pensar em mais uma rodada de tortura, meu estômago se preenche com um ar gélido.

— Ai, Criador — gemo.

Os soldados entram na sala, as botas ecoando no chão. Em vez de me pegarem, porém, marcham até a biomaca de Saedii e a cercam em um círculo fechado.

— As mãos, desgraçada — o tenente comanda, oferecendo um par de algemas magnéticas.

— ... o que querem com ela? — exijo saber, minha garganta doendo.

— As mãos — o tenente repete, os colegas pontuando o comando ao erguerem os rifles. — Agora.

— Ela não sabe de nada — protesto. — Vocês não…

— Cale a boca, traidor — um dos soldados rosna para mim.

A voz de Saedii ecoa na minha cabeça, aquele sorrisinho se abrindo um pouco mais.

Isso é coragem, pequeno Terráqueo. Olhe e aprenda.

Ela se põe de pé lentamente, lânguida, esticando os braços e oferecendo seus punhos elegantes. São seis contra um, e ela já está machucada, mas conforme o tenente se adianta para colocar as algemas, Saedii ergue a mão e golpeia a garganta dele com os nós dos dedos.

O homem arfa e voa três metros, batendo contra a parede. Apesar de seus ferimentos, Saedii dá uma rasteira em outro, arremessa o rifle do terceiro para longe, incrivelmente rápido. Só que os outros estão prontos, atingindo-a em cheio no peito com golpes disruptivos. Os tiros de atordoamento ecoam pela cela e Saedii cai para trás, tranças voando. Eu já saí da minha maca quando percebo que estou frente a frente com o rifle de outro soldado. Ele olha para mim, a mira laser iluminando meu torso nu e cheio de hematomas.

— É só me dar um motivo, traidor — diz o soldado. — É facinho.

— Não é assim que fazemos as coisas — digo, apesar da agonia que sinto na garganta.

— Nós? — ele desdenha, olhando para a tatuagem no meu braço. — Quem somos "nós", Legiãozinha?

— Sou Terráqueo como você. Eu não…

— Aquelas fadas mataram milhares de Terráqueos durante o ataque a *Andarael* — o tenente rosna, finalmente se reerguendo do chão. — E era *ela* quem estava mandando em tudo. É *exatamente* assim que nós fazemos as coisas. Então cale a boca antes que façamos isso por você.

— Vocês estão sendo manipulados! — sibilo. — A AIG está usando a FDT pra começar uma…

O soldado dá um passo à frente e acerta meu rosto com a coronha do rifle disruptivo. Sou lançado para trás e caio cambaleando na maca.

— Só mais uma palavra, traidor — ele rosna —, e você vai acabar tendo que recolher seus dentes com dedos quebrados.

Eu ergo as mãos, deitando de volta na cama. Fico observando conforme um dos soldados coloca Saedii, semiconsciente, por cima do ombro e o tenente me lança um olhar venenoso. Com o grito de ordem, ele manda todo o esquadrão marchar para fora da cela sem mais nenhuma palavra.

Eu chupo meu lábio ferido, sentindo o gosto de sangue, meu crânio ainda zumbindo do golpe.

Não faço ideia do que querem com ela, mas não pode ser algo bom. Penso em Ra'haam, vestindo todos aqueles colonos da AIG como uma segunda pele. Penso em Cat, com seus novos olhos azuis. Todas as coisas que deveria ter falado e feito.

Balanço a cabeça e suspiro.

Sopro do Criador, nada disso é bom.

24

ECO

Kal

Ela já chegou tão longe nesses últimos meses.

Observo Aurora do nosso acampamento, prendendo minha respiração ao perceber o poder de que ela é capaz. A clareira onde nós dormimos foi transformada. O fogo simples que ela havia conjurado tanto tempo atrás foi substituído por uma área de fogueira feita com pedras ornamentadas. A grama na qual dormíamos foi coroada pela maior cama que já vi em toda a minha vida — com um dossel, madeira entalhada, lençóis de seda. Minha be'shmai até mesmo conjurou um siff para eu poder tocar durante o dia enquanto ela está treinando.

Agora sento-me sob as nossas árvores, tocando as cordas do instrumento, observando-a. Aurora flutua muito acima de mim, apenas uma silhueta contra o céu cegante. Pedras maiores do que a *Zero* orbitam ao redor dela em sincronia perfeita, movendo-se em todas as direções. Ela flutua no centro, sentada como se estivesse no ar, o olho direito aceso. Eu observo enquanto uma das pedras se estilhaça em mil pedaços, os fragmentos formando uma esfera perfeita ao redor dela.

Eshvaren flutua perto, observando. Não olha para mim. Não fala comigo. Como sempre, sinto uma vaga sensação de... não hostilidade, mas de ser indesejado em sua presença. Conforme dedilho as cordas do siff com que minha be'shmai me presenteou, vejo que as cores dentro de seu cristal mudam com a música conforme eu toco.

— Posso perguntar algo? — chamo.

Eshvaren não olha para mim, mas sinto uma fração de sua atenção mudar. *Pergunte*, responde.

— Um pensamento me ocorreu desde que chegamos. — Eu dedilho outra corda e vejo o tom de Eshvaren brilhar e mudar. — Por que sua aparência é como a nossa?

Finalmente, vira sua cabeça, me encarando com olhos caleidoscópicos.

Não sinto medo disso. Um guerreiro teme apenas nunca saborear uma vitória. Porém, sinto o poder que emite. Meu povo é uma das poucas espécies na galáxia que ainda crê nos Eshvaren. Os Antigos eram figuras míticas para mim quando pequeno. Sentar aqui, na presença de sua memória coletiva, sinto que seu olhar é... inquietante.

— Quero dizer, sua aparência não é *exatamente* como a nossa, mas ainda é bípede. Humanoide. Aparecer dessa forma torna mais fácil nosso olhar para você?

Demora bastante tempo até que Eshvaren responda.

Nós não temos tua aparência, jovem, finalmente diz. *Tu tens a nossa.*

— ... Ainda assim não entendo.

Nem precisas.

— Talvez não, mas gostaria.

Teus desejos são irrelevantes, jovem. Tu és irrelevante.

Tento ignorar a ferida ao meu orgulho, mantendo minha voz fria.

— Por que temos sua aparência?

Eshvaren não responde, os olhos brilhantes fixados em Aurora no céu rosado mais acima.

— Terráqueos, Betraskanos, Chellerianos, centenas de outras espécies — continuo. — Todos temos formato semelhante. Todos somos bípedes, à base de carbono. Respiramos oxigênio. As probabilidades de coincidência são quase impossíveis. Muitos entre os milhões acreditam que tal semelhança é a prova de um poder maior. Uma evidência indiscutível de certa... vontade divina. É a base da Fé Unida. Da existência de um deus. Um Criador.

Novamente, Eshvaren nada diz. Ainda assim, pressiono.

— Nosso inimigo sabe muito mais do que nós. Ra'haam estava presente durante a última batalha. Não podemos confrontar nada com ignorância. Se há algum conhecimento com o qual nos beneficiaríamos na luta que está por vir, pode ser perigoso guardar isso de nós.

Finalmente, Eshvaren olha para mim. Sinto um calafrio, e meus dedos tropeçam nas cordas, fazendo com que um arco-íris se disperse dentro de sua forma.

Seria de bom tom não lecionar sobre os perigos de guardar segredos.

— O que quer dizer com isso? — pergunto, piscando.

Há eras nos preparamos para ganhar esta guerra. Quando derrotamos o Grande Inimigo, a princípio, após mil anos de sangue e fogo, sabíamos o que era necessário para garantir que não se erguesse novamente. E sabemos agora. Mais do que ti. Não presumas nos ensinar sobre os perigos da falsidade, quando tu obviamente emanas tal aura.

Vira seus olhos incandescentes de volta para Aurora.

Não te atrevas.

O siff fica pesado em minhas mãos, as palavras de Eshvaren pesadas em meu peito.

Coloco o instrumento de lado e fico sentado em silêncio.

E tenho medo.

Aurora

Esh me trouxe a um lugar novo hoje. Voamos por uma hora, pairando pelas paisagens já familiares. A campina, com seu carpete rosado de flores. O rio largo, em que devo ter afundado centenas de vezes antes de conseguir parti-lo. A floresta emaranhada onde, por fim, todas as folhas ficaram imóveis com um gesto de minha mão.

Acabamos no topo de um penhasco, olhando para a paisagem larga do Eco, a cidade de cristal no horizonte. Nunca pensei sobre esse lugar ter um fim, mas atrás de nós há uma névoa que lentamente rodopia e se encolhe.

É o fim do mundo, acho.

Sento de pernas cruzadas na beira deste penhasco, olhando para o meu campo de treinamento, e espero. Flutuando ao meu lado, Esh fala depois de um tempo.

Estás falhando, Aurora Jie-Lin O'Malley, me informa.

Eu pisco, olhando para seu rosto e tentando esconder a mágoa no meu.

Tu cresceste, diz, *mas não o bastante.*

— O que quer dizer com isso? — exijo saber. — Estou mais forte do que nunca. Consigo dividir rios, estilhaçar pedras...

Teu controle deste poder precisa ser o suficiente não apenas para estilhaçar pedras, mas também mundos. Tu sabes o que é preciso fazer.

— Eu não...

Sabes, insiste. Sabes, sim. Ainda és prisioneira de seu velho ser. Estás presa dentro da ideia do que és. Estas afeições, estes elos, te puxam para trás, quando teu foco deve ser o que está adiante. Para verdadeiramente abraçá-lo, é preciso arder, Aurora Jie-Lin O'Malley. É preciso deixar este lugar para trás e resignar-te a tudo que nunca serás.

Apesar de fazer meses, ainda me lembro do meu fracasso no campo das flores. A imagem do meu pai. Uma parte de mim sabe que o que Esh diz é verdade. Uma palavra de um fantasma foi o bastante para eu perder o controle e me reduzir a lágrimas. Consigo senti-las mesmo agora, ardendo em meus olhos, acumulando nos meus cílios.

— Eu quero fazer isso — digo.

Queres?

— Sim! — grito. — Eu *odeio* me sentir assim. Mas é... difícil, Esh. É *tão* difícil. Quando parti pra Octavia, era pra eu ter acordado algumas semanas depois e começado uma vida nova. Em vez disso, fiquei dormindo por *duzentos anos*. — Esfrego os olhos, irritada com as lágrimas, irritada comigo mesma. — E eu sei que tem coisas mais importantes do que uma menininha da Terra chorando por causa da sua vida, mas às vezes dava pra você aliviar *só um pouquinho*. — Observo aqueles olhos arco-íris, os meus acusando. — Porque tudo que eu perdi é culpa *sua*.

Fica parado lá, brilhando na luz. Consigo sentir... praticamente uma irritação comigo.

Compreendemos o que estamos pedindo para tu deixares para trás, mas o destino da galáxia está em jogo.

— Eu sei disso!

Milhares de mundos habitados. Bilhões e bilhões de almas. Tudo será consumido por Ra'haam se for permitido que floresça.

— Eu também já sei! — grito, me pondo de pé. — Eu não sou uma idiota, Esh. Eu *sei*!

Ainda assim, tu recusas a deixar tudo para trás. A arder. Tu és o Gatilho, Aurora Jie-Lin O'Malley. Tu és o poder manifestado de Eshvaren. Se tu não deixares para trás os obstáculos que te seguram, então fracassarás.

— Mas *como*? — pergunto.

Assim desejas?

Eu olho para o céu rosado acima de mim. Os bilhões de sóis esperando, além. Penso em tudo que está em jogo. A vida de todos aqueles estranhos, a vida dos meus amigos. Tudo que vai se perder se eu tropeçar aqui.

Durante toda minha vida, quis ser uma exploradora. Quis ver e fazer coisas que apenas poucos sonhavam em ver ou fazer. Sonhava em me levar até o limite. É por isso que estudei cartografia, porque sacrifiquei tanta coisa para conseguir um lugar na missão Octavia antes de tudo, a missão que de alguma forma, duzentos anos depois, me trouxe até aqui.

Para *esse* limite.

— Sim — ouço-me responder.

Verdadeiramente?

— Sim!

Então, feche teus olhos.

Assim, eu o faço.

Estou em uma sala branca, com o sol da tarde brilhando através dos grandes painéis de vidros da janela. Percebo que estou em pé em uma das dúzias de cozinhas que minha família teve conforme nos mudávamos pelo mundo todo com os preparativos para a missão Octavia. Então sinto uma pressão repentina no meu peito, um relampejo de alegria, de dor e amor quando eu a vejo, bem ali, próxima o bastante para eu esticar minha mão e tocá-la.

— Mamãe... — eu sussurro.

Ela olha para mim e me dá um de seus sorrisos, aqueles que me faziam sentir que tudo estava bem no mundo. Olhando em volta da sala, permitindo absorver essa cena, percebo que já estive aqui antes. Que isso não é só um *lugar* de minhas memórias, eu já vivi essa noite antes.

Era aniversário de meu pai. Mamãe estava cortando legumes para seu prato favorito do lado dela da família: um ensopado marrom grosso, cheio de batatas e cenouras, cordeiro e cevada. Eu estava medindo pó de tapioca para usar no prato de macarrão de arroz fresco.

Eu tinha cerca de treze anos, e ela e eu nem sempre nos dávamos bem. Eu já havia decidido que queria me alistar para Octavia. Minha mãe dizia que era cedo demais para tomar decisões que afetariam a vida toda dessa forma. E me dói lembrar das brigas que tivemos sobre esse assunto, o tempo que desperdicei lutando por algo tão sem importância.

Agora observo suas mãos rápidas e ágeis conforme ela trabalha, sua aliança de família no dedo. Quando essa noite aconteceu de verdade, todos aqueles séculos atrás, nós só cantamos e cozinhamos e falamos sobre um trabalho de lição de casa até os outros chegarem. Só que agora sei que posso desviar essa visão se quiser, desde que eu não force demais.

E *quero* fazer isso. Muito.

Então falo para o sistema interno da casa abaixar a música e me inclino ao lado de mamãe, descansando a cabeça contra o ombro dela. Ela passa um braço ao meu redor e me dá um aperto. É tão familiar, e a suavidade dela é tão perfeita, que sinto lágrimas nos meus olhos.

— Que foi, Auri J? — ela pergunta, pressionando um beijo no meu cabelo.

Fico em silêncio enquanto considero o que dizer para ela. Eu sei que não posso dizer o que aconteceu, iria partir a ilusão, a forma deste lugar. Mas sei como posso começar.

—Acho que só estou pensando nos meus amigos em uma das escolas antigas — eu digo.

— Ah, é?

Mordo meu lábio inferior.

— Sabe, eu sei que a gente se muda sempre, mas alguns deles... acho que contavam que eu ficaria por lá mais um tempo, sabe? Acho que sentiam que podiam contar comigo para as coisas, e agora eu não estou mais lá.

— Ah, minha Aurora. — Ela se vira para mim, me abraçando para que o queixo dela fique em cima da minha cabeça. Logo eu vou estar alta demais para isso. — Você sempre levou suas responsabilidades tão a sério. Eu sempre respeitei isso em você. E sei que é difícil seguir em frente, mas nós não podemos ficar no mesmo lugar para sempre, querida, por ninguém. A vida é para viver. Aqueles que deixamos para trás vão ficar bem, prometo. Os que deixaremos para trás no futuro também vão ficar bem, mesmo se você conseguir chegar lá em outro planeta.

— Só que algumas pessoas dependem de nós — replico.

— Bom, é verdade. Mas você também vai ter muitas aventuras no futuro e muitas delas virão com uma despedida. As pessoas que te amam vão ficar orgulhosas de mandar você para essas aventuras, prometo.

Eu me inclino para trás para conseguir olhar para ela, meus olhos ardendo.

— Eu te amo, mãe — digo, e ela olha para mim com todo o amor do mundo estampado no seu rosto, na curvatura suave de sua boca.

— Também te amo, querida — responde ela baixinho. — E se algum dia você for para todas essas aventuras que está imaginando para si, vou ficar orgulhosa de ter criado uma filha que foi corajosa o bastante para seguir seus sonhos. Eu prometo.

— Mesmo se te deixar para trás?

— Você nunca vai fazer isso, amor — diz ela. — Eu *sempre* vou estar com você.

• • • • • • • • • • • • •

Naquela noite, eu choro nos braços de Kal.

— Eu a deixei para trás — eu falo, pressionada no peito dele, tão abafada e com tanto catarro que não faço ideia se ele me entende. — Eu deixei ela pra trás pra ter uma aventura, e a única coisa que ela sabe é que eu morri.

Ele pressiona um beijo suave contra meu cabelo.

— Para ela, você morreu perseguindo seu sonho. Você estava vivendo a vida como ela mandou. Uma vida bem vivida, em qualquer nível, é tudo que podemos querer, be'shmai.

Depois, faço batatas, cenouras e cordeiro e cevada com molho, mostro a Kal como cozinhar o ensopado e o pão escuro irlandês da minha mãe. Nós nos sentamos lado a lado, os ombros pressionados um contra o outro, e conto a ele as histórias sobre crescer na Terra.

Quando acabo de lhe explicar as regras de hóquei e ele fica espantado com o fato de ser *contra* as regras usar os bastões para acertar seus oponentes, eu já chorei e ri demais.

Estou mais leve e mais tranquila, porque a verdade é que ficar perto de Kal me acalma. O seu toque, seu olhar, os pequenos sorrisos que consigo arrancar dele, esses em especial são algo que nunca imaginei quando nos conhecemos. Tudo isso me mantém firme, quando a pressão desse lugar pode me fazer em pedaços. Estar no Eco nos permitiu ter meses juntos, aprender um sobre o outro da forma que só dá para fazer com o tempo, e fico tão grata por esse presente que nem sei como expressar isso a ele.

Uma coisa que aprendi sobre Kal é que quando seu olhar desvia para minha boca, como faz agora, significa que está pensando em me beijar. E eu não o espero dar o primeiro passo, não nesta noite.

Então, eu estico a mão e agarro a camiseta dele, e ele me deixa puxá-lo sem esforço em minha direção enquanto levanto meu queixo. Um formigamento de antecipação começa entre minhas clavículas, passando pelas minhas costas, quando nossos lábios se encontram.

Estamos sentados lado a lado, e ele muda o peso para se inclinar sobre mim, e eu coloco a mão ao redor do pescoço dele. A dele desliza para me apoiar, e ele me abaixa para poder deitar na grama fofa, puxo-o para baixo comigo. A silhueta dele bloqueia algumas das estrelas, e o som baixo que arranco dele quando aprofundo o beijo me faz esquecer onde estamos.

Há uma excitação e familiaridade em Kal que fazem esses momentos ficarem perfeitos, e mesmo quando me pressiono contra ele, estou sorrindo contra seus lábios novamente.

É disso que eu precisava. Entre as aulas com Esh hoje e o conforto silencioso e sólido de Kal agora, e tá, incrivelmente sensual, eu sinto que houve algum... peso que foi tirado dos meus ombros. Uma sombra que foi iluminada e levada para longe.

Acho que finalmente começo a entender o que eu preciso fazer aqui. Consigo sentir tudo: a culpa por deixar minha família para trás, a raiva por terem sido tirados de mim, a tristeza por nunca ter feito parte da vida deles quando eu me fui. Ao mesmo tempo, eu me conforto com a ideia de que eles *tiveram* uma vida.

Porque todo mundo tem.

Aqui, neste momento, tenho Kal. Ele é tudo que eu poderia querer, e não preciso sentir o Chamado para saber que eu o amo, não de repente, com pressa, mas pedaço por pedaço, momento a momento, a cada lição que aprendo acrescentando uma camada aos meus sentimentos sobre ele.

E me enroscando nos braços de Kal naquela noite, minha bochecha pressionada contra seu peito nu, eu sei o que preciso fazer com todo esse peso que tem me puxado para baixo.

Que me segura.

Preciso esquecer o meu passado e focar no presente.

Preciso abandonar quem fui e abraçar quem eu sou.

Eu só preciso queimar tudo.

• • • • • • • • • • • • •

Na manhã seguinte, Esh e eu voltamos ao penhasco. Eu me sinto tão leve quanto o ar quando voamos por cima do Eco, toda sua beleza estendida diante de nós. Sento-me na beirada, encarando o limite do mundo. Desta vez, é meu pai que vejo quando fecho meus olhos.

Estou com seis ou sete anos, e ele veio ao meu quarto ler uma história antes de dormir. Nós temos um livro grande de contos de fada e histórias folclóricas de todo o mundo. Ele se senta na cama ao meu lado e nós folheamos as páginas juntos, ele lendo e eu passando os dedos por cima das ilustrações.

Ele passa um braço ao meu redor, e em um movimento familiar, subo meus joelhos ao lado dele para mudar o livro de lugar e poder virar as páginas para ele.

Eu o deixo ler por muito tempo. Sinto seu cheiro, sinto o calor de sua pele, me lembrando da sensação dos seus braços ao meu redor como se fosse o lugar mais seguro do mundo. Por fim, ele me olha, o cenho franzido do jeito que sempre amei.

— Está pensando em alguma coisa, Jie-Lin? — ele pergunta baixinho.

Ele está sempre atento a mim, prestando atenção. Tudo que consigo pensar é a última conversa que nós tivemos quando ele ainda era ele mesmo, em vez de ser parte de Ra'haam.

Eu havia gritado com ele e Patrice e desligado antes de ele ter a chance de responder.

— Estou pensando em alguém que deixei para trás — respondo.

— ... na sua antiga escola?

Assinto.

— Eu fui malvada com a pessoa. E não tive a chance de pedir desculpas antes de nós irmos embora.

— Ah. — Ele cuidadosamente fecha o livro, colocando-o no chão ao lado da cama. — Bem, isso é difícil. Se for possível, é sempre bom voltar e pedir desculpas. Quando não é, é muito importante lembrar que nenhum relacionamento ou amizade é definido por um único momento. É o acúmulo de todos os momentos que passamos juntos. Todos os pequenos jeitos que dizemos *eu te amo* ou *eu te respeito* ou *você é importante para mim* se acumulam. E é claro que isso não pode ser apagado com apenas algumas palavras descuidadas.

— Como sabe disso? — sussurro.

— Quando sua avó morreu, eu me arrependi muito do fato de não ter ligado para ela naquela semana. Gostaria de ter feito isso, mas estava ocupado. Porém, com o tempo, percebi que apenas uma vez que deixei de ligar não definia nossa relação. As dezenas de milhares de *eu te amo* é que definiam. Ela sabia exatamente como eu me importava com ela, e como a respeitava. E era isso o mais importante. — Ele me dá um aperto. — Isso ajuda, Jie-Lin?

— Tem certeza de que as últimas palavras não importam? — Fecho os olhos com força, aproveitando o calor daqueles braços. — Tem certeza de que ela te perdoaria?

— Sem dúvida. Aqueles que nos conhecem nos veem por inteiro, não só uma parte.

Eu me acomodo ao lado dele. De olhos fechados, sussurro:

— Te amo, papai.

— Também te amo, Jie-Lin.

Ele beija o topo da minha cabeça, e eu sorrio.

— Para sempre.

• • • • • • • • • • • • •

Naquela noite, Kal e eu andamos até a campina e nos deitamos juntos nos campos de flores rosa, as pétalas todas fechadas durante a noite. Nós encaramos as estrelas que já preencheram o céu acima do planeta natal dos Eshvaren, perdidos nos braços um do outro.

Eu sei que estou deixando as coisas mais difíceis para mim. Estou passando o dia todo evitando as coisas, e então volto todas as noites para mergulhar ainda mais fundo em Kal. E ele parece saber disso também. Consigo sentir isso crescendo nele, assim como o amor que sente por mim. Uma sombra. Está mais intensa essa noite, pesando em seus ombros mesmo enquanto ele admira a beleza das estrelas lá em cima.

— Você está bem? — pergunto.

Consigo sentir a mente dele, os fios dourados, a empatia leve que herdou da mãe entrelaçada com a minha própria força crescente.

— Estou dividido, be'shmai — ele finalmente responde.

— Sobre o quê?

— Estive pensando. — Ele suspira, olhando para o céu noturno. — Sobre o presente que Adams me deu. A caixa de cigarrilhas que salvou minha vida a bordo da *Totentanz*.

Eu pisco.

— Por que está pensando nisso?

— A caixa… tinha um bilhete dentro. Um bilhete na letra de Finian, que ele não se lembra de ter escrito. Foi ele quem descobriu, mas me pergunto se era eu o destinatário.

— … o que dizia? — pergunto, sem ter certeza se quero mesmo saber.

Ele olha para mim, olhos brilhando.

— "Diga a ela a verdade."

Fico em silêncio, observando-o no escuro. Ele é lindo, sublime, quase mágico e, por um momento, mal posso acreditar que é meu. Só que consigo sentir um conflito dentro dele, sinto o tormento em sua mente.

— Há coisas sobre mim, be'shmai — diz ele, e fico abismada ao notar lágrimas em seus olhos. — Sobre meu passado. Meu sangue...

— Kal, está tudo bem — eu falo, tocando seu rosto.

Ele sacode a cabeça.

— Essa coisa dentro de mim. Tenho medo de nunca conseguir me livrar dela.

Lembro-me da história que ele contou sobre Saedii. A dor de sua infância, a crueldade do pai contra ele e a mãe, a sombra do seu passado que sempre paira sobre si. Eu sei que está em conflito todos os dias. Com a violência com a qual ele cresceu, a violência dentro de si. Consigo senti-la, mesmo agora, escondida em seus lindos olhos.

— Você não é seu passado, Kal. — Entrelaço meus dedos com os dele, meus olhos nas constelações acima de nós. — Você não é a coisa que te ensinaram a ser. Se estar aqui me ensinou algo, foi isso. Nossos arrependimentos, nossos medos, eles nos puxam para baixo. Precisamos deixar tudo para trás para nos tornarmos quem precisamos ser. Precisamos atear fogo em tudo.

— Nosso passado faz de nós quem nós somos.

— Não — eu digo, lembrando o peso que se foi dos meus ombros conforme deixava minha mãe e meu pai para trás. — Não, *não* faz. Nós escolhemos ser quem somos. Todos os dias. Todos os minutos. O passado já se foi. O amanhã vale mais que um milhão de ontens, não consegue ver isso?

Kal olha para as estrelas, franzindo o cenho.

— Eu... questiono essa estrada na qual está andando, be'shmai — diz ele baixinho.

— ... o que quer dizer com isso?

— Se você se desvincular de quem era, atear fogo em tudo que já te significou algo como os Antigos pedem que faça... — Ele sacode a cabeça. — O que te dará propósito? O que te levará a lutar?

— Salvar uma galáxia inteira já é um propósito — digo, minha voz firme.

— Sua luta é honrada — concorda.

— Consigo sentir que tem um "mas" enorme vindo aí.

— Mas *amor* é propósito, be'shmai — diz ele. — Amor é o que nos leva a fazer grandes atos e grandes sacrifícios. Sem amor, o que resta?

Desvencilho minha mão da dele.

— Kal, eu *preciso* fazer isso. Se os planetas-berçário de Ra'haam forem deixados de lado, todo mundo na galáxia, *inclusive* aqueles que eu amo, vai sucumbir. Eu já perdi meu pai pra essa coisa.

— E agora vai perder todo o resto para impedi-la?

— Não estou dizendo que quero isso — suspiro. — Estou dizendo que preciso.

Não sei o que dizer a ele. Não sei o que fazer. Então, no fim, odiando fazer isso, me coloco de pé e volto silenciosamente para nosso acampamento.

E apesar de sentir que isso acaba com ele...

Ele me deixa ir embora.

• • • • • • • • • • • • •

Fico no anseio de ver Callie no dia seguinte, mas estou esperando ela vir como uma criança, como era quando a deixei. Em vez disso, quando entro na minha visão, vejo uma mulher em seus trinta anos, o cabelo liso preto batendo quase na cintura, balançando conforme ela toca um violino. Ela está ao lado de uma janela iluminada, tocando a música que sabe de cabeça.

— Callie — sussurro, minha voz grudando na minha garganta.

O sorriso dela se abre, e ela deixa o violino e o arco de lado.

— Aí está você — diz ela simplesmente, abrindo os braços para mim.

Eu atravesso a sala em um instante e bato com tudo em seu peito enquanto ela me abraça e me segura firme.

Ela está mais velha do que eu, o que é estranho, mas essa deve ter sido a aparência dela pela maior parte de sua vida. Me pergunto como se sentiu quando chegou à minha idade, e depois no seu aniversário de dezoito anos, sabendo que ela era mais velha do que eu jamais seria.

— Eu sinto muito — soluço, as lágrimas encharcando a seda verde da camiseta dela. — Me desculpa por ter te deixado. Eu nunca quis fazer isso.

— Pare com isso — ela me repreende gentilmente, a mão alisando meu cabelo.

— Mas eu te *deixei* — insisto.

— Nada é pra sempre, Auri. Tudo tem seu tempo. O mundo continua dando voltas, e as estrelas continuam brilhando depois que nós desaparecemos, assim como fizeram antes de nós chegarmos aqui.

— Eu era sua irmã mais velha, Cal. Era pra eu cuidar de você.

Ela me olha diretamente nos olhos então, um sorriso nos lábios.

— Vem comigo.

Com um braço ao redor dos meus ombros, ela me leva, atravessando uma porta. Nós caminhamos pelo corredor em silêncio e paramos no batente de outro quarto. Vejo uma criança pequena dormindo no berço, enrolada. Só dá para ver o cabelo preto e um rostinho, afrouxado por sono, acima do cobertor.

— Essa é a Jie-Lin — murmura Callie.

— Ela é linda — respondo, com lágrimas nos olhos.

— Eu tenho tantas saudades suas, Auri — minha irmãzinha me diz. — Mas estou bem. Tudo continua sem a gente. O mundo continua.

Ela começa a se esvair, e eu quero esticar a mão e agarrá-la, abraçá-la com força e me recusar a sair desse momento. Em vez disso, olhando uma última vez para o seu rosto, eu a deixo para trás.

Deixo tudo para trás. Finalmente. Completamente. Enquanto olho para aquele rostinho, aquela linda menina que tem o mesmo nome que eu, sinto tudo esvair. A raiva, a ira, a dor e a tristeza. A ideia de que perdi tudo isso. Porque não perdi, não de verdade. Eu estive aqui o tempo todo, no coração das pessoas que deixei, mas nunca deixei para trás de verdade.

Deixo tudo ir embora.

E conforme abro meus olhos, encontro Eshvaren acima de mim. Sinto o Eco ao meu redor estremecer. Uma onda que percorre todo esse plano, mudando o som do horizonte e o gosto do céu. E sinto, no seu sorriso, com todas as cores que sua memória contém.

Enfim, diz.

Kal

O mundo ao meu redor estremece.

Meus dedos ficam imóveis; a música do siff em minha mão se silencia. Olho para o céu e noto que está com um novo tom perfeito. Por um momento, sinto uma sombra atrás do meu ombro e, inexplicavelmente, estou tão conectado ao meu pai em pensamento que me viro, quase preparado para vê-lo parado ali.

Meus punhos estão cerrados.

Porém, é apenas Eshvaren em sua forma cristalina. Olha para mim intensamente, como se estivesse me vendo pela primeira vez. Sinto o poder nisto, neste lugar, no legado dos Antigos que flui pelos átomos desse plano.

Lembra-te do que está em jogo aqui, diz. Isso é mais do que tu. Mais do que nós.

Eu pisco.

— Não entendo.

Apenas um obstáculo permanece. Apenas um impedimento que a vincula ao que era e a impede de ser o que precisa ser.

Sinto uma ruga se formar na minha testa, lentamente ficando mais sombria.

— E o que é esse obstáculo?

Eshvaren inclina a cabeça e sorri um arco-íris.

25

ZILA

Finian está inclinado próximo ao rosto de Aurora, estudando a maneira rápida com que suas pálpebras tremem.

— Já faz umas doze horas que eles foram — diz ele. — Já não deveria ter acontecido alguma coisa?

— Eu me conforto em saber que nada aconteceu — respondo.

A verdade, porém, é que, apesar do meu tom calmo, eu também estou preocupada. Baseado no relato de Aurora de sua primeira visita ao Eco, nos dois minutos de sua inconsciência que nós observamos, ela subjetivamente experimentou o equivalente a doze horas.

Isso sugere que um dia todo demoraria quatro minutos, e então, agora que quase doze horas se passaram, ela e Kal estão no Eco há quase seis meses. A atividade cerebral de ambos é ímpar, o que sugere que estão de fato experimentando a passagem do tempo em velocidade notável.

A questão que me incomoda é quanto tempo um cérebro humano e Syldrathi consegue manter tal tipo de atividade sem sofrer danos permanentes.

— Como está o progresso do rastreio da assinatura de partículas da sonda? — pergunto.

— Estamos a caminho. — Finian dá de ombros. — Scar está lá em cima na ponte agora. Eu ainda estou tentando consertar a porcaria do unividro da Aurora.

Pisco, me esforçando para identificar o sentimento que preenche meu peito.

Inquietação, percebo.

— Scarlett Isobel Jones está pilotando essa nave?

Finian abre um sorriso.

— Ela não é tão ruim assim. O piloto automático está ajudando. Aparentemente, um dos seus ex-namorados ensinou algumas coisas. E ela aprendeu outras coisas com Cat.

Sinto uma pontada de dor com isso. A memória do rosto de Cat, seu sorriso, seu fim. As barreiras que seguravam minhas respostas a estas emoções não são mais fortes como antes.

Eu não estou sentindo nada.

— Mas não tem jeito de descobrir onde na Dobra a sonda surgiu — Finian continua. — Talvez a gente viaje por semanas.

— Então vamos torcer para que não seja o caso — respondo. — Nossos cérebros não são aptos para exposição prolongada à Dobra. Nem deveríamos nos deixar tentados à calamidade com Scarlett nos controles por tanto tempo.

Finian assente.

— É. E eu não acho que os Imaculados vão esperar muito tempo pra avisar pra Terra o que eles acham sobre o ataque à nave deles.

Concordo.

— É extremamente improvável que um ataque pelas forças Terráqueas contra uma Templária Syldrathi condecorada fique sem resposta.

Finian olha para a figura dormente de Kal, mordendo de leve o lábio inferior.

— A irmã mais velha do Garoto-fada é de matar, né?

— Ela é... muito formidável.

Fin dá uma olhada em volta da sala, para ver se mais alguém está nos escutando.

— ... mas ela é gostosa, concorda?

Eu pisco.

— Não imaginava que você achasse psicopatia uma qualidade atraente, Finian.

— Qual ééééé. — Ele abre um sorriso enorme. — Não vai me dizer que não notou. Eu mesmo não diria não pra uma visitinha rápida na câmara de tortura dela.

Eu pressiono os lábios, relembrando o rosto de Saedii. De sua forma. Isto é verdade. As qualidades estéticas da irmã de Kal são... inegáveis, apesar de seu temperamento.

Ainda assim...

— Ela é alta demais para mim — declaro finalmente.

Finian revira os olhos e me dá um sorriso amigável. Sinto minhas bochechas esquentarem um pouco com a ideia de discutir qualquer noção romântica com ele. Inclino a cabeça para esconder qualquer sinal desta resposta vascular, perguntando-me se talvez é essa a sensação de ter amigos.

Eu não estou sentindo nada.

Gesticulo na direção de Kal e Aurora na tentativa de desviar a discussão.

— Continuarei a monitorá-los — digo.

— Beleza. — Finian dá um passo para trás, o exotraje rangendo suavemente quando ele estica os braços. — Vou pegar um lanchinho. Quer alguma coisa?

Contemplo a pergunta.

— Aqueles biscoitos que Scarlett me coagiu a comer eram adequados.

— *Adequados?* Você e ela praticamente devoraram todo o suprimento.

— A ingestão de excesso de calorias vai resultar em um redimensionamento da minha massa, que...

Franzo o cenho. Isso está incorreto.

— Quero dizer que sua afeição por mim vai aumentar conforme eu também aumento...

Não. Isso também está errado.

Fico em silêncio, olhando para os olhos negros indecifráveis de Finian.

— Ainda está tentando entender como funciona essa coisa do humor, hein — ele diz.

Abaixo minha voz até ficar um sussurro.

— É *extremamente* confuso.

— Bom, continue se esforçando. Vou pra cozinha. — A boca dele se vira em um sorriso torto, e ele olha pra Aurora. — Vejo essas crianças daqui a um mês.

26

AURI

Estou voando de volta para casa com um vento de tempestade, voando com asas de trovão. Consigo sentir o poder revirando dentro de mim como uma cascata. Todas as algemas que me prendiam, a culpa, o medo, quem eu era, tudo isso se foi.

Disparo através do Eco, a terra se abrindo com a força da minha passagem. Meu olho direito queima como uma estrela recém-nascida, uma tempestade de azul meia-noite rugindo atrás de mim, um tornado de uma pura força psíquica que posso convocar com um gesto de minha mão.

Mal posso esperar para mostrar isso pro Kal.

Penso nele esperando por mim, como sempre fez. No tempo que passamos aqui, em tudo que ele se tornou para mim. Penso em Scarlett, Finian e Zila esperando por nós do outro lado do Eco, essas pessoas que se tornaram minha família. Toda a confiança que depositaram em mim, tudo o que sacrificaram. Tudo, *tudo* isso valeu a pena.

Não sou mais aquela menina que partiu para Octavia. Não sou mais a menina que acordou dois séculos depois, deslocada de tudo que fui. Sou o recipiente que me fizeram ser, a destruição de um inimigo que quer consumir toda a vida, toda a luz, toda a esperança. Com isso, sorrio, feroz, quase alegre ao pensar nisso.

Sou a garota que vai salvar a porcaria da galáxia...

Kal me vê chegando, o poder rugindo no meu rastro, os olhos dele arregalados de admiração conforme eu desço no lindo gramado verde ao redor do nosso acampamento e me atiro em seus braços. Eu o beijo, deixando inundar a mente dele, sentindo os fios dourados da sua psique se enroscarem nos meus, nós dois juntos, completos e perfeitos.

— Estou pronta, Kal — sussurro.

Pressiono meus lábios nos dele, acariciando seu rosto, sua mente.

— Estou *pronta*.

Ainda não.

A voz aparece de trás de nós, suave e melódica. Eu me viro, vendo o arco-íris cintilante da forma de Eshvaren me observando. Sinto a sensação de algo errado no ar, uma onda tremulando as árvores ao nosso redor, os fios dourados da mente de Kal. De repente, sinto algo que nunca senti vindo dele.

Kal está com medo.

Tu chegaste longe, Aurora Jie-Lin O'Malley, Eshvaren diz. *Porém ainda não podes empunhar a Arma.*

Estico a mão, e um choque psíquico, enorme e tectônico flui através do Eco, sacudindo cada árvore, cada pedra, cada folha de grama.

— Estou pronta — repito.

Pronta, sim. Eshvaren assente. *Para que deixes os últimos impedimentos que te prendem a teu velho ser. Teus pensamentos. Tuas células. Tua existência.*

As palavras me atingem como um tapa. Olho para Kal e me afasto dos braços dele.

— Minha existência...?

E olhando para o olho direito brilhante de Eshvaren, eu finalmente percebo...

— É *isso* que você estava dizendo — sussurro, meu coração revirando um pouco no peito. — Quando disse que "como nós, é preciso sacrificar tudo".

Olho em volta do Eco, para sua beleza e esplendor, tudo o que restou da civilização que entrou em colapso eras antes da minha nascer.

Esh disse que se eu falhasse no teste, iria custar a minha vida.

Não disse que, mesmo se eu tivesse sucesso...

— Usar a Arma... ser o Gatilho... — engulo em seco quando a verdade finalmente me atinge. — Vai me matar, não vai?

É bastante provável, Esh responde. *Sim.*

— Filho duma égua.

— Precisa haver outro jeito! — Kal cospe, sua compostura de Syldrathi se desfazendo.

Olhe em volta, jovem, diz Esh, a voz como uma canção. *Tudo isto, nosso mundo, nossa civilização, nosso nome, perdido para as areias do tempo. Nós demos tudo que tínhamos para destruir Ra'haam quando se ergueu pela primeira vez. Mil anos de sangue e fogo dos quais nunca nos recuperamos. Toda nossa espécie se desgastou para que espécies futuras pudessem ser poupadas da fome do Grande Inimigo.*

Esh olha para mim, e penso que talvez sinta algo parecido com pena em sua mente.

Seria mais uma garota um preço alto demais a se pedir?

Consigo sentir a fúria de Kal. O medo dele de me perder. Só que lá no fundo, eu sei...

— Não — respondo.

Eu sacudo a cabeça e, mesmo conforme falo, sei que é verdade.

— Não, não é pedir muito.

— Be'shmai... — Kal sussurra, esticando a mão para pegar a minha.

— Está tudo bem — respondo, sorrindo quando me viro. — Não estou com medo, Kal. Estou em paz com quem eu fui. Estou pronta para me tornar o que devo ser.

Penso naquela menininha, dormindo em seu berço, e não consigo evitar sorrir.

— Tudo é um ciclo, Kal. Se eu precisar... parar para que os outros continuem, está tudo bem. Porque aqui com você, nesses últimos meses, estou mais viva do que *jamais* estive. E mesmo depois que eu me for, você ainda vai ter isso. Ainda vai saber que eu te amei.

Eu me ergo na ponta dos pés e coloco os braços ao redor dele. E eu me inclino lentamente, lhe dou um beijo mais lento ainda, as lágrimas nos olhos, os lábios encontrando os dele enquanto me afasto o bastante para sussurrar:

— Eu te *amo*.

Ele toca na minha bochecha e beija minhas lágrimas, me envolvendo nos braços dele, e...

Não, diz Esh.

O mundo fica imóvel. O feitiço entre Kal e mim se quebra. Com os dedos ainda entrelaçados nos dele, eu me viro para olhar para Esh.

— O que quer dizer com isso?

É preciso abandonar teu passado inteiramente. É preciso entregar teu futuro em totalidade. Há apenas uma coisa para qual foi feita, e é preciso estar pronta para agir sem hesitação quando a hora chegar. Não pode hesitar. Não pode ter nada que te prenderá a este lugar, a esta existência. Nada. É preciso queimar tudo.

Olha para mim com seus olhos brilhantes, até no meu coração.

E isso inclui ele.

— Mas... não é isso que os humanos *fazem* — protesto. — Nós lutamos por ideias, claro, mas nós também lutamos por pessoas.

Esh inclina a cabeça, como se eu tivesse dito algo curioso.

Acreditas mesmo que ainda és uma humana? É preciso ser o vazio se quiser obter sucesso. Quando golpear o Grande Inimigo, não deve haver impedimentos para que o poder flua. Tu deves ser vontade pura. Não deverás ter culpa. Não deverás ter dor. Não deverás ter raiva. Não deverás ter sofrimento. Não deverás ter medo.

As palavras são como um soco no peito.

Não deverás ter amor.

Olho para Kal e o vejo me encarando de volta, com agonia. O sol se pôs além da beira do mundo, e as estrelas, aquelas estrelas há muito tempo mortas, para qual olhamos juntos, estão iluminadas acima de nós.

E eu compreendo. Finalmente, realmente compreendo o que eles precisam que eu faça.

Eu preciso deixá-lo para trás.

Preciso atear fogo em sua memória.

Preciso provar para Esh que meus laços não me definem e não me impedem de fazer meu dever. Que, quando chegar o momento de eu ser o Gatilho da Arma, para o bem de todos ao meu redor, eu estarei pronta para sacrificar tudo e qualquer coisa.

Meus olhos percorrem o rosto de Kal sob a luz das estrelas.

Tornou-se tão familiar para mim quanto o meu nesses últimos meses.

Minha mente é um redemoinho de azul e prata, e sei o que precisa ser feito. Preciso controlá-lo e refiná-lo, tornar meu poder como a lâmina de uma faca para cortar os elos entre nós. Ele sabe disso tão bem quanto eu, o que está em jogo aqui. Tudo o que será perdido.

— Kal — sussurro.

É preciso, Esh responde.

— Be'shmai? — Kal murmura.

Aquela palavra.

Aquela palavra linda, maravilhosa e alienígena. Quando falamos sobre seu significado pela primeira vez em Octavia, Kal disse que não havia uma tradução adequada na língua humana. Ele olha para mim agora, silenciosamente oferecendo seu coração, como faz todos os dias. E naquele momento, sei que, apesar de não ser Syldrathi e de que nunca saberei como é sentir o Chamado, eu *sei* o que significa me apaixonar. Eu sei que aceitei o coração dele e dei o meu em troca.

— Sinto muito — digo.

E sei que não há um universo no qual sou mais forte sem ele.

— Não posso fazer isso — declaro, me virando para Esh.

O silêncio ressona pelo Eco. Sinto o coração de Kal acelerar atrás de mim, as ondas que essas palavras provocam e esparramam por todo aquele plano.

— Não farei isso — digo.

Você DEVE, Esh comanda.

— Não.

Não.

Não vou fazer o que Esh quer.

Não porque eu me recuso a me sacrificar.

Não porque eu tenho medo.

Mas porque, cada momento que passei aqui, treinando e com Kal, me levou para a mesma verdade irrefutável. Amanhã talvez valha um milhão de ontens, mas um amanhã sem ele não vale absolutamente nada.

Tu não terás a força, diz Esh, e algo em sua voz parece com fúria. *Se tu não fores o vazio, tu fracassarás.*

— Acho que vamos ter que esperar pra ver — respondo.

Tu és o Gatilho. O GATILHO ÉS TU.

— Aham — concordo. — Mas eu também sou Aurora Jie-Lin O'Malley.

Estico a mão para a de Kal.

— E estou disposta a lutar pelas coisas que amo.

Eu tomo todo o poder. Minha vontade reina, fazendo-nos ir embora, sentindo um corte, uma ruptura, uma cisão tão grande quanto o céu e tão profunda quanto o infinito. Em um piscar de olhos — quatro, os meus e os dele —, nós saímos do Eco e estamos de volta a nossos corpos, a bordo da *Zero*.

E a primeira coisa que sinto, mesmo antes de abrir meus olhos, é a mão dele entrelaçada na minha.

27

TYLER

Eles trazem Saedii de volta para nossa cela algum tempo depois.

As portas se abrem e os soldados a jogam aqui dentro, inerte e frouxa, no chão. O som do corpo dela batendo contra o chão, vê-la daquela forma faz meu estômago embrulhar. Eles arrancaram as bandagens das pernas dela. Os hematomas em sua coxa estão desbotados, mas os no rosto são novos. O lábio dela está rachado, o olho inchado, uma das mãos pressionada contra as costelas. A tinta preta em volta dos olhos e dos lábios está borrada, escorrendo. As tranças impecáveis se soltaram, e uma cortina de cabelo preto cobre seu rosto enquanto ela tenta se levantar.

Eu me ponho de pé, fuzilando os soldados com o olhar. Saedii é uma oficial dos inimigos. Uma Templária dos Imaculados. Eu vi a contagem de mortos da batalha na *Andarael*. Sei que a maioria desses soldados da FDT perderam amigos naquele ataque. Ainda assim, existem regras. Há uma linha que você não cruza. Essa é a suposta diferença entre nós e eles.

— Sopro do Criador, o que fizeram com ela?

Eles sequer se dão o trabalho de olhar para mim. As portas se fecham sem nenhum som, deixando Saedii e a mim sozinhos.

— Aqui — murmuro, me inclinando para ajudar. — Deixa eu...

— *Não toque* em mim! — ela vocifera. Os dedos dela estão curvados como garras, as unhas pretas brilhando naquela luz antisséptica. Eu me afasto, para longe do seu alcance.

Saedii respira fundo e se equilibra. Quase não ouço, mas posso jurar que ouvi um soluço estrangulado e minúsculo escapar da garganta.

— Seu sol v-vai q-queimar — sussurra ela. — Toda a s-sua... espécie d-desgraçada...

Ela sibila, tentando se sentar. Os braços, a respiração, o corpo dela treme todo com o esforço, mas é demais, e ela cai. Sinto uma pontada de pena e uma onda de constrangimento. São os Terráqueos que a estão tratando dessa forma. Meu povo.

Tá, ela é a inimiga. Tá, ela me jogou num fosso para ser devorado por uma máquina reptiliana mortífera. Tá, seus camaradas são responsáveis pelas mortes de dezenas de milhares de tropas Terráqueas, inclusive a do meu próprio pai. Só que, mesmo agora, consigo ouvi-lo se eu tentar. As palavras que papai me ensinou quando eu era só um garotinho.

Para ser um líder, é preciso dar o exemplo. Para ser um líder, é preciso ser o tipo de pessoa que você gostaria que te seguisse.

Saber o caminho.

Mostrar o caminho.

Seguir o caminho.

Pelo tempo que passei com Kal, sei que o toque físico é algo sério entre os Syldrathi, mas não posso só deixá-la sangrando no chão. Então, eu a pego em meus braços. Saedii acorda, arreganhando os dentes pontudos atrás de uma cortina de cabelo escuro emaranhado. Fico com medo de que ela vá se machucar ainda mais, então a seguro firme, as palavras que ela cospe entredentes ecoando junto com seus pensamentos dentro da minha mente.

— NÃO ME TOQUE!

— Vai com calma!

— ME PONHA NO CHÃO!

— Sopro do Criador, eu vou fazer isso, só relaxa!

Ela golpeia de novo, como uma coisa selvagem nos meus braços, e eu cambaleio até a biomaca dela, segurando firme. Saedii cospe com os lábios rachados e inchados, mas consigo sentir o custo dessa raiva, sinto os tremores que percorrem seu corpo quando ela tenta se desvencilhar. Gentilmente, eu a coloco na cama e me afasto, e ela tenta se erguer para me combater. Só que o esforço é demais, e ela se dobra, respirando o ar entrecortado e estremecendo como um potro recém-nascido.

— Você *ousa* colocar suas mãos em mim? — ela cospe, seu tom mortal e baixo. — Eu vou te *esfolar vivo*, garoto. Eu vou... a-arrancar seus t-testículos e v-vestir o...

— Tá, tá, já entendi que você está com raiva de mim. Não precisa das descrições gráficas.

Ela tenta falar mais, mas não consegue. Me sinto dolorido. Cansado. Quando me sento de volta na minha biomaca, fico incrédulo ao perceber que toda essa onda de dor, exaustão...

Nem tudo isso vem de mim.

Será que vem dela?

Eu não sei como, mas consigo... sentir? Esvaindo do subconsciente de Saedii para o meu. Consigo ver as imagens na cabeça dela: uniformes militares Terráqueos, punhos ensanguentados a golpeando, uma hora inteira de dor, o silêncio, com exceção dos seus gritos. E ela *gritou* mesmo. Uivou sua fúria e sua dor e exigiu saber o que queriam dela. E durante toda a sessão, as poucas vezes que falaram de fato... tudo que fizeram foi xingá-la.

Eles nem sequer fizeram perguntas.

— Eu sinto muito — digo.

Os olhos machucados dela se abrem, e ela me encara com um olhar afiado.

— Sinto muito por terem feito isso com você.

— Eles vão q-queimar — ela sussurra. — E você também....

— Saedii, por favor...

— Covarde — ela cospe, a voz trêmula. — Miserável. A Terra se tornará um cemitério colossal.

Esfrego as têmporas, tentando me manter paciente, tentando ficar calmo, tentando ser o tipo de pessoa que eu gostaria que me seguisse.

— Saedii...

— Nós vamos espalhar s-suas cinzas pelo Vazio, Terráqueo — ela promete, se erguendo em um cotovelo. — Nós vamos beber o sangue dos seus corações ainda enquanto batem. Os gritos de seus filhos será a melodia na qual dança...

— Pelo amor do Criador, Saedii, dá pra você PARAR E PENSAR SÓ POR UM MINUTO?

Eu não gosto de perder o controle. É por isso que não bebo. É por isso que não uso drogas. Nem mesmo falo palavrões. Só que, naquele instante, aquilo me pega. Eu tento segurar, mas não consigo mais. Todas as semanas fugindo. Scarlett, Auri e os outros em algum lugar sem mim. A memória de meu pai e a rota de colisão sanguinária entre a Terra e os Imaculados, e Ra'haam como pano de fundo, silenciosamente orquestrando tudo, observando através dos novos olhos de Cat. Tudo isso ferve e entra em ebulição e eu me ponho de pé, pego minha biomaca e a arremesso contra as paredes, os cabos estalando com a corrente, as telas de vidro se estilhaçando, o metal se curvando conforme me viro para Saedii e grito, com a minha garganta ferida.

— E se você não quer pensar, então por favor CALE A *PORRA* DA SUA BOCA PRA *EU* PODER FAZER ISSO!

Saedii fica silenciosa depois disso, claramente espantada. Abaixando-se de novo na maca, ela olha para mim, dos pés à cabeça. Os seus lábios estão levemente entreabertos, os olhos se demorando na minha mandíbula retesada, meu torso nu, meus punhos fechados. Ela estica a mão e afasta uma mecha de cabelo preto da boca. Consigo sentir nela então, quase tão bem como se estivesse escrito nos olhos dela. Fascínio.

Sopro do Criador, até mesmo *aprovação*.

Ela olha para a câmera acima da porta e cospe sangue no chão.

— Como quiser.

Eu me agacho no chão, sentando com as costas contra a parede. O silêncio preenche a sala, e estou quase esperando que os soldados escancarem a porta e chutem nossas cabeças, mas ninguém faz isso. Obviamente estão nos observando. Esperando para ver o que vai acontecer. Talvez torcendo para encontrarem algo que possam usar? Talvez só pra passar o tempo?

Só que os olhos de Saedii nunca desviam de mim, seu olhar permanecendo, primeiro nas mãos e nos braços, e depois nos meus olhos. E finalmente, eu a sinto na minha mente de novo.

Você tem um temperamento e tanto, pequeno Terráqueo.

Não quando consigo controlá-lo.

Você viu. A surra que me deram.

Olho para ela, e então desvio o olhar. Por mais estranho que falar dessa forma seja, eu não quero deixar que as pessoas que estão nos observando descubram que podemos nos comunicar. É uma das poucas vantagens que temos aqui e eu preciso de todas elas se for pra escapar...

É. Eu vi.

Intrigante.

Eu não tinha a intenção. Seus pensamentos meio que só... apareceram para mim.

Ela bufa baixinho, sacudindo a cabeça e virando o olhar para a parede.

Você não faz ideia mesmo, faz?

... o que você quer dizer com isso?

Ela não responde, os olhos brilhando quando volta a me encarar.

Tudo isso está errado, Saedii. E você sabe disso. Eu vi o jeito que liderou suas tropas durante o ataque na Andarael. Você é tão estrategista quanto eu. Eles nem mesmo fizeram perguntas quando te pegaram. Por que se deram esse trabalho?

Ela chupa o lábio rachado, a voz ecoando na minha cabeça.

Se o ato não possui propósito, então o próprio ato é o propósito.

Já faz quase seis horas que estamos na Dobra, respondo. *Com os propulsores ao máximo, o portão da Dobra da Terra deveria estar só a umas cinco horas, ou cinco e meia, de onde a Andarael nos pegou. Já deveríamos ter chegado.*

Não estamos voltando para a Terra, ela conclui.

Exatamente.

Para onde estão nos levando?

Eu engulo, pensando nos olhos azuis de Cat.

Não sei. Tenho minhas suspeitas. Mas pense um pouquinho. Eles arrumam uma briga com uma nave Imaculada, mas só depois de te darem tempo para alertar o Destruidor de Estrelas que está sob ataque. Contrariando todas as expectativas, eles conseguem capturar um dos membros mais importantes dos Imaculados, só que não usam essa carta na manga. Nem mesmo te interrogam. Em vez disso, eles te deixam completamente de lado e te jogam para uns soldados machões te baterem enquanto não estamos voando para a Terra.

Os olhos dela se estreitam, a fúria brilhando em tom violeta enquanto continuo.

Pense nisso. Por que os agentes da AIG que estão controlando tudo permitiriam isso? Por que dariam o primeiro golpe nos Imaculados? Depois de dois anos do governo Terráqueo fazendo todo o possível para ficar longe do seu caminho?

Eles querem uma guerra, ela finalmente responde.

Uma guerra com o Destruidor de Estrelas. Um homem que pode aniquilar sóis. Por que iriam fazer isso? O que a Terra ganharia com isso?

Saedii olha para mim, seus olhos com hematomas, os lábios inchados.

Nada.

Ela respira fundo, e por baixo da crueldade e da fúria, consigo ver a inteligência em seus olhos. Caersan não escolheria uma tola para ser um de seus templários e, apesar de sua ira, Saedii não é nenhuma maníaca. Agora que ela teve um tempo para perceber que eu não sou o inimigo que ela acha que sou...

Sua AIG não estaria provocando Caersan se não tivesse nada a ganhar com isso.

Não são a minha AIG.

Você já disse isso antes. A independência da Legião Aurora...

Sopro do Criador, não estou falando da Legião. Estou falando que a AIG foi comprometida, Saedii. Talvez toda a Agência de Inteligência Global esteja trabalhando contra os interesses da Terra e de toda a galáxia. E o pessoal da FDT a bordo dessa nave é bem treinado demais para questionar ordens. Mesmo ordens suspeitas.

Ela pisca ao ouvir isso, a desconfiança evidente em seus olhos.

Comprometida? Por quem?

Não quem. O quê.

Me pergunto o quanto eu deveria contar. O quanto ela vai acreditar. O conceito de Ra'haam, seu plano para a galáxia, pode simplesmente ser demais para ela. Pelo que Kal disse, porém, os Syldrathi *ainda* acreditam um pouco nos antigos, apesar da maior parte do resto da galáxia acreditar que são um mito. E Saedii é esperta o bastante para saber que *alguma coisa* estranha está acontecendo aqui. Preciso que essa garota confie em mim. Preciso que comecemos a trabalhar juntos.

O inimigo do meu inimigo é meu amigo.

Ou, se não meu amigo, talvez um aliado por tempo o bastante para sairmos dessa.

Porque, mais cedo ou mais tarde, vamos chegar seja lá aonde estão nos levando, e se for um dos planetas-berçário, como eu suspeito que seja, Ra'haam vai ser capaz de nos infectar, assim como infectou Cat e os colonos de Octavia III. Vai nos arrastar para sua mente coletiva, absorver tudo que somos e tudo que sabemos.

Não sei como aqueles agentes corruptos da AIG vão explicar o que está acontecendo para a FDT a bordo dessa nave... a não ser que estejam planejando infectar *todo mundo* a bordo?

Talvez Ra'haam seja confiante a esse ponto.

Talvez só esteja *desesperado*, considerando que Auri está solta por aí.

Talvez tenhamos forçado sua mão.

Talvez tenham encontrado a Arma...

Sinto minha mandíbula apertar, um fluxo de adrenalina percorrer minhas entranhas. E, passando as mãos pelo cabelo loiro, encontro o olhar de Saedii.

O inimigo do meu inimigo é meu amigo.

Acho melhor você arrumar um lugar confortável. Vai ser bastante coisa pra você engolir.

28

SCARLETT

— Finian, Zila, estão me ouvindo?

Estou sentada na ponte da *Zero*, olhando para as leituras frenéticas e luzes piscantes no console do piloto conforme toda a nave estremece ao meu redor. Não dá para dizer, de forma alguma, que as coisas estão indo bem. Na verdade, provavelmente estamos prestes a morrer. A única coisa que me dá uma sensação de paz é a música pop eletrônica com a batida mais alta que o caos — descobri como conectar meu uni no sistema de comunicação da ponte há quatro horas, e o último single de Brittneee Vox, "Vem me pegar", está tocando no repeat. Eu sei que sou ateia e possivelmente estou prestes a morrer no meio de uma anomalia espacial desconhecida, mas, SOPRO DO CRIADOOOOR, EU AMO ESSA MÚSICAAAAA.

Antes de começar todo o julgamento, preciso que saibam que sou a pior pilota da galáxia. Tenho tanta capacidade de estar sentada nessa cadeira quanto o Grande Ultrassauro de Abraaxis IV tem direito a manicures. Algumas pessoas nascem para pilotar, é só isso que estou dizendo. Eu nasci para *ser pilotada*. Possivelmente na primeira classe, acompanhada de um comissário de bordo lindo chamado Julio, que atenderia todos meus pedidos.

A nave estremece de novo. Mais forte dessa vez.

Nos comunicadores, Brittneee pede que eu vá pegá-la. Dá pra entender o subtexto. Essa música tem muitas camadas, mas sutileza não é uma delas.

— Hum, Finian? — pergunto nos comunicadores de novo. — Zila?

Tudo bem, eu namorei um Ás brevemente durante o segundo ano, minha primeira aventura no mundo dos egos gigantescos, sim-sabemos-que-nós-

-somos-gostosos-mas-você-também-sabe-disso dos pilotos espaciais, que Cat dominava tão facilmente. (Kyle Reznor. Ex-namorado #19. Prós: beijava muito bem. Contras: piadas demais sobre alavancas.) Eu sei o suficiente sobre voar para conseguir não nos matar até chegar aqui, mas sinceramente, passei mais tempo na cadeira do piloto desde que escapei da *Andarael* do que no resto da a minha vida inteira.

A informação está passando pelas telas, palavras desconcertantes como DISTORÇÃO ESPACIAL, ALERTA DE PROXIMIDADE e PERIGO EXTREMO. As luzes da ponte estão todas cinza porque ainda estamos na Dobra, mas piscam muito rápido, e os ALERTAS aparecendo nas telas estão utilmente marcados em VERMELHO. Sei que nenhuma dessas coisas normalmente é um *bom* sinal, mas fico com medo de que se eu tocar em alguma coisa, deixarei tudo *pior*.

A nave se sacode novamente como que para concordar comigo.

Em um tom sensual, Brittneee pergunta se eu realmente quero *aquilo*.

— Finian? — pergunto no comunicador. — Zilaaaaa?

Olho para Trevo, sentado acima do console do piloto. O dragão me encara com seus olhinhos pretos de botão. Ele não diz nada, porque é um brinquedo de pelúcia, mas...

— Eu sei que você está me julgando — digo.

— Scar?

Escuto o tom de pânico na voz de Finan, me virando na cadeira para encará-lo.

— Oieeee, Finian.

Ele olha para as leituras atrás de mim, olhos arregalados.

— O que você fez?

— Voei na direção da sonda como era pra eu ter feito.

— Tá mas... — Os olhos dele se arregalam mais com a visão do monitor central. — Sopro do Criador, o que é ISSO?

No console, renderizada em alta definição, está uma imagem holográfica de... bom, eu sei lá que porcaria é isso. Tem o comprimento de uns mil quilômetros, o que parece grande até você ter que ficar sentada em uma palestra de astrométrica de três horas sobre como o espaço é realmente imenso e incompreensível. Meio que parece um redemoinho, uma energia estranha de tons cinzentos revirando em uma espiral infinita. É bem bonito, mas a julgar pelo surto que os controles estão tendo, também é altamente perigoso.

— De onde veio isso? — Fin exige.

— Apareceu na nossa frente faz uns cinco minutos.

— Por que a gente ainda está indo na direção disso? — ele pergunta, levemente em pânico.

— Porque não podemos parar.

— Quê? — ele diz, abandonando o *levemente* em pânico e seguindo para o *totalmente* em pânico.

— Eu tentei virar. Tentei desligar os motores. Até mesmo dei um soco nos controles como a Cat costumava fazer quando estava irritada. Tudo o que o computador de voo fez foi gritar comigo.

A nave estremece de novo, bem mais violentamente dessa vez. Trevo cai do seu poleiro. Finian pisca olhando para a ponte, franzindo o cenho pro sistema de comunicação.

— ... qual é a da música?

— Nem adianta fingir que você não é um fã da Brittneee, de Seel.

— A gente está sendo sugado por uma anomalia espacial a centenas de quilômetros por segundo, sem motor ou sistema de controle. A gente não deveria ter um tantão de alertas gritando sobre isso? Sirenes e coisas do tipo?

— Eu desliguei tudo.

— Você o QUÊ?

Eu me viro na cadeira e pressiono o botão de Mudo do console. Os vocais alegres de Brittneee são apagados e a ponte é inundada por uma cacofonia ensurdecedora de avisos do computador de bordo.

Aviso: energia do núcleo flutu—

Sistemas de navegação desligados, rei—

Surto de energia no núcleo da anomalia, recom—

Eu aperto o botão de Mudo novamente.

Brittneee pergunta a Finian se ele gostaria de vir pegá-la.

— Entendeu? — pergunto. — Bem mais relaxante.

— Grande Criador, a gente vai morrer...

— Não vamos, não — diz uma voz.

Minha máscara cuidadosamente cultivada de calma diante da morte certa se desmonta quando tiro os olhos de Fin e a vejo em pé no batente da ponte.

— Auri! — exclamo.

Eu me levanto para encontrá-la, dar um abraço, radiante ao vê-la de volta. Não faço ideia do que ela passou no Eco. Sei que a atividade cerebral dela estava completamente extrapolada, Zila disse que Kal e ela estavam vivendo o equivalente a semanas em apenas alguns minutos. Só que o seu olhar, a pose, *tudo* nela...

Ela mudou.

Consigo sentir quando a encaro nos olhos díspares. Quando estudo sua linguagem corporal. De alguma forma, até mesmo o ar ao redor dela. Ela está... viva. Brilhando com propósito, com poder, tanto que somente ao olhar para ela sinto calafrios. Kal aparece atrás dela, somente a um sussurro de distância. Zila está atrás dos dois, os olhos fixos na anomalia para dentro da qual estamos sendo rapidamente atraídos.

— Sabe o que é isso, Clandestina? — pergunta Finian.

Aurora encara o redemoinho, a luz refletida na sua íris branca. Por um segundo, consigo jurar que vejo uma luz dentro dela, pulsando em resposta.

— É um portal — ela sussurra.

— Pra onde? — pergunta.

— Não onde. — Auri sacode a cabeça. — O quê.

— Tá — digo. — Entendi. Um portal para quê?

Ela respira fundo, puxando o ar para os pulmões.

O olho direito dela brilha como um pequeno sol.

— A Arma — ela diz.

• • • • • • • • • • • • •

Nós adentramos a anomalia quarenta segundos depois, assim que as batidas iniciais do clássico dubpunk sobre pegação bêbada do Disasterpiece, "Última batida na balada" começou a pulsar pelo sistema de comunicação. Eles não são tão bons quanto a Brittneee, mas sabe, ninguém é.

Enfim, fico feliz em avisar que nós não morremos.

As cores da galáxia mudaram dos tons monocromáticos da Dobra para todas as cores do arco-íris, avançando com tudo no meu cérebro. Conforme cruzávamos a brecha, com a *Zero* tremendo sob nossos pés, consegui ver Aurora parada no meio da ponte, as mãos esticadas à frente, os olhos queimando como um farol, e estável como uma rocha enquanto nos segurávamos desesperados. Tive a sensação distinta de que, se ela não estivesse lá com a gente, teríamos todos sido esmigalhados em simples pedacinhos subatômicos pelo portal. Como aconteceu, passar pelo portal pareceu um pouco como ser acertado na cabeça por um astrofísico pelado.

Um pouco engraçado.

Definitivamente estranho.

No geral, dolorido.

E agora estamos do outro lado. Vou chutar que a anomalia é algum tipo de Portão da Dobra: escondido, parcialmente consciente, esperando alguém como Aurora para acionar sua abertura. Os alertas se tranquilizaram para níveis quase normais. Eu desliguei o dubpunk, pois o momento parecia exigir um pouco de austeridade. Nós nos aglomeramos ao redor da tela holográfica central e enfim conseguimos ver a origem da sonda. O lugar onde essa jornada, a de Aurora e a de todos nós, começou, milênios atrás. O ponto no espaço onde os Eshvaren fizeram sua última barganha desesperada para impedir a ressurreição de Ra'haam.

É um planeta.

Um planeta *inteiramente* morto.

Sem vida. Sem água. Fica no espaço, emoldurado pela luz fraca pulsante de uma anã vermelha, desértico e solitário.

— O que é esse lugar? — eu sussurro.

— A casa deles — diz Aurora, os olhos grudados na tela. — Ou o que restou dela.

— Os Antigos — diz Kal, respeitoso.

— Eshvaren — complementa Finian.

Aurora suspira.

— Queria que vocês tivessem visto como realmente era.

— Não detecto nenhuma atividade tectônica — diz Zila, olhando para seus gráficos. — O núcleo está congelado e sólido. A atmosfera é praticamente inexistente. Nenhum sinal de vida. — Ela olha para a ponte, os olhos escuros finalmente parando em Aurora. — Nem mesmo microscópica.

— É esse o lugar — diz Auri, a voz forte como aço. — Onde fizeram a sonda. Onde fizeram a Arma. Eu consigo... vê-los. Senti-los. — A testa dela franze e ela pressiona os dedos nas têmporas. — Seus ecos. Suas vozes.

Ela olha para Kal, esticando para pegar a mão dele.

— Já sei pra onde vamos.

Kal assente, os olhos brilhando.

— Eu te seguirei até o fim dos tempos, be'shmai.

O restante de nós parece cansado, acelerado, em frangalhos ou quase em coma. Como sempre, Kaliis Idraban Gilwraeth não está nem com um único fio prateado do seu cabelo fora do lugar. Só que também há algo diferente nele.

Algo que eu não consigo exatamente decifrar.

— O que aconteceu no Eco? — pergunto, olhando para os dois.

— Seu treinamento foi bem-sucedido? — diz Zila. — Consegue controlar a Arma?

Auri olha para o mundo morto abaixo de nós. Consigo sentir um fogo nela. Um calor, ardendo como um sol. Mas também... dúvida?

Ela olha para Kal, apertando a mandíbula e fechando os punhos.

— Vamos só encontrar isso primeiro.

• • • • • • • • • • • • •

Nós pousamos dezessete minutos depois, após uma descida sem fricção ao céu sem atmosfera do mundo Eshvaren. Zila pede permissão para retomar os controles do jeito mais educado que consegue. Depois do tempo que passei na cadeira, ter alguém que sabe o que está fazendo enquanto pilota é um alívio enorme.

Não há mais oceanos nesse mundo nem continentes, mas nós pousamos em algum lugar perto do polo sul. Zila faz uma aterrissagem perfeita: uma batida gentil e um alerta suave do sistema de navegação são os únicos indícios de que pousamos.

— Você só está se exibindo — eu falo, sorrindo.

— Sim. Mas não se apaixone por mim, Scarlett. Eu vou partir seu coração.

Dou uma risada e uma piscadela.

— Sou alta demais para você, lembra?

Os lábios dela se curvam em um sorriso pequeno, e ela coloca um cacho escuro atrás da orelha. Eu noto que seu olhar se demora em mim, mesmo quando normalmente ela o desviaria rapidamente.

Interessante...

Logo estamos na baía de atracagem, colocando o equipamento. A *Zero* é equipada com trajes o suficiente para todo o esquadrão. Eles são enormes, feios e escandalosamente sem graça, adaptados pessoalmente para cada um e organizadamente guardados em armários marcados com nossos nomes. Zila está ajudando Fin a vestir o dele com o exotraje. Auri e Kal estão ajudando um ao outro a se trocarem com a naturalidade casual de pessoas que absolutamente, definitivamente, com 100% de certeza estão transando.

Garota sortuda.

É claro que minhas especulações sobre as atividades extracurriculares do Sr. Cabelo Perfeito e da Pequena Miss Gatilho imediatamente são impedidas quando vejo o armário de Tyler. Só de olhar para o nome gravado no metal é o suficiente para sentir meu estômago se revirar. Apesar do lugar onde estamos, do escopo do que estamos fazendo, fico preocupada novamente. Eu sei que a gente está aqui salvando a porcaria da galáxia, que estamos fazendo exatamente o que ele mandaria a gente fazer. Mas ele é meu irmão gêmeo, e estou pensando, esperando, *rezando* para que esteja bem.

Fin percebe o meu pensamento, se aproximando mais, tentando aliviar a tensão.

— Que bom que esses trajes são para trabalho pesado — ele diz, acenando a cabeça na direção do espectógrafo ao lado das portas. — *Definitivamente* não estamos em clima de usar biquíni.

— É uma pena. — Dou um meio sorriso. — Eu fico incrível com um cortininha.

— Nossa, que coincidência, eu também.

Só que não é o melhor esforço dele e, conforme fala, Fin olha para o armário de Tyler e engole em seco.

— Ele vai ficar bem, né?

— Vai. — Suspiro.

— Sério — diz Fin, olhando para os outros, procurando apoio. — Depois que acabarmos aqui, a gente vai buscar ele, Scar.

Kal faz uma reverência, o que é o equivalente Syldrathi de um aceno.

— Eu juro por minha honra.

— Sem dúvida — Auri concorda, a voz firme.

— Sei que é difícil, Scarlett — Kal continua, olhando para mim intensamente com aqueles olhos lindos. — Mas estamos no caminho certo. De todas as pessoas, Tyler Jones entenderia isso.

Eu me aprumo, fico um pouco mais alta. Apoiada pelas pessoas ao meu redor e a galera do esquadrão, que se tornaram meus amigos, amigos que se tornaram minha família.

Eu fungo e aceno, colocando meu capacete no lugar.

— Eu sei disso.

Fin me dá um tapinha constrangedor no ombro.

— Ok — eu digo. — Vamos lá achar essa porcaria de arma.

Nós vamos para a câmara de vácuo e logo estamos colocando os pés na superfície gelada do planeta Eshvaren. Eu olho para Aurora, me lembrando da última vez que fizemos isso, em Octavia III. Ela estava à beira de um ataque de nervos naquela época, tentando entender o que era. Só que agora está na liderança, marchando em meio às pedras desmoronadas. A paisagem é cinzenta e sem vida. O vento ártico está soprando a centenas de quilômetros por hora, mas a atmosfera é tão escassa que não causa nem uma brisa.

Até mesmo o ar aqui está morto.

Kal e Zila estão com rifles disruptivos, Fin e eu andando com as mãos na pistola. Não há nenhuma sensação de perigo quando seguimos Auri. Nada perto da hostilidade estranha e sobrenatural que encontramos em Octavia III. Fico revoltada então, pela injustiça disso, que Ra'haam pode continuar e que a espécie que deu tudo de si para acabar com aquilo terminou dessa forma. Me sinto triste. Pequena. Com frio, apesar do traje.

Nós andamos por vinte minutos, subindo um morro, até finalmente nos encontrarmos em um penhasco que dá vista para uma cratera de impacto: uma fissura enorme e circular na superfície deste planeta morto, que se estica até o horizonte. No meio dela, porém, fico espantada ao ver...

— Uma porta — sussurra Finian.

Ao menos, é isso que parece. É *gigantesca,* com ao menos dez quilômetros de comprimento. É aberta como uma boca para o céu, seguindo para uma passagem escura e vasta embaixo. A superfície deste planeta é um deserto, mas o interior do túnel parece praticamente intocado pelos elementos.

— Deveria... abrir? — eu pergunto, incerta.

Olho para Aurora de soslaio, sentindo a tensão que ondula por ela.

— Be'shmai? — Kal pergunta, encarando-a intensamente.

— Esse é o lugar onde ficava a cidade de cristal, Kal — diz ela, a voz distante. — Esse é...

Ela sacode a cabeça.

— Todos vocês, se segurem em mim e uns nos outros.

Ela oferece as mãos, ainda encarando o abismo diante de nós. Kal pega a mão direita, e eu pego a esquerda, segurando firme. Zila se segura em Kal, e Finian entrelaça as mãos dele nas minhas, me dando um pequeno aperto de conforto.

— Tudo bem, Clandestina? — ele pergunta a Auri.

— Se segurem — ela responde.

Sinto um formigamento na parte de trás do meu pescoço. Um impulso, um ímpeto, uma pontada gordurosa no ar. E, sem nenhum aviso, meus pés são tirados do chão e voo pelo céu sem cor.

Eu arfo, tentada a soltar alguns gritinhos agudos. Olhando para Aurora, com seus lábios pressionados com firmeza, os olhos queimando com uma luz branca cegante, percebo que é ela quem está fazendo isso: nos mexendo apenas com o poder de sua mente.

Quando Ra'haam nos atacou em Octavia III, ela nos ergueu para um lugar seguro também e o manteve longe. Só que ela mal estava no controle ali e fiquei com a sensação de que nem era ela mesma, somente uma marionete para o poder alojado dentro dela. Agora eu consigo ver, consigo *sentir* que é ela. Essa é Aurora, exercendo o dom que os Eshvaren lhe concederam com maestria. Nos erguendo como se fôssemos brinquedos, por cima da paisagem destruída, até a cratera, e então descendo aquele túnel longo e escuro abaixo.

— Uau — diz Finian, observando o rosto de Aurora.

— Concordo — Zila murmura.

Nós nos movemos pelo túnel, acelerando com a força da vontade de Aurora. Consigo sentir que todos nós estamos nos divertindo, cada um reagindo a essa demonstração de poder de uma forma diferente. Kal é o que reage mais tranquilamente; é provável que já tenha sentido o gostinho disso no Eco, afinal de contas. Consigo perceber a adoração dele ao olhar para essa garota, admirando o quão longe ela chegou. Mesmo assim, sinto nele uma sensação de incerteza. Não consigo entender o motivo.

Zila olha para Auri com algo que parece fascínio, fazendo leituras no univídro. Aquele grande cérebro dela parece estar a todo vapor. Fin está um pouco mais aturdido, e eu estou como ele. A menos de um dia, Auri era só uma menininha assustada, com medo de usar o que tinha dentro de si e machucar as pessoas ao seu redor. Agora ela empunha esse poder como se tivesse nascido para tal. Como se isso fosse *exatamente* o que ela precisa fazer.

Deixamos a superfície para trás. A luz da anã vermelha que estamos orbitando se esvai, mas o brilho dos olhos de Auri iluminam o túnel adiante. O fosso tem quilômetros de largura, tão grande que não consigo ver todos os cantos. A pedra é perfeitamente lisa, com desenhos das camadas de rocha sedimentária pela qual estamos passando. Meu traje avisa que a temperatura está caindo, a gravidade diminuindo, a velocidade aumentando. Olho para Auri, um pouco preocupada, mas ela parece cem por cento no controle, a determinação estampada em seu rosto.

As paredes mudam de rocha para um cristal das cores do arco-íris. A temperatura do lado de fora dos nossos trajes agora está a -100. Consigo ouvir meu coração batendo nas costelas, e o túnel continua por uma distância enorme à nossa frente, vazio, conforme flutuamos até o núcleo desse planeta morto, e estou quase prestes a dizer alguma coisa, prestes a abrir a boca quando...

— Grande Criador... — sussurra Finian.

Diante de nós, o túnel se abre para um salão gigantesco. Um espaço vazio, esculpido abaixo da superfície do mundo Eshvaren, coberto pela poeira de um milhão de anos. Consigo ver estruturas bizarras feitas do mesmo cristal que reveste as paredes, seu propósito inteiramente indistinguível. A sensação do espaço aqui, como tudo, é *extraterrestre*, quase assustadora. Todos nós olhamos admirados e aturdidos para as formas impossíveis, brilhando e mudando sob a luz de Aurora.

— O que *é* esse lugar? — sussurro.

— Uma... oficina? — Finian murmura.

— Uma fábrica de armas — diz Zila.

Nós voamos em direção ao centro, entre as máquinas alienígenas, a sensação de empolgação crescendo dentro do meu peito. Todo esse tempo que passamos, todas as perdas que sofremos, tudo isso vai valer a pena. Consigo ver agora diante de nós: um andaime gigantesco erguendo-se na escuridão. Consigo ver a euforia de Aurora me contagiando, a alegria da descoberta, a ideia de que, apesar do inimigo que estamos enfrentando, essa guerra pode ser ganha, de que Ra'haam *pode* ser derrotado, porque essa menina ao meu lado, essa pequena fonte de energia azul meia-noite brilhante, é o Gatilho e, agora, finalmente...

... temos a Arma.

Nós chegamos ao andaime de cristal. É tão alto quanto um arranha-céu, tão largo quanto uma cidade. Meus olhos se estreitam conforme fito a escuridão adiante, procurando pela chave de tudo.

— Hum... — diz Finian.

— É... — Franzo o cenho. — Hum.

— Ah, não — Aurora sussurra.

— Be'shmai? — Kal murmura.

— Não, não, *não*...

Todos olhamos para Auri, para seu rosto, e não precisa ser um diplomata treinado da Legião para saber que algo está horrivelmente errado. Nós voamos pela escuridão, passando pelo andaime, o cristal brilhando ao nosso redor. Só que é óbvio que esse andaime foi construído para segurar alguma coisa. E por mais alienígena que possa ser, todos nós conseguimos ver que está vazio.

Conforme vejo as lágrimas escorrerem pelas bochechas de Aurora e vejo o rosto dela desmoronar, sinto o ar ao nosso redor ondular com poder pela sua frustração, seu horror, seu desespero que ferve à superfície, e sei qual é a verdade horrorosa.

— Não está aqui — sussurro.

Olho para Finian, para Zila, para Kal e, finalmente, para Aurora.

Meu coração se aperta no peito quando ela fala.

— A Arma se foi...

· · · · · · · · · · · · ·

Nós voltamos para a *Zero*. E de lá, voltamos para a Dobra.

Não sabemos o que fazer fora isso.

Queria que Tyler estivesse aqui. Queria isso com tanta força que é como ter uma faca entre as minhas costelas. Nós dividimos um útero juntos, ele e eu. Nós dividimos *tudo* e, agora, estar aqui sem ele, sem um líder, sem rumo, lembra a todos nós o quanto precisamos dele. Ficamos na ponte da *Zero*, as cores mais uma vez reduzidas a preto e branco.

Aurora está andando em círculos, com a carranca mais sombria que já vi. Kal está parado em um canto, a testa franzida em pensamento. Fin está sentado em frente a mim na parte central, percorrendo as notícias; Zila no console, mastigando uma mecha do seu cabelo escuro.

— Como é que poderia ter sumido? — pergunto. — Como isso é possível?

— Eu não sei — Auri responde, a voz trêmula.

Fin sacode a cabeça.

— Cruzar a anomalia teria destruído qualquer nave normal. E até mesmo saber onde estava... precisavam ter encontrado uma sonda primeiro.

— Ou conhecer a localização pelos Antigos, — responde Kal.

A resposta é óbvia.

— Outro Gatilho — diz Zila.

Auri espreme os lábios.

— Eshvaren disse que pode ter havido outros antes de mim. O Eco reseta quando alguém o abandona, e esse plano existe há milhões de anos. Mas também disse que, seja lá quem veio antes de mim, deve ter fracassado, porque Ra'haam ainda está vivo.

Ela sacode a cabeça, o ar ondulando ao redor dela com sua frustração.

— Eu *não* entendo.

Finian começa a tagarelar.

— Talvez esse outro Gatilho completou o treinamento, pegou a Arma, e então... sei lá, caiu de uma escada ou engasgou comendo um bolo, algo assim?

— Talvez tenha completado seu treinamento — diz Kal, olhando para Aurora —, e então desistiu ao descobrir o preço que precisaria pagar para derrotar Ra'haam.

Auri olha para Kal, a voz dela suave.

— Não vamos falar sobre isso, tá?

As sobrancelhas de Zila se levantam dois milímetros, o que é praticamente uma sirene de perigo quando se trata dela.

— Qual preço?

— Não importa — diz Auri, visivelmente irritada. — Não *importa*, porque a porcaria da Arma nem estava lá! — O ar estala ao redor dela, uma luz pálida iluminando sua íris. — Depois de tudo isso! Depois de *tudo* o que a gente passou, e alguém roubou ela de nós! Filho de uma égua, eu quero só... *gritar*.

Olho para Kal, mas, bom garoto, ele já está fazendo seu trabalho, tomando Auri naqueles braços cobiçados. Ele beija a testa dela gentilmente, afastando seu cabelo.

— Tudo ficará bem, be'shmai — ele promete. — Confie nisso. Confie em nós. O sol vai se erguer.

Ela se afunda nele, suspirando. Fico observando, percebendo o quanto estão conectados agora. Consigo sentir o elo que cresceu entre os dois no tempo que compartilharam no Eco, aquelas horas para nós e meses para eles. O amor. E, como sou aquela que parte corações, devoradora de pretendentes com mais de cinquenta mortes confirmadas no meu caderninho preto, me pergunto por um instante se algum dia terei alguém que importa tanto para mim quanto eles importam um para o outro.

— Hum — diz Finian.

Olho para nosso Mecanismo, seus grandes olhos pretos grudados na tela. Faço a minha melhor imitação de Tyler, erguendo a sobrancelha.

— Tem algo que gostaria de compartilhar com o grupo, Legionário de Seel?

Em silêncio, Fin dá um peteleco com o dedo de metal, o exotraje zumbindo conforme ele transfere seu feed para a tela holográfica acima do console principal. É o noticiário da TerraNet, a fonte mais segura de notícias da Terra, com as palavras ÚLTIMAS ATUALIZAÇÕES passando na parte de baixo da tela. Mostra imagens de uma armada Syldrathi gigantesca, milhares e milhares de naves, todas flutuando como tubarões na Dobra.

É a maior frota que já vi.

— Amna diir — Kal murmura.

Fin pressiona outro botão, aumentando o volume.

— ... *a armada Imaculada atualmente está reunida na Dobra próximo ao portal de espaço Terráqueo. As forças Terráqueas ainda não entraram em confronto, em vez disso mantendo-se dentro do sistema Sol em postura defensiva. Essa declaração foi feita pela diretora-geral da Força de Defesa Terráquea, Almirante Emi Hotep, uma hora atrás.*

As imagens mudam para mostrar uma mulher austera, de pele cor de bronze e cabelo curto escuro, usando um uniforme engomado da FDT.

— *Estou enviando essa mensagem em todos os canais, endereçada à frota Imaculada: apesar das nossas diferenças no passado, os Syldrathi são amigos da Terra. Nós os consideramos um povo honrado, guerreiros por nascença, e não desejamos nos envolver em hostilidades com as forças Imaculadas. Contudo, se as naves Syldrathi invadirem o espaço Terráqueo, serão confrontadas com força total.*

A notícia muda para um homem Betraskano de uniforme. A etiqueta embaixo dele diz LÍDER DE BATALHA DO GRANDE CLÃ ANALI DE TREN.

— *O povo Betraskano sempre busca a paz, em nossos corações, em nossos abrigos, em nossos céus. Entretanto, caso algum mundo ou força apresente um comportamento hostil não justificado, Trask ficará ao lado de seus aliados Terráqueos.*

Meu coração aperta no peito conforme olho em volta da ponte. Vejo o mesmo desespero refletido no rosto do meu esquadrão. A galáxia está à beira de uma guerra.

O noticiário prossegue.

— *As notícias mais perturbadoras são que uma nave desconhecida foi detectada dentro da frota Imaculada. O Comando da FDT rejeitou a afirmação de uma "superarma", mas o destino que o mundo natal Syldrathi teve nas mãos do líder Imaculado, Arconte Caersan, também conhecido como Destruidor de Estrelas, não pode ser ignorado. Foi um ataque no qual dez bilhões de Syldrathi perderam suas vidas. Instantes atrás, antes dos nossos drones serem destruídos, a TerraNet conseguiu obter imagens exclusivas dessa nave Syldrathi desconhecida.*

As imagens voltam para a armada, passando pela Dobra. Novamente, fico espantada com seu tamanho, o poder absoluto que o Destruidor de Estrelas obteve para produzir sua retaliação pelo ataque à *Andarael*.

— Esse fulano Caersan aí parece estar levando isso pra um lado *bem* pessoal — murmura Finian.

— É — concordo. — Por que será que...

— Carácoles — Auri sussurra, os olhos arregalando.

O rosto de Kal está pálido e apertado conforme observa as notícias, um pouco de medo e pesar aparecendo nas rachaduras da sua postura Syldrathi, normalmente gélida. Só que com o tom da voz de Auri, ele se vira para ela.

— Be'shmai?

Olho de volta para a tela. As imagens estão borradas, algumas fotos tiradas em um segundo ou dois antes do drone da TerraNet ser aniquilado. Mostra a visão de uma nave entre as silhuetas de dois encouraçados Imaculados. É absolutamente *colossal*, com certeza a maior nave que eu já vi. Tem quilômetros de comprimento, tão comprida quanto uma cidade. Contrastando com os perfis de metal liso e preto das naves Syldrathi, tem uma forma estranha, como um cone, quase como um oboé ou um clarinete. E parece ser feito de...

Cristal?

— Filho de uma égua, é *isso* — sussurra Auri.

Fin pisca.

— O quê?

— É *isso* — ela diz, a voz erguendo. — A Arma! *A Arma Eshvaren!*

O silêncio ecoa pela ponte, o choque assentando lentamente. Meus pensamentos estão a mil, meu coração acelerado, a impossibilidade daquilo me atingindo.

— O dever de Aurora é usar a Arma para destruir Ra'haam e seus mundos-berçário — diz Zila baixinho. — E o Destruidor de Estrelas, de alguma forma, destruiu o sol Syldrathi.

— Foi *assim* que ele conseguiu! — Aurora murmura. — Ele usou a Arma no próprio mundo!

— Então Caersan... — sussurra Finian.

— Ele é outro Gatilho? — pergunto.

Os olhos de Kal estão arregalados com pavor.

— Sai'nuit — ele sussurra, os olhos grudados na tela.

— O que isso significa? — pergunta Fin.

— Destruidor de Estrelas — eu murmuro em resposta.

— *Temos mais notícias* — relata a TerraNet. — *Estamos recebendo uma transmissão da frota Imaculada através de todos os canais. Vamos passar agora para esse comunicado inédito ao vivo.*

A imagem da Arma desaparece, substituída pela figura de um homem.

É o homem mais estonteante que já vi.

Ele é alto e veste uma armadura ornamentada preta Syldrathi, com uma capa longa fluindo de seus ombros largos. O rosto dele é pálido e liso, do tipo que faria qualquer um morrer por ele, as maçãs do rosto proeminentes e olhos violeta penetrantes. Seu cabelo prateado está penteado em dez tranças, passando ao lado direito do rosto. Suas orelhas são afiladas a pontas perfeitas, o glifo Guerreiro desenhado entre suas sobrancelhas prateadas. Ele é brilhante e belo e terrível, reluzindo com uma luz sombria. Ao vê-lo, simplesmente, minha pele tem calafrios, minha barriga se revira e meu coração estremece.

Esse é o homem que liderou o ataque em Orion.

Esse é o homem que *matou o meu pai*.

E então ele fala e, por mais horrível que seja, uma parte de mim quase se apaixona pelo ressoar musical de sua voz.

— *Eu sou Caersan, Arconte dos Imaculados. Destruidor de Estrelas.*

Olhando em volta da ponte, vejo que estamos todos abalados pela visão de alguma forma. Auri está tremendo com poder, raiva e medo; Fin está se afundando na cadeira; Zila virando a cabeça, ainda chupando uma mecha do cabelo. Kal está pálido como a morte, suas mãos apertadas, uma veia pulsando no pescoço. De todos nós, ele é quem parece pior, como se alguém tivesse aberto suas veias e o exsanguinado até a última gota. Ele está claramente horrorizado, perturbado até a alma ao ver o monstro que destruiu seu planeta.

Caersan fala novamente, cada palavra como um relâmpago.

— *Minhas forças estão agora reunidas nas fronteiras do espaço Terráqueo. Contra os Imaculados, não poderá haver vitória. Pessoas da Terra, escutem-me agora. Eu os presenteio com uma chance. Com uma escolha. Com um caminho pelo qual podem poupar seu povo, seu mundo e seu sol da aniquilação que os aguarda sob meus punhos.*

O Destruidor de Estrelas encara a câmera, e eu sei que parece loucura, mas juro que consigo sentir o olhar dele queimar minha alma.

— *Um de meus Templários foi capturado por forças Terráqueas durante uma altercação na Dobra. Agora dou a vocês doze horas para libertá-la.*

Olho para Kal e sussurro:

— Saedii...

— Se ao fim deste tempo ela não for retornada a mim, eu destruirei seu sol. Vou relegar seu mundo inteiro ao esquecimento do Vazio. E se algum mal foi feito a ela enquanto foi mantida sob seu cativeiro, saibam que por cada segundo do sofrimento que ela foi subjugada, eu devolverei à sua espécie dez mil vezes mais. Não me contentarei com a destruição de seu planeta. Passarei o restante de meus séculos de vida caçando o seu povo, até que nenhum humano permaneça vivo nesta galáxia.

Caersan se inclina para a frente, encarando sombriamente as câmeras. Então ele fala quatro palavras simples que fazem a galáxia inteira cair sobre nossas cabeças.

— *Devolvam-me minha filha.*

O noticiário apaga e tudo fica escuro.

Não consigo respirar.

Não consigo enxergar.

Não consigo falar.

Essa declaração passa por mim como uma água gélida sombria. O peso me atinge no peito com tanta força que coloco a mão no peito.

— Filha... — consigo dizer.

Todos nós olhamos para Kal, mas Kal está encarando Auri, horror em seus olhos. O mesmo horror que vejo refletido nos dela, também vejo nos meus.

— I'na Sai'nuit — sussurra ela, a voz tremendo. — Aqueles Imaculados na Nave do Mundo. Foi *esse* o nome que usaram quando Tyler disse seu nome.

— Be'shmai, por favor — ele implora. — Deixe-me explicar...

I'na Sai'nuit.

Filho do Destruidor de Estrelas.

— Você é filho dele — sussurro.

Eu me ponho em pé lentamente, as pernas tremendo, meu rosto retorcendo conforme lágrimas escorrem dos meus olhos.

Não consigo acreditar. Todos fomos enganados.

— Você é *filho* daquele desgraçado.

PARTE 4

SOMBRA SOBRE O SOL

29

KAL

Conte a ela a verdade.

Era isso que o bilhete me dizia. Uma mensagem entregue para mim através de uma reviravolta improvável e inexplicável do tempo. A caligrafia não era minha. Não fui eu que a descobri. Ainda assim, eu sabia em meu âmago que a mensagem era para mim. E ao olhar para a dor em seus olhos, ela, que é minha aliada, que é tudo, e agora talvez seja nada, eu sei que deveria ter escutado.

— Ele é seu *pai*? — Aurora pergunta, aturdida.

Por que não dizer a verdade a ela, quando ela me deu tanto?

Porque você tinha medo.

— Be'shmai...

— Você me falou que ele tinha morrido — ela diz, as lágrimas acumulando nos olhos. — Você me disse que ele morreu em Orion. Você *mentiu* pra mim.

— Eu não menti — respondo, o calor subindo para minhas orelhas. — Ele *morreu*. Ele morreu para *mim*.

Finian sacode a cabeça, horrorizado.

— Sopro do Criador, Kal...

— Ele morreu no dia em que escolheu seu orgulho acima da sua lealdade — praticamente grito. — Morreu no dia em que descartou a honra pelo gosto da vitória. Matou milhares de soldados em Orion sob uma bandeira enganosa e permaneceu morto para sempre em meu coração. Ele *não é* meu pai. — Eu aperto os punhos. — E eu *não sou* filho dele.

Sinto a fúria dentro de mim, sussurrando.

Você se humilha perante esses vermes? Você nasceu um guerreiro. Nós, Syldrathi, chamávamos as estrelas de lar quando esses insetos ainda estavam descendo de suas árvores. Você não deve nada a eles, Kaliis.

— Silêncio — sibilo.

Ele não escuta. Fala novamente, assim como sempre fez.

Com a voz de meu pai.

I'na Sai'nuit.

É a voz de Scarlett que o interrompe.

— Ele matou meu pai.

Olho para Scarlett quando ela fala e vejo traição. As bochechas dela estão cobertas de lágrimas, o lábio inferior tremendo, mas a voz é dura como ferro.

— Ele matou meu pai e você *sabia disso*. Sabia o que ele fez. O que ele tirou de nós. E olhou nos nossos olhos e não disse uma palavra. A gente tinha direito de saber. — Ela sacode a cabeça, enojada. — Em vez disso, você teve a audácia de fingir ser nosso amigo.

— Scarlett, eu *sou* seu amigo.

— Você colocou todo mundo em perigo! — ela grita. — Saedii estava te caçando por *ele*! Se não fosse por ela, se não fosse por você, a gente nunca estaria a bordo da *Andarael*! Tyler nunca teria sido capturado pela FDT! E Ra'haam não teria tido um jeito de incentivar o filho da puta do seu pai a começar uma guerra que vai deixar a *galáxia toda em chamas*! — Ela me encara, os punhos fechados. — Isso tudo é sua culpa, Kal!

Zila pigarreia e diz, baixinho:

— Scarlett, isto é uma simplificação bastante...

— Será? — Scarlett berra. — Você acha que se ele tivesse nos contado quem era, teria *podido* se juntar a esse esquadrão? Que o teriam deixado se alistar na Academia Aurora? — Ela se vira, estreitando os olhos. — Aposto que você também mentiu quando fez a inscrição, né? De jeito nenhum que Adams e a de Stoy iam aceitar o filho do assassino mais famoso na galáxia na Legião. De jeito *nenhum*.

Sustento o olhar dela, os lábios pressionados. Sinto a raiva crescer dentro de mim ao me deparar com o desafio dela e engulo-a com toda a minha força.

— E aí? — ela exige.

— Eu adotei o nome de minha mãe depois de Orion — confesso. — Não queria ter nada a ver com Caersan ou com os Imaculados. Eu me juntei à Academia Aurora porque desejava redimir o que ele fez! Porém, sabia que os comandantes jamais me deixariam entrar na Legião se soubessem da minha verdadeira identidade.

— Então você mentiu — diz Scarlett.

Fico irritado, apesar de tudo.

— Não era da conta deles!

— Mas era da nossa! Ele matou o nosso *pai*, Kal! — ela cospe, olhando para os outros para se certificar de que o golpe foi dado. — Quer aproveitar e confessar mais alguma coisa? Seu nome *é* mesmo Kaliis, né? Ou você mentiu sobre isso também?

Todos eles olham para mim. Até mesmo Aurora, e meu coração aperta ao ver essa cena. Eu observo conforme o pensamento passa pela mente de todos eles, que talvez *tudo* sobre mim seja uma mentira. Que talvez eles não me conheçam de forma alguma.

— Eu sou Kaliis — digo. — Você me *conhece*, Scarlett.

Só que ela só sacode a cabeça, perdida em sua fúria justificada.

— Eu não sei nada sobre você, seu filhote de fada desgraçado. Fora o fato de que não dá pra confiar nem em uma palavra que sai da sua boca.

Zila está mastigando furiosamente o cabelo, obviamente estressada com o confronto. Ela se encolhe em si mesma, pequena e silenciosa.

Finian abre a boca, a voz baixa.

— Você sabia que o seu pai... — Ele sacode a cabeça, claramente ferido enquanto olha para mim. — Você sabia que o Destruidor de Estrelas era um Gatilho? Que ele estava com a Arma?

— *Não* — insisto. — Eu não fazia ideia. Minha mãe e eu o deixamos há *anos*. Eu tinha onze anos na última vez em que o vi pessoalmente, e ele não possuía nenhum dos dons de Aurora. Ele já percorreu muitas distâncias desde Orion. Talvez tenha descoberto outra sonda na Dobra durante suas viagens. Talvez tenha passado pelo portal, ou...

— Ou talvez você esteja mentindo sobre isso assim como todo o resto — rosna Scarlett.

— Eu *não estou* mentindo!

Finian sustenta meu olhar.

— Como dá pra gente ter certeza disso, Kal? Como confiar em qualquer coisa que você disser?

Meu coração se afunda em meu peito. Consigo senti-los se virando contra mim, sua dor, a sensação de traição, tudo isso cegando-os para a pessoa que eu sou. Então eu me viro para aquela que me conhece melhor.

— Aurora...

Ela olha para mim como se eu a tivesse golpeado. Lembro-me do mesmo olhar em minha mãe, quando olhava para meu pai. Quando ela percebeu que ele não era o homem que pensava que era.

— Aurora, eu sinto muito — digo. — Perdoe-me, por favor.

— Você mentiu pra mim, Kal — diz ela. — Aquela noite no meu quarto. Aquela noite em que nós... — Ela sacode a cabeça, envolvendo os braços ao redor de si. — Quando você me falou dos seus pais. Você olhou pros meus olhos e mentiu.

— Ele *está* morto para mim. Meu pai morreu em Orion, be'shmai. Ele morreu novamente quando incinerou meu mundo até virar pó. Quando ele tirou minha mãe de mim. Tudo que restou depois daquele momento foi o que ele se tornou. — Eu cuspo o nome, como ácido na língua. — Sai'nuit. Destruidor de Estrelas.

Dou um passo na direção dela e ela dá um passo para trás, e dentro do meu peito, meu coração se parte, sangrando. Eu deveria ter entendido isso. Nunca me senti tão inútil, tão impotente quanto me sinto agora. Consigo senti-la se esvaindo por entre meus dedos a cada respiração.

— Eu tentei te contar — digo. — No Eco. Aquela noite na campina. *Tentei* falar sobre isso, não importa o que me custasse. Você mesma disse que eu não era a coisa que cresci para ser. Você me disse que o amanhã vale um milhão de ontens. Lembra-se?

— Eu me lembro — ela sussurra. — E lembro que você me disse que o passado é que nos torna como somos. Eu me lembro de você dizer que o *amor* era um propósito.

— É, sim.

— Mas como você pode dizer que me ama? — ela indaga, desorientada. — Quando mente na minha cara? E como dá pra dizer que eu te amo? Quando eu...

Ela sacode a cabeça, as lágrimas brilhando nos cílios.

— Quando eu nem sei quem você é?

— Você me conhece — imploro. — Você é minha lua e meu sol, Aurora. Você é *tudo* para mim.

As lágrimas dela não caem. Elas desabam, estremecendo a nave ao meu redor. Olho para Finian, Zila, Scarlett, desesperado por um amparo. Desesperado por qualquer coisa.

— Eu lutei lado a lado com vocês. Sangrei por vocês. Não conheci lar nenhum desde que o Destruidor de Estrelas me tirou o meu, a não ser quando estava aqui entre *vocês*. — Coloco meu punho contra meu peito. — Esquadrão 312. Sei que posso parecer frio, sei que é difícil me decifrar e ainda mais difícil conviver comigo. — Olho para cada um deles. — Mas conheço meus amigos e são poucos. E por esses poucos, eu morreria.

O silêncio ecoa pela ponte.

E nesse silêncio, Scarlett cospe.

— Fala isso pra Cat.

Sinto as palavras como um golpe no peito.

Por um momento, nem consigo respirar.

— Scarlett... isso não é justo.

— Justo?

Repleta de fúria, ela atravessa o deque na minha direção. Finian se põe de pé, atento, mas não se aproxima. Zila abraça suas canelas, pressionando o rosto contra os joelhos, mas Scarlett já está face a face comigo, gritando. Ela só chega até meu queixo, mas a raiva que sente compensa o seu tamanho.

— Como assim *justo*? — ela grita. — Meu irmão está nas mãos da AIG por sua causa, seu *filho da puta*! Como é que isso é justo? E se eles o levarem de volta pra Octavia, hein? Você sequer *pensou* nisso? E se fizerem com ele o que fizeram com C... com a Ca...

Eu murmuro conforme a voz dela falha.

— Se pudesse trocar de lugar com ele, faria isso, Scarlett. Eu sinto muito.

— Foda-se essas suas desculpas — ela retruca, erguendo o rosto. — E vá se *foder*, Kal.

Ela dá um soco, cheio de fúria. É desajeitado. O Inimigo Oculto aparece, a violência para a qual eu nasci, a violência em meu sangue rugindo em minhas veias como trovão. Eu me mexo, instinto e memória muscular, segurando o pulso de Scarlett com tanta força que ela solta um grito de dor.

— *Não* toque em mim — aviso.

— Ei! — Finian grita, dando um passo em frente. — Solta ela!

— Finian... — Zila começa.

— Deixa ela em paz!

Nosso Mecanismo coloca as duas mãos no meu peito e me empurra, o exotraje zunindo. Meu corpo inteiro estremece, todos os meus instintos em alarme com a ameaça.

Destrua-o, Kaliis.

DESTRUA-O.

Eu dou um passo para o lado, fluido como água. Scarlett se revira em meu punho e eu a solto, ela bate contra Finian e os dois vão ao chão. Fin solta um grito, a perna retorcida e, enquanto ergo minhas mãos, sinto outro empurrão no peito, forte como ferro, o poder azul meia-noite estalando no ar ao meu redor.

Eu olho e vejo as mãos de Aurora erguidas, direcionadas a mim. Os olhos queimam como a luz de uma estrela morta, os cabelos esvoaçando ao redor da testa com a brisa de um mundo há muito perdido.

— *Não ouse* — diz ela.

— Eu jamais...

E então eu percebo. O que todo mundo que aprendeu a verdade sobre mim já percebeu. Eu nasci de um monstro, um assassino de bilhões de pessoas. E é isso que veem quando olham para mim agora. A sombra da qual nunca vou escapar, não importa o quanto eu tente.

Aurora olha para mim, as lágrimas brilhando como diamantes em sua pele. Sei o que ela vai falar antes de enunciar em voz alta.

— Você precisa ir embora, Kal.

— Aurora, não — imploro. — Não.

Ela assente.

— Vá.

Estou dividido, desesperado. Procurando qualquer coisa que possa dissuadi-la.

— Você não o conhece, be'shmai — digo, olhando para a tela de onde o homem que me criou fala. — Você não pode nem *começar* a imaginar como ele é. Ele era um monstro antes mesmo da queda de Syldra. Se de alguma forma ele se tornou o que você é e tem o poder dos Antigos...

— Vai me dizer que não tenho nenhuma chance contra ele?

Meus olhos endurecem, minha voz como aço.

— Você não o conhece, Aurora.

— Eu sei de uma coisa, Kal — diz ela baixinho, limpando as lágrimas da bochecha com as costas da mão. — Sei que agora estou pronta. Pronta de verdade, como Eshvaren disse que precisaria estar. Eu sou o Gatilho. O gatilho sou Eu. E quando eu atingir o Grande Inimigo, não haverá mais nada para me segurar. Nenhuma dor. Nenhuma fúria. Nenhum medo.

Ela sacode a cabeça.

— Nenhum amor.

Ouço as palavras de Eshvaren na minha mente, aquele aviso fatídico que me foi dado no último dia do Eco.

Lembra-te do que está em jogo aqui. Isso é mais do que tu. Mais do que nós.

Queime.

Queime tudo.

Aurora abaixa sua mão e parte meu coração.

— Adeus, Kal.

30

FINIAN

A uns quatrocentos anos luz de Trask, há uma estrela chamada Meridia. O núcleo da estrela é um diamante do tamanho da lua de Trask, com a equivalência estimada de dez decilhões de quilates. Meu povo construiu um porto espacial lá — uma estação gigantesca de trânsito que é uma das mais cheias da galáxia. Consegue-se pegar uma nave para qualquer lugar na 'Via de Meridia. Diz bastante sobre os Betraskanos o fato de construirmos uma rodoviária do lado do maior diamante da galáxia.

Enfim, é onde a gente larga o Kal.

Ainda somos terroristas procurados e coisa e tal, então não desperdiçamos tempo com adeus. Zila aterrissa a *Zero* em uma das docas terciárias, parando apenas por tempo o bastante pra Kal sair. Ninguém está lá para se despedir. Eu o observo através das câmeras das baías, descendo na estação com uma mochila nas costas. Ele está vestido com roupas civis, um casaco escuro comprido, aquelas calças ridículas que Scarlett comprou pra ele na Cidade Esmeralda, os bolsos cheios de créditos que Adams e de Stoy nos deixaram no cofre.

Acho que largou o uniforme da legião no quarto dele.

Repleto de raiva, ele endireita os ombros e vai embora.

Ninguém fala por um bom tempo depois que deixamos Meridia fica para trás, saindo desse sistema e voltando para a Dobra. Quanto a mim, eu só não sei o que dizer. Estou desesperado procurando algo, sou eu que deveria cortar esse silêncio pesado e dolorido, mas não sei por onde começar.

Tudo o que Betraskanos são, tudo em que acreditamos, tudo que *somos* tem a ver com nossa família. E entre perder Cat, deixar Tyler para trás e a traição de Kal, fica cada vez mais difícil manter meu foco no futuro. Parece como se eu tivesse levado um tiro, mas ainda estou me mexendo. Estou em piloto automático e, agora que a poeira baixou, não sei o que fazer em seguida.

A ponte parece grande demais, somos só nós quatro agora, com Trevo no console, e as cadeiras vazias de Tyler e Kal para nos lembrar do que perdemos. Considerando que eram nossa piloto fodona, nosso gênio da estratégia e nossos músculos, não é pouca coisa.

Scarlett está com os olhos vagos. Assim como não consigo conjurar nenhuma fala engraçadinha para nos manter em curso, ela não consegue encontrar nada em seu livro de truques como Frente para fazer essa situação ser melhor do que é. Sei que ela está se culpando por não ter descoberto isso antes, mas, apesar da habilidade dela em ler todo mundo que ela conhece ser quase sobre-humana, ainda há limitações. Pela primeira vez desde que consigo me lembrar, ela parece... não sei bem como descrever. Derrotada? Amedrontada?

Aurora está em seu próprio mundo, o olhar distante. Tudo nela mudou, até mesmo sua postura. Não é mais a garota que conhecemos. Ela está completamente focada agora. Achei que ela ficaria mais fraca sem o apoio de Kal, mas é como se a derrota que acabamos de sofrer a tivesse forjado em algo mais forte.

Algo indestrutível.

É Zila que quebra o silêncio. Ela está de costas para nós, pilotando a *Zero* rumo ao Portão da Dobra mais próximo e de volta para a segurança monocromática. Agora ela vira de costas, o rosto tão impassível quanto no dia que nos conhecemos. Não percebi quantas pequenas mudanças ocorreram até vê-las desaparecerem de novo, assim como Kal. Ela se fechou outra vez, falando cuidadosa e monotonamente, até sua voz é cinzenta.

— Nós devemos considerar nossos próximos passos.

A resposta de Auri é imediata e certeira.

— Precisamos retomar o controle da Arma.

Scarlett assente.

— Idealmente antes de Caersan usá-la pra explodir a Terra. E já gastamos três das doze horas da contagem regressiva.

Auri olha para ela, seus olhos brilhando, o queixo erguido.

— E então precisamos usá-la contra Ra'haam.

— Certo — concordo. — Então isso significa que precisamos estar a bordo, né? Atravessar uma frota militar Syldrathi gigante em alerta máximo, prontos para apontar suas muitas, muitas armas pra qualquer coisa que pareça hostil.

Zila inclina a cabeça.

— Isto é um resumo preciso.

— A gente tem alguma vantagem? — Scar pergunta. Ela está tentando fazer o que Tyler faria, acho. Tentando desesperadamente preencher o buraco que seu gêmeo deixou para trás.

— Eles certamente não estarão nos aguardando.

Queria que Zila estivesse fazendo uma piada agora, treinando seu novo senso de humor. Só que ela está apenas dizendo o óbvio. Eles não vão estar esperando ninguém fazer uma imbecilidade dessas, ir contra todas as impossibilidades. Seria suicídio.

— Auri consegue acabar com eles com suas balas cerebrais — digo. — Pode colocar isso na coluna de vantagens, acho?

Aurora nem mesmo sorri.

— Isso é verdade — concorda Zila, a voz igualmente grave. — Entretanto, demonstrações de poder psíquico devastador certamente chamariam atenção da armada Syldrathi. Se quisermos manter nossa vantagem do elemento-surpresa, nós precisaremos passar despercebidos.

Auri desvia o olhar para Zila.

— Precisamos de uma nave Syldrathi.

Franzo o cenho.

— Onde a gente vai arranjar...

Minha voz some assim que vejo o olhar de Scarlett. Consigo ver a inteligência neles, a espertaza que ela mantém escondida atrás de uma máscara de sarcasmo e indiferença. Ela me disse uma vez que nem queria se juntar a Legião. Ela só se alistou para cuidar de Tyler. Scar sente a ausência do irmão mais do que todos nós, sei disso, mas de repente, ela preenche o lugar dele perfeitamente bem.

— Raliin Kendare Aminath — diz ela.

Sopro do Criador. O ancião Andarilho que resgatamos na *Andarael* nos disse que poderíamos ir encontrá-lo se houvesse uma forma de pagar sua dívida conosco.

Scar olha para Zila, e nosso Cérebro assente com os dedos já percorrendo os consoles do piloto.

— Poderemos estar lá em quatro horas — diz ela. — Devo estipular a rota?

Scarlett assente.

— Ponha os motores no máximo.

• • • • • • • • • • • • •

Cada um de nós arruma um jeito de ocupar as próximas quatro horas. Zila está nos controles, vendo as leituras de novo e de novo. Auri desaparece para dentro do quarto e fecha a porta. Scarlett arruma arquivos em Syldrathi e começa a ler.

Eu? Eu não tenho nada pra fazer a não ser consertar Magalhães e, para ser sincero, ouvir um resumo alegre e incansável sobre o quão idiota eu sou, não parece muito divertido. Em vez disso, encontro algo para comer, alimento Zila e Scar — Auri não responde a batida na porta — e ando em círculos. Encaro a porta fechada dos aposentos de Kal, tentando entender o que penso sobre o que ele fez. Apesar de normalmente eu ser o campeão da galáxia em pensar em respostas uma hora ou duas depois que a oportunidade de dizê-las passou, dessa vez, meu cérebro fica em branco. Só posso ter certeza de como me sinto sobre Kal não estar mais aqui. E, sinceramente, depois de tudo que passamos juntos, é como se alguém tivesse dado um soco em nosso coração com tudo.

Finalmente, como por instinto, volto para a baía de estocagem. E lá estão, empilhados em um canto, atrás das células de combustível extras e partes substituíveis, tonéis de tinta preta grossa. Exatamente o que precisaremos.

Essa nave *tem mesmo* de tudo.

Isso me faz pensar um pouco. Sobre o bilhete na caixa de Kal. A caixinha de metal realmente se provou útil e o bilhete lá dentro estava certo.

Então, o que significam os outros presentes que foram deixados para nós no cofre na Cidade Esmeralda? Os brincos de Zila, o pingente de Scar, as botas novas de Tyler. É como se Adams e de Stoy *soubessem* o que iríamos enfrentar, onde estaríamos, o que estaríamos fazendo. Não pela primeira vez, começo a me perguntar como.

Pego no bolso da calça a caneta esferográfica que me deram e franzo o cenho. Me pergunto, em nome do Criador, qual será sua serventia. Imagino que se os comandantes da Legião soubessem *mesmo* sobre o tiro do Kal, se sabiam o bastante para avisar a ele que deveria falar a verdade, talvez essa coisa nas minhas mãos ainda tenha alguma mágica que a faça funcionar na nossa hora de desespero.

Clico no botãozinho na ponta, pra dentro e pra fora. Esperando por algum tipo de milagre.

Nada.

Nadica de nada.

— Que merda — suspiro.

• • • • • • • • • • • • •

Quando chegamos à Estação Tiernan — Zila foi com tudo, mas o tempo ainda está passando — não sabemos qual será a nossa recepção. Então passamos cuidadosamente pelo Portão da Dobra, restaurando a cor da nave mais uma vez. A estrutura do lugar é linda, como tudo que é projetado pelos Syldrathi. Tem o formato de um ovo grande, pontilhado por luzes em toda a superfície. Há um glifo Andarilho gigantesco pintado em um dos lados em caligrafia elegante e quase cem caças e cruzeiros circulando a estação em arcos graciosos e largos.

Cada um deles prontamente aponta suas armas para nós assim que aparecemos.

Scar se inclina para a frente e fala *muito* cuidadosamente no microfone. Não entendo nada de Syldrathi, mas consigo acompanhar pelo tradutor no uni. Esse encontro é tão importante que ela praticou sua fala comigo antes de nós chegarmos.

— Estamos aqui para ver o Ancião Raliin Kendare Aminath.

Há uma pausa, e então a resposta vem com estalidos.

— *Com qual propósito?*

Scarlett respira fundo e suspira. Quando não há outro jeito, é sempre melhor contar a verdade, foi o que me disse. Então ela pressiona o botão de transmitir e fala com a maior sinceridade que consegue:

— Precisamos de sua ajuda para salvar a galáxia.

• • • • • • • • • • • • •

Uma meia hora depois, estou parado em uma das docas de atracagem da Estação Tiernan, cuidadosamente pintando glifos Syldrathi na lateral de uma nave antiga. Os glifos dos Imaculados são lindos, elegantes... mas também possuem certa brutalidade. Alguma essência da violência que os guerreiros do Destruidor de Estrelas admiram tanto. Estou seguindo o guia visual que

Scar enviou para o meu unividro, observado por um número significativo de Andarilhos de postura duvidosa.

Zila está dentro da nave, fazendo uma aula de pilotagem.

Auri finalmente saiu dos seus aposentos e dá uma caminhada lenta pelas docas. Ela se move com o tipo de graciosidade que costumo associar a Kal e me lembra um predador agitado. Parece não prestar atenção no resto de nós, mas os Andarilhos que resgatamos de sua prisão na *Andarael* ficam fascinados por ela, vendo seu progresso de um lado para outro. Todos os Andarilhos possuem algum grau de habilidade psíquica. São empatas. Ressonantes. Ouvi rumores de que alguns até mesmo conseguem falar telepaticamente com os outros. Talvez estejam sentindo os novos músculos cerebrais dela.

Scar conversa com o Ancião, que parece profundamente preocupado com as escolhas que devemos fazer. Apesar do sotaque dele ser horrível, ele está falando em Terráqueo fragmentado para o benefício de Aurora.

— Não podemos ajudá-las com isso — ele informa às meninas. — Caersan, que o Vazio amaldiçoe seu nome, destruiu nosso mundo. Demorou muitos ciclos para reunirmos esse enclave. Não podemos arriscar sua fúria, jovens Terráqueas.

— Nós entendemos — diz Scarlett.

Raliin sorri gentilmente.

— Apreciamos sua mentira. E temos uma dívida convosco devido a nosso resgate na *Andarael*, sem dúvida. Porém, nós, Andarilhos, éramos o menor clã entre nosso povo, até mesmo antes de nosso mundo ser destruído. E desde a queda de Syldra, os agentes de Caersan nos caçam incansavelmente.

Os olhos de Auri estreitam com isso. Ela para de andar, olhando diretamente para Raliin.

— Por que estavam caçando vocês?

Syldrathi assentem em vez de fazer reverências, então, quando o ancião hesita e inclina a cabeça por um momento longo e lento antes de responder, percebo que essas pessoas devem ter *alguma* sensação sobre o que ela é. O que ela está prestes a fazer.

— Nós não fingimos entender as projeções de um louco — responde ele. — Sabemos apenas que nós nos juntamos aqui cuidadosamente e em segredo. Não podemos atrair atenção para nós. — Ele gesticula para a nave que estou pintando. — Como disse, nosso resgate dos Imaculados não será deixado sem retribuição. Essa é a nave mais rápida que temos e que é capaz de ser tripulada por quatro pessoas. Os códigos de identificação que fornecemos a vocês foram obtidos muito recentemente por alguns agentes de inteligência que ainda temos disponíveis. Com a graça do Vazio, o simples tamanho da armada do Destruidor de Estrelas e o preparo para o ataque iminente, os Imaculados não os detectarão.

— Obrigada, Ancião Raliin. — Scar abaixa a cabeça profundamente, em respeito. — Se não entrarmos em contato em um dia, a *Zero* pertence a vocês. Não importa qual sensação de segurança pensam que possuem aqui, sugiro que a usem e o resto de sua frota para fugirem. Se não conseguirmos obter sucesso, os Imaculados serão o menor dos problemas da galáxia.

Para ser sincero, um dia parece bem otimista. Temos apenas duas horas e meia até o Destruidor de Estrelas invadir o sistema solar da Terra para dar uma bagunçada nos móveis. E considerando que vamos diretamente em sua direção para tentar impedi-lo, há boas chances de que daqui a duas horas e meia Caersan dê uma bagunçada na gente também.

Há muitas coisas que eu gostaria de ter feito ou ter dito.

Mas a verdade é que não consigo pensar em nenhum outro lugar em que gostaria de estar, exceto aqui.

31

TYLER

Ra'haam.

Saedii me encara do outro lado da cela de detenção, os lábios espremidos. Com o tempo que demorou para contar tudo a ela — sobre Aurora, Eshvaren, Ra'haam, Octavia III, Cat, o cofre na Cidade Esmeralda, a AIG, tudo isso — o sangue secou em seu rosto e no chão entre nós. Ela não direcionou nenhum pensamento à minha mente. A expressão dela só mudou rapidamente uma vez, um breve estremecimento, os olhos estreitando, quando mencionei a Arma, o que agora espero que os outros tenham encontrado sem mim.

Scarlett.

Auri.

Grande Criador, espero que estejam todos bem...

Saedii fica sentada após minha confissão. Fico esperando ela rir. Me chamar de lunático ou mentiroso, reagir da mesma forma com que uma pessoa normal reagiria quando você a informa de que um ser vegetal antigo perdeu uma guerra contra um povo de poderes psíquicos e vai acordar após seu sono de um milhão de anos para engolir a galáxia inteira.

Só que quando ela finalmente fala na minha mente, seus pensamentos são discretos.

Isso explica sobre a garota na qual você pensa constantemente.

Pisco, surpreso com a constatação.

... Quê?

Cat, acredito? Ela pesa no seu consciente, Tyler Jones.

Engulo com força, o peito dolorido.

Ela era... uma amiga.

Os olhos de Saedii se estreitam.

Mais do que uma amiga.

... Talvez.

E aquilo a pegou. Este Ra'haam. Ela foi transformada. Ela foi absorvida.

Sinto a raiva aparecer dentro de mim, bem-vinda e calorosa.

Sim. Isso mesmo.

Assim como vai absorver a galáxia toda se permitirmos que aconteça.

Sim. Eu assinto. *Vai.*

Precisamos escapar dessa cela, Tyler Jones.

Ergo uma sobrancelha. A que tem a cicatriz, para o efeito completo.

Fico feliz que você está aqui pra me dizer isso, Saedii.

Isso foi sarcasmo, pequeno Terráqueo?

Dou de ombros.

Minha irmã herdou a maior parte desse gene, mas ainda consegui um pouco.

Os olhos dela se estreitam novamente ao ouvir a palavra "herdar". Ela me fita por muito tempo, os olhos brilhantes emoldurados por cílios escuros e tinta escura. Seu olhar se demora uma fração de segundo longa demais no meu peito nu.

Olha, eu sei que esse tanquinho aqui poderia concorrer à presidência e ganhar, digo a ela, um pouco irritado. *Mas você consegue ser menos óbvia dando essa sua espiada. Caso você tenha esquecido, nós estamos encrencados.*

A Templária Imaculada inclina a cabeça ao ouvir isso. Lentamente, muito lentamente, ela se inclina para trás na biomaca e estica aquelas longas pernas nuas na frente dela. Eu sei o que ela está fazendo. Sei o que ela quer. Preencho minha mente com uma barreira de pensamentos nada sexy, meu velho colega de beliche Björkman cortando as unhas dos pés com os dentes, aquela vez em que eu me prendi no zíper, a roupa de baixo da minha vó, monstruosidades beges enormes esvoaçando como velas no vento…

Não consigo evitar. Eu olho para baixo por uma fração de segundo.

Droga.

Olho de volta para Saedii. Os lábios dela se retorcem em um pequeno sorriso.

Não estou "dando uma espiada", como você tão eloquentemente disse, Tyler Jones.

Ela olha para o meu peito, pensativa.

Estou me perguntando que tipo de coração bate sob essas suas costelas.

... O que quer dizer?

Quero dizer que o inimigo de meu inimigo é meu amigo. Quero dizer que apesar da inimizade e dos insultos entre nós, eu respeito a confiança que depositou em mim ao me contar seus segredos. E que há segredos que devo a você em troca. Segredos sobre mim.

Ela olha diretamente nos meus olhos.

Segredos sobre você.

Franzo o cenho.

... Eu?

Ela me responde dando de ombros, remexendo em uma mecha de cabelo preto conforme me examina novamente. *Suponho que sobre você e sua irmã.*

... O que a Scar tem a ver com isso?

São gêmeos, não são?

Sim, e daí?

Jericho Jones escapou de seu cativeiro Syldrathi antes da batalha de Kireina IV, correto?

Franzo mais o cenho.

Como é que você sabia disso?

Ela sorri novamente.

Seu pai impediu uma frota com o dobro do tamanho da sua em Kireina. Foi a pior derrota que sofremos em toda a guerra. Conheça seu inimigo, Tyler Jones.

Eu não...

Jericho Jones se tornou um almirante menos de um ano após essa vitória. Um soldado, nascido e criado, que lutou contra os melhores Guerreiros até o fim e provocou a perda de nosso poder dentro do Conselho Interino de Syldra. Ainda assim, ele recusou essa posição e tornou-se o maior defensor da paz em seu Senado. Por que mudou de ideia?

Não imagino aonde ela está indo com isso, mas alguma coisa nos olhos dela me compele a aceitar.

Ele fez um discurso sobre isso em 2367, eu a informo, o orgulho preenchendo meu peito. *Ainda é ensinado na Academia Aurora. "Eu não posso mais olhar para as minhas crianças sem ver o erro que é matar as crianças dos outros."*

Ela bufa.

Uma mentira elegante.

Eu me irrito.

É melhor tomar cuidado sobre o que diz do meu pai, Saedii.

Quando falei com sua mente pela primeira vez, você disse que não sabia que aqueles que possuíam os dons dos Andarilhos poderiam falar com outros telepaticamente.

Dou de ombros.

Não sabia mesmo.

Saedii sacode a cabeça, um desdém leve passando pela minha mente apesar do seu esforço para impedi-lo.

É porque não podemos falar com outras pessoas, Tyler Jones. Só podemos nos comunicar com aqueles que possuem um dom.

Meu estômago revira.

Eu não...

Eu sou Guerreira por nascimento e aptidão, Saedii me informa. *Porém... apesar de detestá-la, eu de fato herdei alguns talentos de minha mãe.*

Ela encontra meus olhos, os dela brilhando como vidro.

Parece que a sua mãe também compartilhou os dela com você.

Essa declaração faz minha respiração esvair dos pulmões. Meu coração está acelerado, minha mente dando rodopios, mas estou tentando puxar os fios na minha mente, tecê-los até formar uma tapeçaria que faça algum tipo de sentido, enquanto Saedii me observa, fria e distante.

Nós nunca conhecemos nossa mãe. Sempre perguntei sobre ela, mas dava para perceber que machucava nosso pai falar sobre. Eu não queria forçar nada e pensava que tinha a vida toda para perguntar a ele o que tinha acontecido. Para onde ela tinha ido.

Porém, papai ficou *mesmo* desaparecido atrás das linhas inimigas por meses. Admito que sempre achei estranho, que se transformasse do maior inimigo dos Syldrathi no homem que argumentava mais fortemente pela paz. Acho que uma parte de mim queria colocá-lo num pedestal. O herói nobre de guerra que aprendeu a respeitar o inimigo contra o qual lutava. Que ele entendia que todos nós éramos, de uma forma essencial, o mesmo.

Só que fazia bem mais sentido se...

Enquanto ele estava capturado, se ele...

É muito engraçado ser um gêmeo. Às vezes eu sinto como se soubesse o que minha irmã vai dizer antes de ela abrir a boca. Às vezes posso jurar que ela sabe o que estou pensando só de olhar para mim. Scar e eu éramos inseparáveis quando crianças. Papai disse que inventamos nossa própria língua antes mesmo de falar. E o jeito que minha irmã instintivamente entende pessoas, que ela os lê como livro, como se pudesse ver o que passa dentro das suas cabeças às vezes...

— Sopro do Criador — falo em voz alta.

Não há muito da aparência em vocês, diz Saedii. *Esta é a razão pela qual, provavelmente, sua mãe os mandou embora. No entanto, é impossível negar que você e sua irmã possuem certa* — os olhos dela percorrem o meu corpo de novo — *graciosidade. A altura. A postura. Você viu as imagens da tortura na minha cabeça. Você pode falar com a minha mente. Eu sinto você aqui* — ela toca a testa dela — *assim como você me sente. Há apenas uma explicação, Tyler Jones.*

Saedii coloca a mecha longa escura de cabelo para trás da orelha.

Sua mãe era uma Andarilha.

Eu engulo em seco, olhando para meu braço, minha pele bronzeada. As veias sob os músculos como teias de azul pálido.

Scar e eu... temos sangue Syldrathi nas veias?

As pontas dos dedos de Saedii passam pela corrente de dedos decepados pendurada na garganta. Ela me olha de cima a baixo, a ponta de sua língua pressionada contra um dos caninos afiados.

A questão é se é merecedor disso.

Minha cabeça está rodopiando, tentando processar tudo. Como aconteceu? Por que nosso pai não contou? Quem era nossa mãe?

... será que ela ainda está viva?

Acalme-se, garoto, diz Saedii. *Segure as pontas.*

A notícia mais chocante da minha vida acabou de ser jogada em mim como uma bomba, Saedii. Acho que vou precisar de um tempinho...

Nós não temos tempo, Tyler Jones. Se o que me contou sobre esse... inimigo antigo é verdade, cada segundo que desperdiçamos nessa cela entre esses insetos é um segundo mais próximo do fim da galáxia.

Faço uma cara feia, meu temperamento e sangue-quente aparecendo em nossas mentes.

Acha que não sei disso?

Saedii me observa por um longo momento silencioso. Consigo *sentir* ela, suas emoções, seus pensamentos, tudo. É difícil manter tudo na minha cabeça, processar quais partes de mim são minhas e quais sentimentos são os dela. É como se estivéssemos nos tocando... mas não de verdade.

Acho que tem muito que você ainda desconhece, responde ela.

Sopro do Criador, o que mais?

Saedii dobra suas pernas nuas embaixo do corpo, inclinada contra a parede, cruzando os braços.

Acho melhor você arrumar um lugar confortável, garoto. Vai ser bastante coisa pra você engolir.

32

KAL

Existe uma gravidade em todas as coisas.

Eu falei isso para Aurora, pouco tempo atrás. Olhando nos olhos dela quando finalmente confessei tudo que sentia por ela. Todos os átomos no nosso corpo, todos os átomos na galáxia exercem uma gravidade sobre os átomos ao seu redor. A gravidade é uma das forças que mantém todas as coisas juntas. É inexorável. Nada se ergue sem cair. Não é uma questão de se, apenas de quando.

Nós, Syldrathi, acreditamos que tudo é um ciclo. Um círculo infinito. Que um dia a expansão do universo vai terminar, a força gerada pela explosão que a iniciou será sobrepujada pela gravidade. E, neste dia, o universo começará a se contrair. Não mais espiralando para fora, mas retraindo em si, cada átomo na existência puxado de volta para seu ponto de origem, colapsando mais uma vez na singularidade que deu início a tudo. Apenas para recomeçar.

Todos somos escravizados pela gravidade.

Todos nós somos puxados por ela.

De volta ao lugar onde tudo começou e onde sabemos que tudo vai acabar.

Não demorou muito para conseguir encontrar um transporte de Meridia. Não há escassez de pessoas na galáxia que temem o Destruidor de Estrelas, que acompanham a calamidade se desdobrando entre a Terra e os Imaculados com uma certeza absoluta de quem triunfará. O contrabandista Chelleriano que concordou em me levar até a armada Imaculada ainda precisou de bastante convencimento, considerando os perigos de se aproximar da maior frota Imaculada reunida desde a queda de Syldra. Porém, minha parte da pequena fortuna que o Almirante Adams e a Líder de Batalha de Stoy nos deixaram no cofre na Cidade Esmeralda foi o suficiente para comprar sua paz de espírito.

Me pergunto se nossos comandantes sabiam do propósito desse dinheiro quando o deixaram para nós.

Se sabiam onde meu caminho daria.

Fico na cabine ao lado do contrabandista junto com seu copiloto, um Rikerita grosseiro com um dos chifres cortados na raiz. O contrabandista tem apreço por cigarrochas, e a cabine é preenchida pelo fedor, metálico e pungente, saindo do cinzeiro no console. O burburinho dos canais de notícias sai pelo sistema de som da cabine.

Ao nosso redor, a Dobra é incolor como sempre, tão cinza quanto as nuvens tempestuosas na minha mente. Estou observando as naves Imaculadas que se aproximam nos nossos radares, quatro batedores classe-Fantasma em rota de interceptar. Eles atravessam a Dobra na nossa direção e, além deles, consigo ver inúmeras naves, elegantes, sombrias e mortais, reunidas na fronteira do sistema Terráqueo. Uma força para atear fogo nos céus.

E em seu coração, ele me espera.

A sombra da qual eu nunca consegui escapar.

Uma transmissão do batedor principal passa pelo nosso canal, trazida à tela com o apertar dos dedos do contrabandista. Vejo um jovem adepto Imaculado, o glifo Guerreiro em sua testa, a pintura preta de guerra atravessando seus olhos cinzentos brilhantes.

— *Nave não identificada* — diz ele calmamente. — *Ou você é insano ou suicida. Retire-se ou será destruído. Esse é seu primeiro e último aviso.*

O contrabandista olha para mim, e eu pressiono um dedo no console para falar.

— Estou aqui para ver meu pai — respondo.

O olhar do adepto endurece quando vê o glifo na minha testa, as sete tranças no meu cabelo.

— *Estamos prontos para recobrar a honra que o Conselho de Syldra rendeu há muito tempo, garoto. Nós somos a morte em asas negras e vamos destruir essa estrela no dia de hoje. Aqui não é lugar para uma reunião de família.*

Pressiono o botão de transmissão mais uma vez, minha voz suave com uma ameaça.

— Arconte Caersan vai discordar de você, adepto.

Os olhos do adepto estreitam, e então lentamente se arregalam quando percebe o que aconteceu. Ele puxa uma respiração entrecortada, seu sibilo passando por seus lábios incruentos.

— *I'na Sai'nuit.*

Pressiono o botão de transmissão novamente, falo com uma voz tão sombria quanto a Dobra ao nosso redor.

— Diga a meu pai que desejo falar com ele.

• • • • • • • • • • • • •

Meu coração bate como um tambor de guerra, acelerado contra minhas costelas.

Estou a bordo da nave que ele enviou, com as mãos apertadas atrás das costas, rodeado por seis dos seus Paladinos. A decoração na nave Syldrathi é preta, sua luz vermelha acinzentada na Dobra. Os guerreiros Imaculados ao meu redor estão vestindo armadura cerimonial, me observando por baixo de seus cílios prateados. Nenhum deles é corajoso o bastante para dar voz a seus pensamentos, mas na verdade nenhum deles precisa. Consigo senti-los.

Curiosidade. Ressentimento. Medo.

O filho perdido retornou.

Observo as telas frontais da nave conforme trançamos o caminho pela armada Imaculada. A visão é de inspirar respeito, e é aterrorizante: a escala de tudo aquilo, as inúmeras naves prontas para desencadear o caos com apenas uma palavra. Meu pai comanda com respeito. Seu nome é o suficiente para causar medo toda vez que é falado. Um homem que está preparado para queimar seu mundo natal em vez de sacrificar sua honra. Um homem para quem o assassinato de bilhões era preferível à rendição.

Eu me lembro de ficar com ele atrás de mim, sob as árvores lias. A mão dele em meu ombro. Guiando meus golpes conforme me ensinava sobre a Via das Ondas.

Consigo senti-lo agora, se tentar.

Meu Inimigo Oculto.

E então eu a vejo.

Um relampejo de formas crescentes de dois portais gigantescos. O seu porte completo se desdobrando conforme as naves diante de nós se abrem como água. Sinto a respiração esvair. Sinto-me como um inseto perante a presença de um deus.

A Arma.

É a maior nave que já vi, com vinte quilômetros de uma ponta a outra, fazendo com que as mais poderosas no entorno pareçam brinquedos de criança. Seu formato é vagamente cônico, e uma série de estruturas côncavas colossais estão arranjadas no que eu presumo ser a proa, como lentes enormes assimétricas, arcanas e totalmente alienígenas. É esculpida do mesmo cristal vivo que Eshvaren usava no Eco, e o arco-íris de luz brilha em toda a superfície, hipnótico, melódico, e seria deslumbrante o bastante se não fosse pelo pensamento que repentinamente me ocorre:

Estamos na Dobra.

Tudo ao nosso redor deveria ser monocromático, cores esvaziadas e cinzentas. No entanto, a Arma Eshvaren é uma canção de cores, extraordinária em sua beleza. Esse é um equipamento projetado para destruir sóis e, ainda assim, minha alma se preenche quando a vê.

A guerra em meu sangue responde. Algo ali me chama, atravessando o golfo entre nós, tempestuando, apressada, acelerando meu pulso mais rapidamente, as pontas dos meus dedos formigando. Um poder que é tanto estranho quanto familiar. Uma voz que eu não ouço há anos e, ainda assim, ouço todos os dias da minha vida, ecoando dentro da minha mente.

Kaliiiiiissssssss.

Conforme a nave se aproxima mais da Arma, passamos por um campo de algo vagamente brilhante e translúcido. A nave estremece sob meus pés. Os Paladinos ao meu redor balançam, e eu sinto uma onda de... poder dentro da minha cabeça. Grosso como caldo. Pesado como ferro. Borrando meus olhos.

A nave pousa em uma baía de atracagem estranha, estruturas cristalinas no teto e no chão, a paisagem repleta de cores quase cegante com sua intensidade. Olho para os Paladinos ao meu lado, mas eles permanecem em silêncio. A baía não possui portas, não há uma maneira de manter o frio e o vácuo do lado de fora, mas os soldados me fazem marchar pela câmara de vácuo da nave e, sem hesitação, a abrem.

Nós não congelamos. Nós não sufocamos.

O comandante dos Paladinos me encara com seu olhar cinzento.

— Não podemos ir mais longe, I'na Sai'nuit — ele me informa.

Eu saio da baía, a superfície zumbindo sob meus pés. Não sei dizer como e, ainda assim... conheço o caminho. Puxado como a agulha de uma bússola na direção do norte, eu percorro os caminhos retorcidos dos cristais musicais, sussurrando, estremecendo com poder.

Sinto-me... estranho. Todas as emoções dentro de mim parecem mais intensas. Vejo uma imagem de Aurora em pé com a mão erguida a bordo da ponte da *Zero*, me atingindo com poder no peito ao me mandar parar. Ouço o veneno na voz de Scarlett quando me xingou, me culpou, me machucou. Sinto a dor confusa de Finian, a aceitação silenciosa de Zila quando me expulsaram. Eu, que lutei por eles. Sangrei por eles. Arrisquei tudo para mantê-los a salvo. Nenhum deles poderia entender como foi para mim me alistar na Legião, o quanto eu doei, o quanto sofri e como é se sentir absolutamente sozinho, mesmo dentro de uma sala lotada.

Desde que minha mãe fugiu de volta para Syldra, nunca tive um momento de paz. Banido do meu próprio povo devido ao glifo Guerreiro na minha testa, devido ao sangue em minhas veias. Banido entre os cadetes da Academia como o inimigo de antes, o Garoto-fada, o estranho: *lembrem-se de Orion, lembrem-se de Orion*. Entre os membros do Esquadrão 312, onde pensei ter encontrado um lar. Um lugar ao qual pertencer. Algo pelo qual valia a pena lutar.

Fui um tolo.

Eu deveria saber que a sombra do passado sempre ficaria entre nós. Não podemos negar quem e o que verdadeiramente somos.

E Aurora...

— Aurora — sussurro seu nome como se fosse veneno nos meus lábios. Afastando os pensamentos dela, a memória do nosso tempo no Eco, as coisas que compartilhamos, trancando tudo isso em um lugar dentro da minha mente e jogando a chave longe.

Eu não sou mais ninguém.

Sou apenas isso.

O que eu *sempre* fui.

Não há nenhuma alma nesses corredores brilhantes e vastos. Nem um único soldado, cientista ou servo. A nave inteira está vazia, com exceção de seu *poder*, familiar e desconhecido ao mesmo tempo. Conforme vou mais adiante pelo caminho de cristal, me sinto catatônico, com vertigem, uma claridade perfeita. Meu batimento está acelerado, assíncrono, como o rufar de tambores descompassados. Minha boca sente o gosto de ferrugem.

A nave é enorme. Os corredores parecem infinitos. Por fim, os caminhos se encontram, abrindo-se em uma câmara esférica colossal.

O poder é espesso no ar, vermelho e vibrando na minha pele. As paredes estão perdidas nas sombras, e meus olhos percorrem a luz, torres de cristal concêntricas no centro da sala, iluminadas e radiantes. Uma plataforma que se ergue eternamente do chão, coroada por um trono reluzente enorme. Galhos de cristal esticam-se na direção do trono, do teto, das paredes, como raízes de uma árvore que se curvam na direção da água. Estreitando meus olhos, erguendo uma das mãos para me proteger da luz arco-íris, vejo uma figura sentada nela.

Uma sombra que cai sobre meu sol.

Ele está vestido com armadura preta de colarinho alto e uma capa comprida ao redor dos ombros, que se espalha pelos degraus abaixo dele como uma trilha escarlate. Seu cabelo é prateado brilhante, penteado em dez tranças que caem em ondas grossas e longas de um lado do rosto. E esse rosto é tudo que eu lembro e muito mais. Lindo. Terrível. Irradiando uma grandiosidade sombria. Ele me observa, impassível, conforme subo a plataforma, o poder ao meu redor se solidificando, os meus passos ecoando vazios na esfera de cristal gigantesca, a gravidade dele me puxando para si. Me atraindo de volta.

Tudo é um ciclo. Um círculo infinito.

Tudo nos trouxe até aqui.

Eu paro diante dele.

— Pai — digo.

— Filho — ele responde.

E então, finalmente, eu me ajoelho.

33

TYLER

Kal…

Saedii só me encara. Essa revelação sobre seu irmão, sobre o *pai* deles, quem e o que ele é, é quase demais para eu conseguir processar. Essa conversa inteira aconteceu com a velocidade dos pensamentos. Talvez faça uns dez minutos desde que começou, mas parece tão longa quanto uma vida inteira.

Eu pensava em Kal como um amigo. Alguém em quem se poderia confiar. Firme, forte e certeiro. Mesmo quando eu tinha sido arrancado à força do esquadrão, era mais fácil lidar com aquilo sabendo que ele estaria lá cuidando deles. Só que descobrir que ele é o filho do homem que matou meu pai, que ele estava *mentindo* para nós esse tempo todo…

Eu te seguirei, Irmão, ele tinha me dito.

Que irmão é esse…

Eu afasto a dor e a traição e me concentro no problema sobre o qual eu *posso* fazer alguma coisa. A galáxia ainda está à beira de uma guerra. A FDT e os Imaculados podem já estar se fazendo em pedacinhos. Só que se tudo que Saedii me disse for verdade, se a Arma que o Destruidor de Estrelas usou para destruir o sol de Syldrathi for…

Como é mesmo o nome que você usou?, pergunto à Saedii.

Meu pai a chama de Neridaa, ela responde.

Sacudo a cabeça.

Meu Syldrathi não é tão refinado quanto o de Scar.

Saedii faz um muxoxo. *Suas botas são mais refinadas que o seu Syldrathi.*

Eu encaro pesarosamente as botas que recebi do cofre da Cidade Esmeralda. Estão gastas, acabadas, manchadas de sangue. Eu mataria para ter acesso a um potinho de graxa.

Que grosseria, minha senhora.

Saedii ergue sutilmente uma sobrancelha. É incrível o tanto de emoções que ela consegue depositar em um único e simples gesto dessa forma. Divertimento. Desdém. Arrogância. Superioridade convencida. Scar poderia aprender muito com essa garota.

Neridaa é um conceito complexo de traduzir para sua simples língua Terráquea.

Vamos deixar minha língua Terráquea fora disso, que tal?

As sobrancelhas dela se erguem mais. *A palavra descreve... um paradoxo. Um estado de início e fim. O ato de destruir e criar.*

E você tem certeza que essa nave é a Arma Eshvaren?

Sinto uma pontada de medo, bem no fundo da mente dela.

Não tenho certeza de nada. Meu pai guarda seus próprios segredos. E eu não estava presente quando ele descobriu a primeira relíquia.

... Que relíquia?

Uma sonda de algum tipo, há três anos. Eu já era uma Templária na época, servindo a bordo da Andarael. Estava lutando nossa guerra contra os traidores do Conselho de Syldra, mas fui alertada via uma transmissão turbulenta da nave principal de meu pai depois que descobriram um objeto flutuando pela Dobra. Aparentemente, meu pai havia... sonhado com aquilo. Ele disse à sua divisão científica que havia sido chamado até ali. E quando a trouxeram a bordo, ele a tocou e caiu inconsciente no deque.

Saedii sacode a cabeça.

Eu joguei os oficiais de ciência dele para o drakkan por isso. Os imbecis. O objeto que encontraram era um cristal, que recusava qualquer análise de sua estrutura. Meu pai ficou deitado no chão ao lado dele. Nada que fazíamos poderia fazê-lo recobrar a consciência. Eu pensei que tudo iria se acabar ali. Depois de tudo que sacrificamos, nosso Arconte havia sido derrubado por um encontro com algum tipo de objeto anômalo curioso no espaço interdimensional? Parecia um fim cruel à nossa melodia. Só que dezoito horas depois, meu pai acordou, como se de um sono profundo. Estava reluzente com um novo tipo de poder. Eu estava quase chorando de alívio. Perguntei o que tinha acontecido, e ele olhou para mim como se eu fosse uma estranha. Então, ordenou à ponte para seguir uma nova rota. Uma fenda na Dobra, que nos levava a um mundo morto há anos. E dali, encontramos a Arma que ganhou nossa guerra e acabou com as traições do

Conselho de Syldra para sempre, escrevendo seu nome, linda e sanguinariamente, entre as estrelas.

Olho para Saedii, completamente espantado.

Você não perguntou nada pra ele? Nenhum de vocês se perguntou como sabia que estava lá, ou se perguntaram como uma arma capaz de destruir sistemas estelares inteiros tinha sido deixada por aí? Não se perguntaram para que servia?

Saedii bufa.

É claro que nos perguntamos. Só que ele é nosso Arconte, Tyler Jones. Nós somos seus Templários, seus Paladinos, seus Adeptos. Somos leais até a morte. A guerra civil Syldrathi estava acontecendo desde o ataque em Orion. E finalmente, ele nos levou para a vitória contra os covardes e fracotes que haviam nos envergonhado — os Tecelões, Andarilhos e Trabalhadores que estavam tão dispostos a se curvarem e assinarem a maldita paz de seu pai.

Eu sacudo a minha cabeça. *A paz é algo tão horrível assim?*

É através de conflito que obtemos a perfeição, Tyler Jones. As lâminas ficam cegas quando dormem em suas bainhas. Elas são afiadas quando pressionadas contra pedras.

Saedii me encara, os olhos incandescentes. Consigo ver... não, *sentir* a convicção que ela possui. A chama que arde em seu peito. A guerra é mais do que um jeito de viver para essa garota. É uma religião. E a coisa horrível é que, de alguma forma, consigo ver a verdade no que ela diz. *É mesmo* nos desafiando que nós ficamos mais fortes e melhores e nos tornamos mais do que antes.

Só que essa não é *toda* a verdade.

Não tenho medo da luta, digo. *Só que sempre é por alguma coisa. Família. Fé. Criador, até mesmo pela paz. Lutar simplesmente por lutar...*

Eu nasci para a guerra, Tyler Jones, ela me informa, aquelas sobrancelhas perfeitas juntas em uma carranca perfeita. *E se você é digno do sangue Syldrathi que corre em você, é melhor se acostumar com essa ideia. Porque vamos precisar lutar por essa nave se quisermos escapar. Nós precisamos pintar esse navio em vermelho.*

Nós estamos na Dobra. Tudo é preto e branco.

O rosto dela fica amargo. *Ah, esse adorável sarcasmo Terráqueo.*

Sacudo a cabeça, o maxilar apertado. *Essas pessoas estão seguindo ordens. São soldados fazendo seu trabalho. O inimigo aqui é Ra'haam. A AIG, não a FDT.*

Eles me torturaram.

Você assassinou os amigos deles!

E isso deixa tudo certo aos seus olhos?

Eu respiro fundo, olhando para os hematomas no seu rosto. Ela sabe como responderia a essa pergunta mesmo antes de fazê-la.

Não, não deixa. Só que meu pai me ensinou que para ser um líder, você precisa dar o exemplo. Para ser um líder, precisa ser o tipo de pessoa que gostaria que te seguisse.

Sim, sibila ela, sentando mais aprumada. *Um guerreiro. Sem medo e inconquistável.*

Não. Melhor. Precisamos ser alguém melhor do que o inimigo que combatemos. Ra'haam quer que nós façamos uns aos outros em pedacinhos. Quer todo mundo contra todo mundo. Tudo que ele precisa fazer é enrolar aqui. Semear o caos e a confusão por tempo o bastante para eclodir dos mundos-semente, e então passar pela Dobra.

Saedii cruza os braços, tirando os cabelos dos olhos.

Eu não sei se meu pai entende o propósito da Arma que ele tomou para si, mas precisamos sair dessa nave e avisá-lo sobre este inimigo maior. Nós somos Imaculados. Nós não somos peões de ninguém. Dizer que ele ficará descontente por ter sido manipulado é um eufemismo.

Descontente o suficiente para ainda explodir meu planeta mesmo se a gente te devolver para ele?

Ela estreita mais os olhos.

Se eu for devolvida, a Terra será poupada. Acredite em mim quando digo, Tyler Jones, meu pai não deseja usar a Neridaa a não ser que precise.

Ele pareceu bem feliz em usá-la em Syldra.

Aquilo era uma questão de honra. Também foi a primeira vez que ele liberou o potencial completo da Arma. Ele não estará com pressa de fazê-lo novamente.

... Por que não?

Saedii me encara, fria e calculista. Consigo ver seu instinto brigando com sua suspeita. Ela sabe que precisamos confiar um no outro e que tudo é muito maior do que ela pensava ser. Ainda assim, demora um tempo antes de responder.

Meu pai pagou um preço quando usou a Arma, Tyler Jones.

Qual preço?

Eu não estava com ele quando ela foi disparada... Ela sacode a cabeça. *Porém, mesmo a bordo da Andarael, a seis mil quilômetros da popa da Neridaa, eu senti. Como se a essência estivesse sendo esvaziada de mim como a água de uma esponja. E meu pai estava no coração da Arma quando foi liberada.*

Quer dizer que... ele foi esgotado? Como uma bateria?

Ela dá de ombros. *Ele precisou de muitos ciclos para se recuperar.*

Então não dá pra ele só ir disparando essa coisa quando der vontade. Está dizendo que a ameaça de destruir a Terra é só um blefe?

Ah, não. Meu pai é o homem mais impiedoso que já caminhou pelas estrelas. Se não for devolvida a ele, ele fará seu lar ser desolado. Ele se preparou por muito tempo para garantir que da próxima vez que for forçado a usar a Neridaa, o esgotamento será menor. Uma bateria própria, por assim dizer.

Por um momento, sinto um pequeno calafrio passar por ela.

Mas ele não a desperdiçará a não ser que seja forçado a isso. Preciso voltar para ele.

Inclino minha cabeça e encontro o olhar dela. *Bom, você é tão estrategista quanto eu. Consegue ver um jeito de sair dessa cela? E ainda mais chegar à baía de atracagem?*

Quando os guardas entrarem com os alimentos. Nós os sobrepujaremos e pegaremos suas armas.

Você presume que eles vão nos alimentar, eu falo.

Então fingirei que minhas feridas estão piores do que estão. Segurarei meu estômago. Cairei ao chão. Quando mandarem o responsável médico e a segurança, nós atacaremos.

Fingir fraqueza. Assinto. *É, pensei nisso. Só que eles mandam o pessoal em grupos de seis, caso você não tenha notado.*

Certamente notei, ela responde, rabugenta.

Então, mesmo presumindo que consigamos sobrepujar meia dúzia de soldados da FDT com armadura e completamente armados, a câmera acima da porta vai nos ver assim que nós tentarmos. A nave inteira estará em alerta antes de conseguirmos sair desse andar.

Talvez você queira fazer uma sugestão em vez de criticar a minha.

Ei, pode parar com esse tom, senhorita.

A carranca de Saedii fica intensa o bastante para queimar um buraco pela porta da cela.

Você se refere a todas as fêmeas que quer insultar como "senhorita", garoto?

Só as que me chamam de "garoto", senhorita.

Olho em volta da cela, chupando o lábio. Estudei as naves da FDT desde que era criança. A boa notícia é que se conseguirmos sair dessa cela, eu sei exatamente como chegar às docas. A má notícia é que também sei como essas celas foram construídas e como é impossível escapar delas.

Olho para a destruição da biomaca que eu causei durante o meu pequeno chilique. Meu olhar passa pelo sistema anti-incêndio acima. As grelhas pequenas e estreitas que levam ao sistema de ventilação. Começo a pensar em planos e os descarto rapidamente.

Não temos nenhuma vantagem aqui.

E então? Saedii exige. *Me impressione.*

Consigo me sentir ficando frustrado novamente. A ideia de que tudo pode estar acontecendo lá fora enquanto estou preso aqui está me distraindo. Me sinto indefeso. Inútil. Respiro fundo, abrindo e fechando os punhos, minha mente acelerada. Eu sei que nenhuma cela de prisão é perfeita. Não há um problema que não possa ser resolvido. Em algum lugar, de alguma forma, há uma chave. Só preciso saber onde procurar.

Você não está me impressionando, Tyler Jones.

Pode parar. Você está partindo meu coração.

Eu conseguiria passar a mão por entre suas costelas e consertá-lo, se preferir?

Cala a boca e me deixa pensar, tá?

Saedii suspira e se levanta da biomaca. Erguendo os braços acima da cabeça, o cabelo longo preto cascateando pelas costas em ondas, ela se estica como um gato e começa a andar em círculos, apesar de seus ferimentos.

Isso não está ajudando, digo.

Isso me ajuda *a pensar.*

Fecho meus olhos e suspiro. *Olha, eu entendo que a nossa situação é séria, mas dá pra entender que ficar andando de um lado pro outro na minha frente só de roupa de baixo não é inteiramente produtivo para a clareza de pensamentos?*

Saedii me lança um olhar mortal e chuta um pedaço grande da biomaca destruída na minha direção. Eu o paro com o calcanhar da bota antes de atingir as minhas pernas.

Cresça, ela me fala.

Eu chuto os destroços para longe.

"Crescer" de alguma forma é exatamente a situação que estou tentando evitar.

Saedii revira os olhos, andando mais uma vez pela cela, então se vira no lugar e se joga na maca novamente. Faço um bico, olhando para os destroços que ela chutou na minha direção, tirando estilhaços de vidro das minhas botas. Faço cara feia para as novas marcas no couro. Sopro do Criador, essa coisa *realmente* precisa de uma camada de graxa e um...

Clique.

Pisco. Olho para as lentes da câmera e desvio novamente com a mesma rapidez. Eu me viro para sentar de pernas cruzadas, para que o arco dos meus ombros esconda meus pés da câmera. Olho para minhas botas novamente. As botas que estavam me esperando no cofre na Cidade Esmeralda por oito anos. As botas que o Almirante Adams e a Líder de Batalha de Stoy *queriam* que eu usasse. Tão lentamente quanto consigo me mexer, eu estico a mão e pressiono o pequeno sulco que apareceu no calcanhar.

Vejo o brilho metálico do compartimento escondido lá dentro.

Saedii sente a reviravolta no meu humor. Ela vira o rosto para longe com esforço, conforme a voz dela entra novamente na minha cabeça.

O que é?, ela pergunta.

Pela primeira vez em muito tempo, eu quase sorrio.

Algo impressionante, digo a ela.

34

ZILA

A frota do Destruidor de Estrelas é maior do que qualquer um de nós sonhou. A paisagem preta e branca da Dobra está repleta de naves Syldrathi. Elas se acumulam diante da abertura do Portão da Dobra que leva até a Terra, cruzando o caminho umas das outras com apenas alguns metros de sobra. É algo entre a demonstração de uma coreografia complexa perfeita e uma versão em tamanho gigante de uma competição acirrada.

Nós chegamos bem à extremidade do grupo, e a frota continua a se aglomerar, nos escondendo entre o fluxo de chegadas tardias e verificando nossos lugares. Eu estou pilotando, Scarlett e Finian estão amarrados aos seus assentos nas estações auxiliares atrás de mim. Aurora está parada ao meu lado como um cão pronto para a caça, praticamente estremecendo quando ela aponta na direção de sua presa.

Ela não parece nada com sua versão de antes, seu olhar fixo na direção da Arma escondida, apesar de seu tamanho, atrás da massa de naves que o Arconte possui. É como se a Aurora que conhecíamos tivesse partido, deixando para trás um casulo habitado por este novo predador, focado em seu propósito.

Conforme começo a tecer meu caminho através da frota, me pergunto se passa por sua mente que o homem de quem nos aproximamos é o pai de Kal.

Kal, que ela amava.

De minha parte, aprendi a minha lição há muito tempo. Se abrir seu coração a alguém, tudo poderá acabar mal. Eles irão te trair, assim como Miriam o fez, dispostos a entregar a localização de uma menina de seis anos em troca de sua segurança. Ou te deixarão para trás, como meus pais fizeram, incapazes de manter nossa família segura. Frios, mortos e deixados para trás, enquanto eu era abandonada para o sistema de cuidados do governo, sozinha como nunca havia estado.

Abra seu coração para alguém e será traído ou abandonado.

Agora Cat, Tyler e Kaliis me ensinaram essa lição novamente.

Logo, Aurora se juntará a eles.

Sei que seria melhor me retrair a meu estado anterior, mas... apesar de meus desejos, eu não estou sentindo nada.

Aparentemente, perdi o jeito pra tal coisa.

Tomo cuidado ao redor da proa de um cruzeiro de batalha e, atrás de mim, Scarlett murmura a tradução de seu nome.

— *Belzhora*. Bebedora de sangue.

Há algo surreal e fantasmagórico sobre a frota da qual agora somos parte. O silêncio é perfeito, interrompido apenas pelo zumbido suave dos motores de nossa nave. Eu jamais encontrei tanto potencial de violência em um único lugar. Como uma mola retraída, esperando para ser solta. Como um guerreiro aguardando o primeiro piscar de olhos de seu oponente.

— O que será que estão esperando? — pergunta Fin.

— Talvez os Terráqueos ainda busquem negociações — sugiro baixinho.

— Estão prestes a acabar com o tempo no relógio de Caersan — Scarlett responde.

Então, as naves Imaculadas se afastam, e eu a vejo. Uma maravilha brilhante entre o preto e branco apagado, um arco-íris de cristal refratado e cores infinitas. Cores *impossíveis*. Não deveria ser visível dessa forma na Dobra.

— Parece que um lustre e um telescópio tiveram um filho — diz Fin, tentando, de alguma forma, cortar a tensão que domina nossa pequena nave. Ele está assobiando no escuro, procurando desafiar seu poder. No entanto, todos estamos encarando o veículo, inteiramente intimidados, exceto por Aurora. Isso desafia todas as regras, irradiando poder, e sabemos disso.

A Arma.

Eu me forço a fazer uma observação pragmática.

— Há um claro perímetro em volta dela. Aproximar-se vai ser difícil. Nós seremos vistos.

Aurora troca o peso dela ao meu lado.

— Isso não vai ser um problema por muito tempo.

Até agora, ela esteve silenciosa, completamente focada, mas começo a ver esse silêncio pelo que ele é — um pavio queimando lentamente na direção dos explosivos que o aguardam no fim. Ela estala com o poder, com intenção, com determinação absoluta.

Eu não quero que ela esteja em nossa nave quando essa faísca finalmente atingir seu destino.

— Opções? — pergunta Scarlett, se inclinando para a frente e encarando a nave.

— Duas — responde Finian. — Precisamos deixar Auri a bordo e, depois, ou deixamos nossa aproximação menos óbvia, ou criamos uma distração.

— Uma distração poderá ser fatal — afirmo.

Há um silêncio breve. Essa missão será fatal de qualquer forma, todos sabemos disso. O que quero dizer é que não poderá ser fatal *cedo demais*.

— Odeio sugerir isso — começa Finian. — Mas se a gente esperar tempo o bastante, eles vão fazer o pulo pro sistema solar da Terra e vamos ter a distração de que precisamos.

— Isso provavelmente resultará em uma perda enorme de vidas Terráqueas e Syldrathi assim que a FDT se deparar com a frota Imaculada — digo.

— Não falei que era um plano perfeito. — Finian dá de ombros. — Eu não sou o cara das estratégias. Tenho uma grande suspeita de que só passei pela aula do primeiro ano de táticas porque o instrutor não me queria de volta lá no ano seguinte...

A piada de Finian cai em silêncio quando percebe o que fez.

Ele nos lembrou de que Tyler não está conosco.

Outro lembrete de tudo que já perdemos.

Scarlett ajeita os ombros, a mandíbula apertada.

— A gente consegue ouvir o sistema de comunicação dos Imaculados? — ela pergunta.

Eu inclino a cabeça.

— Isso requer utilizar os códigos de verificação que o Ancião nos deu, mas se estiverem corretos, então é possível.

— Faça isso — Auri instrui.

Eu conecto na rede de comunicações dos Imaculados, enviando os códigos de acesso, e procuro manter minha respiração uniforme enquanto aguardo e verifico se serão aceitos. Um calafrio gélido percorre minha espinha, mas eu não me pronuncio. Abruptamente, uma voz Syldrathi ecoa pelos alto-falantes.

Scarlett escuta por alguns momentos, a testa franzida.

— Ah, *puta merda*.

— Más notícias? — Fin pergunta.

— Estão prontos para cruzar o Portão da Dobra.

Uma onda passa pela frota conforme entra em posição. Há um fechamento de espaços entre as naves para que os Imaculados possam passar pelo Portão da Dobra de uma vez. Um fluxo imensurável e incansável.

Auri segura a parte de trás do meu assento com tanta força que ouço a estrutura interna de metal ranger.

— Chegue mais perto da Arma! Um pouco mais e eu consigo chegar lá.

— Quer caminhar pelo espaço, Clandestina? — Fin pergunta. — Você só tem metade do tamanho de um Syldrathi mediano. Nenhum dos trajes aqui...

— Não preciso de um traje. — Ela encontra meu olhar. — Zila, só me deixe lá perto.

Olho para Scarlett, que assente, e eu obedeço.

Fin xinga, se apressando na direção da proa da nave e da câmara de vácuo, Aurora em seus calcanhares. Ela não se despede.

Eu viro a nave de lado, passando por dois cruzeiros enormes e cada vez mais perto das refrações arco-íris da Arma. Atrás de mim, Scarlett coloca sua mão em meu ombro e o aperta.

Percebo que seu toque inesperadamente afasta a tensão dentro de mim.

— Assim que passarmos pelo portão no espaço Terráqueo — diz ela baixinho —, a FDT vai começar a atirar na gente.

— Sim.

— Nós não podemos atirar de volta. Não podemos lutar contra nosso povo.

— Farei meu melhor para evitar um embate. — O resto da frase permanece sem ser dita: *pelo máximo de tempo possível*.

Uma voz ecoa pela rede de comunicações dos Imaculados, profunda e musical. Uma voz que todos imediatamente reconhecemos.

— *De'na vosh, tellanai* — diz o Destruidor de Estrelas.

— Desconheçam o medo, meus filhos — murmura Scarlett.

— *De'na siir*.

— Desconheçam o arrependimento.

— *Tur, si mai'lesh de'sai*.

— Hoje, nós queimaremos nossa vergonha.

— *Turae, si aire'na aire no'suut*.

— Esta noite, nós dançaremos a dança do sangue.

Com um relampejo cegante de luz, a frota Imaculada começa a passar pelo Portão da Dobra. Encouraçados e portas. Ondas sobre ondas de cruzeiros e exterminadores, caças e drones. Finalmente, a própria Arma desaparece diante de nossos olhos. Eu me preparo, ativo os propulsores e, um momento depois, também passamos por ele, uma sensação estremecedora que sinto em cada poro.

Nós surgimos no caos completo da batalha, mísseis e disparos passando por nós, a frota Imaculada se alastrando para enfrentar os defensores Terráqueos. Naves estão parando e virando, evitando e rodopiando, explodindo silenciosamente e se despedaçando ao nosso redor. Instruções em Syldrathi são gritadas através do comunicador, passando por nossa ponte, rápido demais para que eu acompanhe.

— Puta merda! — Scarlett grita.

A frota Imaculada se desfaz em alas, difundindo-se pelo perímetro amplo, iluminando a escuridão com o fogo. Apesar dos noticiários que discutiam a existência da superarma Imaculada, aparentemente o comando da FDT levou essa especulação a sério e uma falange de naves Terráqueas está atirando com tudo na direção da parede de naves Syldrathi, esperando que consigam passar pelas defesas Imaculadas.

— Aquelas são Betraskanas — Scarlett sussurra, apontando para nossos radares.

É verdade. Entre as naves de nariz achatado da frota Terráquea, conseguimos ver exterminadores Betraskanos na forma elegante de besouros, travando combate com os Imaculados. Parece que os aliados da Terra mantiveram sua palavra, adiantando-se para defendê-la. Meu coração tremula levemente conforme percebo que estamos presenciando os primeiros momentos do que pode ser a primeira verdadeira guerra intergaláctica. Faço o meu melhor para ignorar isso, mas a resposta biológica ao ocorrido é forte.

As naves explodem ao nosso redor em silêncio absoluto. A cabine é uma cacofonia de gritos e alarmes e avisos do computador de bordo, Scarlett gritando conselhos desnecessários, e o trovão dos motores e, em meio a tudo isso, me sinto pequena, insignificante, e me pergunto o que estou fazendo aqui. Voo da melhor forma que posso, mas sei que meu melhor não será o bastante por muito mais tempo, os nós dos meus dedos estão esbranquiçados em cima dos controles. Trevo me observa com seus olhos vazios, supervisionando na ausência de Cat.

Gostaria que estivesse aqui.

Então, como se Cat mesmo tivesse me presenteado pessoalmente, vejo o meu momento. As portas que protegem a Arma disparam seus caças, movendo-se para interceptar uma tempestade de cruzeiros da FDT que se aproxima. Eu aperto os controles, passando embaixo da barriga de um encouraçado Imaculado repleto de armas. Por um breve momento, não há nada entre nós e a Arma. Eu me aproximo mais, espiralando entre uma rodada de disparos, e uma luz no meu console se acende. Um alarme avisando que a porta da câmara de vácuo se abriu.

Após sete batidas do coração, fecha novamente.

— Boa sorte, Auri — murmura Scarlett.

Uma rodada de mísseis de uma nave da FDT cruza nossa proa, e instintivamente aperto os controles para fazer manobras evasivas. Conforme desvio para longe da Arma brilhante, novamente voltando para o caos maior, minha visão parece aumentar. A batalha se torna cada vez maior, um oceano de naves, milhares delas, se desdobrando até onde consigo ver.

Não consigo ver Aurora de forma alguma.

Respiro profunda e lentamente e solto os controles, me forçando a focar na tarefa adiante de nós: viver por tempo o bastante para oferecer a Aurora alguma ajuda. Sentindo-me tão pequena, eu honestamente não tenho ideia se será o bastante.

No fim das contas, porém, o que mais posso fazer?

— Scarlett, segure firme.

35

AURI

Preciso apenas do menor dos cantos na minha mente para manter uma bolha de ar e de pressão ao meu redor. Apenas a menor fração do meu Ser para me enviar através do vácuo gélido do espaço na direção da Arma. Ao meu redor, mil naves rodopiam em uma dança de morte e destruição, mas para mim, o tempo desacelera. Eu vejo todos os movimentos antes de serem realizados. Sei de seus destinos antes de serem selados.

E estou cada vez mais próxima do meu objetivo.

Do meu destino.

Voo por um campo brilhante e translúcido conforme me aproximo da Arma e, dentro do seu toque, sinto a energia dos Eshvaren. Os criadores da coisa diante de mim, radiante no escuro. Há uma familiaridade instantânea nessa sensação, como um velho amigo se esticando para pegar minha mão. Por um momento, estou diante de Esh mais uma vez, dentro do Eco, escutando aquela simples diretiva.

Teus únicos obstáculos são aqueles que colocas diante de ti.

Precisa deixá-los para trás.

Foco.

Faço isso.

O homem que me espera dentro da Arma saberá que estou aqui. Tenho certeza disso. Só que não sinto medo nem hesitação. Apenas certeza do que preciso fazer.

Ateei fogo aos meus entes queridos e aos meus elos.

Nada restou, a não ser meu propósito.

A baía de atracagem é como uma enorme caverna cristalina, brilhante e intensa. Está completamente vazia quando voo para dentro. Me coloco no chão e, no instante em que entro em contato com a estrutura de cristal ao meu redor, estou em casa. Tudo se encaixa, e o poder de uma parte integral dessa vasta refração de arco-íris percorre entre os cristais e eu.

Sei que o homem que vim encontrar está em seu centro e é naquela direção que ando. Os caminhos parecem quase sem rumo, retorcidos entre si, subindo e descendo, mas fico paciente enquanto os percorro. Sinto a forma que canalizam a energia desse lugar, focando o seu poder e o meu, e me deleito na sensação da fluidez sob meus pés.

Eu me abaixo e desamarro os cadarços das botas, tiro minhas meias e as abandono conforme continuo o caminho, descalça. Estou inteira e completamente conectada à superfície ao meu redor. A Arma Eshvaren canta para mim. Dentro de mim. Através de mim. Sou parte desse lugar, como se tudo me levasse até aqui. Eu sou o Gatilho, e o Gatilho sou eu.

E não fico tão surpresa quando o encontro parado na minha frente, na encruzilhada.

Kal.

Ele está vestido com o preto dos Imaculados, e sua postura é ereta e alta, tão lindo e desafiador quanto da primeira vez que o vi. Ele era apenas uma visão na época, aparecendo no meu quarto na Academia Aurora antes de eu sequer saber que os Syldrathi existiam. Agora, com o mesmo levantar arrogante do seu queixo, ele me cumprimenta.

— Você não deveria ter vindo — diz ele baixinho.

— Você sabia que eu viria.

— Você não entende o que vai enfrentar, Aurora.

— Não, Kal — respondo. — *Você* não entende. O que eu sou. O que eu me tornei.

— O que *eles* fizeram com você.

— *Eles* estavam tentando salvar a galáxia, Kal. *Eles* estavam tentando fazer o que é certo.

— Você não compreende — diz ele, os olhos sombrios quando fita o corredor. — Mas temo que logo compreenderá. *Ele* vai te mostrar.

Meus lábios se contorcem. Os lábios que não há muito tempo estavam pressionados contra os seus.

— Então agora você é discípulo dele também? — pergunto. — Assim como todo o resto?

— Eu não queria isso, Aurora. Não queria que nada disso tivesse acontecido. Eu te amava.

— Não dá para construir amor em cima de mentiras, Kal.

— Então olhe para o meu coração. Diga-me como você se sente.

Com a minha mente, eu me abro. Só por um instante. Até mesmo aqui, até mesmo agora, não consigo evitar. Sinto um toque de dourado familiar, um indício do que e de quem fomos. Eu o corto com um gesto das mãos.

— Você sentiu artimanha ou adoração? — ele pergunta.

— ... As duas coisas — respondo.

— Apenas uma delas é para você, Aurora.

— Eu só... — Olho para ele de cima a baixo, e então sacudo a cabeça. Pegando tudo que ele foi para mim, comprimindo tudo com força e, com um esforço consciente, ateio fogo àquilo mais uma vez. — Se você veio para me levar até ele, é melhor fazer isso logo, Kal.

Ele faz uma carranca. Apruma os ombros, a mandíbula apertada. Consigo sentir, então. Dentro dele. A sombra da qual ele falou. O Inimigo Oculto.

E sei que mais à frente no corredor, ele espera por mim.

— Siga-me — diz Kal.

Nós andamos pelos caminhos lindos de cristal, ele na frente e eu atrás. O poder agora infla dentro de mim, pressionando contra a minha pele, contra o meu crânio.

A parte de mim que dói, a parte de mim que anseia, a que deseja poder segurar a mão de Kal enquanto ando na direção da luz está em silêncio. A parte de mim que está arrependida, que gostaria que tivesse sido de outro jeito já se foi. Há apenas o poder agora, a coisa na qual me transformaram, essa garota que vai salvar a galáxia, e ela segue o garoto que ela pensava que amava através do corredor reluzente e finalmente, finalmente, até o coração da nave.

É lindo. Perfeito. Uma câmara esférica colossal, com as paredes perdidas nas sombras, curvando-se da base e então encontrando-se novamente no ápice. Erguido do ponto mais baixo, em torres de cristal, está um trono — enorme e pontiagudo, reluzente com todas as cores do arco-íris.

Esse é o centro da Arma, o centro de *tudo*, e a sala inteira parece se dobrar em sua direção. Estilhaços de cristal emergem das paredes da câmara, todas voltadas para dentro como mãos esticadas, como se para possuir aquele que senta no topo do trono, ou talvez oferecer sua reverência.

Eu vejo Kal em seu rosto, nas maçãs do rosto familiares, o queixo levantado, o arqueado arrogante da sobrancelha. Ele está vestindo uma armadura preta de colarinho alto, e uma capa vermelho-sangue esparrama-se pela escada que leva ao seu trono. Suas tranças prateadas cobrem metade do seu rosto, e um lado da sua boca está curvado no menor dos sorrisos.

Arconte Caersan.

Destruidor de Estrelas.

Pai do garoto que amei.

Gatilho dos Eshvaren.

Traidor dos Eshvaren.

Kal se afasta para ficar em pé ao lado da parede curvada enquanto procuro palavras para testar seu pai, cutucá-lo só um pouco para ver o que ele vai fazer.

— Isso — digo —, é uma fantasia *muito* dramática. Onde você comprou uma capa assim? Você mandou fazer?

Caersan não responde, mas se põe de pé e lentamente desce as escadas na minha direção, a capa se esparramando atrás dele. Preciso admitir que *é mesmo* impressionante. Ele não diz uma só palavra até ficar na minha frente, muito mais alto que eu, somente a alguns metros de distância. Ele se demora, me olhando de cima a baixo como se estivesse me medindo e decidisse que deixo muito a desejar.

— Pensei — diz ele por fim, a voz linda, musical, inteiramente intrigante — que seria mais alta.

— Desculpa decepcionar — respondo, sem fazer nenhum esforço para ficar mais alta. Eu sou o que sou, e isso é baixinha, especialmente quando comparada a um Syldrathi.

— Estive esperando por você — continua ele. — Senti seu despertar.

— E agora eu estou aqui. E sei o que preciso fazer.

Ele ergue uma sobrancelha prateada.

— Doar-se para a causa dos Eshvaren?

— Derrotar Ra'haam — corrijo. — Salvar milhares de mundos.

— Protegendo seu parquinho — ele responde. — E as bonecas que fizeram para viver nele.

Eu pisco, surpresa.

— O que quer dizer com isso?

— Você não sabe — diz ele —, o que você é.

— Eu sei que sou a garota que vai fazer o que você *fracassou* em fazer.

— Fracassei? — Ele sorri. — Tudo em que fracassei foi em ajoelhar-me como queriam que eu fizesse.

— Os Eshvaren fizeram você ser o que é. Te deram esse poder para salvar a galáxia, e você usou para assassinar *bilhões*.

— É nisso que acredita? — ele pergunta, o sorriso apertado. — Que eles desejam salvar a galáxia? Que eles se importam conosco?

Ele bufa, uma respiração suave e ultrajada.

— Nós somos *coisas* para eles, criança. Apenas ferramentas. Eles nos *criaram*.

— É claro que nos criaram — repito, monótona. — Nos criaram para defender a...

— *Nós*, não — ele sibila. — Não me refiro a mim e a você. *Todos* nós.

Ele gesticula para o lado de fora, para a batalha que consigo sentir que está sendo travada neste momento.

— Tudo à sua volta, todas as espécies, todos os indivíduos, do ancião mais grisalho até o recém-nascido mais novo. Todos fomos criados pelos Eshvaren na esperança de que, entre esses bilhões, pudessem encontrar alguém disposto a continuar sua luta contra Ra'haam. Um hospedeiro capaz de lançar sua vingança sobre a espécie que os superou. — Os lábios dele se curvam em um sorriso quase conspiratório. — Os Eshvaren não são os exemplos nobres que querem que você acredite que são. Não são mártires altruístas que doaram sua vida por nós. São demônios. Demônios que gostariam de ser deuses.

Dou um sorriso de desdém.

— É pra eu acreditar nisso?

Ele sacode a cabeça apenas uma fração, como se eu fosse uma aluna meio lerda.

— Nunca se perguntou por que todos nós somos parecidos uns com os outros? Pense, criança. Todas as espécies da galáxia. Todos andamos sobre dois pés. Respiramos o mesmo ar. Falamos idiomas que outros compreendem. A possibilidade de centenas de espécies evoluindo em padrões semelhantes através de uma linha do tempo e distância tão vasta é *inexistente*. — Ele cruza os braços, o rosto fechado. — Os Eshvaren *semearam* a galáxia com sua própria imagem. Nós somos um vírus em um vidro para eles. Não somos melhores do que insetos.

As palavras reverberam por minha mente, me dando calafrios em todas as partes. Já ouvi Tyler e Fin falarem sobre sua Fé Unida. A religião que cresceu entre as espécies galácticas para explicar suas semelhanças.

Olho para Kal, pressionado contra a parede.

— Mas... o Criador — digo.

O Destruidor de Estrelas balança a cabeça.

— Não um Criador, criança — diz ele. — *Criadores*.

A palavra me sacode, gelando meu sangue.

— Nós somos as marionetes — Caersan continua, os olhos violeta brilhando —, e os Eshvaren controlam nossas cordas. Imagine a arrogância necessária que precisaram para semear a vida à sua própria imagem por centenas de mundos. Tudo isso em nome de uma vingança mesquinha? — Ele gesticula para a Arma ao nosso redor, arco-íris dançando no cristal. — Essa é a essência, Aurora Jie-Lin O'Malley. Isso é tudo que somos. Não há deuses. Não há propósito. Não há objetivo em *nada* daquilo, além de um último golpe desesperado de um império derrotado. Uma loteria de um milhão de anos e inúmeras vidas, por uma última chance de vingar-se.

A ideia é quase demais para eu conceber, mas através do poder que nos conecta, nos prende, eu sei que Caersan não está mentindo. Todas as religiões de todos os mundos, todos os mitos criacionistas, todas as crenças de como e por que isso começou...

E, no fim, foram os Eshvaren que criaram tudo?

É como uma pedra afundando meu peito. Um aperto frio nas minhas entranhas. Me pergunto o que Finian acharia se soubesse. O que Tyler diria se eu contasse.

Criadores...

Então eu afasto o pensamento, o peso disso e deles para longe. Eu me forço a voltar minha atenção para Caersan enquanto ele me olha de cima a baixo e sorri com desdém.

— Você não é *nada* para os Eshvaren. Ainda assim morreria por eles?

— É claro que sim — respondo. — Não importa o que você diga, Ra'haam ainda quer consumir toda a galáxia e todas as coisas vivas dentro dela. Pedir por uma única vida para impedir isso parece um preço bem pequeno para mim.

Eu olho para ele, me demorando.

— É uma pena que você foi covarde demais para pagar isso.

Por um milissegundo, vejo a raiva em seu olhar.

Interessante.

— Fui forte o bastante para forjar meu próprio destino — responde, friamente. — Para sair do caminho que aqueles que imaginavam ser meus mestres haviam traçado para mim.

Eu solto uma risada.

— E a sua ideia de força é destruir seu mundo natal? Matar bilhões do seu próprio povo?

Do canto dos olhos, vejo Kal trocar seu peso de lugar.

O pai dele simplesmente dá de ombros.

— Você fala como se o esforço tivesse me custado algo. Porém, todos os meus laços foram incendiados há muito tempo. Assim como eles nos ensinaram.

Ateie fogo em tudo.

Faz sentido, suponho. Se Caersan se desfez de todos seus laços — família, amor, honra, lealdade — mas não os substituiu por desejo de destruir Ra'haam, o que ficaria no lugar? Apenas uma casca vazia, com todos os poderes do Gatilho.

De alguma forma, não sei se foi isso que aconteceu. Há algo no olhar dele, um indício de temperamento que apareceu na superfície como um peixe prateado e desapareceu, que me diz que seja lá o que ele queimou, começou a lentamente surgir novamente.

Que talvez eu seja mais forte.

Eu o ataco com uma onda de poder puro, tão rápida quanto um chicote. Ele cambaleia para trás, e então se endireita, irradiando desdém.

— O que foi isso, criança?

— Só um oi — respondo, o mais doce que consigo.

Caersan responde com outro golpe, mas imediatamente, por instinto, ergo minhas mãos. Minha energia é azul meia-noite, com fios de prata, como nébulas, como a luz da estrela. A dele é de um vermelho enferrujado, como sangue seco, passando por um ouro velho. Há profundidade naquilo, uma riqueza e um poder que eu acharia assustadores se ainda fosse eu mesma.

Só que não sou. Os Eshvaren se certificaram disso, e agora sei o motivo.

Ele me ataca novamente, deslanchando seu poder como uma cobra dando um bote, e eu o encontro, segurando a defesa. O azul meia-noite encontra avermelhado profundo e se entrelaçam entre nós, cada um tentando afogar o outro. Eu me apoio em meu poder, impassível, sabendo que sua paixão vai comprometê-lo. Sabendo que meu propósito vai me garantir vitória.

Eu o golpeio, o mais forte que posso, um relâmpago de poder psíquico como um tapa em seu rosto. A cabeça de Caersan vira para o lado, um pequeno corte abrindo naquela bochecha impecável. As tranças prateadas que mantinha por cima de metade do seu rosto voam para o lado, mostrando o olho que estava escondido do resto da galáxia.

E, assim como o meu, é claro, ele brilha em branco puro.

Só que em volta do olho brilhante, consigo ver cicatrizes fincadas nos traços de Caersan, como retalhos em uma margem de rio antiga. O lado direito do seu rosto está puído, velho, como se toda a vida tivesse sido sugada de dentro dele. O brilho de seus olhos passa diretamente pelos cortes na bochecha enquanto ele me encara, arrastando as tranças de volta por cima do rosto como se tivesse vergonha. Ele olha para a Arma ao nosso redor, as lanças de cristal apontadas para o trono em seu centro.

— Agora você vê o que me custou para usá-lo. E o que custará a você. — Os dentes afiados estão expostos enquanto ele rosna. — Eles nos presentearam com esse poder, com a intenção de que essa *coisa* arranque isso de nós novamente. Que nos destrua, pedaço por pedaço. Não há uma linda morte. Não há um simples sacrifício. A intenção era que morrêssemos em fragmentos. Vinte e dois planetas para destruir, vinte e dois pedaços de nossas almas a serem arrancados, um por um, para alimentar a essa máquina de vingança.

Só pensar nisso me faz recuar. Consigo sentir a memória dentro dele, reverberando no elo entre nós. Consigo sentir um indício da dor que ele sentiu quando disparou a Arma, e até mesmo isso é demais. Dado como ele usou a Arma, porém, eu sei que ele também mereceu.

Caersan ergue as mãos, o poder dele acumulando no espaço entre nós. A Arma sacode conforme o forço de volta, as botas arrastando pelo cristal. O poder se espalha à nossa volta, cascateando em ondas de azul e vermelho, o lindo e poderoso homem diante de mim dá um passo hesitante para trás. Eu me forço para a frente, me jogando contra ele com tudo que eu tenho, e ele cambaleia, grunhindo com o esforço. A elegância dele se desfaz, a pose esvaindo, e ele se inclina para a frente como um homem que batalha contra o vento, as tranças prateadas chicoteando atrás dele. O azul meia-noite rodopia ao meu redor em uma tempestade crescente, trovoando, e eu endureço minha voz.

— Você corrompeu o dom que nos foi dado, Caersan. Você escolheu anos de poder para si, preso em uma galáxia que está morrendo, em vez de *milênios* de vida para centenas de espécies daqui para a frente.

Meu poder colide com ele quando conjuro tudo que tenho. A força que sou, o poder dentro de mim, puro e imaculado, o atinge como um tsunami. Ele se debate, perdendo o equilíbrio, e é jogado contra a parede, batendo no cristal com um barulho trovejante. Eu o golpeio de novo, e de novo, e de novo, conforme uma linha de sangue púrpura escorre do seu nariz e acima dos lábios. Meu poder azul começa a consumir o sangue velho contra o qual batalha, englobando-o, o prata revirando o dourado. E finalmente, ele cai no chão.

— Uma vida não é um preço alto demais — eu informo.

Dou mais um passo na direção dele, rodeada pelo azul-escuro brilhante.

— E nem mesmo duas, Destruidor de Estrelas.

Ele olha para mim então, as tranças emoldurando o rosto, e vejo o orgulho e o ódio irradiando no seu olhar. Sinto o poder dele inchar e me forço a focar, para manter meu poder firme sobre ele. Kal dá um passo na tempestade, gritando acima dos trovões.

—Aurora!

Eu o ignoro, os olhos fixos no pai dele.

— Consigo sentir — eu falo. — O que você perdeu quando usou o disparo.

Caersan fecha os punhos, o ar relampejando.

— O que eles tiraram de mim.

— E depois que se foi, foi para sempre.

— Sim.

Eu sorrio com isso.

— O que significa que você é menos do que era, Destruidor de Estrelas.

Acesso profundamente o meu interior, pronta para dar um fim nisso.

— Menos do que eu.

— Talvez — sussurra ele. — Mas você fracassou em considerar uma coisa.

Há um estremecimento repentino na presença dele, do qual não gosto e que me faz ficar alerta.

— E o que é isso?

— Que não estou sozinho.

O poder dele explode, como um sol erguendo-se acima do horizonte, e os cristais na parede à nossa volta respondem, acendendo por dentro.

É aí que os vejo, não mais escondidos nas sombras, mas acesos detrás da luz vermelho-sangue. Fileiras e fileiras de Syldrathi, centenas deles, presos contra as paredes da câmara acima de mim por uma força invisível. Os olhos deles encaram o nada, as mãos esticadas ao lado.

— Filho de uma égua — sussurro.

Os glifos em suas testas me dizem que são Andarilhos. Todos eles. E sinto-me estremecer quando percebo o motivo de os Imaculados os estarem caçando através da galáxia.

Cada um dos Andarilhos grita, os dedos flexionados, os rostos contorcidos. O fluxo repentino de seu poder em Caersan é como estar presa em uma onda, atingida de novo e de novo sem poder fazer nada, a não ser prender a respiração, os pulmões ardendo, batalhando para durar mais um segundo, rezando por mais ar para qualquer um que esteja ouvindo.

Os olhos dele, tão parecidos com os do filho, encontram os meus quando ele fala novamente.

— Eu nasci para o combate. Esculpi meu nome em sangue entre as estrelas enquanto você dormia em seu berço. Eu sou Guerreiro. Eu sou Imaculado. Eu sou o devorador de mundos e destruidor de estrelas. Eu não sou menos do que era antes, criança. Eu sou *mais*.

Ele se põe em pé lentamente, os braços esticados. O poder ao redor dele duplica, triplica, uma tempestade psíquica de vermelho-sangue e dourado reluzente. A câmara ao nosso redor, toda a Arma, estremece, os gritos daqueles Andarilhos preenchendo minha mente.

E eu percebo com um horror crescente que ele estava se segurando.

— Você deu seu melhor, pequena Terráquea — diz ele.

Lentamente, o Destruidor de Estrelas curva as mãos até virarem punhos.

— Agora, eu te darei o meu.

36

TYLER

Chama-se gremlin.

Nos pôsteres de propaganda de guerra Terráquea que estudei para história de conflitos no quarto ano, os gremlins eram representados como humanoides minúsculos e malignos, com orelhas pontudas e garras. Só que eram basicamente um jeito de os pilotos manterem a moral em alta. Falhas nos equipamentos acabavam sendo culpa dos gremlins, para que os pilotos evitassem apontar o dedo para as tripulações de voo das quais dependiam para permanecerem vivos, e assim a guerra foi ganha.

Hoje em dia, *gremlin* é um apelido para uma série de aparelhos contraeletrônicos portáteis — canceladores de sinais, aparelhos que interferiam nas redes ou, no caso do milagre que acabei de descobrir no calcanhar da minha bota, geradores de pulso eletromagnético.

Como é que poderiam saber?

Olho para Saedii, que aparenta me ignorar para a câmera acima da porta de nossa cela. Só que ela viu o gremlin no meu calcanhar e, como é esperta, sabe exatamente como pode ajudar nossa situação.

Aqueles que deixaram isso para você, diz ela. *Como poderiam saber disso?*

Não faço ideia, admito.

Como os soldados Terráqueos não descobriram? Certamente o escanearam.

O calcanhar parece protegido. Seja lá quem colocou isso aqui sabia que precisava escondê-lo.

Como? Saedii exige. *Como isso é possível?*

Não importa. A gente precisa sair daqui. Não sei para onde estamos indo, mas não há literalmente nenhum lugar que Ra'haam possa ter escolhido que signifique boas notícias para nós. E os Imaculados e a FDT estão provavelmente se matando a essa altura.

Ela olha para mim por um breve momento.

Então estamos em guerra mais uma vez, pequeno Terráqueo.

Você pode arrancar meus olhos depois, tá? Pela aparência desse gremlin, acho que cobre uma distância decente. Só que os encouraçados da FDT são enormes. Quando o pulso for acionado, a gente precisa ir rápido. Chegar às docas e aí dar o fora dessa nave. Então fique pronta.

Saedii bufa.

Ela provavelmente sempre está pronta para o combate, e meu aviso é um pouco ofensivo. Apesar da punição que sofreu, Saedii irradia uma vontade gélida como aço, os olhos estreitos e focados. Me abaixando para esconder as botas da câmera, coloco uma das mãos no gremlin, rezando ao Criador para que, apesar de todos os castigos que essa bota sofreu nos últimos dias, de alguma forma ainda funcione.

Meu dedo acha o botão de ativar. Encontro os olhos de Saedii.

Vá.

Eu pressiono o botão. Sinto uma leve vibração na bota, um zumbido quase inaudível. E então, todas as luzes na cela se apagam.

A câmera é desativada.

A tranca magnética desliga.

Saedii fica de pé em um piscar de olhos. As luzes de emergência se apagaram e todo aparelho eletrônico ao nosso redor que não estava protegido é basicamente só um peso de papel agora. Sem as luzes, é uma escuridão profunda por aqui, mas consigo visualizá-la vagamente conforme pega um pedaço dos destroços da biomaca que eu destruí e a enfia contra o batente. Dou um pulo, pego uma estrutura retorcida do metal e a ajudo. Nós apoiamos nosso peso, Saedii em silêncio, eu grunhindo levemente com o esforço. Nós dois, focados na tarefa, conseguimos abrir a porta da cela em alguns segundos.

O corredor lá fora também está em uma escuridão profunda, os terminais fritos. Mas como eu disse, estudei as naves Terráqueas desde que era criança e, apesar do breu que nos cerca, sei exatamente para onde precisamos ir.

Eu me estico no escuro, pegando a mão de Saedii.

Ela imediatamente a puxa de volta.

— Eu *não* te dei permissão para me tocar, Tyler Jones — ela rosna. — Faça novamente por sua conta e risco.

Eu olho feio para ela na escuridão, mas não consigo ver o rosto dela.

— Bom, que tal isso — retruco —, eu dou permissão a *você* para *me* tocar. Conheço a planta dessa nave mais que meu próprio nome. Então você pode ficar cambaleando no escuro sozinha, ou aguenta firme e vamos correr.

Eu estico minha mão no escuro.

— A dama escolhe.

O silêncio se prolonga entre nós, cortado apenas pelo zumbido dos motores na Dobra. Os alarmes tocam. Botas marcham. Vejo miras laser perfurando o escuro no fim do nosso corredor. Agora consigo ver a silhueta de Saedii, curvas escuras contra a luz distante.

Ela respira fundo.

Ela pressiona a mão na minha.

E, de mãos dadas, nós corremos na direção da escuridão.

• • • • • • • • • • • •

Oito minutos depois, Saedii e eu estamos num armário de suprimentos, tentando ignorar um ao outro enquanto nos despimos, ficando apenas de roupa de baixo.

O espaço é pequeno e a luz é fraca, fornecida por uma lanterna encaixada embaixo do cano de um rifle disruptivo. O dono do rifle e sua camarada alta estão no armário de suprimentos do outro lado do corredor, com exceção dos uniformes que acabamos de roubar deles. Nós abordamos os dois soldados no meio de uma rotina de segurança, apagando-os antes de conseguirem dar um único tiro. O elemento-surpresa ajudou. Ter uma mestre na luta Aen Suun também não atrapalhou. Os dois soldados foram espancados até lhes restar um fio de vida e, se eu não estivesse lá para impedi-la, Saedii teria acabado com eles.

— Mantenha seus olhos resguardados, Terráqueo — ela me avisa baixinho. — Ou vou arrancá-los das suas órbitas.

— Estamos numa situação de vida ou morte. Acho que consigo me concentrar no trabalho. — Eu fixo os olhos nas botas conforme arranco o par. — Além disso, já vi sutiãs antes e, vai por mim, o seu não é *tão* espetacular assim.

Ela para no meio de uma inspeção do colete da soldado.

— Eu uso as vestimentas de uma Templária Imaculada, garoto. Não *são* feitos para serem espetaculares.

— Que ótimo — respondo, desabotoando as calças. — Cumprem seu objetivo admiravelmente.

O olhar dela é quase o suficiente para perfurar um buraco no meu peito. Eu faço o meu melhor para ignorá-la. Estou só de cueca, e ela está vestindo *muito* pouco, considerando que são vestimentas de uma Templária Imaculada, quando o primeiro disparo atinge a nave.

Com força.

Saedii segura uma das estantes para se equilibrar, mas eu sou lerdo demais. Sou arremessado pelo armário como um brinquedo de criança e caio diretamente em cima dela. Ela cospe uma palavra que eu sei que é um palavrão correspondente em Terráqueo, e nós dois caímos no chão. Eu, de costas, Saedii deitada em cima de mim, seu longo cabelo preto fazendo um leque ao nosso redor, nossos rostos a centímetros um do outro.

— O que foi...

— Silêncio! — ela sibila, a cabeça inclinada.

Nós ficamos ali por uns instantes e, sopro do Criador, eu estou tentando muito, *muito* mesmo ignorar, mas há dois metros de princesa-guerreira Syldrathi deitados em cima de mim vestindo apenas roupas íntimas. E por mais que a Legião Aurora não tenha uma medalha para a ocasião, eu realmente acho que mereço uma pelo que digo em seguida.

— Sai de cima de mim.

— Fique *quieto*, Tyler Jones!

Fico deitado lá no escuro com Saedii esticada em cima de mim, encarando o teto, as mãos firmemente pressionadas ao meu lado.

Nenhum pensamento sexy.

Nenhum pensamento sexy.

— Eu ouvi isso — ela sussurra, olhando para mim.

— Olha, eu sei que te dei permissão para me tocar, mas isso meio que passa dos...

Outro impacto atinge a nave. Trovejante. Arrancando o metal abaixo de nós. Os olhos de Saedii encontram os meus, iluminados, triunfantes.

— Aí está — ela sorri.

Eu a encaro, a mente a mil.

— Isso pareceu um...

— Canhão de pulso Syldrathi. — Ela pressiona a língua contra o canino afiado. — Aí estão.

— Alerta — avisa o sistema de comunicação da nave, como se estivesse esperando confirmação. O gemido distante de sirenes penetra o escuro. — Alerta. Tripulação, preparar para batalha.

Eu pisco.

— Quem?

— Meu tenente Erien, imagino — responde Saedii. — Meus Paladinos. Quem sobrou dos meus adeptos. Seria pior do que a morte retornar a meu pai sem mim. Imagino que estão nos rastreando através da Dobra desde a batalha na *Andarael*.

— Repito: toda a tripulação, preparar para batalha — grita o sistema de comunicação. — Nave Syldrathi aproximando. Isso não é uma simulação. Isso não é uma simulação.

Eu franzo o cenho para a garota em cima de mim.

— ... você sabia que eles viriam?

— Eu suspeitava.

— E você não me falou?

— Eu não confiava em você, Tyler Jones. — Ela faz uma carranca. — Eu *ainda* não confio em você. Você é um Terráqueo. É o filho de Jericho Jones, nosso grande inimigo. Nossos povos estão em guerra.

— Nossos povos? — retruco. — Você acabou de me falar que eu sou meio-Syldrathi, Saedii. Meu povo é o *seu* povo.

Ela hesita. Os olhos violeta buscam algo nos meus.

— Talvez — diz ela.

Sinto calafrios na pele quando Saedii pressiona as pontas dos dedos no meu peito, tão leves quanto plumas. Outro disparo balança a nave, mais alertas gritando, e eu estremeço quando as unhas dela arranham a minha pele.

— Me pergunto que sangue corre verdadeiramente por essas suas veias?

— Se a gente não der o fora dessa nave logo — digo —, você vai poder examinar meu sangue bem de perto. Porque vai estar inteirinho esparramado no chão.

O sorriso dela aparece discreto.

— Humm.

Outro disparo estremece a nave conforme Saedii desliza de cima de mim, se revirando em um agachamento, e pega peças de armadura roubadas, agora todas reviradas. Eu respiro fundo, e então me levanto e separo o equipamento que preciso enquanto as sirenes continuam a gemer. Dou uma espiada nela enquanto estamos nos vestindo, só para descobrir que Saedii já estava me observando. Nós dois imediatamente desviamos nossos olhares.

Dentro de alguns minutos, estamos vestidos, inteiramente armados e encobertos pela armadura completa da FDT, com os rostos escondidos atrás do capacete.

— Pelo som do impacto da arma — diz Saedii, inclinando a cabeça —, a nave atacante tem de quatro a seis baterias de canhão.

— É — assinto. — É no mínimo classe-Eidolon. Nave primária.

— Em uma batalha desse tamanho, o caos será nosso amigo. Se pudermos chegar às cápsulas de fuga, consigo configurar o comunicador para transmitir nas frequências de emergência dos Imaculados. Com sorte, minha tripulação pode nos resgatar.

— A não ser que a FDT exploda as cápsulas — comento.

Saedii dá de ombros.

— Guerreiro ou verme, Tyler Jones?

Ergo o rifle disruptivo roubado e o configuro para Atordoar.

— Vamos logo.

37

SCARLETT

A batalha rugindo pelos displays holográficos é a coisa mais *louca* da qual já participei em toda a minha vida. E eu digo isso já tendo percorrido um caminho por seis camadas de seguranças, flertando com todos eles para conseguir entrar de penetra na festa de lançamento de uma banda de rock interestelar com múltiplos prêmios Envied Dead. Um rolê envolvendo doze engradados de semptar larassiano, nadar pelada em um planeta vulcânico, sessenta e uma apreensões e um breve romance catastrófico. (N1kk1 Gunzz. Ex-namorado #34. Prós: estrela do rock. Contras: baterista.)

A escuridão ao nosso redor está *lotada* de naves: Syldrathi, Terráqueas, Betraskanas. Tiros de canhão de pulso ecoam junto a tiros de metal, mísseis passando pelas sombras, as explosões detonando silenciosamente através desse grande vazio. Dezenas de milhares de pessoas lutando, matando e morrendo. E eu nunca estive com tanto medo em toda a minha vida.

— Cuidado! — Finian grita.

— Por favor, abaixe a voz — Zila diz, revirando os controles de voo. — O aumento do volume não significa um aumento da aptidão de pilotagem.

— Bom, me desculpa se...

— Finian, cala a *boca*! — grito.

Zila está encolhida no console de piloto, os dedos se mexendo em borrões. Fin e eu estamos atrás dela, sentados lado a lado nas estações auxiliares, com as telas holográficas da batalha se desdobrando, flutuando sobre nossos consoles. Nossa nave está voando próximo da Arma, bastante longe do perímetro externo de tiros e sangue da batalha, mas, para ser sincera, é um milagre nós ainda estarmos voando. O vazio está preenchido por naves como um enxame, e Zila está voando na defensiva, sem atirar em ninguém que atira em nós, torcendo para que milhares de naves que estão por aí sejam alvos mais interessantes e que pareçam remotamente mais perigosas. Só que nossa sorte vai acabar, mais cedo ou mais tarde.

A Arma meio que... pisca. Já fez isso uma ou duas vezes agora e nenhum de nós tem certeza do porquê. É como uma lanterna no escuro, um coração de cristal batendo em meio à carnificina, e a carnificina está ficando pior.

— Você acha que Auri está bem lá? — Fin sussurra, olhando para a Arma.

— Espero que sim — suspiro.

— Por favor, apertem seus cintos de segurança — diz Zila.

— Tá brincando? — Fin bufa, olhando de soslaio. — Zila, se meu cinto estivesse mais apertado do que isso, eu estaria casado com...

Fin berra e Zila aperta os propulsores, rodopiando para longe de uma seção de tiros. Um míssil explode silenciosamente ao lado da nossa asa, outro bem na nossa frente, os freios inerciais que providenciam a gravidade em volta da nossa pequena nave se esforçando para compensar conforme Zila nos envia em um mergulho rodopiante. Olhando para nossos radares, vejo que adquirimos perseguidores: caças da FDT, de nariz reto e com cara de maus. Não posso culpá-los por atirar em nós, estamos usando cores Imaculadas, afinal de contas. Ainda assim...

— Quatro inimigos se aproximando rápido pela proa — eu reporto.

— Popa! — Fin estremece quando outro míssil explode. — Essa é a popa, Scar!

— Droga, eu já disse que não sei nada de espaçonaves! — grito. — Estão atrás de nós, tá? Quatro naves cheias de tiro nas nossas formosas bundas, Zila!

— Estou vendo — Zila responde. — Segurem firme.

— Formosas bundas? — Fin murmura.

— Não vá dizer que não reparou, de Seel.

Nós ziguezagueamos e rodopiamos pelo caos, o breu lá fora aceso como os fogos de artifício no dia da Federação. Zila está fazendo um show impressionante, sem dúvida, mas não é nenhuma expert em pilotagem e, mesmo com os pilotos de guia automático ajudando, me pergunto quanto tempo vai durar. Do lado de fora das nossas janelas, o breu está pintado de vermelho com sangue e fogo. A Terra está jogando tudo que tem contra a frota Syldrathi, mas esses Syldrathi são *Imaculados*. São treinados em todos os momentos de suas vidas para a batalha. Fanaticamente leais ao psicopata que os lidera, tanto que estavam dispostos a ficar sentados e aplaudir enquanto ele destruía a porcaria do sol deles.

E meu coração está lentamente afundando no peito, porque a coisa é que, no fim, nós somos parte de uma batalha que se move. Indo diretamente para o coração do sistema solar Terráqueo. Já passamos o cinturão de Kuiper, estamos chegando a Netuno. E eu não sei qual é o alcance da Arma, mas a cada minuto que passa, a frota Imaculada chega mais perto do meu mundo natal e do sol que ele orbita.

O sol que vão destruir.

A Arma pisca de novo, acesa por dentro, como se houvesse um coração feito de pura luz pulsando lá dentro. O brilho sai da parte de trás da nave, mas a Arma inteira responde, acendendo como um cabo de fibra ótica cristalino.

— Por que está *fazendo* aquilo? — Fin sussurra.

— Eu não sei — respondo.

— É meio assustador...

Eu arfo quando sou enviada para trás na cadeira, Zila manobrando um giro de 360° que nos envia espiralando entre dois cruzeiros Syldrathi. Os caças da FDT estão com seus próprios perseguidores, e dois deles se afastam para engajar em batalha. Só que dois ainda estão atrás de nós, nos perseguindo como se tivéssemos roubado seu dinheiro do almoço.

A Arma pulsa novamente. Se eu apertar os olhos na direção dela, a luz parece estar se acumulando em um dos lados. Aquelas formas estranhas e abstratas na proa (Há! Está vendo? Eu *consigo* aprender!) parecem estar se iluminando mais a cada pulsação.

— Precisamos de uma estratégia alternativa — Zila declara, nos desviando através da tempestade de fogo.

— Está falando de um plano B? — pergunto.

Ela olha por cima do ombro e assente.

— E precisamos de um agora.

— O que te faz ter tanta certeza? — pergunto.

— Não tenho certeza, mas a Arma Eshvaren está claramente acumulando poder.

— Zila, a gente tem olhos — diz Fin. — Só que isso não quer dizer...

— Talvez seus olhos não tenham notado a posição das naves Imaculadas? — ela pergunta. — A maneira como sua formação está se desfazendo?

Um míssil quase nos atinge e a nave estremece, quase me fazendo engolir a minha língua. Mas, olhando pelas telas holográficas, as leituras do nosso computador estratégico, eu percebo que...

— A frota Imaculada está saindo do seu caminho.

— Estão desocupando o arco frontal de tiro da Arma durante os últimos três minutos — relata Zila. — Claramente sabem que está sendo preparada para atirar.

— Merda — digo.

Olho para as sondas, os displays do nosso pequeno sistema solar. Os gigantes gasosos Netuno e Urano. Saturno, com seus lindos anéis de gelo; Júpiter, com sua enorme tempestade vermelha, que está rugindo pelos últimos setecentos anos. Além do cinturão de asteroides, está a primeira colônia planetária da Terra, o globo vermelho que é Marte. Então, a Terra, nosso pontinho azul, o planeta onde eu cresci, meu lar, meu mundo. Além dali, Vênus, escaldante, onde é tão quente que a chuva é feita de chumbo líquido. Por último, Mercúrio. E no centro de tudo, de tudo isso, desses bilhões de vidas, dessa história, dessa civilização, um pequeno sol amarelo. A estrela no coração do meu sistema solar.

A estrela que Caersan vai destruir.

— O que a gente pode fazer? — pergunto. — Como podemos impedir isso?

— Essa nave não possui poder bélico o suficiente para danificar a Arma — diz Zila. — Porém, estamos usando as cores Imaculadas. Nós *podemos* nos aproximar dela.

Fin pisca.

— Quão perto?

Zila olha para ele, revirando os controles.

— *Muito* perto.

A Arma pulsa novamente. A luz acumulando, revirando-se dentro dela. Seria lindo se não fosse tão horrível. Um final com todas as cores do arco-íris.

— Você está dizendo para batermos nela — sussurro.

— Essa nave pesa mais de duzentas toneladas — diz ela. — É capaz de adquirir velocidade em seis fatores com tempo de aceleração o suficiente. Se colidirmos com a Arma a toda velocidade, nós a impactaremos com uma força equivalente a vários dispositivos termonucleares de alto padrão.

— Mas a gente *não pode* destruir a Arma — digo, franzindo o cenho. — Precisamos dela para derrotar Ra'haam.

— Nós não podemos esperar por sua destruição — diz Zila. — É grande demais. No entanto, um impacto dessa magnitude deverá, com sorte, ser o bastante para danificar ou desalinhar aquelas lentes. Talvez dar à Aurora algum tempo.

Finian olha para mim e depois para Zila.

— Isso é um plano B e tanto, Legionária Madran.

— Se tem um melhor, estou disposta a levá-lo em consideração, Legionário de Seel.

E então algo me ocorre.

Lá, entre aquela tempestade, com caças da FDT e cruzeiros Syldrathi, encouraçados Betraskanos se atirando e destruindo ao nosso redor, com o destino do meu mundo, de toda a minha civilização, talvez de toda a galáxia em risco... eu me lembro.

Eu me lembro!

Eu remexo dentro do meu uniforme, Finian me observando conforme caço algo dentro do decote.

— Hum... — diz ele.

— Droga, dá pra perder um Grande Ultrassauro de Abraaxis IV aqui — resmungo.

— ... Scar? — Fin pergunta.

— Ahá! — eu grito, meus dedos se fechando ao redor da corrente prateada. Eu tiro meu prêmio de dentro da túnica e o seguro entre meu dedão e o indicador, triunfante.

Um medalhão prateado. Um medalhão que esperou por oito anos dentro daquele cofre no Repositório do Domínio. Um cofre que foi codificado pelos comandantes da Academia Aurora para abrir com o meu DNA, anos antes de eu me alistar na Legião ou de terem oportunidade de me conhecer.

De um lado, está lapidado com um pedaço grosseiro de diamante. Do outro, gravado em uma caligrafia cursiva...

— Zila? — digo.

— Sim, Scarlett?

— Siga o plano B.

38

KAL

— Você deu o seu melhor, pequena Terráquea. Agora, eu te darei o meu.

A câmara estremece.

Os Andarilhos acima de mim gritam.

Meu pai ergue a mão.

Um martelo de força psíquica desce sobre Aurora, fazendo-a deslizar para trás, pelo coração da Arma. Estilhaços de cristal caem como chuva, brilhando atrás dela. Seu rosto está retorcido, a boca aberta em um grito silencioso, relâmpagos de azul meia-noite e vermelho-vivo estalando no ar ao redor dela.

A parede contra a qual estou pressionado reverbera, o poder dessa troca coalescendo o cristal ao nosso redor. Cada vez que Aurora e meu pai se golpeiam, a Arma pulsa mais brilhante, o ar se torna mais pesado. É como uma mola comprimida, um mecanismo o qual fora apertado demais, forçando-o até quase quebrar. É possível ver que está pronta para ser disparada, transbordando com barragens de energia que atiram umas contra as outras.

Que os espíritos do Vazio ajudem *qualquer coisa* que esteja em seu caminho quando for disparada.

Aurora golpeia novamente, uma faixa de força cortando o ar, como uma faca afiada e veloz. Meu pai ergue a mão, quase que preguiçosamente, como fazia quando eu era uma criança golpeando-o embaixo das árvores lias em Syldra. Ele nunca deixou de usar sua vantagem naquela época, apesar do seu tamanho, de sua força. Punindo cada defeito, cada fracasso, cada erro, me mandando para a cama cheio de hematomas e machucados.

Ele faz o mesmo com Aurora, e eu observo, inútil, ele atravessar as defesas dela e mandá-la voando para longe. Ela colide contra a parede novamente, o cristal rachando com a força do golpe.

Aurora cai de joelhos. Um instante depois, ela está de pé novamente, o poder fluindo por ela em ondas enquanto passa os nós dos dedos no nariz sangrando.

— Bom tiro — ela murmura.

Eu não desejava que acontecesse dessa forma.

Aurora atravessa a sala, parecendo quase piscar dentro da tempestade crescente. Seu olho queima como um sol, equiparado em intensidade apenas ao dele. Eu consigo ver o quanto ela está se esforçando, puramente e sem forma. Só que, apesar de meu pai ser menos do que ela sozinho, ele *não* está sozinho. Está sugando o poder dessas pobres almas aprisionadas ao nosso redor.

Ele golpeia novamente, um borrão escarlate, movendo-se tão rapidamente que deixa a impressão de sua imagem no ar atrás dele. Aurora pula para cima, despedaçando-se no teto. Ela cai com uma chuva de cristal brilhante e, com um relampejo do poder escarlate, ele está embaixo dela, golpeando-a novamente. Ela é atirada pela sala, frouxa e flácida, dando cambalhotas pelo chão cristalino, as cores do arco-íris irradiando como ondas em uma praia ao pôr do sol. Os Andarilhos gritam novamente. E apesar de Aurora se erguer mais uma vez, os punhos fechados, ela se move um pouco mais lentamente do que fez um instante atrás.

Eles colidem como pólvora e fogo. Meu pai é muito maior que ela, atraindo o poder de uma multidão ao nosso redor para si. O rosto de Auri é uma máscara de dor e sangue, o olho brilhando no escuro. Naquele momento, ela parece pequena. E olhando para ela, ela que foi tudo e todas as coisas para mim e talvez agora não seja nada, eu sei a verdade.

Eu lhe contei antes dela vir até aqui, afinal.

Não posso culpá-la por me odiar. Eu nunca deveria ter mentido para ela ou para os outros. Só que eu a avisei para não vir até aqui. Eu gostaria de lidar com isso sozinho. Minha vergonha. Meu sangue. Em minhas veias e em minhas mãos. Pensei que fosse possível derrubar o gigante. Matar o monstro do qual eu me lembrava da minha infância, o homem que depositou todas aquelas feridas em mim, na minha irmã e na minha mãe, sem discernimento.

Só que assim que vi meu pai, eu sabia que ele tinha se tornado muito mais, e muito menos, do que ele já tinha sido. Pensei em esperar. Talvez enquanto se preparasse para usar a Arma, ele ficasse distraído o bastante para que eu pudesse atingi-lo. Ou talvez após tê-la disparado, ele ficasse fraco o suficiente para que eu pudesse golpeá-lo de uma vez por todas. Eu não tinha um plano real, a não ser poupar Aurora desse esforço.

Minha artimanha e minha adoração. Apenas uma delas por ela.

Porém, agora…

Agora.

Olho para os Andarilhos, presos contra as paredes curvas de cristal como insetos em um quadro. Seus olhos estão abertos, mas eles não veem. Homens, mulheres e até mesmo crianças Syldrathi, o glifo Andarilho, o olho, chorando cinco lágrimas, marcado em suas testas.

O mesmo glifo que minha mãe usava na dela.

Não há amor na violência, Kaliis, ela costumava me dizer.

Eu me agacho no chão sob mim. Meus dedos procuram os cristais estilhaçados da parede. Consigo encontrar um estilhaço longo e afiado como uma faca. Olho para esses pobres infelizes de quem meu pai tira seu poder. O cristal corta a minha palma quando eu o seguro firme.

Não precisaria de muito para acabar com eles. Tirá-los de suas vidas e dele. Enfraquecendo-o. Talvez fosse o suficiente para derrubá-lo?

A misericórdia é o âmbito dos covardes, Kaliis.

Não dessa vez. Essa é a escolha que *ele* faria, não eu. E se for meu intuito conseguir sair finalmente de sua sombra, não posso fazer isso caminhando na escuridão. Eu não sou meu passado. Não sou aquele que ele me criou para ser. Preciso ficar diante da luz do sol.

Não importa o que isso me custar.

Percorro o chão que estremece, a adaga de cristal na minha mão, debatendo-me contra a tempestade de poder que se constrói ao redor deles. Meu pai e minha be'shmai estão enlaçados, a Arma ao nosso redor estremecendo com violência tectônica. O sangue pinga do nariz, dos ouvidos e dos olhos de Aurora. Seus braços tremem. Seus joelhos fraquejam.

Ela não pode fazer isso sozinha.

A verdade?

Ela nunca esteve sozinha.

Eu fico atrás do meu pai, como uma sombra. Como o passado que voltou para assombrá-lo. Como as vozes de dez bilhões de almas dadas ao Vazio, minha mãe entre elas. E finco minha mão ao redor de sua garganta, enfiando a adaga de cristal no lugar correto, entre a quinta e a sexta costela.

O cristal perfura a armadura de meu pai, e, por um breve e lindo momento, sinto a carne ceder, a lâmina afundando na direção do coração que apenas posso presumir que ele ainda possui.

Mas então, ela para.

Sinto o aperto dele no meu pulso, apesar de não me tocar. Sinto a mão dele na minha garganta, apesar de suas próprias mãos ainda estarem presas nas de Aurora. Eu me contorço, inútil, arfando enquanto ele me aperta mais. Ele olha por cima do ombro para mim, seu olho ardendo como uma chama fria.

— Tsk, tsk — diz ele.

Com um aceno da cabeça, ele envia minha be'shmai para trás, e ela desliza pelo chão, sangrando e arfando.

Então, ele se vira para mim.

Eu estou preso no lugar, suspenso a metros do chão, completamente imóvel.

Ele olha para mim, a tempestade rugindo ao nosso redor. Ele mudou tanto. Foi separado dos elos que uma vez o prenderam. Só que olhando para dentro de seus olhos, eu penso ver algo que restou do que ele foi. Algo do homem que eu temia e amava e odiava.

— Entendo — diz ele, decepcionado. — Você ainda é o filho de sua mãe.

E apesar de não ser capaz de me mexer para acertá-lo, apesar de mal conseguir reunir forças para respirar, ainda assim eu consigo o suficiente para falar.

— Eu n-não sou o seu.

Os olhos dele se estreitam. Os ventos da tempestade se erguem ao nosso redor, os Andarilhos começando a gritar, e olho para a garota que era tudo e todas as coisas para mim, observando-a enquanto ela ergue a cabeça e olha para mim.

— K-Kal...

— Be'shmai — sussurro.

E então sinto meu pai chegar à minha mente.

E ele me destro...

39

TYLER

O fluxo de eletricidade auxiliar foi restaurado para essa seção da nave, e Saedii e eu corremos na direção das cápsulas de fuga sob a iluminação baixa das luzes de emergência. Penso que os esquadrões de soldados da FDT ainda estejam procurando por nós no andar da detenção, mas o ataque dos Imaculados parece estar tomando a maior parte de suas atenções. Os andares são um burburinho de atividade: soldados, tripulação de reparos, técnicos, pilotos, todos seguindo para a posição de batalha, a nave ao nosso redor estremecendo enquanto o conflito se desenvolve na Dobra.

Os relatórios que recebemos pelos comunicadores dos capacetes roubados não são tão bons. No fim, Saedii e eu estávamos errados, não é um Eidolon que está atacando, mas quatro cruzeiros Syldrathi classe-Banshee. A nave que estamos, a *Kusanagi*, é um cargueiro pesado, mas a tecnologia de ocultação dos Banshees os deixam quase invisíveis ao radar convencional e provavelmente foi como conseguiram atacar de surpresa. Isso significa que os atiradores da *Kusanagi* precisam ter visão para o ataque, o que é difícil quando seu inimigo está se movendo a alguns milhares de quilômetros por segundo. Isso tudo é só para dizer que, apesar das naves Syldrathi serem menores, ainda assim vai ser uma briga e tanto.

Honestamente, eu não faço ideia de quem vai ganhar.

Outra explosão atinge a *Kusanagi*, fazendo Saedii tropeçar em mim, e eu quase cair contra a parede. Meia dúzia de técnicos Terráqueos correm por nós, e os alarmes continuam a ressoar quando me coloco de pé novamente.

— Só para eu saber se no futuro — pergunto, me equilibrando —, se você estiver caindo e eu te pegar, você vai me dar uma joelhada de novo?

— Silêncio, Tyler Jones — Saedii suspira, cambaleando para a frente.

Eu deveria deixar você cair de bunda pra ver essa arrogância toda, penso comigo mesmo.

Eu ouvi isso, a voz dela responde na minha cabeça.

— Primeira nave inimiga destruída — informa o sistema de comunicação. — Dano crítico na segunda nave inimiga. Rompimento do casco da Kusanagi no nível 4, baterias portuárias desligadas. Tripulação técnica reportar ao nível 6, corredor 6 beta e épsilon, imediatamente.

— As cápsulas de fuga devem estar logo à frente — informo.

— Eu estou vendo — responde Saedii, marchando pela escuridão.

Um cargueiro da FDT possui cápsulas de fuga em todos os níveis e unidades para uma pessoa, com energia independente para o caso de dano catastrófico do reator. Consigo distinguir uma quantidade delas no entroncamento ali na frente, algumas dúzias de escotilhas acopladas nas paredes. Os mecanismos de operação são basicamente grandes botões vermelhos atrás de folhas de vidro marcadas com quebre em caso de emergência. São feitas para serem operadas facilmente, mesmo sob um cenário desastroso. Se a nossa sorte durar, a gente vai conse...

A explosão de disruptiva atinge Saedii bem na cabeça. O capacete que está usando absorve a maior parte do dano, mas o tiro ainda a faz rodopiar como um pião.

— *Contato! Contato!* — um soldado grita atrás de nós. — *Seção A, nível 3!*

Mergulho para longe das cápsulas de fuga, arrastando Saedii comigo por um corredor adjacente quando mais rifles abrem fogo contra nós. Os tiros erram a mira quando a *Kusanagi* recebe outro ataque. Consigo ver meia dúzia de soldados da FDT atrás de uma barreira protetiva no fim do corredor. Não tenho certeza de como chegaram até nós — talvez o número de identificação no torso — mas seja lá como aconteceu, os tiros estão configurados para Matar. Eu me pressiono contra o entroncamento, conseguindo dar alguns tiros de alerta. As cápsulas de fuga estão logo ali, talvez a cinco metros de distância, mas poderiam estar a cinco quilômetros considerando nossa situação.

Você está bem?, grito para a cabeça de Saedii.

Abaixe a voz, Tyler Jones, diz ela tirando o capacete fumegante.

Afastando os cabelos para longe dos olhos, Saedii ergue seu rifle e começa a atirar na abertura do corredor. E, repentinamente, estamos no maior tiroteio de nossas vidas. A luz fraca é pontuada pelo brilho dos canos, os alarmes gritando são abafados pelos tiros dos rifles. Saedii dá um aviso na minha mente conforme outro grupo de soldados abre fogo do lado oposto do corredor. Se conseguirem manobrar para ficar atrás de nós, estamos mortos.

O ar é preenchido pelas explosões fumegantes dos tiros de disruptiva, meu rifle recuando na minha mão. Não estou atirando com precisão, só tentando fazer os soldados da FDT continuarem com as cabeças abaixadas. Só que apenas um olhar basta para me dizer que Saedii já conseguiu apagar três deles, dois com tiros no rosto e outro com um tiro no extintor de incêndio no corredor ao lado, que explodiu e o deixou inconsciente. E tudo isso *depois* de ela ter recebido um tiro para Matar no crânio.

Sopro do Criador, essa garota é boa mesmo...

Eu ouvi isso.

DROGA, PARA COM ISSO.

Saedii sorri por cima do ombro para mim quando consigo outro tiro de sorte, apagando o sargento com um disparo estonteante diretamente no visor. Ele cai, apagado.

Bons tiros, Tyler Jones.

Todos os melhores tiros na 'Via não vão ajudar a gente aqui. Há dez soldados para cada um de nós!

Outro disparo estremece a *Kusanagi*, e outra rodada de tiros me força a me esconder atrás da cobertura. Se ficarmos por muito mais tempo, estamos acabados. Eu arranco meu capacete para conseguir respirar um pouco melhor, esfregando o suor dos meus olhos quando avisto as cápsulas de fuga no corredor do outro lado de nós. São feitas para abrirem rapidamente em caso de emergência; não precisaria de muito tempo para entrar em uma. Só que atravessar o corredor para alcançá-las, arriscando o tiroteio entre nós e elas...

Me dá seu rifle, eu falo para Saedii, esticando minha mão.

... por quê?

Você vai primeiro. Eu te dou cobertura.

Ela faz uma carranca. *Não preciso de sua ajuda, garoto.*

Sopro do Criador, tudo precisa ser uma briga com você?

Sim, diz ela, atirando em outro soldado. *Eu nasci para a guerra, Tyler Jones.*

Bom, não dá pra lutar uma guerra se você estiver morta! Então entre logo numa cápsula e alerte sua tripulação de psicopatas pra vir pegar a gente em vez de nos explodir.

E deixar você aqui?

Eu vou logo atrás de você.

Eu me abaixo quando outro tiro disruptivo passa voando pela minha cabeça, iluminando a parede ao meu lado. Dou um tiro, consigo apagar um soldado que estava avançando para cobertura. Olhando por cima do ombro, vejo Saedii me encarando.

Que foi?, pergunto.

Saedii não diz nada. Esticando a mão pelo cinto na armadura, ela pega a bateria extra para o rifle disruptivo e a lança pelo corredor no painel de controle de uma cápsula de fuga. A mira dela é perfeita (por que não estou surpreso?), e o vidro quebra de fato, no caso dessa emergência em particular, o painel troca de vermelho para verde e a escotilha se abre. Eu continuo atirando, mas sinto as mãos de Saedii no meu cinto, pegando a bateria extra do meu rifle. Ela repete o procedimento, outro tiro certeiro, mais vidro quebrado, outra cápsula aberta, dessa vez para mim. Os soldados estão se aproximando agora e só temos segundos.

Saedii me entrega o rifle dela. Olha diretamente para mim.

Você tem coragem, Tyler Jones. Seu sangue é verdadeiro.

Ela agarra minha armadura e, se aproximando, beija a minha bochecha.

Que os espíritos do Vazio te protejam, diz ela.

Eu engulo em seco, sustentando o olhar dela.

... você também, consigo responder.

Se me deixar levar um tiro, eu vou arrancar seu coração do seu peito e farei você comê-lo.

Quase solto uma risada. *Vai. Eu cuido aqui.*

Eu me inclino no corredor e deixo escapar uma saraivada de tiros, um rifle em cada mão. Os disparos são irregulares, não vou acertar nada. Só que esse tiroteio desajeitado de fato força os soldados a buscarem cobertura por tempo o suficiente para Saedii conseguir escapar. Ela atravessa o corredor e mergulha como uma lança, o cabelo preto voando atrás dela enquanto os tiros de disruptiva cortam o ar ao seu redor, voando diretamente pela porta aberta da cápsula de fuga, em segurança.

Os interruptores de diodo mudam de verde para azul. E quando outra explosão atinge a *Kusanagi*, a cápsula de Saedii fica livre.

Consigo sentir o gosto de fumaça agora, os relatórios de danos passando rápido no sistema de comunicação quando a *Kusanagi* leva outro tiro. Agradeço ao Criador que mais soldados ainda não foram mandados para cá, mas estou chutando que estão ocupados demais tentando não serem explodidos por aquelas Banshees Syldrathi do lado de fora. Por um segundo, me encontro rezando para que Saedii consiga se sair bem. Que o seu povo possa pegá-la antes que um tiro da FDT a atinja no espaço. Só que aí percebo que eu deveria é estar rezando por mim.

Meu rifle de repente fica vazio. Olho para a bateria na arma que Saedii me deu e está só com 13%. E, olhando através do corredor, iluminado pelo tiroteio, consigo ver minhas duas únicas outras baterias caídas no chão entre estilhaços de vidro quebrado.

Humm. Talvez ela não seja uma estrategista tão perfeita, afinal.

Coloco minha cabeça para fora e sou recompensado por uma rajada de tiros das duas direções. Os soldados estão avançando rapidamente — é apenas uma questão de tempo antes de conseguirem chegar atrás de mim e me pegarem por todos os lados.

Não sei como vou conseguir sair dessa...

— Cessar fogo — vem o comando frio e metálico.

— *Cessar fogo!* — um tenente repete, gritando. — *Soldados, cessar fogo!*

Eu me pressiono contra a parede. O coração como um tambor nas minhas costelas. É um dos agentes da AIG que está lá. Princeps, talvez, para me arrastar de volta para a cela. Ou talvez só acabar comigo de uma vez por...

— Tyler?

Meu coração se aperta.

Mesmo sob o metal, o capacete espalhado, eu conheço aquela voz. Eu a conheço desde que tínhamos cinco anos, no primeiro dia do jardim de infância, quando eu a empurrei e ela jogou uma cadeira em cima de mim.

A voz da minha melhor amiga. Da garota que sempre cuidou de mim. A garota de quem eu deveria ter cuidado também. A garota que eu amei e com quem fracassei.

Eu olho pelo corredor e a vejo parada ali. Vestida da cabeça aos pés no cinza da AIG. O capacete espelhado em cima do rosto.

Ainda assim, eu a conheço.

— Tyler, não vá — diz Cat.

— Senhora — ruge o soldado atrás dela. — O prisioneiro escapou de sua cela, e...

— Está dispensado, tenente — diz Cat, sem olhar para ele.

O tenente parece incerto.

— Senhora, nós temos ordens para...

— Eu estou revogando essas ordens — Cat interrompe. — Há três cruzeiros Syldrathi em modo furtivo do lado de fora tentando nos explodir em moléculas, tenho certeza de que há melhores jeitos para você e seus homens passarem seu tempo agora, tenente.

— Mas o prisioneiro, senhora…

Cat ainda está me encarando, a cabeça inclinada.

— Ele não vai a lugar nenhum. Vai, Tyler?

Meus olhos estão grudados naquela máscara espelhada, minha boca tão seca quanto cinzas.

— Dê as ordens para seus homens, tenente — comanda Cat. — Tenho certeza de que não preciso lembrar-lhes de que essa operação está sob o comando da Agência de Inteligência Global.

Consigo ver o conflito nos olhos do tenente. As ordens não parecem certas, e tanto ele quanto seu esquadrão sabem disso. Só que eu já disse isso uma vez e direi novamente: os soldados Terráqueos não são ensinados a pensar durante o combate. São ensinados que você deve seguir ordens ou pessoas vão morrer. E agora, considerando o ataque acontecendo na Dobra, esses soldados *de fato* têm um jeito melhor de passar o tempo deles do que me encurralando.

— Sim, senhora — o tenente assente e chama seu esquadrão de volta.

Escuto os soldados recuarem, olhando para a bateria do meu rifle.

8%.

A coisa que usa o corpo de Cat espera até que estejamos sozinhos em um corredor estremecendo e cheio de fumaça. Então ouço um sibilo molhado e pequeno. A nave estremece ao meu redor.

— Tyler? — chama com a voz dela novamente.

Eu não digo nada, mordendo o lábio.

— Ty? — chama novamente.

— O que você quer? — grito, por fim.

— Eu quero que você fique aqui.

Arrisco olhar em sua direção, e a vejo no corredor, sozinha. Ainda está vestida com o cinza-carvão do uniforme, só que tirou a máscara espelhada e seu rosto, seu nariz, seus lábios — são todos *dela*. Tudo exceto os olhos, brilhando suavemente, venenosos.

— Fique com a gente, Tyler — diz a coisa que veste o corpo de Cat. — Por favor.

— Você *não é* a Cat! — eu grito. — Pare de fingir!

— Eu sou, sim — responde. — Você não entende? Sou mais do que eu costumava ser, mas eu ainda estou aqui! Ainda sou eu!

— Você não é *nada* como ela! Está orquestrando uma guerra na qual bilhões de pessoas podem morrer, e para quê? Pra infectar o resto da galáxia?

— Eu estou tentando te *salvar*, Tyler — a coisa implora. — Não entende isso?

Ouço a voz rachar. Soa como se estivesse prestes a chorar. Arrisco dar outra olhada além da cobertura que tenho e vejo que está parada ali, as mãos fechadas em punho ao lado, e meu estômago revira quando vejo... *está mesmo* chorando. As lágrimas brilham na incandescência daquelas pupilas em formato de flor. A *Kusanagi* estremece sob mim, mas não é o movimento da nave que quase me faz cair de joelhos. É o que diz em seguida que me destrói.

— Eu te amo, Tyler.

Eu fecho meus olhos. Sinto cada uma dessas palavras como tiros no peito. Uma parte de mim sabe como ela se sentia a meu respeito. Uma parte de mim *sempre* soube. Só que Cat nunca disse essas palavras em voz alta. Nem mesmo depois da noite que passamos juntos. E ouvi-las agora...

— Eu te amo — diz a coisa. — Então Ra'haam também te ama.

Um pavor gélido cai sobre mim. Meus piores medos confirmados.

— Eu sabia — murmuro. — É pra lá que está nos levando. É por isso que ainda estamos na Dobra. Você... você quer...

— Nós queremos você aqui conosco — diz, as lágrimas descendo pelas bochechas quando dá um passo para a frente. — Queremos que você *fique*.

Olho novamente pelo corredor. Consigo vê-la ali. A garota que sempre me apoiou quando eu precisei dela. A garota que ficou ao meu lado quando fizemos a tatuagem nas férias e riu quando me entregou mais uma bebida no bar depois, que suspirou meu nome conforme subia minha camiseta, passando por cima da minha cabeça, e se afundou comigo na cama. Consigo vê-la.

Consigo vê-la.

— Cat? — sussurro.

— Sim.

— Você... consegue me ouvir?

— Sim — ela sussurra. — Sou eu, Ty. Sou *eu*.

Eu pensava que ela havia partido. Achava que nunca teria outra chance de falar com ela. Para dizer tudo que deveria ter dito quando ela ainda estava viva. Eu sei que ninguém tem uma segunda chance como essa. Sei que deveria ter dito para ela como eu me sentia, como eu teria feito as coisas de um jeito diferente se pudesse, como eu sempre a amei e sempre vou. Eu sei que ela gostaria de ouvir. Eu sei que ela gostaria de *saber*. Meu estômago é um nó, meus batimentos estão acelerados e eu não consigo negar o que meu coração está me dizendo. Ela *está* lá dentro. Olhando para mim com aqueles novos olhos estranhos.

Só que no fim das contas, isso apenas torna tudo pior.

— Me desculpa por ter fracassado com você, Cat.

Porque ela *está* lá.

— Tudo que posso prometer é que não vou fazer isso de novo.

Só que ela não está lá sozinha.

Eu ergo o rifle disruptivo nos meus braços. Vejo o rosto dela se retorcer e sinto a sensação de algo vasto, algo antigo, algo horrível atrás do brilho daqueles olhos. E eu aperto o gatilho, gastando o restante da bateria do rifle, e o tiro atinge a coisa que é Cat e a coisa que não é, enviando-a para trás com um jato de sangue cinza. Então estou de pé, me mexendo, correndo pelo corredor e mergulhando através da escotilha da cápsula de fuga. Fechando-a para trás com seus gritos.

— Tyler!

Me desculpa.

— TYLER, NÃO VÁ!

Me desculpa mesmo.

Eu aperto o cinto de segurança.

Aperto o botão de ejetar.

E eu saio para a Dobra ardendo em chamas.

40

SCARLETT

Zila voa como um demônio, mas ela não é nenhuma Cat Brannock.

Tudo ao nosso redor é caos. Naves de todos os tipos e tamanhos, desde caças pequenos com apenas uma pessoa até a maior nave que a frota Terráquea e o comando de batalha Betraskano conseguiram arranjar. O sistema solar inteiro parece que está pegando fogo. Só que por mais doido que pareça, fico pensando na minha melhor amiga. Na minha colega de quarto. Na minha garota. Se Cat estivesse com a mão no câmbio dessa porcaria, ela conseguiria tê-la feito dançar. Não havia nenhum piloto que se equiparasse a ela.

Só que agora ela se foi.

Tyler também. E Kal. E Auri.

Fin, Zila e eu somos os últimos que estão juntos.

Três de sete.

Os motores estão uivando, levados ao limite enquanto aceleramos pela escuridão na direção da Arma. Zila precisou fazer um arco grande, finalmente se desvencilhando dos dois caças da FDT no nosso encalço, costurando através de uma tempestade de balas e mísseis e sei lá mais o quê. Os dedos dela são um borrão enquanto ela calcula a trajetória, mirando em um dos pilares de suporte menores que prendiam as lentes enormes de cristal. Estamos voando diretamente na cara da Arma. Uma última empreitada fatal para salvar nosso mundo.

E talvez toda a galáxia.

— Quarenta e cinco segundos para impacto — informa Zila.

Sinceramente, eu não tenho nenhuma ideia se isso vai funcionar. Não tenho ideia se essa é a coisa certa a fazer, mas o medalhão no meu pescoço brilha quando olho para ele, as luzes vermelhas de alerta refletindo na superfície de diamante enquanto os alarmes ao meu redor gritam.

Siga o plano B.

Eu nunca fui de acreditar. Nunca comprei a ideia do Criador ou da Fé Unida. Ty e eu costumávamos brigar por causa disso o tempo todo, como parecia bobo pra mim e como parecia óbvio para ele. Só que, no fim das contas, ele acreditava o bastante por nós dois. E eu não sei exatamente como vamos conseguir fazer isso, mas o Comando Aurora nos avisou que estávamos no caminho certo.

Saibam que acreditamos em vocês. E precisam acreditar uns nos outros. Nós somos Legião. Nós somos Luz. Iluminando o que a escuridão conduz.

E conforme nós aceleramos na direção da nossa morte, eu me vejo observando os últimos poucos membros do Esquadrão 312 da Legião Aurora. E percebo que é como Tyler sempre diz.

Às vezes é preciso ter um pouco de fé.

— Trinta segundos — diz Zila.

Eu engulo em seco, o coração acelerado no peito.

— Você está bem? — Finian pergunta baixinho.

Eu olho para ele ao meu lado, a Arma ficando cada vez maior na nossa frente a cada segundo. Dá pra ver que ele está assustado. Sei o que ele quer ouvir. Que é a coisa certa a fazer. Que eu tenho certeza. Que apesar de eu só ter dezoito anos e ainda ter minha vida toda pela frente, está tudo bem. Porque estamos fazendo isso para algo maior do que nós. Para algo melhor.

Só que isso é mentira.

Eu estou morrendo de medo.

— Não — eu falo para ele.

Estico minha mão e seguro a dele.

— Mas fico feliz que você está comigo, Fin.

E então nos atinge. Um míssil. Um tiro de canhão. Não sei. Só sei que nós somos abalados com *força*, o impacto como o de um cargueiro cheio, me lançando para trás da cadeira e me cortando com o cinto. Vejo estrelas. As telas na nossa frente faíscam e morrem, os alarmes rugindo, os extintores de incêndio acionando, preenchendo a cabine com uma névoa química. Consigo sentir gosto de sangue na boca, minha cabeça dolorida, meu...

— Scar, você está bem? — Fin grita, tirando o cinto.

— Eu... estou b-bem — consigo dizer.

Ele se ajoelha ao meu lado para examinar.

— Zila? — ele chama.

Nossa pilota arruma a postura atrás dos painéis de controle que faíscam, piscando, tirando uma cortina grossa de cachos negros do rosto. Pela primeira vez, vejo que está usando os brincos que estavam esperando por ela no cofre do Repositório do Domínio. Aqueles pequenos gaviões que haviam sido deixados para ela, sabendo que ela nunca ficava sem suas argolas douradas.

Eu me pergunto se há uma chance de vivermos o bastante para descobrir quem foi.

— Estou viva — ela declara.

— O q-que bateu na gente? — pergunto.

— Balas perdidas, acredito. — Ela sacode a cabeça, um fluxo de sangue saindo de um corte na sobrancelha conforme ela aperta os controles. — Talvez destroços se movendo rapidamente.

— Relatório de danos? — Eu tusso, olhando em volta da cabine cheia de fumaça.

— Engatando sistemas de navegação secundários e energia auxiliar. Os controles devem voltar logo. — Os dedos dela dançam sobre os controles. — Porém, a energia central sofreu dano crítico. Os motores estão desligados.

A Arma pulsa novamente, o mais brilhante que já esteve. O impacto não nos tirou tanto de curso e ainda estamos encarando o cano daquelas gigantescas lentes cristalinas. Ainda diretamente na linha de tiro, mas sem movimento nenhum.

Estamos parados, sem saída.

Olhando para a Arma, vejo uma colisão de energia da cor do arco-íris se concentrando como um olho de tempestade. Eu sei que o espaço é um vácuo, que o som não viaja através dele, mas posso jurar, *jurar*, que ouço alguma coisa. Construindo-se lentamente. Passando bem pelo limite da escuta. Cada vez mais alto.

E todos nós sabemos o que é.

— Ela vai ser disparada — Zila diz, com um pequeno tremor na voz.

— A gente não vai conseguir — sussurro.

— Vamos, sim — rosna Fin, pegando uma máscara respiratória.

Eu ergo uma sobrancelha.

— Fin?

— Motores desligados parece um trabalho para o melhor Mecanismo de toda a Legião Aurora, se quer saber.

— Você consegue consertar?

— Só tem um jeito de descobrir. — Ele flexiona o pulso, e uma multiferramenta sai do braço do seu exotraje. Todo o medo que ouvi na voz dele anteriormente evaporou por completo, substituído por seu sorriso brilhante. — E vamos ser sinceros, já faz muito tempo que fiz algo incrivelmente corajoso e heroico.

— Eu vou com você — falo, tirando meu cinto.

— Tomem cuidado — Zila diz. — Sejam rápidos.

Finian pega minha mão e abre a porta da cabine.

Coloco uma máscara no rosto.

E nós corremos.

41

TRÊS UM DOIS

Aurora

Kal cai no chão, o violeta e dourado familiar da sua mente tomado pelo vermelho do sangue seco do pai dele. É somente quando a escuridão o domina por completo que percebo que ele ainda estava tocando minha mente, até aquele último segundo, a mais suave das conexões.

Uma das quais ele não conseguiria desistir.

Uma que eu nunca ateei fogo inteiramente.

Artimanha e adoração. Senti as duas coisas nele.

Apenas uma é para você, ele tinha dito.

Os Andarilhos gritam acima de mim, as vozes se erguendo em um uivo dissonante.

E conforme o pai deixa Kal deitado ali como se nada fosse, virando-se de volta para mim, eu me lembro de outra coisa que Kal me disse.

O amor é propósito, be'shmai.

Amor é o que nos leva a fazer grandes atos e a fazer grandes sacrifícios.

Sem amor, o que resta?

Tyler

A Dobra está em chamas. Chamas queimando em preto e branco.

Caças da FDT voam através da escuridão, as explosões acendendo a noite ao meu redor. Os destroços de um Banshee Syldrathi dependuram-se da proa da *Kusanagi*, pretos e sem vida. Outro está flutuando, vazando vapores de combustível e leves rastros de chamas, rodopiando para longe da batalha em andamento, em uma espiral lenta.

Só que os outros dois Banshees estão destroçando a *Kusanagi*.

O nerd estratégico em mim está totalmente absorto pela batalha, mas, sinceramente, tenho preocupações maiores do que o bufê livre à minha frente. Coisas maiores até do que a guerra que está acontecendo ao redor da Terra nesse instante.

O problema é que as cápsulas de fuga da FDT são basicamente mísseis, feitas para voar para longe da nave da qual acabaram de ser ejetadas o mais rápido que os pequenos motores podem levá-las. A Dobra ao meu redor está *cheia* de destroços — caças destruídos, enormes pedaços de Banshees, arcos de plasma ardendo. E por mais que essa cápsula pareça um peixe e se mova como um, ela manobra igual a uma vaca.

Luto com os controles, falando no comunicador enquanto vou para ainda mais longe do massacre.

— Saedii, é o Tyler, câmbio?

Finian

Eu me agarro ao corrimão com rapidez, quase caindo no corredor, na pressa de chegar aos motores. Tudo é construído uma fração maior do que eu — esses malditos Syldrathi altos.

Solto um gritinho quando meu pé escorrega do degrau, e Scarlett me agarra por trás, de alguma forma me segurando por um braço até recuperar meu equilíbrio. Não desperdiço minha respiração agradecendo, mal conseguimos fazer uma descida controlada pelo caminho e começamos a correr.

Uma parte de mim sabe que estou correndo para tentar dar uma acelerada na minha morte e isso não é algo que eu previ.

Só que Scarlett não solta minha mão agora que estamos no térreo. E isso não é nada.

A porta da área dos motores está selada, e estico uma das mãos para tocar no painel, então a puxo o mais forte possível no último segundo, horrorizado com o que quase acabei de fazer.

A luz do painel está acesa em vermelho.

Eu subo na ponta dos pés (*malditos* Syldrathi) e olho pela escotilha.

Ah.

— O que está acontecendo? — exige saber Scarlett.

Quando eu não respondo, ela me empurra para o lado. E apesar de não ser nosso talento mecânico mais forte, Scar sabe o que roubou minhas palavras no segundo em que vê. Dentro da sala dos motores, gás e fluidos estão flutuando para o espaço.

Há um buraco enorme no chassi dessa porcaria de nave. As pontas afiadas estão curvadas para dentro, e consigo ver a batalha que ainda ocorre lá fora. Consigo ver as estrelas. Seja lá o que acabou de nos atingir, passou direto para dentro.

Nossos motores estão destroçados.

Não consigo consertar isso.

Zila

A Arma à nossa frente se ilumina, um turbilhão de cores, milhares de arco-íris refratados por toda a superfície.

Lentamente, tiro minhas mãos dos controles. Deixo que minha mente descanse. Meus pensamentos ficam silenciosos.

Não há mais cálculos requeridos de minha parte.

É estranhamente pacífico.

Eu me inclino no microfone e falo com meus colegas de esquadrão.

— Finian, Scarlett. Foi um privilégio servir no Esquadrão 312 com vocês. Estou sentindo algo.

Tyler

Um Banshee Syldrathi passa voando por mim, silencioso como a morte, preto e com o formato de lua crescente. Meus alarmes de proximidade estão gritando, as palmas da mão úmidas com suor à medida que atravesso os destroços de um caça da FDT, passando rente a um pedaço de casco de um Banshee rodopiando.

— Caças Imaculados, aqui é Tyler Jones, estão me ouvindo, câmbio?

Aperto os botões novamente, me perguntando se algo aconteceu a Saedii. Me perguntando se a tripulação dela conseguiu resgatá-la. Me perguntando se...

... ela decidiu me deixar aqui para morrer.

Ela não faria isso, faria?

— Saedii, está *ouvindo*?

— Estamos te ouvindo, Tyler.

A resposta ecoa pelo canal de emergência, fazendo meu coração acelerado ficar congelado. Frio como aço. Pontilhado pela estática. Ainda assim, conheço aquela voz.

Eu a conheço desde que tinha cinco anos.

— ... Cat.

Scarlett

Espero que Tyler ainda esteja vivo em algum lugar.
Sei que ele vai entender que eu não queria deixá-lo.
Nunca imaginei que eu teria uma morte heroica. Achei que teria uns cento e cinquenta e sete anos e estaria transando escandalosamente com o menino que cuida da piscina, sabe?
Mas... está tudo bem também.
Encontro os olhos de Fin. Estão inteiramente pretos, e as lentes de contato deveriam tornar impossível a tarefa de ler sua expressão, mas nunca achei isso difícil.
Percebo que ainda estamos de mãos dadas.
Então me viro para ele e pego a outra mão, enlaçando-a também.

Aurora

Cambaleio até ficar em pé, cada músculo gritando, minha mente se esforçando para me defender dos golpes do Destruidor de Estrelas. A energia psíquica dos Andarilhos passa por ele como uma torrente, e é tão grande que não consigo sequer ver seus limites.
Ele ri e eu mal consigo afastá-lo, minha visão começando a escurecer.
Kal está imóvel.
Só que eu estou em chamas.
E eu estou ardendo
ardendo
ardendo.

Zila

Eu sempre fui agnóstica. A fé é algo difícil para mim. Não fui feita para isso.

Porém, eu me pergunto se meus pais estarão esperando por mim.

Nós fracassamos, mas espero que eles vejam o quanto tentamos.

Tyler

— Nós sentimos muito, Tyler — diz Cat.

Eu franzo o cenho.

— Pelo quê?

Um alerta aparece na tela da cápsula de fuga, seguida de um alarme gritante do computador principal.

— Aviso: míssil detectado.

Meu estômago se espreme e se revira. Instantes depois, outro alarme ressoa pela cabine da cápsula, as luzes piscando conforme um novo pontinho aparece na tela.

— Aviso: míssil aproximando. Repito: míssil aproximando.

Vindo diretamente até mim.

— Criador, me ajude — sussurro.

Finian

Não consigo desviar meus olhos dela.

Ela aperta minha mão e, de alguma forma, impossivelmente, abre um sorriso. *Criador, ela está iluminada.*

E, de alguma forma, impossivelmente, ela consegue me arrancar um sorriso em resposta.

Scarlett

Nunca o vi apenas sorrindo antes, sem nenhum cinismo, sem nenhuma defesa.

Ele é lindo.

Ele morde o lábio enquanto nós olhamos um para o outro, e sabe, é uma questão de segundos até a Arma disparar, ou uma nave da FDT enviar outro míssil para nos explodir.

Então uso nossas mãos entrelaçadas para puxá-lo para mais perto. Ele é exatamente da minha altura.

Tudo que eu preciso fazer é inclinar minha cabeça um pouco.

Finian

Obrigado, Criador, obrigado, obrigado, obrigado, obrigado.

Não consigo evitar olhar para baixo um pouco, estou prestes a fechar meus olhos e abraçar minha morte em grande estilo, beijando Scarlett Isobel Jones.

Juro que não estou olhando pro decote dela quando meus olhos se abaixam, mas meus olhos notam o colar dela.

Siga o plano B.

Plano B meu cu. Fracassou total. E eu nem descobri pra que servia a minha caneta.

Mas foda-se isso. Eu vou...

... espera aí.

Scarlett

Ele solta minhas mãos, se esticando para pegar no meu p... ah, o meu colar.

— Scar — diz ele, sem fôlego. — Não é diamante.

Ele ergue o olhar, aturdido.

— É cristal Eshvaren.

Tyler

— É tão bonito aqui, Tyler — diz Cat. — Eu gostaria que você pudesse ver.

Fico observando o ponto, cada vez mais perto, os alarmes uivando ao meu redor.

— Impacto de míssil em cinco segundos.

Penso no meu esquadrão, desejando que fiquem bem.

— Quatro segundos.

Penso na minha irmã e me dói saber que vou deixá-la sozinha.

— Três segundos.

Pego o anel do Senado pendurado na corrente ao redor do meu pescoço.

— Dois segundos.

Eu me pergunto se ele ficaria orgulhoso de mim.

— Um segundo.

— Te vejo daqui a pouco, pai — sussurro.

— Impac...

Aurora

Tudo é dor, e não consigo mais sentir Kal.
Os Eshvaren estavam errados. Eu nunca deveria ter ateado fogo em tudo.
O amor é propósito, be'shmai.
Amor é o que nos leva a fazer grandes atos e a fazer grandes sacrifícios.
Sem amor, o que resta?
Não preciso encontrar a resposta para essa pergunta.
Porque eu o amo.
Eu tenho minha força. Tenho meu propósito.
A mente envenenada do pai dele está ajustada com a Arma agora e todo o cristal ao nosso redor está estremecendo, cantando, gritando, conforme se prepara para destruir o sol do meu povo.
Já não posso impedir isso. É tarde, perto demais do momento em que essa onda de poder incrível e impossível será liberada.
Mas talvez, só talvez...

Zila

Um feixe de luz pura se acende à minha frente.
É a coisa mais linda que já vi.
E então só
sobra a
escuridão
escuridão
escuridão
escuridão
escuridão

Saudações, cadetes!

Parece que no fim escrevemos um livro tão grande que nosso editor disse que só havia uma página sobrando para os nossos agradecimentos. Ops. Então vamos lá, da forma mais curta que conseguimos: uma lista de criminosos e condenados que tornaram esse livro uma realidade. Sejam avisados: todos são perigosos.

Barbara, Melanie, Karen, Artie, Jake, Judith, Josh, Amy, Dawn, Kathleen, John, Arely, Heather, Trish, Ray e Natalia, além da tripulação de vendas, marketing, publicidade e produção editorial. Deb e Charlie, é claro, além de Anna, Nicola, Sophie e as pessoas questionáveis com quem se associam. Há também Juliet, Shadi, Aimee, Mark, Kate, Molly, Ben, Hayley, Paul, Laura e Lucy. E não vamos nos esquecer de repassar um pouco da culpa para nossas editoras e tradutores internacionais.

Não esqueçam o papel de Josh, Tracey, Cathy ou Stephen, e fiquem de olhos abertos para os nossos agentes e scouts estrangeiros. Também não confie na tripulação de livreiros, bibliotecários, leitores, vlogueiros, blogueiros, twitteiros e os bookstagrammers, que espalham a palavra. Então há Nick, nosso time de áudio e nosso esquadrão de narradores. Nada confiáveis, nadinha.

Seja lá o que fizerem, não deem as costas à nossa extensa rede de parceiros do crime: Meg, Michelle, Marie, Leigh, Kacey, as Kates, Soraya, Eliza, Dave, Pete, Kiersten, LT, Ryan, as Cats, o pessoal de Roti Boti, a House of Progress, Tsana, Nic, Sarah, Marc, B-Money, Rafe, Weez, Paris, Batman, Surly Jim, Glen, Spiv, Orrsome, Toves, Sam, Tony, Kath, Kylie, Nicole, Kurt, Jack, Max, Poppy, Marilyn, Flic, George, Kay, Neville, Shannon, Adam, Bode e Luca. E também Sam e Jack.

E por último, mais e sempre, há Amanda e Brendan... e agora, Pip.

Impressão e Acabamento:
BARTIRA GRÁFICA